A.E. Wasp
Pros & Cons: Steele

Über das Buch

Wer hätte gedacht, dass man von einem Toten erpresst werden kann? Wir jedenfalls nicht. Wir – das sind ein Hacker, ein Dieb, ein Hochstapler, ein Mann fürs Grobe und ein beurlaubter FBI-Agent.

Die Abmachung ist einfach: Wir erledigen unsere Aufträge, und Charlies Anwältin löscht dafür das belastende Material, mit dem er uns selbst nach seinem Tod noch in der Hand hat. Der erste Auftrag erfordert Muskelkraft – und damit fällt er an mich. Ich bin Steele Alvarez, ehemaliger Special Forces Close Protection Specialist, oder kurz gesagt: Bodyguard für nicht ganz so nette Kerle.

Meine Aufgabe: einen scheinbar unangreifbaren Senator mit einer Vorliebe fürs Verprügeln von männlichen Prostituierten aus dem Verkehr ziehen. Doch dann lerne ich das jüngste Opfer von Senator Harlan kennen – Breck Pfeiffer, attraktiver Escort-Boy mit einem Herzen aus Gold und der Seele eines Kämpfers.

Um Breck zu beschützen, würde ich sogar über Leichen gehen. Er will den Senator jedoch nicht tot sehen, er will Rache. Dafür werde ich jede Hilfe brauchen, die ich kriegen kann.

Ob es uns gefällt oder nicht, dieser Auftrag erfordert Teamarbeit.

A.E. WASP

PROS & CONS: STEELE

PROS & CONS 1

Aus dem Amerikanischen von Lisa Schnack

SECONDCHANCES

Die englische Ausgabe erschien 2019 unter dem Titel
»Pros & Cons of Vengeance« bei Kelpie Press.

Deutsche Erstausgabe August 2020

Umschlaggestaltung: AngstyG
Umschlagmotiv: Depositphotos, iStock

Lektorat: Corinna Wieja
Korrektorat: Julia Funcke
Satz & Layout: Second Chances Verlag
Druck: Print Group Sp.z.o.o. Szczecin (Stettin)

ISBN: 978-3-96698-382-2

Auch als E-Book erhältlich!

www.second-chances-verlag.de

Für Zoe, die mich mit ihrer Begeisterung für die Serie »Leverage« ansteckte, und für meinen Vater, dem ich meine Vorliebe für Heist-Movies verdanke.

DIE AKTEURE

DIE STRIPPENZIEHER

Charlie Bingham (45) – verstorben. Hochstapler, Dieb, Erpresser, Informationsbroker und wahrscheinlich noch so einiges mehr.
Miranda Bosley (42) – Rechtsanwältin. Charlies Nachlassverwalterin. Wahrscheinlich Charlies beste Freundin.
Josie DuPont (Alter unbekannt, da sie es nicht preisgibt) – Charlies Mitarbeiterin. Mysteriöse Dame von Welt. Versteht sich als Ersatzmutter der Jungs (sogar von Leo).
Der interessierte Freund (?) – eine körperlose Stimme am Telefon. Scheint über alle Geschehnisse auf dem Laufenden zu sein. Spricht nur mit Leo. Möchte Al genannt werden.

DIE JUNGS

Leo Shook (45) – Special Agent beim FBI. Beurlaubt aus nicht näher bekannten Gründen. Spezialist für Charlie Bingham.
Castille (Steele) Alvarez (30) – Close Protection Specialist (Bodyguard). Ex-Army-Ranger. Bezeichnet sich selbst als Sumpfratte aus Georgia.
Carson Grieves (Alter unbekannt) – Meister der Täuschung und des Betrugs. Hochstapler. Geburtsort und Geburtsdatum unbekannt.

Ridge Pfeiffer (21) – Dieb. Nicht sehr gesprächig. Experte für das Knacken traditioneller Safes und Schlösser. Fassadenkletterer und Einbrecher.
Wesley Bond (27) – Hacker und Social Engineer, Internet-Trickbetrüger. Kämpfer für soziale Gerechtigkeit.

DIE ARMEN KERLE, DIE IN DEN SCHLAMASSEL MIT REINGEZOGEN WURDEN

Breck Pfeiffer (21) – Ridges Zwillingsbruder. Ex-Collegestudent, Ex-Escort-Boy. Verrückt nach Steele.
Danny Munroe (19, fast 20) – Ex-Escort-Boy, ein Freund von Breck. Wird in die Geschehnisse hineingezogen und dann von Josie, Miranda und eigentlich auch allen anderen adoptiert.

PROLOG

EIN INTERESSIERTER FREUND

»Charlie hat sich ein nettes Plätzchen zum Sterben ausgesucht.«

Palmen schwankten leicht unter einem klaren blauen Himmel, die Luft schmeckte nach Salz, und die wenigen Quadratmillimeter meiner Haut, die nicht unter der Maskenbildnerarbeit, falschem Haar oder dem langen Priestergewand aus Polyester verborgen waren, spannten bereits und versprachen einen beginnenden Sonnenbrand.

Florida musste man einfach lieben. Es war ein wunderbares Fleckchen Erde, wenn es sich nicht gerade von seiner schlimmsten Seite zeigte. Sogar die in ordentlichen Reihen stehenden Grabsteine auf dem Friedhof wirkten irgendwie heiter.

Die Frau neben mir löste ihren nachdenklichen Blick von den Trauergästen, die sich um das frische Grab versammelt hatten, und schaute sich hastig um, ob jemand meine Bemerkung gehört hatte.

Pfft. Als ob ich mir einen solchen Anfängerfehler erlauben würde.

»Sprich leise, Vater, sonst fliegst du noch auf.«

Ich strich mir durch den langen grauen Bart, wobei ich überprüfte, ob er noch fest an meinem Gesicht haftete, und verzieh ihr die kritische Bemerkung. Priester vergaben, das war ihre Aufgabe, und ich war ein großer Fan von Method Acting.

»Ich meine ja nur«, sagte ich in einem leiernden Singsang. »Strahlender Sonnenschein, dazu diese hohen, klagenden Vogelrufe für das Extra-Quäntchen Dramatik, das ist doch die ideale Atmosphäre für eine Beerdigung. Volle Punktzahl für Florida. Charlie hätte das gefallen.«

Ein Mann aus der Trauergesellschaft sah misstrauisch zu mir herüber. Ich lächelte ihn wohlwollend an und hob eine Hand zum Segen. Prompt schaute er weg.

»Du Idiot, ich warne dich, wenn dich einer von denen erkennt und eine Waffe zieht, verschwinde ich und überlasse dich deinem Schicksal. Kapiert?«

Ach, Miranda. Sie ließ mir nichts durchgehen, und dafür liebte ich sie.

»Klar.«

Sie nickte und widmete sich wieder der Beobachtung der schwarz gekleideten Männer und Frauen, die in Grüppchen zusammenstanden und sich unterhielten. »Außerdem ist es hier heißer als in der Hölle. So viel zur idealen Atmosphäre.«

»Es ist August, und wir sind in Sarasota, Ms Bosley. Kühler wird es hier zu dieser Jahreszeit nicht, wenn kein Wunder geschieht.« Ich räusperte mich. »Und Wunder sind rar, besonders da, wo der arme Charlie jetzt ist.« Ich neigte den Kopf und sah vielsagend zu Boden.

»Ich würde es sehr schätzen, wenn du dir Andeutungen über Charlie, wie er auf alttestamentarische Art in der Hölle schmort, verkneifen könntest. Dir macht es vielleicht nichts aus, dass er tot ist, aber ich … Also, mir wird er fehlen«, sagte sie. Ihre Augen glänzten verdächtig.

Ich seufzte und wippte leicht auf den Fußballen auf und nieder. »Es ist ja nicht so, dass mir sein Tod egal ist, Randa.« Charlies prächtige Villa mit dem Ausblick über den Strand würde ich zum Beispiel sehr vermissen. Man konnte vom Pool aus den Sonnenuntergang genießen, einfach traumhaft.

Außerdem war Charlie ein weltweit renommierter und respektierter Dieb gewesen, der auch mit Informationen handelte. Ohne ihn würde es für mich künftig schwieriger werden, denn sein Ruf und sein Einfluss hatten mir oft den Weg geebnet. Aber da ich nicht besonders sentimental veranlagt war, würde ich vermutlich trotzdem nicht lange um Charlie trauern. Um der guten alten Zeiten willen hatte ich vor, diesen letzten Job noch zu erledigen und mich danach spurlos aus dem Staub zu machen.

Diese Gedankengänge behielt ich vorerst jedoch lieber für mich. Miranda hatte dafür jetzt bestimmt kein offenes Ohr. Jedenfalls nicht, solange sie Trübsal blies.

»Ich glaube eben daran, dass Charlie Binghams gute Seiten in Erinnerung bleiben werden, verstehst du?« Ich merkte selbst, wie lahm das klang.

Sie warf mir einen Blick zu, wohl um abzuschätzen, ob ich es ernst meinte, und ich blinzelte treuherzig zurück. Sie schniefte.

»Und noch was«, fuhr ich fort. »Ich erkläre dich offiziell zum größten Trauerkloß, der mir je begegnet ist.«

Sie schnappte nach Luft. »Das nimmst du zurück!«

Ich faltete fromm die Hände. »Ich bin mir ziemlich sicher, dass es als Sünde gilt, wenn ich lüge, solange ich mich als Priester ausgebe.«

»Du bist unmöglich«, sagte sie kopfschüttelnd, aber ich sprach einfach weiter.

»Gib es zu, Miranda Bosley, hinter der Fassade der eiskalten, knallharten Anwältin …«

»Professionell, meinst du wohl.«

»… verbirgt sich eine mitfühlende Seele. Du nimmst Anteil am Schicksal deiner Mandanten.«

»Charlie war eine Ausnahme«, erwiderte Miranda leise und sah mich aus zusammengekniffenen Augen an. »Die einzige Ausnahme.«

»Ach, komm schon«, sagte ich und nickte einer hübschen Rothaarigen zu, die sich in der dritten Reihe von vorn niedergelassen hatte. Ich versuchte, sie ernst anzuschauen, wie ein Mann, der sich um den Zustand ihrer Seele sorgte. Aber ganz ehrlich, alles, wofür ich Augen hatte, war ihre Handtasche, die unbeachtet unter ihrem Stuhl lag. Manchmal legten es die Leute geradezu darauf an, beklaut zu werden.

»Wie lange warst du Charlies Anwältin? Zehn Jahre? Wir beide kennen uns doch schon viel länger. Und du liebst mich.«

»Träum weiter.« Miranda musterte mich von oben bis unten, begutachtete jedes Detail meiner Verkleidung und stieß dann einen angewiderten Seufzer aus. »Selbst schuld, du wolltest dieses lächerliche Vorhaben ja unbedingt durchziehen.«

»Lächerlich?« Ich räusperte mich empört. »Hör mal, Randa, Charlies Zeit war gekommen, und alle wussten das. Viele Leute wollen ihr Gewissen erleichtern, bevor sie abtreten. Die Waagschalen ins Gleichgewicht bringen, indem sie Unrecht wiedergutmachen, das sie begangen haben. Das ist doch nicht lächerlich, sondern bewundernswert! Ich bin jedenfalls froh darüber, dass ich etwas für Charlies Seelenheil tun kann.« Gut, das war vielleicht ein bisschen dick aufgetragen. Ich strich mir wieder durch den Bart und überlegte kurz, ob ich mir einen echten wachsen lassen sollte. Die Geste hatte etwas außergewöhnlich Beruhigendes. »Ich kann doch nichts dafür, wenn ich auch ein bisschen Spaß an der Sache habe, Babe. Du kennst mich doch.«

»Stimmt, ich kenne dich. Und Charlie kannte ich auch.« Miranda bedachte mich mit einem bohrenden Blick aus ihren grünbraunen Augen. »Charlie hätte unauffällig verschwinden sollen. Möglichst ohne dass die ganze Welt es mitbekommt, so wie es alle anständigen Diebe tun. Stattdessen veranstalten wir hier diese pompöse Beerdigung und erpressen Leute, damit sie seine Arbeit zu Ende führen.«

»Harte Worte«, sagte ich. »Wo bleibt denn dein Respekt vor dem Toten?«

»Nicht hart, nur zutreffend«, erwiderte sie und setzte wieder ihr Pokerface auf. »Ich kann einfach nicht glauben, dass wir bei dieser Sache mitmachen. Dir ist schon klar, wie wahnsinnig gefährlich das ist, oder?«

»Miranda«, beschwichtigte ich sie, »es wird schon gut gehen, ganz bestimmt.«

Sie pikste mich mit einem ihrer makellos manikürten Fingernägel schmerzhaft in die Schulter. »Schau dir die Typen da drüben doch mal an. Die sind nur hier, weil wir ihnen quasi keine Wahl gelassen haben.« Sie wies mit dem Kinn auf einen engelhaften Blondschopf in der ersten Reihe, der so unnatürlich still saß, wie ich es bisher nur bei Psychopathen, Auftragskillern und absoluten Ausnahmedieben beobachtet hatte. »Der da ist Ridge

Pfeiffer. Er könnte dir deine Seele rauben und wäre damit schon zwei Staaten weiter, bevor du es überhaupt bemerken würdest, mein Lieber. Und dann haben wir da drüben noch Castille Alvarez und Wesley Bond.«

Ich folgte ihrem Blick zu einer einsamen Palme, die etwas abseits von der größten Gruppe Trauernder stand. In ihrem Schatten schob sich ein unverschämt gut aussehender schwarzhaariger, breitschultriger Riese schützend vor einen kurz geratenen, unruhig wirkenden Kerl mit dunkelrotem Haar. Ich hatte schon immer gedacht, Alvarez hätte Model werden sollen, das wäre die perfekte Tarnidentität für ihn. Model-Schrägstrich-Auftragskiller. Man konnte in hässlichere Gesichter blicken, wenn man seinen letzten Atemzug tat.

»Du weißt schon, dass Steele dich auf zehn verschiedene Arten umbringen könnte, bevor du auch nur auf die Idee kämst, um Hilfe zu schreien? Und Bond könnte mit einem Kaugummi und einer Lupe einen Laserstrahl erzeugen, der deine Leiche ruckzuck in einen Schmorbraten verwandelt«, sagte Miranda.

Ich schnaubte.

»Special Agent Leo Shook muss ich gar nicht erst erwähnen, oder?« Fragend zog sie eine Augenbraue hoch.

»Nein, musst du nicht.«

»Und nicht zu vergessen Carson Grieves.«

Ich schaute mich nach ihm um und runzelte die Stirn. »Ich kann ihn nirgendwo entdecken.« Jetzt, wo ich so darüber nachdachte, fiel mir auf, dass ich gar nicht genau wusste, wie Grieves aussah.

»Braunes Haar, brauner Anzug, dritte Reihe. Tut so, als wäre er scharf auf die Blondine mit der tief ausgeschnittenen Bluse«, erklärte Miranda.

»Oh, verdammt«, murmelte ich und versuchte, nicht allzu beeindruckt zu klingen. »Er hat's drauf.«

»Wundert dich das etwa?«, fragte Miranda tadelnd. »Sollte es nicht. Carson könnte dich am helllichten Tag vor zwanzig Zeugen erschießen, und keine zwei Menschen würden eine identische Personenbeschreibung abgeben oder sich überhaupt daran erinnern, dass er da war.«

»Miranda, meine Liebe, warum muss ich denn in jedem deiner kleinen Szenarien am Ende sterben?«

»Weil das hier verdammt gefährlich ist«, sagte sie und nickte lächelnd dem Bestattungsunternehmer zu, der ihr über die Köpfe der Versammelten hinweg irgendein Zeichen gegeben hatte. »Diese Typen sind nicht hier, weil sie Charlie Bingham die letzte Ehre erweisen wollen. Die wären nicht mal aus perverser Neugierde gekommen. Sie sind deiner Einladung nur gefolgt, weil Charlie etwas gegen sie in der Hand hatte und ich gedroht habe, das Material zu veröffentlichen, wenn sie nicht auftauchen und brav mitspielen.«

Miranda drehte sich wieder zu mir um. »Und du hast tatsächlich den Nerv, dich rausgeputzt wie eine Mischung aus Rasputin und dem Weihnachtsmann an Charlies Grab zu wagen.« Sie legte eine Hand auf das schwere Silberkreuz, das ich an einer Kette um den Hals trug. »Manchmal frage ich mich, ob du es darauf anlegst, erwischt zu werden. Damit du Charlie ins Grab folgen kannst.«

Ich blinzelte betroffen. Verdammt, die Frau kannte mich einfach viel zu gut und wusste besser, was in mir vorging, als ich selbst. Ich nahm ihre Hand und hielt sie locker, ganz der Priester, der eine trauernde Freundin tröstet.

»Zuerst einmal werden sie mich nicht erwischen«, sagte ich bestimmt. »Auf gar keinen Fall, verstanden? Ich habe mich noch nie erwischen lassen und habe auch nicht vor, jetzt damit anzufangen. Ich bin wie ein Geist, an den keiner einen Gedanken verschwendet. Charlies unsichtbaren kleinen Helfer hat keiner auf dem Schirm.«

Ich schaute hinüber zu den Männern, die wir eingeladen hatten. Es waren Typen wie ich oder Charlie. Gefährlich, aber anständig. Kriminelle, die sich streng an ihren moralischen Kodex hielten. Aus diesem Grund hatte Charlie sie ausgewählt. »Es ist sicherer für alle, wenn sie nie herausfinden, wer ich bin oder in welcher Verbindung ich zu Charlie stehe, und so soll es bleiben. Ich werde mich in Charlies Missionen nicht einmischen, und wenn doch, dann nur aus der Ferne.«

Miranda sah mich einen Moment lang prüfend an, dann nickte sie.

»Und zweitens spüre ich Rasputins Geist in mir«, fuhr ich fort und fasste mir mit einem Finger an die Schläfe. »Ihn zu verkörpern, ist nicht einfach, aber ein Tipp von Tyra Banks war sehr hilfreich. Du kennst doch das YouTube-Video, in dem sie erklärt, man könne ruhig schlampig herumlaufen, solange man es mit Stil tut. Also, was hältst du von meiner Rasputin-aber-mit-Stil-Interpretation?« Ich blickte an meinem wallenden Gewand hinab.

Sie konnte ein kleines Lachen nicht unterdrücken, tarnte es jedoch schnell als Schluchzer und rieb sich die Stirn.

»Furchtbar! Nimmst du eigentlich je irgendetwas ernst?«, fragte sie.

Ich seufzte. »Natürlich, das weißt du doch, Randa-Panda«, sagte ich. »Ich nehme nichts von alledem hier auf die leichte Schulter. Ich nehme Charlies letztes Anliegen ernst, und die Gefahr, die von Alvarez, Pfeiffer, Grieves, Bond und Agent Shook ausgeht, nehme ich auch ernst. Aber die Aufträge, die sie erledigen sollen, weil Charlie selbst nicht mehr dazu gekommen ist, nehme ich noch viel ernster. Das soll Charlies letzter großer Triumph werden, Babe, sein letzter Coup. Wir bereiten ihm einen stilvollen Abgang. Einverstanden?«

Sie atmete tief ein und zupfte am Saum ihres schwarzen Jacketts, als suche sie dort Halt.

»Ich wiederhole mich ungern«, bemerkte sie dann ohne eine Spur ihrer früheren Ergriffenheit, »aber hier ist es heißer als in der Hölle.«

Miranda war wieder ganz die beherrschte Anwältin, und ich presste die Lippen zusammen, damit sie mein Lächeln nicht sah. Gott, wieso fand ich ernsthafte Leute, die sich ständig Sorgen machten und sich an die Regeln hielten, nur immer so anstrengend?

»Hör auf mit dem Gejammer«, sagte ich und strich mir wieder durch den Bart. »Was glaubst du, wie ich unter diesem Rasputin-Gewand schwitze?«

»Leg es doch ab. Sogar Priester müssen bei dieser Hitze Zugeständnisse machen.«

»Geht leider nicht«, wandte ich betrübt ein. »Ich trage nichts drunter.«

Es dauerte eine Sekunde, bis sie das vollständig verarbeitet hatte, aber dann starrte sie mich mit großen Augen und offen stehendem Mund an.

»Ich glaub dir kein Wort.« Sie schüttelte kaum wahrnehmbar den Kopf. »Nie im Leben bist du nackt da drunter.«

War ich nicht, jedenfalls nicht komplett, aber ihr Gesichtsausdruck war die Lüge wert. »Möchtest du nachschauen?«

Miranda sah so schockiert aus, dass ich fast in Lachen ausgebrochen wäre. Sie kniff die Augen zusammen. »Dass du noch lebst, lässt mich ernsthaft am Der-Stärkste-überlebt-Erfolgskonzept zweifeln.«

»Ich habe neun Leben, wie eine Katze«, sagte ich verhalten lächelnd.

»Acht, wenn du das hier durchziehst und ich dich danach in die Finger kriege, Vater.«

Der Bestattungsunternehmer gab ein weiteres Zeichen und winkte mich zu dem bescheidenen Podium, das vor den versammelten Trauergästen aufgebaut worden war. Showtime.

Ich drehte mich zu Miranda um. »Du erledigst deinen Teil und ich meinen. Für Charlie.«

»Für Charlie«, wiederholte sie und wollte sich gerade auf den Weg machen, da kam ein Mann auf uns zu. Er war groß, mit dunklem, an den Schläfen leicht angegrautem Haar und dem schmalen, markanten Gesicht eines Models. Kiefer und Wangenknochen waren so scharf ausgeprägt, dass man damit Diamanten hätte schneiden können. Mein Herz erkannte ihn zuerst und klopfte bereits heftig in meiner Brust, als mein Verstand ihn endlich identifizierte.

Special Agent Leonard Shook. Durch die silbernen Schläfen wirkte er noch vornehmer als früher, was wirklich erstaunlich war. Einst der Liebling des FBI, war er kürzlich für längere Zeit beurlaubt worden.

Mirandas Augen weiteten sich im selben Moment wie meine, wenn auch sicher aus einem anderen Grund.

»Ms Bosley«, grüßte Shook freundlich, während er mich nur mit einem flüchtigen Blick streifte. »Vater.«

Seine tiefe, raue Stimme, volltönend wie ein Kontrabass, hatte ich wohl schon eine Million Mal in meinen Träumen gehört. Natürlich hatte er bei diesen Gelegenheiten weit schmutzigere Dinge gesagt und mich todsicher nicht mit »Vater« angesprochen. Ich hingegen hatte ihn möglicherweise schon das eine oder andere Mal »Daddy« genannt. Jeden Morgen, wenn ich verschwitzt und erregt und leider allein aus diesen Träumen erwachte, redete ich mir ein, dass seine Stimme unmöglich so tief sein konnte und meine Vorstellungskraft mir diesbezüglich ganz sicher einen Streich spielte.

Aber da lag ich falsch. Wenn überhaupt, klang sie in Wirklichkeit noch rauer und aufregender.

»Vater?«, fragte Miranda scharf und schaute mich eindringlich an.

Verflucht, während ich in Erinnerungen an meine feuchten Träume schwelgte, stand das Objekt meiner Begierde leibhaftig vor mir und wartete auf eine Antwort.

»Verzeihung«, sagte ich in einer etwas höheren Stimmlage als normal und imitierte den leichten russischen Akzent meiner Großmutter. »Die Hitze macht mich ganz benommen.«

Leo runzelte die Stirn und fasste mich am Ellbogen, wohl aus Sorge, ich könnte das Bewusstsein verlieren. »Geht es Ihnen nicht gut? Möchten Sie sich setzen?«

»Nein, nein«, wehrte ich ab und schüttelte den Kopf, obwohl das Teufelchen auf meiner Schulter anderer Meinung war. *Ja, bitte, am liebsten auf deinen Schoß.* »Es ist alles in Ordnung.«

»Vielleicht legen Sie besser das Gewand ab«, schlug Leo vor, was Miranda mit einem erstickten Geräusch quittierte.

»Nein, danke. Das wäre unangemessen.«

»Sie werden doch um der Pietät willen keinen Hitzschlag riskieren«, stellte Leo sachlich fest und griff nach dem Saum.

»Nein! Bitte nicht, mein Sohn.« Ich trat einen Schritt zurück. Sagten russisch-orthodoxe Priester überhaupt »mein Sohn«? Ich konnte mich nicht erinnern. In diesem Moment kam ich mir schrecklich schlecht vorbereitet vor. Ich saß hier auf dem Präsentierteller, schon ein klitzekleiner Fehler konnte mich auffliegen lassen.

Vielleicht hatte Miranda recht damit, dass ich das alles nicht ernst genug nahm. Ich hatte mir eingeredet, es sei wichtig, heute hierherzukommen. So konnte ich die Lage beurteilen, ohne selbst gesehen zu werden, und Miranda später hinter den Kulissen helfen. Dabei war ich davon ausgegangen, dass die Priesterverkleidung mich praktisch unsichtbar machen und keiner dieser Ganoven ausgerechnet einen Geistlichen näher unter die Lupe nehmen würde.

Aber ich hatte eben nicht mit Leo Shook gerechnet. Verflucht, wieso ging mir dieser Typ so unter die Haut?

Ich konnte nicht mehr sagen, wann oder wo genau ich mich in Leo Shook verliebt hatte, aber es war passiert, bevor wir uns persönlich begegnet waren.

Er war der Javert zu Charlies Jean Valjean, genau wie bei den Gegenspielern aus »Les Misérables« hatten sich ihre Wege immer wieder gekreuzt. Einmal hätte er Charlie fast erwischt, ohne es zu wissen. Shook war Charlies Nemesis gewesen, ihm immer ganz dicht auf den Fersen. Die Katz-und-Maus-Spielchen waren so amüsant gewesen, dass ich mich, obwohl ich zu Charlies Team gehörte, manchmal nicht hatte entscheiden können, wem ich nun die Daumen drücken wollte.

Ich atmete tief durch. »So«, sagte ich mit meiner hohen Priesterstimme und vergaß auch nicht den Akzent, »jetzt geht es mir besser.«

»Wenn Sie meinen«, entgegnete Leo zweifelnd.

»Vielleicht sollten Sie die Trauerrede lieber nicht halten, Vater«, schlug Miranda vor. »Ich übernehme das gerne für Sie, dann können Sie sich für die letzten Bestattungsriten zurückziehen.«

Ich nickte, dankbar für den Ausweg, den sie mir bot. »Ja, so könnte es gehen.«

»Ich muss zugeben, es war mir nicht bewusst, dass Charles Bingham so ein ausgesprochen religiöser Mensch war.« Leo musterte Miranda skeptisch.

Gott sei Dank hatte er sich an sie gewandt. Ich war mir nicht sicher, ob ich seinem prüfenden Blick standgehalten hätte. Wahrscheinlich hätte ich die Sache vermasselt, noch bevor sie richtig angefangen hatte.

Miranda hingegen verwendete sein Misstrauen gegen ihn. »Es gibt viele Dinge, die Sie über meinen Mandanten nicht wissen, Agent Shook.«

»Es hat ganz den Anschein. Dass Charlie ein Erpresser war, wusste ich zum Beispiel auch nicht.«

»›Erpressung‹ ist ein hässliches Wort«, gab sie zurück. »Und in diesem Fall trifft es auch gar nicht zu. Es handelt sich um eine rein geschäftliche Vereinbarung.«

»Vereinbarung«, wiederholte Leo. »Mit wem? Charlie ist tot. Die zahnmedizinischen Unterlagen haben das bestätigt.«

Merkwürdig, wie betroffen er sich anhörte. Wir hatten allerdings auch eine verflucht intensive Dreiecksbeziehung, Charlie Bingham, Leo Shook und ich.

»Als Nachlassverwalterin bin ich autorisiert, die Bedingungen der Vereinbarung auszuhandeln, allerdings in Zusammenarbeit mit einem anderen Interessenten.«

»Ein Interessent«, sagte Leo und schnaubte gereizt. »Und wer zum Teufel soll das sein?« Er warf mir einen entschuldigenden Blick zu. »Bitte verzeihen Sie meine Ausdrucksweise, Vater.«

Mr Interessent, das war ich höchstpersönlich. Der Strippenzieher hinter den Kulissen, der mit Charlie Binghams Ehrenrettung beauftragt worden war und aus dem Verborgenen heraus fünf sehr gefährliche Männer wie Marionetten an unsichtbaren Fäden lenkte.

Ich winkte ab und betrachtete hoch konzentriert die Spitzen meiner auf Hochglanz polierten schwarzen Schuhe, die unter dem Gewand hervorlugten.

»Ich werde von meinen Mandanten sehr für meine Diskretion geschätzt«, merkte Miranda an.

»Es interessiert mich verdammt wenig, was Ihre Mandanten an Ihnen schätzen«, erwiderte Leo bissig. »Ich will wissen, wie vielen Leuten Charlie erzählt hat, was er über mich wusste. Oder zu wissen meinte.«

»Zurzeit bin ich die Einzige.« Miranda inspizierte ihre Fingernägel. »Wie ich bereits sagte, als Nachlassverwalterin bin ich bevollmächtigt, Ihnen und einigen weiteren ausgewählten Kandidaten einen Job anzubieten. Natürlich im Austausch gegen … gewisse vertrauliche Informationen, die für Sie wichtig sein könnten.«

Miranda zuckte leicht die Schultern, als wäre es nichts Besonderes, dass sie einen FBI-Agenten auf einem

Friedhof vor fünf Dutzend Zeugen derartig unter Druck setzte. Sie hatte mehr Mumm als die meisten, sogar viel mehr, als Charlie je bewiesen hatte. Verflucht, sie war wahrscheinlich mutiger als die ganze Versammlung von Trauernden zusammengenommen. Außerdem hatte sie einen gesunden Respekt vor dem Gesetz, weshalb sie auch so darauf bedacht war, es nicht zu brechen. »Sie haben das Vorkaufsrecht, Agent Shook. Wenn Sie das allerdings nicht nutzen möchten, werden andere die Gelegenheit erhalten, für die Ware zu bieten.«

»Diese Ware, also Bilder von …«

Miranda fiel ihm schroff ins Wort. »Nicht hier. Wir halten nach der Beerdigung eine exklusive Versammlung in Mr Binghams Haus ab. Dann können Sie Ihre Fragen stellen.«

»Eine exklusive Versammlung«, wiederholte Leo.

Er verhielt sich wie ein Papagei – was ganz untypisch für den gelassenen, in sich ruhenden Agent Shook war, den ich kennengelernt hatte. Normalerweise hätte ich mich sehr darüber amüsiert, aber vor lauter Furcht, entdeckt zu werden, hatte ich immer noch Herzrasen. Der Schweiß lief mir buchstäblich in Strömen die Beine hinunter und sammelte sich in meinen ach so angemessenen Schuhen.

»Sehr exklusiv«, bestätigte Miranda, »Sie sollten unbedingt daran teilnehmen. Das Haus ist oben an der Gulf Shore Road, das Unternehmen heißt …«

»Bigolb-Autumn Enterprises, ich weiß«, sagte Shook seufzend.

Er kannte Charlies Wohnsitz? Und den dämlichen Namen von Charlies Briefkastenfirma auch? Wie war das möglich?

Miranda war schockiert und versuchte gar nicht erst, es zu verbergen. »Woher wissen Sie das?«, fragte sie. »Diese Information ist streng vertraulich.«

»Ach, das weiß ich schon seit Langem«, antwortete Shook müde und schüttelte wehmütig den Kopf. »Nur Charlie Bingham würde sich einbilden, er könne ein Unternehmen ›Big Old Bottom Enterprises‹ nennen und das vor aller Welt geheim halten.«

Aber es war wirklich ein Geheimnis gewesen. Nicht einmal die zwei oder drei Personen, denen Charlie die Wahrheit anvertraut hatte, hätten es je herausgefunden, wenn er es ihnen nicht gesagt hätte. Leo Shook war scharfsinniger, als ich ihm zugetraut hatte. Und er war Charlie dichter auf den Fersen gewesen, als der sich jemals hätte träumen lassen.

Miranda und ich wechselten einen Blick. *Verdammter Mist!*, signalisierte ich mit meinem und las in ihrem: *Du Idiot, ich hab dich gewarnt, dass es gefährlich wird!*

Dass Leo über diese Informationen verfügte, war eine besorgniserregende Neuigkeit. Trotzdem musste ich zugeben, dass ich auch verdammt angetörnt war.

Leo fuhr sich mit einer Hand durch sein schwarzes Haar. »Dann freue ich mich auf die Besprechung später im Haus«, sagte er in einem Tonfall, der nahelegte, dass es weder eine erfreuliche noch eine friedliche Auseinandersetzung werden würde.

Er drehte sich zu mir. »Kommen Sie auch, Vater?«

»Wer, ich? Nein. Um Himmels willen, nein«, erwiderte ich lächelnd, als wäre das ein völlig abwegiger Gedanke, und übertrieb es dabei vielleicht etwas mit dem Akzent. Ich wäre zwar gern dabei gewesen, damit ich jedermanns Reaktion mit eigenen Augen hätte beobachten können, aber es war klüger, die Geschehnisse aus der Ferne zu verfolgen. Zumindest für den Augenblick.

Leo nickte. »Also dann. Darf ich um Ihren Segen bitten, Vater?«, fragte er mit ernster, feierlicher Miene.

Verflucht, als Agent, der sich in gewissen Kreisen bewegte, war er natürlich mit den Gepflogenheiten der russisch-orthodoxen Kirche vertraut.

Glücklicherweise hatte sich der Wortlaut des Segens dank der unzähligen Messen, die ich mit meiner Babuschka Sonia besucht hatte, so tief in mein Gedächtnis eingebrannt, dass ich ihn, ohne nachzudenken, aufsagen konnte. Ich erhob eine Hand und hielt sie ihm dann entgegen, wie es der Brauch verlangte, woraufhin er sie mit seinen beiden umschloss und zum Kuss an die Lippen zog.

»Passen Sie gut auf sich auf«, sagte Leo, als er meine Hand losließ. Er nickte Miranda kurz zu und nahm neben Ridge Pfeiffer Platz.

Ich ballte die Fäuste so fest, dass ich den schnellen Puls in jedem meiner Finger spürte. Nur eine einzige Berührung von Leo, und mein Magen fuhr Achterbahn.

Miranda hatte recht: Charlies letzter Coup erwies sich als gefährliches Spiel für uns alle. Aber jetzt war es zu spät, um noch einen Rückzieher zu machen.

KAPITEL 1

STEELE

Zum Glück war jemand schlau genug gewesen, um die Klimaanlage in Charlies Villa eingeschaltet zu lassen. Tote zahlen schließlich keine Rechnungen. Verdammtes Florida. Ich hatte es vor langer Zeit verlassen und irgendwie ganz vergessen, wie übel einem die Luftfeuchtigkeit mitspielen konnte. Rund um Bagdad stiegen die Temperaturen zwar ab und zu auch über fünfundvierzig Grad, aber dort herrschte eine trockene Hitze.

Ich überlegte, mein Jackett abzulegen, oder wenigstens die Krawatte. Doch bevor ich nicht herausgefunden hatte, was zum Teufel sich hier abspielte, würde ich mir keine Unvorsichtigkeit erlauben.

Abgesehen davon stand mir der Anzug hervorragend.

»Nette Hütte, was?«, bemerkte Wesley, der mir über die Schulter schaute, während ich mir den Grundriss des Hauses einprägte und in Gedanken eine Liste der kritischen Stellen anlegte. Wie gesagt, solange ich nicht wusste, warum ich hier war, wollte ich auf alles vorbereitet sein.

»Ich habe schon größere gesehen.« Im Vergleich zu manchen Anwesen der sehr reichen und sehr bösen Männer, die mich als Bodyguard anheuerten, wirkte dieses hier wie ein Poolhaus. Was nicht abfällig klingen soll, überhaupt nicht. Allein der Eingangsbereich war größer als die Wohnung, in der ich aufgewachsen war.

Einer nach dem anderen, wie eine Reihe Entenküken, folgten wir Ms Miranda Bosley, Charlies Anwältin, durch den gefliesten Flur. Aus der ganzen Gruppe kannte ich nur Wesley, und daher war er der Einzige, dem ich so weit vertraute, dass ich ihn hinter mir gehen ließ. Sogar Ms Bosley wirkte, als würde sie mir, ohne zu zögern, ein Messer in den Rücken rammen, sollte sie das für notwendig erachten.

Wes hier zu treffen, hatte mich überrascht. Wir hatten uns kurz unterhalten, und obwohl wir beide unsere Worte auf die Goldwaage legten, stellte sich schnell heraus, dass wir aus demselben Grund hier waren – wir wurden von Charlie erpresst.

Ich konnte mir nicht vorstellen, was Charlie gegen dieses Kind in der Hand haben könnte. Bisher hatte ich nur zweimal mit Wes zusammengearbeitet; er war die Art von Hacker, die sich für eine gute Sache auch mal auf die dunkle Seite schlug. Eine Mischung aus MacGyver und Anonymous, weshalb das FBI ihn wahrscheinlich beobachtete, seit er zwölf gewesen war.

Schon bei unserer ersten Begegnung war mein Beschützerinstinkt sofort angesprungen. Außer dass er ab und zu auf meine Muskelkraft zählte, hatte er jedoch nie Hilfe nötig. Er konnte sich dank seiner Jiu-Jitsu-Kenntnisse ganz gut behaupten. Aber manchen Leuten muss man einfach eine richtige Tracht Prügel verabreichen, und das übernahm ich gern für ihn. Es war befriedigend.

Engelchen hingegen, wie ich den hübschen blonden Knaben getauft hatte, der während der Beerdigung ein paar Reihen vor mir gesessen hatte, weckte ganz andere Instinkte in mir. Seinetwegen hatte ich an Dinge gedacht, die auf einer Beerdigung tabu waren. Allerdings wirkte Engelchen auch nicht gerade so, als wäre er von Trauer überwältigt. Ich war nicht wirklich überrascht gewesen, als er sich nach der Beerdigung Mirandas Gefolge anschloss, zu dem auch Wes und ich gehörten. Hochinteressant. Was hatte dieser Chorknabe wohl verbrochen, dass er sich in so jungen Jahren bereits in so schlechter Gesellschaft wiederfand?

Ich spielte mit der Ehrenmedaille, die ich immer in der Hosentasche bei mir trug und die mich an all die Situationen erinnern sollte, die ich überlebt hatte, ebenso wie an die Freunde, die nicht so viel Glück gehabt hatten. Das vertraute Gefühl der geprägten Oberfläche besänftigte die nagenden Zweifel, die sich in meinem Unterbewusstsein regten.

Der vierte Kandidat in unserer kleinen Parade hatte neben Engelchen gesessen. Ich hatte ihm den Spitznamen »Mr Bundesagent« gegeben, denn dieser Typ war so offensichtlich ein Agent, dass ich darauf meinen Hut verwettet hätte. Ich schätzte ihn auf Ende dreißig, maximal Anfang vierzig.

Für einen einfachen Cop um die vierzig war er viel zu gut in Form. Er wirkte, als könnte er sich in einem Kampf gut behaupten und bei einer Verfolgungsjagd locker mithalten. Alles an ihm verriet den Bundesagenten: sein Haarschnitt, die Körperhaltung und, nicht zu vergessen, das Achselholster, das sich unter seinem Jackett abzeichnete. Wer zu Charlie Binghams Beerdigung ging, musste nun mal damit rechnen, dass die Mehrheit der Trauergäste bewaffnet erschien.

Das fünfte Mitglied unserer Gruppe, Mr Anonym, bot keinerlei Anhaltspunkte für eine Einschätzung seiner Person. Er sah so unglaublich durchschnittlich aus, dass ich Schwierigkeiten gehabt hätte, ihn zu beschreiben. Da er bisher noch kein einziges Wort gesprochen hatte, konnte ich keine Rückschlüsse aus einem möglichen Akzent oder Sprachmuster ziehen. Seine unauffällige Anzughose und das Hemd aus dem Kaufhaus gaben keinen Hinweis auf seinen Beruf oder seine Herkunft. Aber ich nahm an, dass er irgendwie zu uns gehörte, denn er wirkte trotz allem nicht wie ein gesetzestreuer Durchschnittsbürger.

»Meine Herren, bitte setzen Sie sich.« Miranda deutete auf eine Gruppe von Sesseln und Sofas in dem riesigen Wohnzimmer. Deckenhohe Fenster gewährten einen großartigen Ausblick auf den Golf. Im Vorbeigehen registrierte ich den Höhenunterschied zum Strand und eine Steintreppe, die zu den oberen Stockwerken führte.

»Bitte, Mr Alvarez, wenn Sie so freundlich wären.« Miranda schaute demonstrativ von mir zu den anderen vier Männern, die bereits Platz genommen hatten.

Engelchen saß allein auf einem Zweisitzer, die reinste Platzverschwendung. Ich ging zu ihm hinüber und schenkte ihm ein Lächeln der Stufe vier. *Ich bin ein toller Typ, du bist ein toller Typ, und wir beide stehen auf tolle Typen. Später irgendwann Lust auf Sex?*

Er blickte einfach durch mich hindurch, mit Augen, so kalt und leer, wie ich sie bisher nur bei Scharfschützen und Eishockeytorhütern gesehen hatte. Es fühlte sich an, als hätte er mir einen Eimer kaltes Wasser ins Gesicht geschüttet.

Gut, dann eben nicht. Ich lächelte weiter, änderte beiläufig den Kurs und setzte mich neben Wesley, wobei ich mit einer Hand die Knöpfe meines Jacketts öffnete.

Wesley, der kleine Scheißer, simulierte mit den Händen einen Flugzeugabsturz und untermalte das Ganze mit nahezu lautlosen Soundeffekten.

»Was soll's? Eh nicht mein Typ«, murmelte ich ihm zu. Das war nur zum Teil gelogen. Ich stand auf Männer, die etwas zugänglicher waren und – um ganz ehrlich zu sein – etwas weniger selbstsicher. Ich mochte es, wenn jemand mich brauchte. Engelchen kam bestens allein klar, das merkte ich ihm an.

Miranda schlug die Beine übereinander und wippte mit dem oberen Stiletto-beschuhten Fuß rhythmisch zu einer Melodie, die wohl nur sie wahrnahm. Sie war eine gut aussehende, schlanke Frau, deren durchdringenden grünbraunen Augen nichts entging. Sie wirkte, als würde sie all unsere Geheimnisse kennen. Und dem Brief nach zu urteilen, der mich dazu veranlasst hatte, mich von meinem heimatlichen Sumpf an die Sonnenküste zu begeben, tat sie das auch.

Eine lateinamerikanisch wirkende Frau von unbestimmbarem Alter, die eine Art Hausmädchenuniform trug, wie ich sie nur aus Filmen kannte, rollte einen eleganten Servierwagen herein. Darauf standen ein silbernes Kaffeeservice und ein mit Kondenswasser beschlagener Krug voll Eistee.

»Tee für die Herren? Ms Bosley?« In ihrer Stimme schwang nur ein Hauch von Akzent mit. »Oder Kaffee? Ich kann beides anbieten.«

Miranda schloss die Augen und massierte sich die linke Augenbraue. »Josie, was soll denn das?«

Josie richtete sich auf und blinzelte. »Es ist heiß, Miran… Ma'am. Ich dachte, nach der Beerdigung wäre eine Erfrischung angenehm.«

Miranda hielt die Augen geschlossen, wies Josie jedoch mit einer Geste an, weiterzumachen. Der Wagen bewegte sich fast lautlos über den polierten Holzboden.

»Oh, was haben wir denn hier für einen *niño bonito*, einen hübschen jungen Mann?« Josie reichte Engelchen ein Glas mit Eistee. Ich hätte schwören können, dass sie ihn nur zu gern in die Wange gekniffen hätte. Ihr Akzent klang allerdings eher nach Südstaaten als nach Mexiko, was ihre Herkunft anging. Wahrscheinlich sprach sie nicht besser Spanisch als ich: gut genug, um eine Mahlzeit zu bestellen, nach der Toilette zu fragen oder zu flirten.

Miranda seufzte schwer, als Josie den Wagen in meine Richtung schob.

»Eistee? Sie sehen ein wenig erhitzt aus.« Josie schenkte mir bereits ein Glas ein, bevor ich auch nur zu einer Antwort ansetzen konnte.

»Danke, Ma'am.« Ich nahm das herrlich kalte Glas entgegen und seufzte glücklich auf, als ich daran nippte. Es schmeckte eher wie Zuckerlimo mit einem Hauch von Tee-Aroma, genau wie der Eistee meiner Mutter.

Josie richtete sich auf und blickte mir direkt in die Augen. »Sie riechen nach Ärger. Und sehen viel zu gut aus. Was Sie sicher nicht zum ersten Mal hören.«

Ich grinste sie an. Für Frauen mittleren Alters hatte ich etwas übrig. Ihnen konnte man nichts vormachen – sie durchschauten einen sofort. Josie und meine Mutter würden sich prächtig verstehen.

»Josie.« Miranda klang schnippisch.

Josie presste die Lippen zusammen, und ich hätte schwören können, dass sie dabei vor Entrüstung schnaubte. Egal, was zwischen den beiden vorging, Josie hatte mich bereits auf ihre Seite gezogen. Nachdem sie auch den Rest der Gruppe mit Getränken versorgt hatte, rollte sie den Wagen zu Miranda. »Fehlt sonst noch etwas? Ich könnte noch bleiben und ein paar Snacks zubereiten.«

»Nein, danke.«

»Ganz sicher nicht, Ma'am?«

Ich hätte gegen ein paar Pizzen nichts einzuwenden gehabt.

»Ganz sicher. Und, Josie?«

»Ja?«

»Bringen Sie bitte dieses lächerliche Kostüm dahin zurück, wo auch immer Sie es gefunden haben.« Miranda verbarg ihr Lächeln hinter vorgehaltener Hand, doch ihre Augen verrieten sie.

»Gefällt es Ihnen nicht?« Josie nahm die weiße Schürze ab. »Ich mag es. Ich finde, es verleiht mir ein offizielles Aussehen.«

Miranda schüttelte gutmütig den Kopf. »Das haben Sie wirklich nicht nötig, Josie.«

Josie reichte ihr eine zierliche Tasse, gefüllt mit Kaffee, ohne Milch. »Wie Sie wünschen, Miranda.«

»Danke sehr.« Miranda nahm einen Schluck, und sofort entspannten sich ihre Schultern ein wenig. »Ich rufe Sie nach der Besprechung an.«

Josie nickte und öffnete den Mund, als ob sie etwas sagen wollte, ging dann jedoch kopfschüttelnd davon.

Sehr interessant. Ich hatte schon mit vielen reichen Leuten zu tun gehabt, sogar mit ein paar äußerst einflussreichen Staatsanwälten, und normalerweise nahmen diese eine Bedienstete so gut wie nie zur Kenntnis. Umgekehrt würde eine Hausangestellte es sich nie herausnehmen, auf diese Weise mit ihrem Arbeitgeber zu sprechen.

Es war bereits später Nachmittag, und die tief stehende Sonne sandte ihre Strahlen durch die getönten Fenster. Reflektiert vom türkisfarbenen Wasser des Ozeans, tauchten sie das Zimmer in einen goldenen Schein. Winzige Partikel tanzten im Licht, und mir fiel auf, dass die Regale und Dekorationsgegenstände in dem geschmackvoll eingerichteten Raum von Staub bedeckt waren. Charlie hatte dieses Zimmer entweder schon lange nicht mehr benutzt, oder er hätte ein paar echte Hausmädchen beschäftigen sollen.

»Lassen Sie uns anfangen.« Miranda zog einen braunen Umschlag aus ihrem Aktenkoffer und legte ihn sich auf den Schoß. »Bevor wir uns den Details Ihres Auftrags widmen, halte ich eine Vorstellungsrunde für angebracht.«

»Meiner Meinung nach sollten wir schnellstmöglich zum Punkt kommen«, widersprach Mr Bundesagent. »Ich kenne bereits drei dieser Männer, und mit keinem von ihnen möchte ich unbedingt Freundschaft schließen.«

Jemand sollte diesem Kerl mal eine reinhauen, damit ihm das spöttische Grinsen verging. Allerdings wäre es schade um sein Gesicht. Er sah gut aus, wenn man auf den Typ stand. Markant wie Captain America, wenn er nicht gerade so tat, als wäre er was Besseres. Denn da er mitten unter uns in diesem Zimmer saß, statt Verbrecher zu verhaften, nahm ich an, dass sein

Heiligenschein etwas von seinem Glanz verloren hatte. Vielleicht sollte er seine Einstellung noch mal überdenken.

Aber gut. Es gab mehr als einen Weg, einen Typen wie ihn zu provozieren. Ich hielt zwar vieles über mich und meine Vergangenheit geheim, aber zu meiner Homosexualität stand ich. Schließlich hatte ich die Zeit als schmächtiger schwuler Halbwüchsiger nicht überlebt, um meine sexuelle Orientierung als Erwachsener wieder zu verstecken.

Ich lehnte mich zurück und überkreuzte gemächlich die Beine, was seine Aufmerksamkeit erregte. Während ich mir die Manschetten zurechtzog und die Bügelfalten meiner Hose richtete, ließ ich den Blick langsam an Mr Bundesagent rauf- und runterwandern. Ich musterte ihn ganz offen, hob eine Augenbraue und grinste ihn an.

»Ach, wirklich?« Ich ließ ein wenig Süd-Georgia-Sumpfratten-Akzent durchklingen. »Ich hätte nichts dagegen, dir zu zeigen, wie freundschaftlich ich werden kann.« Ich beugte mich vor. »Sobald du dir den Stock aus dem Hintern geholt hast, Mr Bundesagent.« Aus dem Augenwinkel sah ich, wie Miranda an ihrem Kaffee nippte und uns beobachtete.

Zu meiner Überraschung zog der Kerl ebenfalls eine Augenbraue hoch und nahm mich von Kopf bis Fuß in Augenschein. Einerseits war das irgendwie heiß, andererseits beschlich mich aber ein ungutes Gefühl. Anscheinend registrierte er jedes noch so kleine Detail und speicherte es mental ab. Als würde er erkennen, dass der teure Anzug ein Geschenk eines großzügigen Gönners gewesen war, während ich die Tommy-John-Unterwäsche aus der Kommode einer meiner

Zielpersonen gestohlen hatte. Schlechte Menschen hatten überraschend oft einen hervorragenden Geschmack in Klamottenfragen, und an der Unterwäsche hatten immer noch die Etiketten gehangen.

Mr Bundesagent schüttelte den Kopf. »Tut mir leid, Alvarez, aber daraus wird wohl nichts. Du bist nicht mein Typ. Ich mag meine Männer ein wenig respektabler. Und wenn ich von den vielen zierlichen jungen Männern ausgehe, mit denen du dich im Bett und an weniger bequemen Orten vergnügst, bin ich genauso wenig dein Typ.«

Wesley stieß ein lang gezogenes »Oooooh« aus und zeigte mit dem Finger auf mich. »Brauchst du ein Pflaster? Das hat bestimmt wehgetan.«

Unter Aufbietung all meiner Selbstbeherrschung lehnte ich mich langsam zurück. Woher zum Teufel kannte der Kerl meinen Namen und wusste, mit wem ich schlief? Ich sah hinüber zu Miranda, die meinen Blick gleichmütig erwiderte. Ich vergaß immer wieder, dass sie alle Trümpfe in der Hand hielt. Ich hatte die Wahl. Entweder ging ich jetzt voll auf Mr Bundesagent los, oder ich ließ es gut sein. Da ich das, was Charlie gegen mich in der Hand hatte, unbedingt an mich bringen wollte, entschied ich mich für Letzteres.

Ich zwang mich zu einem Lächeln. »Zweimal abgeblitzt an einem Tag. Ich hab's offensichtlich nicht mehr drauf.«

Engelchen brach in schallendes Gelächter aus, und sogar Mr Anonym hielt nur mühsam ein Lächeln zurück.

»Ach, Engelchen, du nicht auch noch.« Ich legte mir eine Hand aufs Herz. »Ich bin am Boden zerstört.« Ich kippte den Rest meines Eistees hinunter und hätte gern gewusst, ob Charlie freundlicherweise sein Whiskysortiment aufgestockt hatte, bevor er starb.

Verdammter Charlie. Das war alles seine Schuld. Ich hatte ihn ein einziges Mal getroffen, nur einen Auftrag mit ihm zusammen erledigt, und das war Jahre her. Als die Frau, von der wir beide dachten, sie wäre auf seiner Seite, mir befohlen hatte, ihn zu erschießen, hatte ich meine Entscheidung im Bruchteil einer Sekunde getroffen. Ich hatte gerade lange genug gezögert, dass er entwischen konnte. Für Leute, die wie diese Frau ein doppeltes Spiel spielten, hatte ich nichts übrig. Und das war nun der Dank dafür, dass ich das Richtige getan hatte.

Ich atmete ein paarmal tief durch, bis ich mich beruhigt hatte. Ehrlich gesagt wusste ich genau, womit Charlie mich erpresste. Wenn es herauskäme, wäre das nicht nur schlecht für die Army und mich, sondern auch für die Männer, die mit mir gedient hatten. Ich war wegen der Dinge, die ich getan hatte, vor langer Zeit mit mir ins Reine gekommen, und die Army war mir herzlich egal. Aber ich würde lieber sterben, bevor ich zuließ, dass meine Männer für meine Taten büßen mussten. Damit war es mir todernst. Wir hatten mehr als einmal unsere Leben füreinander riskiert, und ich würde es jederzeit und ohne Zögern wieder tun.

Miranda räusperte sich. »Wie gesagt, ich denke, es ist Zeit für eine Vorstellungsrunde.«

»Warum übernimmt das nicht Mr Bundesagent?«, schlug ich vor. »So, wie es aussieht, weiß er ja bereits alles über uns.«

»Für dich immer noch Mr Special Agent, Alvarez. Wie in ›Special Agent Leo Shook vom FBI‹. Wenn ich wollte, könnte ich dich auf der Stelle verhaften.«

Ha. Er war also tatsächlich ein Agent. Hatte ich es doch gewusst.

»Das wage ich zu bezweifeln«, warf Miranda ein. »Immerhin wurden Sie von Ihrer Behörde offiziell beurlaubt.«

Wesley zeigte nun auf Special Agent Shook und brach in Gelächter aus. »Oooh, noch ein Pflaster, bitte.«

Shook wandte sich ihm zu. »Wer zum Teufel sind Sie eigentlich? Nein, sagen Sie nichts. Ich finde es selbst heraus. Ich kann jeden hier identifizieren.«

Er deutete zuerst auf mich. »Castille Alvarez. Auch Steele genannt. Netter Spitzname übrigens, so männlich und originell. Hauptberuflicher Bodyguard und Teilzeit-Auftragskiller. Normalerweise für die bösen Jungs tätig, wahrscheinlich weil sie besser zahlen.«

Auftragskiller? Was redete der Kerl für einen Blödsinn! Ich sprang auf. »Zwei.« Zur Bekräftigung hielt ich zwei Finger hoch. »Ich habe nur zwei Menschen bei meiner Arbeit als Bodyguard getötet, und in beiden Fällen nur, um mich zu verteidigen, weil sie versucht hatten, mich umzubringen.«

»Nur zwei als Bodyguard?« Mr Anonym hatte den Sessel in der Ecke belegt. Er sah aus wie der Typ Mann, der sich immer im Schatten hielt, immer einen dunklen Winkel fand, aus dem heraus er alles beobachten konnte. Seine Stimme klang jedoch kultiviert und nach Oberschicht. Sein leichter britischer Akzent war vornehm näselnd, als hätte er Dauerschnupfen oder eine heiße Kartoffel im Mund. »Haben Sie denn in Ihren früheren Berufen auch getötet? Sie waren auf jeden Fall beim Militär, oder?«

»Das sieht man doch auf den ersten Blick«, bestätigte Engelchen.

»Wie heißt du eigentlich?«, platzte ich heraus. »Ich kann dich schließlich nicht ewig Engelchen nennen.«

»Klar kannst du das.« Er schob sich die blonden Locken aus der Stirn und lächelte mich breit an. »Du kannst mich nennen, wie du willst.«

Ach, jetzt wollte er flirten? Solche Ablenkungsmanöver durchschaute ich allerdings sofort.

Special Agent Shook musterte ihn aus zusammengekniffenen Augen. »Engelchen heißt eigentlich Ridge Pfeiffer. Er ist ein professioneller Dieb und wird mit einer Reihe größerer Einbrüche in Verbindung gebracht. Für eine Weile ist er unter dem Radar geflogen, aber in letzter Zeit ist uns sein Name häufiger zu Ohren gekommen.«

Er neigte den Kopf in Richtung des Mannes, den ich als Mr Anonym bezeichnete. »Der Herr in der Ecke, der möglichst nicht auffallen möchte, ist Carson Grieves, ein Meister des Trickbetrugs im großen Stil. Er hat seine Finger in tausendundeinem Verbrechen drin. Leider sind beide so schlüpfrig wie Aale – sie entwischen uns immer wieder.«

Er wies mit dem Kinn auf Wesley. »Sie sind der Einzige, den ich nicht kenne. Welche Rolle spielen Sie in dieser Farce?«

»Farce?«, wiederholte ich.

»Possenspiel? Schmierenkomödie?« Carson sprach in dem gleichen hochnäsigen Ton wie die Bösewichte bei »Doctor Who«, die rüberkamen, als fänden sie alles auf seltsame Art amüsant.

»Seine Bezeichnungen hören sich irgendwie besser an«, kommentierte Wesley.

»Ein britischer Akzent lässt alles besser klingen«,

fügte Ridge hinzu. »Das ist doch genauso bekannt wie die Tatsache, dass man jemandem sofort zehn Prozent vom geschätzten IQ abzieht, wenn er mit Südstaatenakzent spricht.«

Ich zeigte ihm den Stinkefinger.

»Ich bin Don Juan Zero Juan Juan. Man nennt mich Zero.« Wes grinste und wirkte dadurch noch mehr wie ein Teenager, der sich bei einer Besprechung von Erwachsenen eingeschlichen hat.

»Nein, das ist doch nicht möglich.« Shook griff geschockt – anders konnte man das nicht nennen – mit der rechten Hand an seinen Gürtel, doch da waren natürlich keine Handschellen mehr.

Wesley lehnte sich zurück und breitete die Arme auf der Rückenlehne des Sofas aus. »Sie haben recht. Ich nehme Sie nur ein wenig auf den Arm.«

Shooks Haltung war immer noch angespannt, als ob er sich jeden Moment auf Wesley stürzen wollte. Offenbar hatte ich nicht die geringste Ahnung, wer Wes in Wahrheit war. Schätze, es war naiv von mir gewesen, anzunehmen, ich würde ihn kennen.

»Nennen Sie mir einen guten Grund, warum ich Sie nicht auf der Stelle in den Knast schicken sollte, Zero«, verlangte Shook.

»Hier wird niemand in den Knast geschickt.« Miranda hinderte Wesley mit scharfer Stimme an einer Antwort. »Außer von mir. Wie Sie sich vielleicht erinnern, sind Sie alle aus einem ähnlichen Grund hier.«

»Ich verlange, zu erfahren, wer noch in diese Sache verwickelt ist«, forderte Shook. »Für wen arbeiten Sie, Ms Bosley? Wer bezahlt Sie? Und wie ist Charlie Bingham überhaupt gestorben?«

Miranda lächelte dermaßen diabolisch, dass ein weniger selbstbewusster Mann sich in die Hosen gemacht hätte. »Das Schöne daran, alle Trümpfe in der Hand zu haben, Special Agent Shook, ist, dass ich Ihnen keine Rechenschaft schuldig bin. Erledigen Sie einfach die Aufträge, die Charlie jedem von Ihnen hinterlassen hat. Dann müssen Sie weder mich noch einander jemals wiedersehen.«

»In Ordnung«, sagte ich. »Erklären Sie mir einfach, was ich tun soll, und ich kümmere mich darum.«

»Sehe ich auch so«, stimmte Ridge zu. »Wie bald können wir den Schwachsinn hinter uns bringen? Ich habe wirklich noch was anderes zu tun.«

»Noch was zu klauen?« Wesley grinste ihn an.

Miranda ignorierte die Bemerkungen. »Wie Sie alle aus den Briefen wissen, die ich Ihnen geschickt habe, hat Charlie in seinem Testament Instruktionen für jeden Einzelnen von Ihnen hinterlassen.« Sie schien ihre Worte mit Bedacht zu wählen und machte zwischen den Sätzen jeweils eine kleine Pause. »Sie alle hatten mit ihm zu tun, und er zählt darauf, dass diese gemeinsamen Erlebnisse Sie dazu … motivieren, einige Angelegenheiten für ihn zu Ende zu bringen, mit denen er sich unglücklicherweise vor seinem viel zu frühen Ableben nicht mehr selbst befassen konnte.«

»Sie meinen, er erpresst uns aus dem Jenseits, damit wir seine schmutzigen Geschäfte für ihn erledigen?« Wesley zog die Beine unter sich. »Und falls wir tun, was er von uns will, geben Sie uns, was auch immer Sie gegen uns in der Hand haben, und wir können fröhlich von dannen ziehen?«

»Sie haben es erfasst.« Miranda klopfte mit einem

Finger auf den Schreibtisch, als wägte sie ab, wie viel sie uns sagen durfte. »Charlie hat besser als jeder andere um den Wert von Informationen gewusst. Er hat sie gekauft, verkauft, gestohlen und zu seinem Vorteil eingesetzt. Vom Standpunkt des Gesetzes aus gesehen, war er alles andere als ein Vorzeigebürger.« Sie warf Mr Bundesagent einen ironischen Blick zu. »Aber seine Motive waren meistens ehrenhaft. Er verfügte zwar über jede Menge sensible Informationen, doch die meisten hat er nie verwendet. Manche hat er für einen guten Zweck eingesetzt, was ihm ein paar mächtige Feinde beschert hat. Da haben Sie die Antwort auf Ihre Frage, warum Charlie nicht mehr unter uns weilt, Agent Shook. Er hat sich mit den falschen Leuten angelegt.«

»Mit wem?« Shook klang, als würde er sich gleich in voller Rüstung aufs Pferd schwingen und ausziehen, um Charlies Tod zu rächen.

»Das soll nicht Ihre Sorge sein«, erklärte Miranda milde. »Zumindest jetzt nicht.«

»Aber …«

Miranda reagierte nicht auf Shooks Einwurf. »Charlie wusste, auf wie vielen Abschusslisten er stand.« Agent Shooks Gesichtsausdruck verriet, dass er sich nicht gern ignorieren ließ. »Er wusste zwar nicht, wann und wie er sterben würde, aber er hat geahnt, dass ihm nicht mehr viel Zeit blieb. Dieses Mal nicht. Also hat er beschlossen, Ihnen als Gruppe einige seiner höchst brisanten Informationen zu hinterlassen. Sie betreffen verschiedene Missstände, die er korrigieren wollte, wozu er jedoch nicht mehr kam. Das obliegt nun Ihnen. Im Austausch erhält jeder von Ihnen die Informationen, die Charlie über Sie gesammelt hat.«

Sie spreizte die Finger und legte die Hände flach auf die Schreibtischplatte. »Es handelt sich dabei um Angelegenheiten, die nicht von jedem x-Beliebigen erledigt werden können. Dazu braucht es ein Team von Spezialisten, und Charlie nahm an, dass Sie fünf insgesamt über alle erforderlichen Kenntnisse und Fähigkeiten verfügen. Um seine Aufträge zu erledigen, müssen Sie jedoch nicht nur zusammenarbeiten, sondern auch zusammenleben.«

»Zusammenleben?« Shook sah aus, als hätte er in eine Zitrone gebissen. Wahrscheinlich hielt er sich für etwas Besseres. Trotzdem blieb er sitzen, statt aus dem Raum zu stürmen, was mich in der Annahme bestärkte, dass er selbst einige Leichen im Keller hatte.

»Ja, Agent Shook. Charlie war der Meinung, auf diese Weise würde er sich am besten Ihrer Kooperation versichern und gleichzeitig die … Verbundenheit zwischen Ihnen fördern, um es mal so auszudrücken.«

Engelchen – Ridge Pfeiffer, korrigierte ich mich selbst – schnaubte laut auf. Ich konnte ihm nur zustimmen. Die Chancen, dass wir uns zusammenraufen und so gute Freunde werden würden, dass wir uns gegenseitig die Haare flochten, tendierten gegen null. Länger als drei Tage gab ich dem Experiment nicht, falls wir wirklich alle zusammen im selben Haus wohnen mussten.

Ich persönlich hatte nichts dagegen, eine Weile an der Küste zu leben. Ich hatte gerade sowieso keinen festen Wohnsitz, und dieses Haus war um einige Kategorien besser als die meisten, in denen ich bisher gewohnt hatte. Allerdings könnte ich ein paar Wechselklamotten gebrauchen und auch einige andere Dinge, die ich zurückgelassen hatte, weil ich dachte, ich müsste nur für eine Übernachtung packen. Meinen SUV, zum Beispiel.

»Was ist mit unseren Sachen?«, wollte ich von Miranda wissen. »Ich habe meine Glücksbringerunterhosen in Georgia gelassen.«

»Es steht Personal bereit, das sich sofort auf den Weg macht und die gewünschten Sachen für Sie holt, sollten Sie Charlies Angebot annehmen.«

»Als ob wir eine Wahl hätten.« Ridge sprach mir aus der Seele und klang dabei recht bitter. Die ganze Sache war ein abgekartetes Spiel. Warum also sich so verhalten, als könnten wir ablehnen? Wir saßen in der Falle. Was meiner Ansicht nach der Verbundenheit untereinander nicht gerade förderlich war.

»Man hat immer eine Wahl, Mr Pfeiffer, wenn man bereit ist, die Konsequenzen seiner Entscheidung zu tragen.« Miranda runzelte leicht die Stirn und presste die Lippen zusammen.

Shooks Miene verfinsterte sich immer mehr.

»Ich glaube, Sie werden schnell feststellen, dass das Leben hier viele Vorteile zu bieten hat«, fuhr Miranda fort. »Charlies Ressourcen stehen Ihnen uneingeschränkt zur Verfügung. Dieses Haus, seine Autos, sein Privatflugzeug, seine technische Ausrüstung und die Computer. Sie können sich jederzeit an mich wenden, genau wie an einige andere, die Charlies Vertrauen genossen haben und Ihnen bei der Erfüllung Ihrer Aufträge ebenfalls gern behilflich sein werden. Sollten Sie darüber hinaus noch etwas benötigen, können Sie es sich jederzeit hiermit beschaffen.«

Sie zog einen Stapel Plastikkarten aus dem großen Umschlag auf ihrem Schoß. »Behalten Sie die mit Ihrem Namen darauf, und geben Sie den Rest weiter.« Sie reichte die schwarzen American-Express-Kreditkarten herum, als verteilte sie Halloweensüßigkeiten an eine Schar Kinder.

Ich drehte meine in der Hand hin und her. »Verdammt, ich hätte nie gedacht, dass ich mal meinen Namen auf so einer sehen würde.«

»Ich auch nicht«, gab Ridge zu. »Und das aus gutem Grund. Wenn wir die benutzen, hinterlassen wir eine Spur, die ein Blinder zurückverfolgen könnte. Sollten wir nicht etwas, wie soll ich sagen, dezenter vorgehen?«

Wesley, Mr Carson Anonym und Mr Bundesagent schüttelten den Kopf.

»Das bringt rein gar nichts«, meinte Wesley. »Privatsphäre ist heutzutage nichts als eine Illusion. Ich brauche deine Kreditkarte nicht, wenn ich dich im Auge behalten will. Ich könnte deine Bewegungen quer über den Planeten verfolgen, selbst wenn du alles bar bezahlen und einen falschen Namen benutzen würdest. Besonders einfach ist es, wenn du ein Handy hast. Dann kann ich dich über das Funksignal orten. Ich kann die LED-Birnen in einem Laden nutzen und dich sogar über die beschissene Kaufhausmusik aufspüren, die aus den Lautsprechern kommt. Solange dein Handy an ist und du dich nicht auf der ISS versteckst, finde ich dich.« Er grinste Agent Shook an. »Falls ich so etwas machen würde, was ich natürlich nie täte.«

»Na klar«, gab Shook ausdruckslos zurück.

»Da will ich lieber gar nicht drüber nachdenken«, stellte ich fest. Außerdem verdeutlichte es, wie schwierig es in der heutigen Zeit geworden war, etwas zu stehlen. Die Polizei konnte einen Dieb wie Ridge ebenso leicht aufspüren wie Wesley eine Zielperson.

»Verdammt, Engelchen«, lobte ich ihn, »da Agent Shook dich bisher nicht gefasst hat, musst du wirklich gut sein.«

Er hob die Augenbrauen und legte den Kopf schief, was wohl so viel heißen sollte wie »Was glaubst du denn?«.

»Diebstahl ganz nach alter Schule«, bemerkte Wes. »Gefällt mir. Sehr retro.« Dann starrte er hinauf zur Decke und bewegte stumm die Lippen, wobei er die Augenbrauen hoch- und zusammenzog, als führte er ein Streitgespräch mit sich selbst. »Ich brauche meine komplette Computerausrüstung, inklusive aller Router, Server, Kabel und Festnetztelefone. Außerdem muss ich Charlies System überprüfen.«

Für mich hörte sich das völlig übertrieben an. Ein Computer war ein Computer. »Ach komm, Wes. Hier in der Nähe gibt es bestimmt einen Elektronikmarkt. Mit den neuen Kreditkarten können wir dir die beste Ausrüstung besorgen, die man für Geld …«

»Elektronikmarkt? Willst du mich beleidigen? Würdest du von Ridge verlangen, dass er sich sein Kletterseil beim Discounter kauft? Oder Carson vorschlagen, sich auf dem Flohmarkt nach neuen Anzügen umzusehen? Hast du eine Ahnung, was meine Ausrüstung wert ist, Steele? Zehntausende. Ich habe alles selbst gebaut, nach meinen ganz persönlichen Bedürfnissen und Anforderungen. Das hat Jahre gedauert, aber jetzt ist mein System jeder Aufgabe gewachsen.« Wes sah mich mit weit aufgerissenen Augen an und atmete schwer. »Wenn ich sage, ich brauche meine Ausrüstung, dann brauche ich verdammt noch mal meine Ausrüstung!«

»Ruhig, Brauner. Wenn du dein Zeug so unbedingt brauchst, besorgen wir es dir eben.«

»Wir stellen Ihnen alles zur Verfügung, was Sie benötigen, natürlich auch Ihre maßgeschneiderte Ausrüstung. Können wir jetzt bitte weitermachen, meine Herren?« Miranda seufzte. »Ich habe heute noch einige andere Termine.«

»Das Böse ruht nie.« Ich zog die Augenbrauen hoch.

Sie grinste mich an. »Wie Sie schon bald herausfinden werden.« Zu meiner Überraschung holte die Drachenlady einen Umschlag aus dem Aktenkoffer und reichte ihn mir. »Sie dürfen den Anfang machen.«

Ich streckte langsam die Hand aus, als könnte der Umschlag mich beißen. Dabei fühlte ich mich wie der Gewinner einer Gameshow, bei der ich gar nicht hatte mitmachen wollen.

»Fünf Aufträge, fünf Umschläge«, verkündete Miranda. »Und jeder von Ihnen wird eine Mission anführen.«

»Ist das auch eine von Charlies Instruktionen?«, erkundigte sich Agent Shook bissig.

»Nein, die ist von mir.« Miranda lächelte ihn selbstzufrieden an. »Meiner Erfahrung nach sind Kriminelle wie Vorschulkinder. Je früher sie lernen, sich den Sandkasten zu teilen, desto besser für alle.«

»Soll ich ihn öffnen?«, fragte ich Miranda.

Sie neigte graziös den Kopf, aber ich zögerte. Sollte der Umschlag Kopien von dem Mist enthalten, mit dem Charlie mich erpresste, würde ich ihn keinesfalls in dieser Runde öffnen. Ich traute diesen Typen nicht weiter, als ich sie werfen konnte. Nicht, dass ich etwas zu verbergen gehabt hätte, aber es würde anderen Menschen schaden, wenn gewisse Dinge ans Licht kämen. Ich ließ die Verdienstmedaille über meine Handknöchel tanzen, hin und her, während ich meine Möglichkeiten abwägte.

Miranda schien meine Bedenken zu erraten. »Die Informationen in dem Umschlag beziehen sich ausschließlich auf den Fall, den Sie übernehmen sollen«, versicherte sie mir. »Die Sie betreffenden Informationen bleiben unter Verschluss, es sei denn, Sie möchten sie preisgeben.« Sie blickte in die Runde. »Das gilt für Sie alle.«

Miranda stand auf und klappte den Aktenkoffer zu. Mit dem typischen Klicken rasteten die Schlösser ein. »Im ersten Stock befinden sich die Gästezimmer, bitte suchen Sie sich jeder eines aus. Josie steht Ihnen für alle Fragen zum Haus oder zu Ihren persönlichen Sachen zur Verfügung. Ansonsten gehe ich davon aus, dass Sie alle wissen, was Sie zu tun haben.« Sie musterte jeden von uns ein letztes Mal. »Viel Glück, meine Herren. Charlie glaubte an Sie, und falls es Sie interessiert, ich tue es auch.«

Ich steckte die Medaille zurück in die Hosentasche. Dann riss ich den Umschlag auf und entdeckte einen Stapel Fotos darin, die ich herauszog. Wesley beugte sich vor und stieß einen anerkennenden Pfiff aus.

Zu Recht. Grundgütiger. Die Aufnahmen zeigten einen Dreier unter Männern. Und waren ziemlich heiß, wenn man den Alten in der Mitte ignorierte, was leichtfiel, da sein Gesicht nicht zu erkennen war. Aber die übrigen beiden? *Wahnsinn.* Der eine hatte braunes Haar und unglaubliche Bauchmuskeln, der andere war blond und hatte den knackigsten Hintern, den ich je gesehen hatte. Der Alte hatte wirklich Glück. Wahrscheinlich bezahlte er die beiden dafür.

Moment mal. Ich hielt mir die Fotos dichter vor die Augen und ließ den Blick zwischen dem Blonden und

Ridge hin- und herwandern. Bei all der nackten Haut und den beiden Knackärschen auf den Bildern fiel es mir schwer, mich auf das Wesentliche zu konzentrieren. Trotzdem war ich mir sicher, herausgefunden zu haben, womit Charlie unseren Meisterdieb erpresste.

Ich schob die Bilder zurück in den Umschlag und hielt ihn Ridge hin. »Hey, Engelchen, gibt es irgendwas, das du der Klasse mitteilen möchtest? Vielleicht ein paar alternative Einkommensquellen, die du bisher verheimlicht hast?«

Ridge nahm den Umschlag mit einem Gesichtsausdruck entgegen, als vermute er Hundescheiße darin. Etwas anderes war der Inhalt für ihn sicher auch nicht. Das merkte man ihm an, als er die Fotos herauszog.

»Sie zeigen einen Freier mit zwei Escort-Boys«, erklärte ich Carson und Mr Bundesagent, die sich nicht von ihren Plätzen gerührt hatten. »Wer der Freier ist, weiß ich nicht, aber der Blonde mit dem erfreulich knackigen Hintern sieht Engelchen zum Verwechseln ähnlich.«

Mit versteinerter Miene blätterte Ridge die Fotos durch, dann noch einmal. Eins zog er zur näheren Betrachtung heraus. Kurz blitzte Schmerz auf seinen Zügen auf, und von da an stand für mich fest, dass ich ihm helfen würde, egal, worum es bei diesem Fall ging. Einem hübschen Kerl in Not konnte ich nicht widerstehen.

»Und?« Wesley konnte seine Neugier nicht länger unterdrücken.

Mit grimmiger Miene gab Ridge mir den Stapel zurück. »Das bin nicht ich auf den Fotos«, erklärte er. »Das ist mein Zwillingsbruder Breck.«

KAPITEL 2

BRECK

»Work Bitch« von Britney Spears plärrte aus dem Handylautsprecher und riss mich aus einem Albtraum, in dem ich fast in eiskaltem Wasser ertrunken wäre. Ich zitterte immer noch so heftig, dass mir die Zähne klapperten.

Obwohl ich dem unbekannten Anrufer dankbar für meine Rettung war, ärgerte ich mich gleichzeitig sehr über die Frechheit, mich noch vor dem Morgengrauen aus dem Schlaf zu klingeln. Gut, genau genommen war es bereits später Vormittag, aber ich war schon immer eher eine Nachteule als eine Frühaufsteher-Lerche gewesen, also kam es auf das Gleiche raus.

Traurigerweise war mir die eisige Kälte aus dem Land der Träume in die subarktische Wirklichkeit meiner »geborgten« Mietwohnung in Dupont Circle gefolgt.

»Was?«, blaffte ich in das Handy, als der Traum sich verflüchtigt und mein Puls sich beruhigt hatte. Mühsam öffnete ich ein Auge. Zum Glück nur einen Spaltbreit, denn einzelne Strahlen grellen Sonnenlichts stahlen sich an den Rändern der Verdunklungsvorhänge vorbei und drohten, mir die Netzhaut zu versengen. Schnell kniff ich das Auge wieder zu.

»Ich habe Neuigkeiten für dich«, verkündete eine Männerstimme. Sie triefte nur so vor Schadenfreude.

Shit. Emilio. Der stand auf meiner Popularitätsliste ganz weit unten, und wenn man in Betracht zog, mit welcher Art von Leuten ich neuerdings zu tun hatte, wollte das etwas heißen.

Ich schlug die Augen auf und starrte die Zimmerdecke an, wobei ich mich im Stillen mal wieder dafür verfluchte, dass ich nie nachsah, wer anrief, bevor ich abnahm. Zur Strafe würde ich mir jetzt zehn Minuten lang Emilios gehässiges Gerede anhören müssen.

Deswegen wurde die Anruferidentifizierung erfunden, Dumpfbacke.

Für die meisten Leute klingt ihre innere Stimme wahrscheinlich genau wie sie selbst, nur ein bisschen gemeiner. Bei mir war das anders, was einerseits ein Vorteil, andererseits ein Nachteil war. Meine innere Stimme hörte sich genauso an wie die meines Zwillingsbruders Ridge. Er und ich unterschieden uns nur in einer Sache: Ridge war ein Kontrollfreak, der kein Blatt vor den Mund nahm, und er nannte mich gern »Dumpfbacke«. Ich liebte ihn trotzdem mehr als irgendjemanden sonst auf diesem Planeten. Somit galt für meine innere Stimme dasselbe wie für Ridges Existenz: Ich empfand sie gleichzeitig als beruhigend und nervig.

Mann, wie ich ihn vermisste. Meistens. Aber in diesem Moment war ich froh darüber, dass Ridge sich rarmachte, seit ich mich an der George Washington University eingeschrieben hatte. Er würde mir einen mächtigen Tritt in den Hintern verpassen, wenn er wüsste, in was ich mich hineingeritten und was ich mit dem Geld für die Studiengebühr angestellt hatte, das er mir gegeben hatte.

Ridge hatte mich unsere ganze Kindheit hindurch vor den Mobbern beschützt, die es auf mich abgesehen hatten. Er hatte die Schuld auf sich genommen, wenn wir im Supermarkt beim Erdnussbutterklauen erwischt wurden, weil unsere Mutter wieder einmal abgetaucht war und uns ohne Essen allein gelassen hatte. Er hatte mir das ganze Geld aufgezwungen, das sein erster großer Coup ihm eingebracht hatte, weil einer von uns die Chance erhalten sollte, für etwas anderes bekannt zu werden als Diebstähle. Und das würde nicht er sein, hatte Ridge betont. Er würde also ganz sicher einiges zu den Entscheidungen zu sagen haben, die ich in letzter Zeit getroffen hatte.

In meinem Fünfjahresplan war Prostitution eigentlich nicht vorgesehen gewesen, und genauso wenig hatte ich vorgehabt, Ridges Geld unserer drogenabhängigen Mutter zu geben. Aber wie man so schön sagt: Pläne ändern sich.

»Rocky, hörst du mir überhaupt zu?«, erkundigte sich Emilio.

Rocky. Der dämlichste Deckname aller Zeiten. Frag niemals einen betrunkenen, verängstigten und heimwehkranken Escort-Boy aus Colorado nach seinem Namen. Denn er wird den erstbesten nennen, der ihn an die Berge seiner Heimat erinnert, und dann für die nächsten Monate damit leben müssen, dass die Leute ihm »Hey, Adrian!« hinterherrufen, wenn sie ihn sehen.

»Eigentlich nicht. Wenn du möchtest, dass ich dir zuhöre, darfst du nicht so früh anrufen.«

»Es ist fast zehn!«

»Und ich bin erst um drei ins Bett gekommen«, entgegnete ich schnippisch und ohne nachzudenken.

»Oh-ho-hooooh!« Keine Ahnung, wie er es anstellte, aber Emilio klang gleichzeitig neckend, bewundernd und bedrohlich. »Weiß Cisco, dass du gestern Abend feiern warst?«

Verdammt.

Cisco war unser Arbeitgeber, unser Vermittler, unser … Ach, was soll's: Er war unser Zuhälter, und ihm würde es gar nicht gefallen, wenn ich mir nebenbei auf Partys etwas dazuverdiente. Was nicht der Fall war. Unglücklicherweise würde Cisco das, was ich wirklich getan hatte, jedoch noch viel weniger gefallen.

»Man kann doch mal lange auf sein, ohne zu feiern«, protestierte ich. »Ich war zu Hause und habe ferngesehen.«

»Na klar. Also, wenn ich mich umhören würde oder Cisco das täte, dann hätte dich niemand in den Klubs oder Hotels gesehen, richtig?«

Shit. Ich war wahrscheinlich auf den Sicherheitsvideos von gut einem halben Dutzend der Hotels zu finden, die Ciscos Jungs regelmäßig benutzten. Aber ich war aus einem anderen Grund dort gewesen – ich hatte nach Danny gesucht. Das durften jedoch weder Emilio noch Cisco erfahren. Meine einzige Chance war also, auf die erste Lüge noch eine draufzusetzen.

»Oh ja, ich weiß, es ist schwer zu verstehen. Aber genau das bedeutet ›zu Hause sein‹, Schätzchen«, konterte ich affektiert.

Emilio lachte leise auf. »Und wo genau ist dieses Zuhause?«

Das war eine verdammt gute Frage.

Ich rollte mich in dem großen Doppelbett auf die Seite, zog mir die Decke bis unters Kinn und genoss den künstlichen Winter, den ich mithilfe der Klimaanlage und ohne Rücksicht auf die Kosten erzeugt hatte. Die Rechnung war zum Glück nicht mein Problem, denn ich würde sie nicht bezahlen müssen.

Ich überlegte kurz, wie es Chad, dem Angeber aus meinem Moderne-Ethik-und-Kultur-Kurs, der eigentlich hier wohnte, wohl gerade auf dem Rucksacktrip durch Skandinavien erging, von dem er das ganze letzte Semester über unentwegt geschwärmt hatte. Die günstige Gelegenheit, für ein paar Wochen keine Miete zahlen zu müssen, hatte ich mir nicht entgehen lassen und mich kurzerhand in seiner Wohnung eingenistet. Er würde wahrscheinlich vor Wut abgehen wie ein Zäpfchen, wenn er das wüsste, aber da ich seine Pflanzen für ihn goss, war es meiner Ansicht nach ein fairer Deal.

»Kein Mensch weiß auch nur das kleinste bisschen über dich, Rock. Es wird Zeit, dass du uns endlich mal alle zu Kaffee und Kuchen zu dir einlädst«, verlangte Emilio.

In hundert Jahren nicht. Danny war der Einzige, mit dem ich mich in den letzten Monaten angefreundet hatte, und nicht einmal er kannte meinen richtigen Namen oder wusste, wo ich gerade unterkam. »Du weißt doch, wie wichtig mir meine Privatsphäre ist, Emilio. Ein paar Dinge behält ein Mädchen eben lieber für sich.«

»Klar«, meinte Emilio, »dann nehme ich an, der Grund, warum du dich in den letzten Wochen kaum hast blicken lassen, ist auch so eine Sache, die du lieber für dich behältst?«

Die Neugierde in Emilios Stimme sprang mich fast an, und für einen Augenblick war ich versucht, ihm die Wahrheit zu sagen. Aber Cisco hatte mir deutlich zu verstehen gegeben, dass es besser für mich war, wenn ich nichts über die Angelegenheit verriet. Nicht, dass er mir viel hätte antun können. Schließlich hatte ich mir dieses Leben ausgesucht. Ich musste im Notfall nur meinen Stolz hinunterschlucken und Ridge um Hilfe bitten. Danny jedoch war ein Straßenkind. Er konnte nirgendwohin und hatte niemanden, an den er sich wenden konnte.

Cisco hatte es besser drauf als ein vierzehnjähriger Teenager, die Schwachpunkte eines anderen zu erkennen, und er hatte gedroht, es an Danny auszulassen, wenn ich den Mund nicht halten könnte. Vertraute ich mich Emilio an, würde er mich schneller bei Cisco anschwärzen, als mein Vater nach einem Blick auf den positiven Schwangerschaftstest meiner Mutter die Stadt verlassen hatte.

Also würde ich Stillschweigen bewahren, bis ich Danny gefunden hatte, und einen Weg, wie wir beide aus diesem Schlamassel wieder herauskamen. »Genau«, bestätigte ich, »ich musste was Persönliches regeln.«

»Aha. Aber es wird allmählich Zeit, dass du dich wieder in den Sattel schwingst, Herzchen, und dich von deiner schmutzigen Seite zeigst. Ich habe einen Job, für den ich dich brauche.«

»Welcher Kunde?« Schon der Gedanke an einen Freier, egal welchen, verursachte mir Übelkeit.

»Snow White.«

Oh, fuck. Auf keinen Fall!

Aus Sicherheitsgründen benutzte in diesem Geschäft niemand seinen echten Namen. Weder die Escorts noch die Freier. In Washington, D. C., war die Wahrscheinlichkeit groß, dass man den Joe Smith, dem man in der letzten Nacht einen geblasen hatte, am nächsten Tag im Fernsehen wiedersah, wo er behauptete, dass die Einwanderer uns unsere Waffen abnehmen wollten, oder einen ähnlichen Blödsinn. Selbst wenn man den richtigen Namen eines Freiers kannte, behielt man ihn lieber für sich, denn sonst bestand die Gefahr, dass man noch am selben Tag einen Prozess und eine Räumungsklage am Hals hatte.

Die mächtigsten Männer waren gleichzeitig die perversesten. Das war eine Tatsache, die man in diesem Geschäft ganz früh lernte. Je mehr sie ihre Homosexualität versteckt hielten, desto bösartiger waren die Freier. Und Snow White war der schlimmste von allen.

Dieser Psychopath war schuld an Dannys Verschwinden. Seinetwegen hatte ich mich tagelang in Chads Wohnung verkrochen und meinen Plan geändert. Anders als ursprünglich gedacht, würde ich die Stadt nicht erst dann verlassen, wenn ich Ridge das Geld zurückgeben konnte, sondern sobald ich Danny gefunden hatte.

Das College war mir inzwischen scheißegal, und ich würde schon einen anderen Weg finden, das Geld für meinen Bruder aufzutreiben. Wenn man ausgeknockt wird, während man versucht, zu verhindern, dass jemand den besten Freund zu Brei schlägt, überdenkt man schon mal seine Lebenssituation.

»Für den bin ich noch nicht wieder bereit«, verkündete ich. »Aber trotzdem danke, Emilio.«

»Ich denke schon, dass du es bist«, erwiderte Emilio. »Sonst muss ich Cisco sagen, dass du dich weigerst.«

Das war also der Preis für Emilios Schweigen. Entweder ich übernahm den Job, oder er würde Cisco fragen, wo ich mich letzte Nacht herumgetrieben hatte. Und wenn Cisco erst einmal mit seinen Nachforschungen anfing, würde er sehr bald herausfinden, dass ich nach Danny suchte, der seit der Nacht untergetaucht war, in der Snow White uns verprügelt hatte. Womöglich würde Cisco mich sogar benutzen, um Danny ausfindig zu machen. Und eines war sicher – falls Danny noch am Leben war, wollte er auf keinen Fall von Cisco aufgespürt werden.

Ich zog mir das Kissen über den Kopf und hieb mit der flachen Hand auf die Matratze ein. Von draußen drang der Lärm eines Müllwagens herein, der seine Runde machte, und der Mieter der Wohnung über mir spielte auf seiner Tuba. Die tiefen Töne drangen mühelos durch die Decke. In dieser Stadt lebte eine halbe Million Menschen, die alle mit ihren eigenen Problemen zu kämpfen hatten, das war mir klar. Trotzdem hätte ich in diesem Moment mit jedem von ihnen getauscht.

»Hast du das schon mit Cisco besprochen?« Ich konnte mir nicht vorstellen, dass Cisco mich noch einmal zu Snow White schicken würde. Nicht nachdem der Typ vor zwei Wochen komplett ausgerastet und im Drogenrausch wie ein wütender Bulle auf Danny und mich losgegangen war.

Andererseits war es jedoch vielleicht genau das, was Cisco tun würde. Er war kein besonders warmherziger, mitfühlender Zuhälter, falls es so was überhaupt gab.

»Ja, Cisco wollte, dass ich dich anrufe«, bestätigte Emilio. »Snow White schmeißt eine Riesenparty, irgend so eine Spendenaktion, die er jedes Jahr veranstaltet. Du weißt schon, alte weiße Geldsäcke in Designerklamotten, die Champagner trinken und sich über wichtige Themen unterhalten wie zum Beispiel … Pferde? Oder

Aktien? Über was stinkreiche Leute eben so reden. Aber da unser guter Snow White bekanntlich ein Perverser ist, findet gleichzeitig noch eine ganz andere Party statt, verstehst du?« Er lachte leise und bewundernd. »Die Weiber denken, ihre Männer ziehen sich ins Hinterzimmer zurück, um übers Geschäft zu reden, dabei geht es in Wirklichkeit um die Art von Geschäft, bei der Schwänze gelutscht werden und sich die Leute das Hirn rausvögeln lassen. Letztes Jahr war es der pure Wahnsinn. Es gab verdammt viel Trinkgeld. Außerdem können du und ich doch Spaß miteinander haben, oder? Wir könnten denen eine tolle Show bieten.«

Spaß, nun ja. Es hatte eine Zeit gegeben, da wäre Emilio genau mein Typ gewesen: dunkelhaarig, mit dunklen Augen, sonnengebräunt und fit. Traurigerweise konnte ich mich nicht einmal mehr daran erinnern, wann ich mich das letzte Mal ehrlich zu jemandem hingezogen gefühlt hatte. Vor einem halben Jahr hatte ich angefangen, mich mit Freiern einzulassen, also musste es irgendwann davor gewesen sein.

»Hell und dunkel? Die Typen stehen auf den Kontrast«, meinte Emilio.

Die Kerle standen tatsächlich auf meine blonden Locken und blauen Augen, die mir das Aussehen eines Engels verliehen. Manche wollten mich entweihen, andere wollten mich anbeten. Aber alle waren der Überzeugung, so gut wie mit ihnen wäre Sex für mich noch nie gewesen, und sie bezahlten mich prächtig dafür, dass ich sie in dem Glauben ließ.

Zynisch? Ich? Na gut, vielleicht ein bisschen.

»Ich weiß nicht, Süßer«, sagte ich zögerlich. »Lass mich drüber nachdenken.«

Emilio seufzte. »Es ist so, Rock. Ich wollte es dir schonend beibringen, aber du hast in dem Fall keine Wahl. Dein Freund Danny, der sich wer weiß wohin verdrückt hat, hat angerufen und Cisco mitgeteilt, er wäre raus. Als ob das so einfach ginge. Schließlich steht er tief in Ciscos Schuld, dafür, dass er ihn gerettet hat.«

Mein Magen vollführte einen Salto. »Er hat sich bei Cisco gemeldet?«

»Vor zwei Tagen«, berichtete Emilio, und ich schloss vor Erleichterung die Augen. Dann war Danny am Leben, oder zumindest war er das vor zwei Tagen noch gewesen.

»Tja, und da Snow White ausdrücklich nach Danny verlangt, hat Cisco seine Männer auf die Suche geschickt. Aber Danny ist spurlos verschwunden.« Damit bestätigte Emilio, was ich gestern Nacht auf meiner stundenlangen Tour durch die Stadt ebenfalls herausgefunden hatte.

»Also hat Cisco beschlossen, dass du am Samstag an Dannys Stelle zu Snow White gehst. Ich schicke dir eine Nachricht mit den Einzelheiten. Und wenn du nicht erscheinst, verschwindest du besser für immer, denn Cisco wird ein Kopfgeld auf dich aussetzen.«

Ich zuckte zusammen. »Verdammt!« Mir war klar, dass Emilio nicht scherzte. Aber wenn Snow White hinter Danny her war, war Cisco mein kleinstes Problem. Snow White interessierte sich ganz sicher nicht wegen der guten Blowjobs für Danny, sondern weil er sicherstellen wollte, dass Danny über jene Nacht den Mund hielt. Und zwar für immer.

Ich warf die Decke beiseite, sprang aus dem Bett und lief in dem schmalen Raum hin und her. Obwohl die

Klimaanlage praktisch Eiswürfel ausspuckte, war ich in Schweiß gebadet. Die Lage war wirklich übel.

»Weißt du, ich verstehe dich nicht. Dieses ganze Drama, nur weil du deinen Job machen sollst«, sagte Emilio, und ich wäre beinahe in Lachen ausgebrochen. Der Typ hatte doch keine Ahnung, worum es hier wirklich ging. »Du hast zu den besten Pferden in Ciscos Stall gehört. Du hattest Potenzial.«

Damit lag Emilio nicht ganz falsch. Im Büro des Vertrauenslehrers an meiner alten Highschool hing ein Poster an der Wand, das uns wohl als Inspiration hatte dienen sollen. Es zeigte einen bunt gestreiften Heißluftballon, und darüber prangte völlig zusammenhanglos die Überschrift: »Was immer du tust, mach es gut!« Ich war mir ziemlich sicher, dass Mr Cheever nicht von mir erwartet hätte, dieses Motto auch auf die Prostitution anzuwenden, allerdings nur, weil die Erziehungsbeauftragten von Alamosa, Colorado, unvorstellbar einfallslose Blödmänner waren.

Ich war nie der Illusion aufgesessen, Sex sollte eine heilige, magische Erfahrung sein – ich hatte einfach Spaß daran, fertig. Deshalb war ich auch nicht völlig entsetzt gewesen, als Cisco mich an jenem Abend an der Bar des Klubs angesprochen hatte, wo ich meine Sorgen wegen der fünfzigtausend Dollar zu ertränken versuchte, die mir dank meiner lieben Mutter für die Studiengebühr fehlten. Warum zum Teufel eigentlich nicht, hatte ich gedacht und die Gelegenheit bereitwillig ergriffen.

Escort-Boy steht bei niemandem auf der Liste der Traumberufe, und die Aufstiegschancen sind gleich null, aber ich war noch nie der Typ für halbe Sachen. Ich will nicht angeben, aber als ich mich dem ältesten

Gewerbe der Welt erst einmal ernsthaft verschrieben hatte, war ich sensationell gut darin. Äußerst professionell plante ich jede Begegnung mit kühlem Kopf und größter Präzision. Sowohl Männer als auch Frauen standen auf mich. Ich war durchtrainiert, gepflegt und hatte meine Fähigkeiten perfektioniert.

Worüber gewöhnlich niemand spricht, das ist die seltsame Macht, die man ausüben kann. So war es jedenfalls für mich. Ganz ehrlich, es war eine lebensverändernde Erfahrung, als ich das erste Mal vor einem Mann kniete und hörte, wie er mich um mehr anbettelte.

Über diesen ersten Freier könnte ich nicht mehr viel sagen. Weder sein Aussehen noch sein falscher Name oder die erfundene Geschichte, die er über sich erzählte, sind mir im Gedächtnis geblieben. Aber was ich nie vergessen werde, ist seine Armbanduhr, eine Patek Philippe Triple Complication mit Ziffernblatt aus Weißgold, die er an einem schwarzen Band aus Krokodilleder ums Handgelenk trug. Diese Uhr war mehr wert als der Wohnwagen, in dem Ridge und ich aufgewachsen waren. Ach was, den ganzen Wohnwagenpark hätte man damit bezahlen können, und einen Sportwagen von Bugatti noch dazu.

Aber als ich mit seinem Schwanz im Mund vor ihm kniete, war es völlig egal, dass er genug Geld hatte, um mich im wahrsten Sinne des Wortes kaufen zu können. Ich besaß die Macht, ihn betteln zu lassen. Ich hielt ihn immer ganz knapp vor dem Höhepunkt, und er hätte alles dafür getan, dass ich ihn endlich kommen ließ. Auf meinen Befehl hin hätte er wie ein Hund gebellt, mir die Uhr überschrieben oder ewige Liebe geschworen – und das alles ohne das geringste Zögern.

Ich hatte die Kontrolle gehabt. Mich stark gefühlt. Unantastbar.

Bis ich den unumstößlichen Beweis dafür erhalten hatte, dass ich keineswegs unantastbar war.

»Was auch immer du für ein Problem hast, Rocky, komm drüber weg«, riet mir Emilio. »Cisco entscheidet, wann er mit uns fertig ist. Vergiss das nicht.« Er schwieg kurz. »Und mit dir ist er noch nicht fertig.«

Das Handy bestätigte mit dreimaligem Piepen, dass er aufgelegt hatte.

Na super. Verdammte Scheiße.

Ich zog mir ein T-Shirt und Basketballshorts an und machte mir zur Beruhigung eine Tasse Zitronentee. Etwas anderes hatte ich in Chads Küchenschrank nicht gefunden.

Während der Tee zog, rief ich Danny an. Seine Mailbox ging dran. Mal wieder.

»Verdammt noch mal, Danny, ruf mich endlich zurück. Emilio sagt, Cisco ist auf der Suche nach dir, und Snow White auch. Ich will dich zu nichts überreden, in Ordnung? Ich will nur wissen, ob es dir gut geht.«

Ich warf das Telefon auf die Arbeitsplatte, wo es geräuschvoll landete, und drückte mir die Handballen gegen die Augen. Was ich brauchte, war ein Plan. Eine Liste. Sich einzugestehen, dass man ein Problem hatte, war immer der erste Schritt.

Das bezieht sich auf Suchtabhängige, Dumpfbacke.

Die bissige Bemerkung war tröstlich wie eine warme Decke, und zum ersten Mal dachte ich ernsthaft daran, Ridge anzurufen. Allerdings hatte er selbst bis zum Hals in irgendeiner schwierigen Situation in Florida gesteckt, als wir das letzte Mal miteinander gesprochen hatten.

Abgesehen davon hatte ich mir etwas geschworen, als Ridge mir das Geld für die Studiengebühr gegeben hatte. Ein weiteres Mal würde ich seine Hilfe nicht in Anspruch nehmen. Auf keinen Fall wollte ich enden wie unsere Mutter, die andere ausnutzte, bis sie alle vergrault hatte.

KAPITEL 3

STEELE

Meine morgendliche Joggingrunde am Strand führte mich an zahlreichen Villen vorbei, von denen eine größer war als die andere. Sie ragten aus dem weißesten Sand hervor, den ich je gesehen hatte. Es musste schön sein, wenn man so reich war. Theoretisch beging ich wahrscheinlich Hausfriedensbruch, aber ich glaubte nicht, dass ich so früh am Morgen jemanden stören würde.

Ich nickte einem alten Mann grüßend zu, der vom Strand aus seine Angel in der Brandung ausgeworfen hatte. »Glück gehabt?«

»Die Fische schon.«

Ich lachte und lief weiter, meine Füße trafen in stetigem Rhythmus auf den festen, nassen Sand. Schweißperlen rannen mir übers Gesicht und brannten mir in den Augen, doch da mein gesamter Körper in Schweiß gebadet war, blieb mir nichts anderes übrig, als es zu ertragen. Die Luftfeuchtigkeit war eben verdammt hoch hier im Süden. Immerhin wehte eine leichte Brise vom Golf herüber und brachte mir etwas Abkühlung, und der hypnotischen Wirkung des sanften Plätscherns der heranspülenden Wellen konnte ich mich kaum entziehen.

Ich hörte nie Musik beim Joggen, sondern genoss die Ruhe. Laufen war meine Art der Meditation. Dabei konnte ich wunderbar meine Gedanken ordnen, während ich gleichzeitig etwas für meine körperliche Fitness tat. Und nach allem, was gestern bei und nach der Beerdigung passiert war, gab es eine Menge, worüber ich nachdenken musste. Erinnerungsfetzen aus meiner Zeit beim Militär blitzten vor meinem inneren Auge auf und machten mir bewusst, wie viel mehr Spaß ich am Laufen hatte, wenn ich keine fünfunddreißig Kilo schwere Ausrüstung mit mir herumschleppen musste und unterwegs noch dazu eine solch schöne Aussicht genießen konnte.

Angenehm überrascht hatte ich festgestellt, dass sich in einem der Außengebäude auf Charlies Grundstück ein voll ausgestattetes Fitnessstudio befand. Das war sehr praktisch, sollte ich einmal keine Lust haben, die wenigen Meter zum Strand zurückzulegen. Charlies Haus bot alles, was man sich nur vorstellen konnte: eine Sauna, einen Whirlpool, ein Dampfbad, einen Pool und einen Weinkeller. Es musste schön sein, so viel Geld zu haben. An den Luxus könnte ich mich wirklich gewöhnen.

Jedenfalls für die Dauer meines Aufenthalts.

Die lange Hecke, die Charlies Grundstück von dem der Nachbarn abgrenzte, kam in Sicht, und ich verlangsamte mein Tempo und lief die letzten Meter zur Rückseite des Hauses ganz gemächlich. An der steinernen Feuerstelle, die sich unter einem der vielen Balkone befand, traf ich auf Agent Shook, der gerade das Fitnessstudio verließ.

Oh, Entschuldigung, es hieß ja »Special Agent Shook«. Der liebe Gott mochte verhüten, dass ich je vergaß, wie speziell er war. Vor allem jetzt bestand da nicht die geringste Gefahr.

Shooks Brust war schweißnass, sein Atem ging schwer. Er war durchtrainiert, aber eher ein drahtiger Typ. Wie bei einem Boxer zeichneten sich seine Armmuskeln wie Taue unter der Haut ab, und so ein Sixpack wie seins bekam man nur durch eine Kombination aus genetischem Glücksfall, eisernem Training und strikter Diät.

Ja, ich würde ihn nicht von der Bettkante stoßen. Ich war auf keinen speziellen Typ Mann festgelegt, und große Kerle wie er waren perfekte Partner für guten, harten Sex, wie ich ihn ab und zu schätzte.

»Alvarez«, begrüßte er mich, als ich näher kam.

»Agent Shook.« Mit hochgezogenen Augenbrauen nahm ich das Handtuch entgegen, das er mir reichte.

»Ich habe gesehen, wie du den Strand entlanggejoggt bist, und du wirkst etwas verschwitzt.«

Sein Blick folgte dem Handtuch, mit dem ich mir über die Brust wischte. Er schien die Show zu genießen, also nahm ich mir Zeit und trocknete mich gründlich ab, darauf bedacht, jeden Schweißtropfen zu erwischen. Da ich nichts weiter anhatte als meine knappen Laufshorts, gab es sehr viel Haut, die abgetrocknet werden wollte.

»Du wirst bestimmt schnell braun«, bemerkte Shook.

»Nein.« Ich hakte einen Daumen unter den Bund der Shorts und zog sie an der Seite ein Stückchen herunter, damit er sich davon überzeugen konnte, dass sich dort kein Bräunungsstreifen abzeichnete. »Ich bin von Natur aus ein dunkler Hauttyp.«

»Nun ja«, er verschränkte die Arme. »Du tust offensichtlich sehr viel für deine Fitness.«

War das etwa ein Beinahe-Lächeln? »Berufliche Notwendigkeit, aber nett, dass du es erwähnst. Und bitte sag Steele zu mir, nur meine Mutter nennt mich Alvarez.«

Er runzelte die Stirn, wodurch sich die Falte über seiner Nasenwurzel noch weiter vertiefte. Mir kam der Verdacht, dass sie nie ganz verschwand. »Tatsächlich?«, fragte Shook.

Ich lächelte ihn an. »Nein, und wenn sie noch mit mir spräche, würde sie mich ›Cassie‹ rufen.«

»Cassie?« Er grinste breit.

»Sie ist die Einzige, die mich so nennen durfte.«

»Warum spricht sie nicht mehr mit dir?«

Das Klappern von Geschirr und das Geräusch von Metallstühlen, die über Beton gezogen wurden, klangen zu uns herüber. Irgendwo in der Nähe bellte ein Hund. »Lass es mich so formulieren: Sie war nicht immer mit den Entscheidungen einverstanden, die ich in meinem Leben getroffen habe.«

Er brach überraschend in Lachen aus. »Und welche genau? Ich wette, deine Mutter hatte eine große Auswahl.«

Ich schüttelte lachend den Kopf. »Fast alle. Angefangen damit, dass ich mich zum Militärdienst gemeldet habe. Und die Tatsache, dass ich ihr nie ein nettes Mädchen als potenzielle Schwiegertochter vorstellen werde, hat ihr den Rest gegeben.«

Shook rieb sich mit einer Hand über den Dreitagebart. Wenn er mich nicht gerade musterte, als ob er mich am liebsten verhaften würde, war Agent Shook ein gut aussehender Mann. Mir gefiel es, wenn ich nach einer leidenschaftlichen Begegnung die Spuren von Bartstoppeln auf meinen Oberschenkeln spürte. Er seufzte. »Ja, meine Eltern waren davon auch nicht begeistert. Von beidem nicht.«

»Du hast auch gedient?«

Er überschattete die Augen mit einer Hand und blickte aufs Wasser hinaus. »Ich hätte jetzt wirklich gern eine Tasse Kaffee.«

Das war ein Ja. Aber ich wollte nicht weiter nachhaken. Jeder hatte das Recht auf seine Geheimnisse, und offensichtlich hatten wir alle mindestens eins. »Ich wette, das lässt sich einrichten. Der gute alte Charlie hat hier bestimmt irgendwo einen von diesen schicken Kaffeevollautomaten herumstehen.«

»Er war nicht alt«, bemerkte Shook, während wir am Pool vorbei zu der schattigen Terrasse vor der Küche gingen.

»Wer?«

»Charlie. Er war jünger als ich, und ich kann es immer noch nicht fassen, dass er tot ist.«

»Ich auch nicht«, sagte Josie, die auf der Terrasse wartete. »Es ist so traurig.« Sie hatte an diesem Tag auf die Hausmädchenuniform verzichtet und trug stattdessen eine leichte Caprihose und ein mädchenhaftes T-Shirt. Die legere Kleidung ließ sie jünger wirken.

»Wow, Miss Josie, das sieht fantastisch aus«, sagte ich beim Anblick des üppigen Frühstücks, das uns erwartete. Sie hatte mehrere Schüsseln mit aufgeschnittenem Obst auf dem großen Tisch im Schatten verteilt und jeden Platz eingedeckt. Auf einem langen Nebentisch standen ein Toaster sowie eine Auswahl verschiedener Brotsorten und Aufstriche. Josie war entweder schon vor dem Morgengrauen zur Arbeit gekommen, oder sie hatte hier übernachtet.

»Das wäre wirklich nicht nötig gewesen, Josie«, fügte Shook hinzu, griff aber gleichzeitig nach einer Kaffeetasse und einer Thermoskanne.

Josie zuckte mit den Schultern. »Was um Himmels willen soll ich denn sonst mit meiner Zeit anfangen? Stricken? Fernsehen? Ich koche eben gern für Gäste.«

Die Frau brachte mich ins Grübeln. Welche Aufgabe hatte sie eigentlich, und wer bezahlte sie dafür? Wohnte sie auch auf dem Grundstück? Vielleicht in der kleinen Wohnung über dem Poolhaus?

»Ist sonst noch jemand wach?«, erkundigte sich Shook.

»Nicht, dass ich wüsste, Agent Shook.« Josie nahm auf einem der Stühle Platz und schenkte sich ein Glas Orangensaft aus einem Krug ein, der in einer Schale mit Eiswürfeln stand.

Shook löffelte Zucker in seinen Kaffee, gab einen ordentlichen Schuss Kaffeesahne dazu und lächelte sie an. »Bitte nennen Sie mich doch Leo.« Er prostete mir mit der Tasse zu. »Das gilt auch für dich, Steele.«

»Ich fühle mich geehrt«, sagte ich.

Er verzog den Mund zu einem Grinsen, nippte an seinem Kaffee und seufzte zufrieden, als das Koffein seine Wirkung tat.

»Ich hätte dich eher für den Typ gehalten, der seinen Kaffee schwarz trinkt.« Ich nahm mir einen Orangenschnitz aus einer der Schalen.

»Die schwarze Brühe muss ich oft genug im Büro trinken. Wenn ich kann, verwöhne ich mich ein bisschen.«

»Du lässt es ja ganz schön krachen, Shook.«

Ich wollte mich neben Josie setzen, als mir aufging, wie sehr ich nach Schweiß riechen musste. Es wäre wirklich unfair, meinen üblen Gestank anderen Leuten zuzumuten, vor allem beim Essen.

»Ich gehe duschen und wecke dann die anderen, Miss Josie, damit sie zum Frühstück runterkommen. Sollte nicht länger als eine Viertelstunde dauern. In Ordnung, Ma'am?«

»Das ist absolut in Ordnung, Steele, mein Lieber. Und bitte sag Du zu mir.«

Ich schüttelte bedauernd den Kopf. »Tut mir leid, aber das geht nicht. Meine Mama würde aus Georgia einfliegen und mir schon allein für den Versuch eine Ohrfeige verpassen.«

Das brachte Josie zum Lachen. »Na schön.«

»Ich werde auch schnell duschen«, verkündete Leo. »Bis gleich. Ich habe so ein Gefühl, dass wir eine Menge zu besprechen haben werden.«

Da stimmte ich ihm zu. Allerdings konnte ich nicht behaupten, dass ich mich besonders darauf freute.

Ich schlenderte durch die Schiebetür in Charlies riesige Essküche. Auf der gepolsterten Eckbank fanden mindestens acht Personen Platz. Eine viereinhalb Meter lange Kücheninsel mit Herd, Arbeitsfläche und Theke mit Barhockern dominierte die Mitte des Raumes. Einbauschränke verdeckten eine Wand, unterbrochen von einem Spülbecken, in dem man eine Dänische Dogge hätte baden können. Gegenüber führte ein breiter Durchgang in den Wohnbereich.

Das große Wohnzimmer, in dem Miranda uns am Tag zuvor empfangen hatte, hatte eine hohe Decke wie in einer Kathedrale und bot einen Panoramablick auf den Strand. Sonnenlicht strömte durch die Glasfront, und trat man durch die Terrassentüren hinaus, fand man sich nur ein paar Meter von der Stelle entfernt wieder, wo Josie für das Frühstück gedeckt hatte.

Im ersten Stock befanden sich acht Schlafzimmer – als ob jemand mit gesundem Menschenverstand jemals so viele brauchen würde –, und jedes verfügte über ein eigenes Bad. Wir hatten uns jeder ein Zimmer ausgesucht, nachdem Miranda uns mitgeteilt hatte, dass wir alle im Haus wohnen sollten. Wesley hatte die Villa übrigens sofort auf den Spitznamen »Bat-Höhle« getauft. Wir hätten uns auch auf die Außengebäude verteilen können, aber in unausgesprochenem Einverständnis blieben wir zusammen. Miranda hielt das möglicherweise für ein Zeichen unserer wachsenden Verbundenheit, tatsächlich wollten wir uns aber aus mangelndem Vertrauen lieber gegenseitig im Auge behalten.

Ich klopfte zuerst an Wesleys Tür. So, wie ich ihn kannte – und das tat ich eigentlich nicht besonders gut, wie ich hatte feststellen müssen –, war er noch wach. Er gehörte definitiv zur nachtaktiven Sorte.

Wie ich vermutet hatte, saß er an dem breiten Tisch, der ausschlaggebend dafür gewesen war, dass er sich für dieses Zimmer entschieden hatte. Obwohl er ständig herumjammerte, weil er auf seine geliebte technische Ausrüstung verzichten musste, hatte er anscheinend doch einiges mitgebracht. Der Tisch war ziemlich vollgepackt. Wes trug ein Headset wie aus einem Science-Fiction-Film und blaffte Befehle in das Mikrofon, das knapp vor seinem Mund schwebte.

Auf dem Bildschirm des größten Laptops, den ich je gesehen hatte, umringten gut einhundert Krieger ein schlangenartiges Monster und versuchten, es zu töten. Ich konnte allerdings nicht sagen, ob erfolgreich oder nicht.

»Shit, shit!«, rief Wesley. »Rad, verschwinde aus dem AOE! Bleib in Reichweite des Heilers, und alle anderen nutzen gefälligst ihre Buffs, verdammt noch mal!«

Ich wartete, bis er entnervt den Controller von sich warf.

»Schlechtes Spiel?«

»Schlechtes Team, aber das Spiel ist gut.« Er wirbelte in seinem Drehstuhl herum und sah mich an. »Was gibt's?«

»Außer dass es helllichter Tag ist?«, fragte ich grinsend.

Wes drehte sich zum Fenster, wo helles Sonnenlicht unter den Rändern des Vorhangs hervorblitzte. »Na so was.«

»Komm runter, Josie hat Frühstück gemacht. Ich geh schnell duschen, wir treffen uns unten.«

»Klingt super. Mehr Kaffee ist jetzt genau das Richtige.« Er lehnte sich im Stuhl zurück, gähnte und streckte die Arme über den Kopf.

»Das bezweifle ich.«

* * *

Carson hatte sich ein durchschnittlich großes Zimmer ausgesucht, wie es in jedem Mittelklassehotel des Landes zu finden war. Wahrscheinlich war genau das für Carsons Entscheidung ausschlaggebend gewesen. Ich klopfte an die Tür. Obwohl ich Stimmen hörte, reagierte niemand. Ich wartete ein paar Sekunden lang und klopfte erneut.

»Moment.« Carson klang verärgert. Ich hörte ihn leise vor sich hin murmeln, als er die Tür aufschloss und sie einen Spaltbreit öffnete.

»Nettes Outfit«, sagte ich. Carson war nur halb angezogen. Von der Taille aufwärts war er gekleidet wie ein Koch, allerdings waren die Initialen auf dem weißen Jackett nicht seine. Von der Hüfte abwärts trug er nichts weiter als mit Flamingos bedruckte Boxershorts.

»He, Meisterkoch«, drang eine blechern klingende Stimme aus den Lautsprechern des auf der Kommode stehenden Laptops. »Bist du noch da?«

Ich beschloss, gar nicht erst zu fragen.

»Bin gleich zurück!«, rief Carson mit einem entschieden nicht britischen Akzent über die Schulter und wandte sich wieder mir zu. »Was willst du? Wie spät ist es überhaupt?«

»Zeit fürs Frühstück.«

»Ich frühstücke nie.« Er sprach nun wieder mit dem gelangweilten britischen Tonfall, den ich bereits vom Vortag kannte. Er versuchte, mir die Tür vor der Nase zuzuschlagen, aber ich hielt sie mit einer Hand offen.

»Miss Josie hat sich viel Mühe gegeben, also werden wir uns alle schön brav an den Tisch setzen und essen. Und dann sprechen wir über den Auftrag.« Ich war mir ziemlich sicher, dass einzig der Wunsch, das alles bald hinter uns zu bringen, uns zusammenhielt. »Je eher wir ihn erledigen, desto schneller können wir unserer Wege gehen. Also beendest du jetzt besser das FaceTime-Geturtel mit deinem Freund oder Anwalt, oder wer auch immer das ist, und kommst runter. Wir treffen uns auf der Terrasse.«

»Ach, zum Teufel.« Er lehnte sich gegen den Türpfosten und fuhr sich mit der Hand durchs Haar, bevor er sich darauf besann, dass er einen seriösen Eindruck machen wollte. »Gibt es Kaffee?«

»Gibt es.«

Carson rieb sich die Augen und schaute hinüber zu seinem Laptop. »Der Zeitunterschied«, erklärte er vage. »Ich beeile mich.«

»Ich werde mit angehaltenem Atem auf dein Erscheinen warten.«

Grinsend schüttelte er den Kopf. »Gib mir eine Viertelstunde.«

Damit schloss er die Tür.

* * *

Ich duschte, dann ging ich zu Ridges Zimmer. Wir hatten uns gestern auf dem falschen Fuß erwischt, und das war wahrscheinlich mein Fehler gewesen. Es war zwar schwer zu glauben, aber nicht jeder war sofort betört von meinem Charme. Ridge war reizbar und abweisend, und dafür gab es sicher einen guten Grund. Außerdem war ich noch nicht hundertprozentig davon überzeugt, dass er wirklich einen Zwillingsbruder hatte. Das würde ich erst glauben, wenn ich beide zusammen im selben Raum sah.

Sollte es je dazu kommen, konnte mir aber niemand Vorwürfe wegen meiner schmutzigen Gedanken machen.

Ich klopfte leise an Ridges Tür, es tat sich jedoch nichts. Ich klopfte lauter, wieder ohne Erfolg.

»Ridge?« Keine Reaktion.

»Engelchen? Lebst du noch?« Immer noch regte sich nichts.

Es war noch früh, vielleicht sollte ich ihn schlafen lassen? Keine gute Idee. Wir mussten schnellstmöglich herausfinden, welchen Auftrag Charlie für uns hatte und wie wir an die Sache herangehen sollten.

Der Mistkerl hätte uns einfach sagen können, was er von uns wollte, so in der Art von »Ihr Auftrag, sollten Sie ihn annehmen, ist …«. Aber nein, er hinterließ uns nur ein paar mysteriöse Fotos. Wenn er nicht schon tot gewesen wäre, hätte ich ihn dafür erwürgen können. Mir war nicht entgangen, dass Miranda sich aus dem Zimmer geschlichen hatte, bevor wir den Umschlag öffneten, damit wir ihr keine Fragen stellen konnten. Es blieb uns nichts anderes übrig, als zusammenzuarbeiten.

Friede, Freude, Eierkuchen.

Ich drehte am Türknauf, und zu meinem Erstaunen sprang die Tür auf. Hm. Ridge war es anscheinend egal, ob sich jemand Zutritt verschaffte.

Drinnen war es kalt wie in einem Kühlschrank, und in dem dämmrigen Licht, das durch die schweren Vorhänge drang, konnte ich ein Bett ausmachen. Unter einem Stapel von Decken zeichnete sich ein schlafender Körper ab.

»Ridge?«, rief ich leise und blieb in der Tür stehen. Ich kannte zu viele Leute, die mit einer Waffe unter dem Kopfkissen schliefen und mir eine verpassen würden, wenn ich sie aufweckte und dabei dem Bett zu nahe kam. Ridge hingegen bewegte sich nicht einmal. Ein leichtes Atemgeräusch war der einzige Hinweis darauf, dass er noch lebte.

»Ridge«, sagte ich etwas lauter. »Hallo, Engelchen. Aufgewacht, Frühstück ist fertig.«

Er murmelte etwas Unverständliches in das Kissen und drehte sich auf die andere Seite, wobei er sich die

Decke über den Kopf zog, bis nur noch die blonden Locken hervorlugten. Ich fand das überraschend niedlich.

Ich musste ihn unbedingt dazu bringen, mich zu mögen. Mir gefielen Leute, die mich durchschauten und mir nichts durchgehen ließen. So gewann man am schnellsten mein Herz, oder wenigstens meine Freundschaft. Meine Liebhaber hingegen durften gern eine bessere Meinung von mir haben.

Dummerweise würde ich mit meiner Flirtmasche bei ihm wahrscheinlich nicht weiterkommen, sondern musste wohl ganz offen zu ihm sein, wenn ich seine Meinung über mich ändern wollte. Ich ging vor dem Bett in die Hocke und rüttelte ihn an der Schulter. Niemand möchte beim Aufwachen einen riesigen Typen bedrohlich über sich gebeugt sehen. »Hallo, Ridge, guten Morgen.«

»Hau ab, Alvarez«, murmelte er mit geschlossenen Augen.

»Oh, begrüßt man so etwa einen Freund?« Immerhin hatte er mir keine verpasst. Ich wartete einen langen Moment, bevor mir klar wurde, dass er wieder eingeschlafen war. So lief das also, wenn Ridge sich einer Sache mit Leib und Seele verschrieb. Ich kitzelte ihn sacht am Ohr. »Na komm, Pfeiffer. Es ist helllichter Tag.«

»Hau ab.« Jetzt zog er sich die Decke komplett über den Kopf, worüber ich lachen musste.

»Steh auf, du Morgenmuffel. Miss Josie hat ein Spezialfrühstück für uns aufgefahren und freut sich darauf, uns richtig reinhauen zu sehen. Wir wollen sie doch nicht enttäuschen, oder?«

Er seufzte tief. Anscheinend konnte er keinerlei Verständnis für den Teil der Weltbevölkerung aufbringen, der vor dem Mittag aufstand. »Also schön.« Mit einer übertrieben theatralischen Geste zog er sich die Decke vom Gesicht. »Gibt's Kaffee?«

»Aber sicher. Und gebratenen Speck.«

»Oh verdammt, die Frau kennt meine Schwächen.« Er blinzelte mich mit seinen blauen Augen an. »Ich bin in fünf Minuten unten.«

Ich stand auf. »Toll. Da wäre übrigens noch etwas, Ridge.«

»Hmm?«

»Miranda hat die Fotos zwar mir gegeben, aber offensichtlich betreffen sie auch dich. Wir müssen uns dringend unterhalten.«

Er erwiderte meinen Blick und nickte. »Ich weiß. Aber nach einer Tasse Kaffee. Wie spät ist es eigentlich?«

»Ungefähr halb acht.«

»Morgens?« Er klang ehrlich entsetzt. »Was hab ich nur verbrochen?«

Ich lachte. »Fünf Minuten, Pfeiffer. Und mach dich schick und sexy.« Zugegeben, so ganz konnte ich das Flirten nicht lassen.

»Zisch ab, und schenk mir schon mal Kaffee ein.« Er setzte sich auf, und als er sich streckte, war nicht zu übersehen, dass er nackt schlief.

»Weißt du was? Das, was du gerade anhast, ist völlig in Ordnung. Komm einfach so. Keiner wird sich daran stören.«

Ich duckte mich unter dem Kissen weg, das er nach mir warf, und ließ ihn allein.

* * *

Wie versprochen leistete Carson einem frisch geduschten Shook bereits Gesellschaft, als ich unten ankam. Über einer weißen Leinenhose trug er ein himmelblaues Guayabera-Hemd mit den typischen vier Taschen. Shook hatte sich für klassische Cargoshorts und ein T-Shirt entschieden, genau wie ich.

»Was trägst du unter deiner Leinenhose?«, fragte ich Carson. »Bei mir zeichnet sich immer die Unterhose ab. Und wenn ich die Unterwäsche weglasse, kann man jedes verdammte Haar auf meinem Hintern sehen. Und alles andere auch.«

»Worauf wir alle gern verzichten, Steele.« Leo schenkte sich frischen Kaffee nach.

»Du vielleicht, aber viele würden gern einen Blick auf diesen Traumhintern ergattern.« Ich deutete kurz auf ebenjenen Traumhintern und setzte mich.

»Bitte sehr«, sagte Josie und servierte Leo ein Eiweiß-Omelett mit Spinat und Käse.

»Du musst mir das nicht bringen, Josie. Ich kann mich selbst bedienen.«

Sie winkte ab und setzte einen zweiten Teller, den sie in der anderen Hand hielt, vor Carson ab. »Bitte sehr, wie bei Muttern.« Auf dem Teller häuften sich Rührei, Schinken, gebackene Bohnen und etwas, das an eine Kreuzung aus einem Eishockeypuck und einem Würstchen erinnerte.

»Danke, Josie.« Carson wirkte verblüfft über dieses unerwartete Frühstück. »Das sieht köstlich aus.«

»Genau«, nuschelte Leo mit vollem Mund. »Danke. Es schmeckt ganz hervorragend.«

»Ich weiß«, erwiderte sie.

Ich beugte mich zu Carsons Teller hinüber und zeigte

mit der Gabel auf einen merkwürdig aussehenden roten Klumpen.

»Ist das eine Tomate?«

Carson schlug meine Gabel beiseite. »Lass die Finger von meinem Essen, Alvarez, und beschäftige dich mit deinem eigenen.«

»Würde ich gern, wenn ich welches hätte.«

Ridge kam aus dem Wohnzimmer auf die Terrasse. In einem Polohemd, schmal geschnittenen karierten Baumwollshorts und Sandalen sah er aus wie ein Model, das Inbild eines jungen, reichen Mannes auf dem Weg zum Country Club oder Golfplatz.

»Setz dich, mein Lieber.« Josie klopfte ihm auf die Schulter. »Für dich habe ich etwas ganz Besonderes zubereitet.«

Wesley griff nach der Kaffeekanne, aber Josie schnappte sie ihm vor der Nase weg. »Kein Kaffee für dich, junger Mann. Du kriegst Kamillentee. Hast du letzte Nacht überhaupt ein Auge zugetan?«

Wes schnappte nach Luft, sein Mund klappte auf und zu wie bei einem Fisch auf dem Trockenen. »Ich schlafe mich später aus, versprochen.«

»Mmmhmm.« Josie verschwand in der Küche.

»Morgen«, grüßte Ridge in die Runde.

Mehr gab es wohl auch nicht zu sagen. Leo und Carson widmeten sich ihrem Frühstück. Wesley spielte mit seinem Handy, während Ridge und ich uns Orangensaft einschenkten. Josie klapperte in der Küche herum und sang laut die Countrysongs im Radio mit.

Wenn man drei Nullen vom Kaufpreis des Hauses gestrichen und den Golf gegen den Okefenokee-Sumpf ausgetauscht hätte, hätte ich mich glatt wie daheim gefühlt.

Josie kam mit zwei weiteren Tellern zurück. Pfannkuchen mit Speck für Ridge und ein bunt vollgehäufter Teller für Wesley.

»Josie, das ist mehr, als ich sonst am ganzen Tag esse.« Wesley spießte ein Stück Speck auf und starrte es an, als hätte er so etwas noch nie gesehen.

»Ich weiß. Und ich werde mein Bestes geben, dich ein bisschen aufzupäppeln.«

»Und was ist mit mir? Wollen Sie mich nicht auch mästen?« Ich wollte nicht unhöflich sein, aber ich hatte Hunger und kein Problem damit, mir notfalls auch selbst etwas zu machen.

»Für dich habe ich etwas ganz Spezielles.« Josie ging zurück in die Küche und kam mit zwei Tellern zurück, auf denen sich jeweils eine Tortilla mit Spiegelei und Chilisoße befand.

»*Chilaquiles!* Mein Lieblingsgericht.«

»Weiß ich«, sagte sie. »Eine Portion für dich, eine für mich.« Sie zog sich einen Stuhl heran und quetschte sich zwischen Wesley und Ridge, wahrscheinlich um dafür zu sorgen, dass die beiden brav aufaßen.

Ich fischte das knusprigste Tortillastück heraus und packte ordentlich Ei, Käse und Salsa darauf, ehe ich es mir in den Mund schob. »Köstlich«, seufzte ich.

Josie lächelte. »So wie bei deiner Mama?«

»Nein. Meine Mutter ist mit sechzehn von zu Hause abgehauen und wollte seitdem von ihrer Familie und deren Lebensweise nichts mehr wissen. Ich habe zwar kubanische Wurzeln, aber von der Erziehung her bin ich ein typisches Südstaatengewächs. Ich kann nicht mal richtig Spanisch.«

Sie schüttelte den Kopf. »Wie schade.«

Unbehagliches Schweigen breitete sich aus. Nur das Kratzen des Bestecks auf den Tellern und die Rufe der Seevögel durchbrachen die Stille. Die Meeresbrise wehte eine Serviette vom Tisch.

»Ich hole sie«, sagte Josie. Sie schnappte sich die Serviette und ging damit in die Küche. Als sie zurückkam, hatte sie zwei Flaschen Champagner dabei, die sie mit einem lauten Klirren auf der gekachelten Tischplatte abstellte.

»Her mit euren Tassen, Gläsern oder was auch immer«, befahl sie.

Carson, Wesley und ich hielten ihr pflichtschuldigst unsere kleinen Saftgläser hin.

»Für mich nicht, danke«, sagte Leo.

Josie schaute ihn böse an, den Blick hart wie Stahl. »Wir haben etwas zu erledigen, und ich werde hier nicht herumsitzen und euch dabei zusehen, wie ihr euch gegenseitig anschweigt. Wir stoßen jetzt mit ein paar schönen Mimosas an, um das Eis zu brechen, und danach lasse ich euch Jungs alleine, damit ihr euch besprechen könnt. Denkt dran, je eher ihr den Job erledigt, desto schneller könnt ihr hier wieder weg und müsst nie wieder miteinander reden.« Sie machte eine bedeutungsvolle Pause. »Falls es das ist, was ihr wollt.«

Leo hielt ihr sein Glas hin.

»Wer bist du eigentlich?«, fragte Wesley sichtlich beeindruckt.

»Ich arbeite, nein, ich habe für Charlie gearbeitet. Genau wie ihr alle. Zumindest zu seinen Lebzeiten. Jetzt kümmere ich mich um euch.«

»Erpresst er dich auch?«, wollte Ridge wissen.

»Das hat er anfangs tatsächlich getan.« Josie lächelte,

als sei es eine schöne Erinnerung. »Ich wollte einen kleinen Schwindel in einem Hotel in Chicago abziehen und hatte mir unglücklicherweise Charlie als Opfer ausgesucht.« Sie verdrehte die Augen. »Wie sich herausstellte, hatte Charlie ebenfalls einen Coup geplant, einen richtig großen. Er hat bei meinem Spielchen eine Weile mitgemacht, aber als er Unterstützung bei seiner eigenen Sache brauchte, hat er mir gesagt, er hätte mich durchschaut, und gedroht, mich auffliegen zu lassen, wenn ich ihm nicht helfe.«

Sie nahm einen großen Schluck aus ihrem Glas. »Also habe ich ihm geholfen. Danach bat er mich zu bleiben, und ich bin geblieben. Ende der Geschichte. Jetzt seid ihr dran. Du fängst an, Computerfreak.«

Wesley hatte sich entspannt zurückgelehnt und an seinem Champagner genippt. Die Augen waren ihm schon halb zugefallen, und es sah so aus, als würde er nicht mehr lange durchhalten. »Ich?« Er richtete sich auf.

»Ja, du.«

»Okay.« Er schielte hinüber zu Leo. »Ich muss mir doch keine Sorgen machen, dass du mich verhaftest, oder?«

»Im Moment nicht, mir sind die Hände gebunden.« Leo fixierte ihn gleichmütig über den Rand seines Glases hinweg.

»Und später?«

Leo zuckte mit den Schultern.

»Jungs«, mahnte Josie, »schön artig sein. Nichts von dem, was hier gesagt wird, ist passiert. Das ist alles nur rein hypothetisch.« Sie leerte ihr Glas und griff nach der Flasche.

Leo nickte widerwillig.

»Ich war das mit dem Stromausfall letztes Jahr, der fast die ganze Ostküste lahmgelegt hat«, erklärte Wes.

Mir blieb der Mund offen stehen.

»Du warst das?« Ridge wirkte gleichermaßen verblüfft. »Krass, in dem Fall schulde ich dir was. Ich war damals gerade dabei, ein Bild zu besorgen, das zum Streitpunkt in einem Scheidungskrieg geworden war.«

Verständnisvolles Gemurmel war zu hören, und mir schoss der Gedanke durch den Kopf, dass wir wohl alle beruflich viel mit den kleinlichen Fehden anderer Leute zu tun hatten.

»Es war einer meiner ersten großen Brüche, und Murphys Gesetz schlug voll zu. Ich hatte das Haus eine Woche vorher ausspioniert, aber der Besitzer hatte inzwischen das Sicherheitssystem ausgetauscht und sein ganzes verdammtes Haus umgestaltet, sodass alle meine Fluchtwege versperrt waren. Ich dachte schon: Das war's, jetzt schnappen sie mich, da gingen das Licht und die Alarmanlage aus. Zack! Mit einem Schlag war alles dunkel, und ich konnte mich aus dem Staub machen. Ich dachte, dass ich den Stromausfall meinem Schutzengel verdanke.« Ridge schüttelte den Kopf. »Aber jetzt weiß ich, du warst das.«

Wes lachte leise.

»Welche Rolle hat Charlie dabei gespielt?«, fragte Carson.

Wesley sah unbehaglich drein. Er trank seinen Mimosa in einem Zug und drehte das Glas zwischen den Händen hin und her. »Charlie war von mir beeindruckt, denke ich. Er hat es geschafft, die Sache bis zu mir zurückzuverfolgen.«

»Unglaublich«, murmelte Leo. »Er hat sogar den verdammten Zero gefunden.« Er hielt Josie sein Glas zum Nachfüllen hin.

»Und wobei hast du Charlie geholfen?« Ridge sah Wes fragend an.

Wes zog eine Augenbraue hoch. »Bei diesem und jenem. Und wie sieht es bei dir aus?«

Ridge zuckte mit den Schultern. »Ich bin ein Dieb. Meistens stehle ich Kunst, manchmal Schmuck. Kleinkram, den man leicht mitgehen lassen kann. Charlie hat mich über den albanischen Hehler aufgespürt, der das Zeug für mich verkauft hat, und wollte mich für einen Job anheuern. Ich brauchte Geld, und Charlie hat gut gezahlt. So einfach war das.«

Leo schnaubte.

»Was ist denn mit dir, Agent Shook? Wie bist du an die Einladung zu dieser Party gekommen?«

Leo presste die Lippen zusammen. »Ich bin keiner von euch. Ich war seit Jahren hinter Charlie her.« Er schüttelte den Kopf. »Es war ein ewiges Katz-und-Maus-Spielchen, quer durchs Land. Immer wenn ich ihm auf den Pelz rückte – und ich kam oft ziemlich nah an ihn ran –, ist er mir durch die Finger geschlüpft.«

Ich war sicher, dass ich mir den schwachen Unterton von Bewunderung in Shooks Stimme nicht einbildete.

»Was hat Charlie denn gegen dich in der Hand?«, wollte Ridge wissen. Die Antwort auf diese Frage interessierte mich ebenfalls brennend.

»Nichts.« Leo griff nach einem Gebäckstück.

»Schwachsinn«, meinte Wesley. »Dann wärst du nicht hier.«

Leo riss kleine Stücke von dem Gebäck ab und warf sie den Vögeln zu, die ohne Scheu vor uns auf der Terrasse herumhüpften.

»Na gut«, sagte ich, da er offenkundig nichts preisgeben würde, »ist ja auch egal. Wichtig ist, wirst du uns helfen?«

»Wobei denn?« Leo wurde laut. Er schmiss den Rest des Plunderstücks auf den Boden, woraufhin die Vögel aufflatterten. »Das ergibt alles überhaupt keinen Sinn. Was soll Steele mit Fotos anfangen, die Pfeiffer beim Sex zeigen? Worum zum Teufel sollen wir uns denn kümmern?«

»Das bin nicht ich.« Ridge konnte seinen Ärger kaum unterdrücken. »Das ist mein Zwillingsbruder, du Trottel. Breck Pfeiffer.«

»Aber sicher«, spöttelte Wesley. »Der mysteriöse eineiige Zwilling.«

Ridge schenkte ihm einen mörderischen Blick. Ich war mir sicher, dass er Wesley gern eins auf die Nase gegeben hätte und es sich nur verkniff, weil Josie zwischen den beiden saß.

»Iss noch was«, schlug Josie vor und schob Ridge seinen Teller hin. Dann wandte sie sich Wes zu. »Du auch. Mehr essen, weniger streiten.«

Wes schaufelte sich gehorsam eine Gabel voll in den Mund. Dann schnappte er sich sein Handy und tippte darauf herum.

»Hast du die Fotos dabei?«, fragte mich Leo.

»Ja, ich dachte mir schon, dass wir sie brauchen würden.« Ich hob den Umschlag vom Boden auf, wo ich ihn abgelegt hatte, und zog die Bilder heraus. Ich sah sie durch und gab sie danach in die Runde, sodass jeder sie begutachten konnte. Es waren insgesamt sechsundzwanzig Farbfotos. Das Gesicht des alten Mannes war auf keinem klar zu erkennen. »Das sind wahrscheinlich Überwachungsfotos, die aus großer Entfernung mit einem Teleobjektiv aufgenommen wurden. So körnig, wie die sind, tippe ich auf eine Analogkamera. Was meint ihr?«

Leo und Wesley blätterten den Stapel durch. »Möglich«, urteilte Leo.

»Ich bin mir fast hundertprozentig sicher.« Wesley hielt die Fotos ins Sonnenlicht und kippte sie vor und zurück. »Sieht aus, als wären sie von Hand entwickelt worden. Das sind keine Ausdrucke.« Er rieb mit einem Finger über die Oberfläche. »Ja, das ist eindeutig Fotopapier.«

»Schön, und was nun?«, wollte ich wissen. »Was sollen wir jetzt tun? Warum sollen wir uns dafür interessieren, wer es mit wem treibt?«

»Weil es um meinen Bruder geht, du Idiot! Er ist Student, verdammt noch mal. An der George Washington, oben in D. C. Er sollte diesen Sommer eigentlich irgendein Praktikum machen, und nicht … was auch immer er da tut.« Ridge wies voller Abscheu auf die Fotos.

»Wenn du dich in die Angelegenheiten deines Bruders einmischen willst, ist das deine Sache. Aber ich verstehe immer noch nicht, wieso das auch unser Problem sein soll.«

»Kannst du ihn nicht einfach anrufen und fragen, was es mit den Fotos auf sich hat?«, warf Wesley ein, immer noch voll auf sein Handy konzentriert. Wem auch immer er schrieb, antwortete rasend schnell. Und auch Wesleys Finger flogen nur so über das Display.

»Glaubst du etwa, das hätte ich nicht schon versucht?«, entgegnete Ridge. »Ich hab ihm gefühlt tausend Nachrichten geschrieben und keine einzige Antwort erhalten. Meine Anrufe landen direkt auf der Mailbox, und die ist voll. Mir bleibt nichts anderes übrig, als nach Washington zu fahren und selbst herauszufinden, was da los ist. Und dafür zu sorgen, dass er mit diesem … Scheiß aufhört.«

»Mit ›Scheiß‹ meinst du Dreier mit hässlichen alten Knackern?«, fragte ich. »Zugegeben, das ist schon eine fragwürdige Entscheidung, auch wenn der andere Typ ziemlich heiß ist. Aber vielleicht hat der Alte Geld? Oder ist eine Granate im Bett? Vielleicht wollte dein Bruder auch einfach nur ein paar denkwürdige Erfahrungen machen? Oder er war schlicht betrunken.« Ich schnippte mit den Fingern, als hätte ich eine Erleuchtung. »Womöglich ist der Alte auch einer seiner Professoren, und dein Bruder lässt sich mit guten Noten dafür bezahlen, dass er ihm einen bläst!«

Leo knüllte eine Serviette zusammen und warf sie mir an den Kopf.

»Was denn? Ich habe das mal in einem Pornofilm gesehen. Vielleicht auch …« Ich räusperte mich. »Vielleicht auch mehr als einmal.«

Carson stöhnte auf.

»Was ich sagen will: Wen interessiert es denn, mit wem er schläft? Wenn er Spaß dran hat, geht uns das nichts an. Wenn er im Suff ein paar schlechte Entscheidungen getroffen hat, lernt er hoffentlich was draus. Und wenn er es für Geld macht, warum sollten wir ihn aufhalten?« Ich zuckte mit den Schultern. »Mir ist es völlig schnurz, wo ein Kerl seinen Schwanz reinsteckt.«

Ich warf einen Blick auf die Bilder. »Oder besser gesagt, wo er ihn sich hinstecken lässt.«

»Alles Schwachsinn.« Ridge schüttelte entschieden den Kopf. »Breck würde so etwas nie freiwillig tun. Jemand muss ihn dazu zwingen.«

»Was, wenn Steele recht hat? Vielleicht tut er es für Geld?«, wandte Leo ein. »Er wäre nicht der erste gut aussehende Junge, der sich auf die Art etwas dazuverdient. Nichts auf diesen Bildern lässt darauf schließen, dass er es nicht freiwillig macht. Nicht mal das hier, auf dem dein Bruder offenbar ohnmächtig geworden ist und der alte Sack dem anderen eine Ohrfeige gibt …« Leo zögerte. »Wenn ich ehrlich bin, sieht es für mich danach aus, als ob der Alte sadomäßig drauf wäre. Und dein Bruder wirkt, als hätte er zu viel getrunken.«

»Versteh mich nicht falsch, Ridge, aber wenn das dein Zwillingsbruder ist, könntet ihr damit reich werden. Besonders mit Dreiern. Ihr seid beide ziemlich heiß, die Typen würden sich dumm und dämlich zahlen«, stellte Carson fest.

»Nein.« Ridge blieb hartnäckig. »Er braucht kein Geld. Dafür habe ich gesorgt. Alles, was er machen muss, ist sein Abschluss. Um die Finanzen kümmere ich mich.«

»Also, eigentlich«, sagte Wesley gedehnt, »könnte es durchaus sein, dass er Geld braucht, wenn ich mir das hier so ansehe.«

»Was meinst du?«, hakte Ridge nach.

»Ich habe ihn mal durchgecheckt. Dein Bruder ist pleite, Ridge. Und er hat sich bis zum nächsten Semester von den Vorlesungen befreien lassen. Super Noten übrigens.«

Ridge fiel die Kinnlade runter. Er schloss den Mund so fest, dass ich Angst um seine Zähne bekam. Seine Augen sprühten vor Wut. Breck würde beim nächsten Familientreffen sicher einiges zu hören bekommen.

»Ich dachte, deine Ausrüstung ist noch in Chicago, Wes?«, wunderte ich mich. »Wie hast du das so schnell herausgefunden?«

Wesley hielt sein Handy hoch und wedelte damit herum. »Aufgerüstetes Handy mit meiner selbst entwickelten Entschlüsselungssoftware. Ohne gehe ich nie aus dem Haus.«

»Ich kenne Charlie gut«, bemerkte Leo. »Wahrscheinlich besser als ihr alle, mit Ausnahme von Josie. Er würde uns nicht nach D. C. schicken, nur um einen Kerl davon abzuhalten, seinen Hintern zu verkaufen. Nichts für ungut, aber da muss mehr dran sein. Wenn es nur deinen Bruder beträfe, Ridge, warum hätte Charlie den Auftrag dann Steele erteilt? Da steckt mehr dahinter.«

»Denke ich auch«, stimmte Carson zu. »So direkt würde Charlie nie vorgehen. Wie es aussieht, hat er die Fotos wohl nicht benutzt, um den alten Knacker zu erpressen, oder?« Sein Akzent kam und verschwand wieder, und ich erkannte darin Ähnlichkeiten mit Josies gedehnter Sprechweise und Wesleys Neigung, Vokale in die Länge zu ziehen.

Wir schauten alle zu Josie. Sie zuckte mit den Schultern. »Ihr braucht mich gar nicht so anzusehen. Keiner wusste, wo Charlie überall die Finger drinhatte.«

»Na toll«, sagte Ridge, »echt super.«

Josie setzte sich auf. »Ich bin mir sicher, Charlie hatte einen triftigen Grund für das hier. Er war ein guter Mensch.«

Ihre Worte wurden von uns allen mit einem Schnauben quittiert.

»War er wirklich«, bekräftigte sie.

»Er war ein Krimineller«, widersprach Leo. »Wie alle an diesem Tisch. Und damit meine ich auch dich, Josie.«

Sie grinste ihn an. »Ich behaupte ja nicht, dass er sich immer ehrlich und gesetzestreu verhielt. Nur, dass er ein guter Mensch war. Man kann beides sein, kriminell und gut.«

Leo kniff die Augen zusammen und hielt krampfhaft eine Erwiderung zurück. In seiner Welt schloss sich das wohl gegenseitig aus.

»Gibt es noch weitere Informationen, Josie? Weiß Miranda vielleicht mehr?«

»Nein, das ist alles. Ich bin mir ziemlich sicher, dass es Grenzen dafür gibt, was sie wissen darf, ohne ihre Zulassung zu gefährden.« Josie lächelte in sich hinein. »Aber ich bin überzeugt, sie würde Charlie persönlich umbringen, wenn er noch unter uns weilen würde.«

»Ja, Charlie hat diese Wirkung auf Menschen«, bestätigte Leo und blinzelte. »Hatte. Er hatte diese Wirkung.«

»Wir drehen uns im Kreis. Ich muss zu meinem Bruder.« Ridge stand auf. »Ich weiß, wie ich ihn finden kann, und ich ziehe das allein durch, wenn ich muss. Miranda hat gesagt, wir könnten Charlies Privatflugzeug nutzen.«

»Miss Josie, lassen Sie den Jet auftanken!« Ich wedelte gebieterisch mit einer Hand. »Das wollte ich schon immer mal sagen. Aber ernsthaft, wir haben doch eh keinen anderen Anhaltspunkt. Sieht ganz so aus, als ob wir uns alle auf die Jagd nach Ridge Nummer zwei begeben.«

Leo stand ebenfalls auf. »Ich lasse die Fotos durch ein paar Gesichtserkennungsprogramme laufen. Vielleicht finden wir so heraus, wer der Braunhaarige ist.«

»Meinst du, er könnte Charlies Zielperson sein?« Ich reichte ihm die Fotos, die ich noch in der Hand hielt. »Nicht der Alte?«

»Es könnten auch beide sein«, meinte Leo. »Du weißt doch, wie das ist. Keiner ist zu jung oder zu alt, um auf die schiefe Bahn zu geraten.«

Das wusste ich allerdings nur zu gut. »Na komm, Engelchen, du und ich räumen hier auf und schmieden einen Plan. Und Josie, könnten Sie bitte die nötigen Vorbereitungen treffen, damit wir so schnell wie möglich unauffällig nach D. C. fliegen können?«

Sie nickte.

»Eins noch«, sagte ich zu Ridge, als wir die schmutzigen Teller einsammelten. »Mein Fachgebiet ist sehr speziell. Es gibt nur einen Grund, aus dem Zivilisten mich anheuern, und anders als bei deinem Bruder handelt es sich dabei nicht um mein Aussehen. Charlie geht entweder davon aus, dass du oder Breck oder ihr beide einen Bodyguard benötigt, oder jemand soll ordentlich Prügel beziehen.« Oder Schlimmeres. Was ich wirklich nicht hoffte. Nichts würde mich glücklicher machen, als zu wissen, dass ich nie wieder jemanden umbringen musste. Tödliche Gewalt war für mich nur als allerletzter Ausweg akzeptabel, wenn alle anderen Möglichkeiten ausgeschöpft waren. Ich war kein Auftragskiller, und das war jedem klar, der meine Dienste in Anspruch nahm.

»Aber wer sollte das denn sein?«, wollte Ridge wissen. »Wen will Charlie fertigmachen?«

Leo und ich wechselten einen Blick. Keiner von uns wollte es aussprechen, aber beim Anblick alter Männer beim Sex mit halben Kindern kamen zu viele böse Erinnerungen hoch. Sogar solche, von denen ich glaubte, ich hätte sie tief genug vergraben.

»Lass uns deinen Bruder suchen«, meinte Leo. »Und es herausfinden.«

KAPITEL 4

BRECK

Der Zitronentee, den ich mir aus Chads spärlichen Vorräten zubereitet hatte, war keine gute Idee gewesen. Mein Magen war wie zugeschnürt, und ich brachte nicht mal den Tee runter. Ich fühlte mich hier in Chads Wohnung nicht mehr sicher und spürte förmlich Ciscos Blick im Nacken, während ich meine Klamotten einsammelte und in eine Tasche stopfte.

Danny hatte einmal erwähnt, dass er gern im Rock Creek Park spazieren ging, und da ich alle Orte überprüft hatte, an denen ich ihn früher mit großer Wahrscheinlichkeit angetroffen hätte, würde ich nun die unwahrscheinlicheren Möglichkeiten abklappern.

Ich nahm die Tasse von der Arbeitsfläche und war auf dem Weg ins Wohnzimmer, wo ich Chads Ficus mit der abgekühlten Flüssigkeit begießen wollte, als es an der Tür klopfte.

Ich zuckte vor Schreck so heftig zusammen, dass der Tee überschwappte.

»Hausmeisterservice für Sie, Mr McMickles!«

Armer Chad. Wenn ich mit einem Namen wie McMickles hätte aufwachsen müssen, wäre aus mir wahrscheinlich auch so ein Blödmann geworden.

»Ich bin beschäftigt, kommen Sie bitte später wieder.« Viel später. Am besten erst, wenn ich schon weg war.

»Aber es ist ein Notfall«, behauptete der Typ vom Hausmeisterservice.

Verdammter Mist. *»No hablo ingles!«*

»Öffnen Sie *la puerta, Señor* … McMickles?«

Dumm gelaufen, der Kerl konnte zumindest ansatzweise Spanisch.

Ich tappte auf Zehenspitzen durch die Küche zur Wohnungstür und spähte durch den Spion. Alles, was ich sehen konnte, waren der Halsansatz des Mannes und ein v-förmiges Stück gebräunter Haut, wo der Kragen eines blauen Hemdes offen stand, wie es alle Hausmeister trugen.

Der Typ musste riesig sein. Ich trat einen Schritt zurück.

»Ich habe gerade Sex!«, rief ich. »Oh jaa! Oh jaaaa, ich bin gleich so weit, oooh!« Meine vorgetäuschten Lustschreie klangen sehr echt, wenn ich das so sagen darf.

Für einen Moment schien er nicht zu wissen, was er nun tun sollte. »Sir, in der Wohnung unter Ihnen gibt es einen Wasserschaden, und wir denken, dass Ihre Klimaanlage die Ursache ist.«

Mist, das war gut möglich. Ich hatte es mit der Kälte hier drinnen wirklich übertrieben. Objektiv betrachtet, konnte Cisco mich unmöglich in so kurzer Zeit aufgespürt haben, selbst wenn er Emilios Anruf auf meinem Handy nachverfolgt hatte. Und außer mir wusste niemand, wo ich war.

Also tat ich, was am wenigsten Verdacht erregen würde. Ich zog den Sicherheitsriegel zurück und öffnete die Tür.

Wow. Der Kerl war wirklich unglaublich groß. Er hatte mindestens die Größe von Jason Momoa. Durch den Spion hatte ich tatsächlich nur einen winzigen Teil seiner Brust sehen können, dabei nahm sie fast die ganze Breite des Türrahmens ein. Anscheinend musste man hier als Hausmeister eine Statur wie Aquaman vorweisen.

Als es mir endlich gelang, meinen Blick von seiner Brust loszureißen, grinste er mich an, als wäre ich das Erfreulichste, was ihm je unter die Augen gekommen war. Seine Zähne wirkten sehr weiß im Kontrast zu seiner gebräunten Haut. Ich war es gewohnt, dass Männer mich sexy fanden – denn das war buchstäblich mein Job. Doch gewöhnlich taxierten mich diese Männer mit lüsternen oder besitzergreifenden, harten Blicken und nicht mit dieser unterschwelligen Belustigung, als gäbe es zwischen Aquaman und mir einen Insider-Witz.

Und gleich noch mal wow, denn er fuhr sich mit der Zunge über die Lippen und fragte: »Und … War's denn gut?« Seine Stimme war tief und rau und erinnerte mich an den Radiosprecher des Easy-Listening-Senders daheim in Alamosa. Damals, zu meiner Highschoolzeit, hatte ich abends im Bett gelegen und die öden Klarinettensolos und Schmachtballaden ertragen, nur damit ich mir zu David Tremaines Stimme einen runterholen konnte, während er zwischen den Songs die Wettervorhersage verlas. Aquaman hier war ein wandelnder Orgasmus und verursachte mir ein Kribbeln in der Magengegend. Ein Gefühl, das ich fast nicht wiedererkannt hätte, weil ich es so lange nicht mehr empfunden hatte: Lust.

»W… was denn?«

»Der Sex.« Er lehnte sich an den Türrahmen und schaute mich so anzüglich an, wie es nur ein Hausmeister aus einem Pornofilm tun würde. »War's gut?« Wie schaffte er es nur, dass sein hinterwäldlerischer Südstaatenakzent so sexy klang?

In einem entfernten Bereich meines lustvernebelten Hirns begannen Alarmglocken zu läuten.

»Mach Platz, Alvarez.« Die neue Stimme klang definitiv unsexy und kam mir eindeutig bekannt vor. Sie gehörte zu dem Kerl, der sich in diesem Moment an Aquaman vorbeidrängte und ihm einen Ellbogen in den Bauch rammte. »Und fahr die Pheromone runter, verdammt. Ein paar von uns wollen noch atmen.«

Es war, als würde ich mir selbst im Spiegel in die Augen schauen, als Ridge bei meinem Anblick den Kopf schüttelte. »Was zum Teufel hast du nur wieder angestellt, kleiner Bruder?«

Verblüfft trat ich einen Schritt zurück. »Wie hast du mich gefunden?«

Er verdrehte die Augen und ging an mir vorbei in die Wohnung. »Durch unsere mysteriöse telepathische Zwillingsverbindung.«

»Ja, klar.«

»Die eigentliche Frage lautet«, er stützte die Hände in die Hüften, »wieso versteckst du dich, Dumpfbacke?«

Ich klappte meinen offen stehenden Mund zu, fuhr mir mit beiden Händen durch die Haare, lehnte mich an die Küchenzeile und schloss die Augen.

Der Tubaspieler über mir übte noch immer, und ich hoffte, sobald ich die Augen aufschlug, würde ein gnädiger Gott mich ein Stockwerk höher gebeamt haben, wo ich in der Band mitspielen durfte. Vorsichtig öffnete ich die Augen, und da stand Aquaman mit verschränkten Armen in der Tür und sah mich immer noch mit diesem warmherzigen Blick an.

Er zwinkerte mir zu.

»Stell dir meine Überraschung vor«, sagte mein Bruder, »als ich herausgefunden habe, dass du seit Januar nicht mehr in der Wohnung in Georgetown lebst, die ich für dich bezahle.« Er war sauer. Ich hatte gewusst, dass er das sein würde. Aber er war außerdem auch enttäuscht, und das war schlimmer.

Ich biss mir auf die Unterlippe. »Ich brauchte einen Tapetenwechsel. Ich habe seitdem hier und da zur Untermiete gewohnt.« Na ja, eher in irgendwelchen Autos und auf Bänken auf dem Campus. Oder auch mal in einem Hotelzimmer, wenn es richtig kalt wurde.

»Ach ja? Ein Tapetenwechsel? Und warum behauptet die Uni dann, du hättest ein Urlaubssemester genommen?«

»Du warst an der Uni?« Ich riss die Augen auf und machte wütend einen Schritt auf ihn zu. »Du hast kein Recht, dich in mein Privatleben einzumischen, Ridge.«

»Doch, schließlich bezahle ich die Studiengebühr.« Er stand nun direkt vor mir, bereit, die Angelegenheit jetzt und hier auszufechten. Wir waren beide nicht der Typ, der einem Streit aus dem Weg ging.

Aquaman legte Ridge eine Hand auf die Schulter und fing sich dafür einen wirklich bösen Blick von meinem Bruder ein. Ridge war wohl kein Fan von ihm.

»So gern ich auch zuschauen würde, wie du und Engelchen euch einen Ringkampf auf dem Küchenboden liefert«, sagte Aquaman, »muss ich leider zugeben, dass ihn keine Schuld trifft.«

»Wie meinst du das?«

»Ridge hat dir nicht hinterherspioniert. Das war mein Freund Wes, er ist ein Computergenie.« Er vollführte eine kleine Pantomime, bei der er so tat, als tippe er auf einer Tastatur herum.

Ich runzelte die Stirn und schaute verwirrt zu Ridge, der mich aber keines Blickes würdigte. »Ich verstehe kein Wort.«

»Wes hat herausgefunden, wo du bist«, erklärte Alvarez geduldig, als wäre ich hier der Idiot. »Ganz ehrlich, als Ridge uns von seinem Zwillingsbruder erzählt hat, wollte ihm keiner von uns glauben.« Er hob entschuldigend die Schultern. »Dann hat er gesagt, dass du Breck heißt, und das hat es nur noch schlimmer gemacht. Breck und Ridge aus Colorado? Wie in Breckenridge? Ernsthaft? Wer benennt denn seine Kinder nach einem Skigebiet?«

Unsere Mutter.

Die Frage war jedoch wohl rhetorisch gemeint, denn er fuhr gleich darauf fort: »In Ridges Situation hätte ich auch einen ›Zwillingsbruder‹ erfunden, der genauso aussieht wie ich.« Er malte mit den Fingern Anführungszeichen in die Luft und legte den Kopf schief, als dächte er angestrengt nach. »Oder vielleicht auch nicht. Wenn man so einen knackigen Hintern hat, darf man auch dazu stehen.«

»Wovon zum Teufel redest du?« Aber ich ahnte es schon, und meine Vermutung wurde bestätigt, als Ridge brüllte: »Verdammt, Alvarez, das ist mein kleiner Bruder, den du da gerade lüstern anstierst!« Er bedachte Alvarez mit einem bitterbösen Blick.

»Ist mir bewusst«, entgegnete Alvarez gut gelaunt. »Stell dir vor, wie glücklich ich darüber bin, dass es dich zweimal gibt.«

»Ich bin nur dreizehn Minuten jünger als du, Blödmann.« Ich griff mit beiden Händen nach Ridges Kopf und zwang ihn, mich anzusehen. »Was zum Teufel geht hier vor? Warum bist du hier?«

Ridge konnte meinem Blick für genau eine halbe Sekunde standhalten, bevor er wegschaute. Er schüttelte den Kopf. »Verdammt, Breckie. Du hättest mich doch fragen können, wenn du Geld brauchst.« Seine Stimme klang gequält. »Du hättest zu mir kommen sollen. Das Studium hinschmeißen, das ganze Geld verschleudern, der Mist, in den du dich hineingeritten hast … Ich hab das Gefühl, ich kenne dich überhaupt nicht mehr.«

Ich ließ seinen Kopf los und trat zurück, erst nur einen Schritt, dann einen weiteren.

Er wusste Bescheid. *Verdammt.* Natürlich hatte ich nie gewollt, dass er es herausfand. Aber wie wichtig mir gewesen war, dass er es auf gar keinen Fall erfuhr, wurde mir erst bewusst, als ich jetzt sein Gesicht sah.

Ich atmete tief durch und baute mich mit verschränkten Armen vor Ridge auf. »Ich brauche deine Hilfe nicht.« Ich wunderte mich selbst darüber, wie gelassen ich klang. »Ich komme schon klar.«

»Als Mietrammler?«

»Wow«, entfuhr es mir. Ich stand zu dem, was ich tat, und das nahm den Beschimpfungen die Macht. Ich hatte sie über die Jahre hinweg alle gehört, und im letzten halben Jahr sogar besonders oft. Aber darauf, es so derb ausgedrückt aus dem Mund meines Bruders zu hören, war ich nicht gefasst gewesen.

»Sag mir, dass ich mich irre.« Ridge blickte mich herausfordernd an.

Aber das konnte ich nicht. Und ich sollte mich Ridge

gegenüber auch nicht rechtfertigen müssen.

»Pfeiffer.« Alvarez sah Ridge streng an. »Schalt mal einen Gang runter. Beruhig dich.«

»Mich beruhigen? Ich beruhige mich, sobald er mir gesagt hat, was mit dem Geld passiert ist. Mehr als fünfzigtausend Dollar hab ich ihm gegeben, und jetzt ist das Konto leer.«

»Mein Bankkonto hast du also auch überprüft?« Nach all dem, was ich in den letzten Minuten erfahren hatte, hätte mich das nicht überraschen sollen. Und es hätte mich nicht so treffen sollen.

Alvarez schnitt eine Grimasse und rieb sich mit einer seiner Pranken das Kinn. »Das war nicht persönlich gemeint. Das ist das ganz normale Standardvorgehen, wenn man jemanden überprüft.«

Ich reckte das Kinn vor und blinzelte entrüstet, wobei ich zwischen ihm und meinem Bruder, der mir immer noch nicht in die Augen sehen konnte, hin und her schaute. »Das Standardvorgehen, wenn man jemanden überprüft? Es gibt zwei Arten von Leuten, die ohne ihre Zustimmung überprüft werden. Verdächtige und Zielpersonen. Zu welcher Kategorie darf ich mich zählen, Ridge?«

Ridge versteifte sich. »Hier geht es nicht um mich, Breck. Versuch nicht, von dir abzulenken.«

»Es geht ausschließlich um dich«, widersprach ich. »Du verhältst dich mal wieder wie ein totaler Kontrollfreak. Ich hab das Geld nur angenommen, weil du darauf bestanden hast. Damit hast du dir aber nicht die Kontrolle über mein Leben erkauft. Ich treffe meine Entscheidungen selbst, kapiert?«

»Aber du triffst schlechte Entscheidungen! Was hast du mit der Kohle angestellt, hm? Durch die Nase gezogen? Verzockt?« Als Ridge mich endlich mit finsterem Blick ansah, wünschte ich fast, er hätte es nicht getan. Er wirkte am Boden zerstört. »Mom wäre sehr stolz auf dich, Breckie.«

Die Worte trafen mich wie ein Faustschlag. Mir blieb die Luft weg. »Ich … Ich kann nicht glauben, dass du das gerade gesagt hast.«

Er schluckte. »Dann sag mir, dass ich unrecht habe. Dass du es für einen wohltätigen Zweck gespendet hast oder so.«

Mein Bruder war mir wie aus dem Gesicht geschnitten, doch in diesem Moment war er ein Fremder für mich. Ich wusste ja, wie er sein Geld verdiente und mit welchen Leuten er sich dafür zusammentun musste. Der Umgang mit ihnen hatte ihn mit den Jahren hart werden lassen, aber so war er zu mir noch nie gewesen. Er hatte immer auf meiner Seite gestanden. Immer. Erst jetzt, als es zum ersten Mal nicht so war, wurde mir klar, wie sehr ich mich darauf verlassen hatte.

Ich schüttelte den Kopf. »Ich hab dir gar nichts zu sagen.«

»Oh, du wirst schon noch mit der Wahrheit herausrücken. Du wirst mir erklären, was es verdammt noch mal hiermit auf sich hat.« Er zog sein Handy hervor, entsperrte es und drückte es mir in die Hand.

Fotos. Dutzende. Von mir, wie ich auf Snow Whites Bett lag, meine Hände auf seiner Brust, während Danny ihm einen blies. Wie Snow White uns mit Blicken verschlang, während Danny und ich uns auf seinem Bett liegend küssten. Wie ich scheinbar im Drogen-Nirwana auf dem Boden lag, während Snow Whites Faust in Dannys Gesicht landete.

Ich schlug mir eine Hand vor den Mund, um zu verhindern, dass mir der widerliche Zitronentee wieder hochkam, und warf das Handy auf die Arbeitsplatte. »Wo hast du die her?«

»Sie wurden mir zugespielt.« Alvarez reichte mir eine Hand. »Wir wurden uns noch gar nicht richtig vorgestellt. Ich bin Steele Alvarez.«

Er schenkte mir ein verführerisches Lächeln und schaffte es tatsächlich, mich für einen Moment abzulenken.

»Steele?« Ich zog fragend eine Augenbraue hoch. »Ist das … Ist das so ein selbst ausgesuchter Spitzname? Wie wenn jemand, der Percy heißt, den Leuten sagt, sie sollen ihn ›Peiniger‹ nennen?«

Ridge schnaubte und drehte sich weg, wobei er sich mit der Hand übers Gesicht fuhr.

Auch um Steeles Mund zuckte es verräterisch, bis er die Lippen zusammenpresste. »Nein, den hat mir meine Mutter gegeben. Der Held in einem Buch, das sie gelesen hat, als sie mit mir schwanger war, hieß Castille. Da blieb als Spitzname nur Steele, denn Cassie war keine Option.« Er schwieg kurz, als müsse er nachdenken. »So hat sie mich nur genannt, wenn sie sauer auf mich war.«

Nach »Cassie« sah er auf jeden Fall nicht aus.

»Die Fotos sind Teil eines … Na, lass es uns der Einfachheit halber einen Auftrag nennen.« Steele tauschte einen Blick mit Ridge. »Oder vielleicht auch einen Kreuzzug, an dem ich nicht ganz freiwillig teilnehme. Unsere einzige Anweisung lautet, Dinge in Ordnung zu bringen. Und ob ich das geschafft habe, werde ich wohl erst erfahren, wenn ich … äh, meinen Lohn erhalte.«

»Dieses Bild ist dein Kreuzzug?«, hakte ich nach.

»Genau.« Steele legte mir zögerlich eine Hand auf die Schulter. »Wir können dich hier rausholen. Falls du diese Arbeit nur machst, weil du Geld brauchst, kannst du damit aufhören. Es gibt Menschen, die sich etwas aus dir machen.« Er schaute Ridge drohend an, als erwartete er Widerspruch. »Und wir haben Zugang zu Ressourcen. Finanziellen Ressourcen.«

Ich lachte.

Sie schauten mich an, als hätte ich den Verstand verloren. Aber ich konnte nicht anders. Obwohl die Lage wirklich ernst war und mein Leben sich in eine Riesenkatastrophe verwandelt hatte, musste ich lachen, bis ich mich kaum noch halten konnte und mir die Tränen über die Wangen liefen.

»Damit ich das richtig verstehe«, ich rang japsend nach Luft, »ihr Helden habt euch das Foto angesehen und seid automatisch davon ausgegangen, dass das Schlimmste daran ist, dass ich mich womöglich für den Sex bezahlen lasse?« Ich schaute zu Ridge und prustete erneut laut heraus. »Weil ich mir meine Jungfräulichkeit bis zur Ehe aufsparen soll?« Ich wandte mich an Steele. »Weil du noch nie mit jemandem Sex hattest, in den du nicht verliebt warst?«

Ridge trat unbehaglich von einem Fuß auf den anderen, sagte aber nichts dazu, der sture Kontrollfreak.

Ich seufzte. »Komm mit ins Wohnzimmer, Dumpfbacke. Ich erzähle es dir.«

KAPITEL 5

STEELE

Ich verzichtete großzügig darauf, Ridge ein »Ich hab es dir ja gesagt« an den Kopf zu werfen, als wir seinem Bruder in das McMickles'sche Wohnzimmer folgten. Dabei hielt ich den Blick fest auf Brecks knackigen Hintern geheftet, was mir die Sache etwas erleichterte. Ich hatte Ridge bestimmt mindestens zehn Mal darauf hingewiesen, dass Charlie ganz sicher keinen solchen Aufwand betrieb, nur damit wir Ridges Bruder daran hinderten, weiterhin anschaffen zu gehen. Das war nicht so außergewöhnlich. Ich hatte schon viel Jüngere gesehen, die sich an den Raststätten entlang der I-95 anboten.

Ich vermutete, er tat es, weil er das Extra-Einkommen gut gebrauchen konnte, vielleicht auch, weil er es aufregend fand oder wegen des unverbindlichen Sex – letztendlich war es egal. Ich musste zugeben, dass ich insgeheim gern gewusst hätte, wie viel er für seine Dienste verlangte.

So viel war sicher: Sollten die Zwillinge sich im Doppelpack anbieten, würden sie innerhalb weniger Wochen als zwei der exklusivsten Escort-Boys des Landes gehandelt werden. Ach was, hätte ich eine Kamera und etwas Massageöl gehabt, hätte ich noch heute ein paar

Scheichs dazu bringen können, ihre Ölquellen gegen die eine oder andere Stunde mit den Zwillingen einzutauschen.

Ich verweilte in Gedanken einige Sekunden lang bei diesen Fotos, während ich die Wohnung sondierte. Sie war ganz neu, und offensichtlich zahlte Daddy die Miete. Ob Chads echter Daddy oder sein Sugardaddy, konnte ich nicht sagen. Allein konnte sich Chad McMickles, ein zwanzigjähriger Student der Internationalen Beziehungen, diese Wohnung jedenfalls nicht leisten. Es hatte mich fast umgehauen, als ich mir die Mietpreise in D. C. angeschaut hatte. Sie waren verdammt hoch.

Ridges Rücken verriet seine Anspannung. Ich sah ihm an, dass er sich an seine Wut klammerte, doch ich wusste auch, wie sehr er sich um seinen Bruder sorgte. Über die Fotos hatte er sich zwar geärgert, doch richtig wütend war er erst geworden, als Wes ihm von dem leeren Bankkonto berichtet hatte.

»Hey, Apfelbäckchen.« Probeweise kniff ich Breck in den Hintern. Schön stramm. Ich fing seine Hand ab, als er mit Feuer im Blick herumwirbelte. Unglücklicherweise konnte ich Ridges Tritt in meine Kniekehlen nicht abwehren. Verdammt, damit hatte ich nicht gerechnet. Ich stolperte, und mehr brauchte es nicht – die beiden nagelten mich auf dem Boden fest, bevor ich mich entschuldigen konnte.

Breck kniete auf meiner Brust. Ich lachte, und meine Hände legten sich wie aus eigenem Antrieb um seine Hüften. Sie wussten, was sie wollten. »Verdammt, Colorado. Hab ich es mir doch gedacht. Mit euch beiden zusammen könnte ich ein Vermögen verdienen. Ein Riesenvermögen.«

»Ach ja?« Breck schien es mit dem Aufstehen nicht sehr eilig zu haben. Ich folgte mit den Daumen dem Schwung seiner Hüften.

»Alvarez, du Mistkerl. Lass die Finger von meinem Bruder.« Ridge riss Breck von mir herunter. Ich tröstete mich mit dem Gedanken, dass Breck darüber ebenso wenig erfreut schien wie ich.

Ich blieb auf dem teuren Parkettboden liegen. »Wenn du einen winzigen Schritt nach rechts machen könntest, Apfelbäckchen, hätte ich einen viel besseren Einblick.« Die Beinöffnungen seiner Shorts waren schön weit geschnitten.

»Du bist widerlich.« Ridge zerrte Breck noch weiter von mir weg.

»Ich weiß.« Ich stützte mich auf die Ellbogen. »Was ich fragen wollte, bevor ich so rüde unterbrochen wurde: Was ist mit den fünfzigtausend passiert?«

Breck ließ sich in einen eleganten, jedoch unbequem aussehenden Sessel sinken. Seufzend schwang er die Beine über eine der Armlehnen. »Ich hab die Studiengebühr bezahlt, Ehrenwort. Das müsst ihr doch gesehen haben.«

»Haben wir.« Ridge setzte sich auf den Sofatisch aus Glas, der vor Brecks Sessel stand. »Aber du hast auch immer wieder Tausende von Dollar abgehoben! Und so viel Geld kannst du eigentlich nur für eine Sache ausgegeben haben.« Ridge sprang auf und tigerte zwischen dem Sessel und dem Sofatisch hin und her. »Verdammt, Breck. Wir haben uns doch was versprochen! Wir haben ausgemacht, diesen Scheiß niemals anzurühren!«

Breck beobachtete seinen Bruder, sein Blick folgte jedem seiner Schritte. »Wow. Da hast du ja erstklassige Detektivarbeit geleistet. Bist du fertig?«, erkundigte er sich, als Ridge eine kurze Atempause einlegte. »Möchtest du auch wissen, was ich dazu zu sagen habe, oder nur da stehen und mich wütend anstarren?«

Ridge lehnte sich gegen das Edelstahl-Sims des frei stehenden Gaskamins und bedeutete ihm mit einer Geste, fortzufahren.

»Danke sehr. Zu freundlich.« Breck nahm die Beine von der Lehne und beugte sich vor. »Und vielen Dank auch dafür, dass du sofort die schlimmste Vermutung darüber anstellst, wofür ich das Geld gebraucht haben könnte. Und da wunderst du dich, dass ich dich nicht um Hilfe gebeten habe?«

Ridge öffnete den Mund, wahrscheinlich für eine weitere zornige Erwiderung.

Sosehr es mich auch antörnte, wie schlagfertig Breck Pfeiffer sich gegen seinen Bruder behauptete, war ich trotzdem nicht in der Stimmung, den Familientherapeuten zu spielen. Ich wollte mich aus Charlies Klauen befreien, und dafür musste ich herausfinden, was genau ich in Ordnung bringen sollte. Da Breck offensichtlich nicht aus seinem Leben als Escort-Boy gerettet werden musste, hatte unsere Mission sicherlich mit dem alten Mann auf den Fotos zu tun, wer auch immer er sein mochte.

»Das reicht!« Meine spezielle Kommandostimme ließ selbst kriegserprobte Männer strammstehen. »Was zum Teufel hast du mit dem Geld gemacht, Breck?«

Breck drehte sich zu mir um und seufzte. »Ich habe es Mom gegeben.« Er duckte sich, als erwartete er einen wütenden Aufschrei von Ridge.

Der ließ nicht auf sich warten. »Mom? Verdammt, Breck! Was hast du dir dabei nur gedacht?«

Breck wirkte wie das personifizierte schlechte

Gewissen. Wie ein Hund, der genau wusste, was er angestellt hatte, und seinem Herrchen deswegen nicht in die Augen schauen konnte.

»Ich dachte mir, sie ist unsere Mutter, und sie braucht es.« Röte schoss ihm in die Wangen, und ich fragte mich, ob nicht noch mehr dahintersteckte.

»Breckie …« Ridge sah aus, als hätte ihm jemand einen Schlag in den Magen verpasst. »Das weißt du doch wirklich besser. Ich weiß, dass du es besser weißt. Wie oft hat sie uns erzählt, sie bräuchte Geld für eine Entziehungskur, für die Miete oder eine neue Wohnung? Und jedes Mal hat sie alles, was sie zusammenkratzen konnte, versoffen oder geraucht oder gedrückt.«

»Ja, okay.« Breck wirkte trotzig und ein bisschen peinlich berührt. »Ich bin ganz offensichtlich ein Idiot, in Ordnung? Lass gut sein, Ridge. Das Geld ist futsch. Alles, was du mir gegeben hast, und noch einiges obendrauf. Komm drüber weg.«

Ach, verdammt. Die Geschichte war so ewig wie die Zeit. (Ja, ich mag Disneyfilme, bitte keine Vorurteile.) Verflucht. Ich wollte diese Frau hassen, auf jeden Fall hasste ich das, was sie ihren Kindern angetan hatte. Andererseits hatte man von einer Süchtigen kaum etwas anderes zu erwarten. Gottes Wege, und die einer gruseligen Mutter, waren eben unergründlich.

Ich richtete mich auf, hievte mich aufs Sofa und nahm Breck in die Arme.

»Ach, Apfelbäckchen. Deshalb bist du doch kein Idiot. Auch wenn du es wirklich besser wissen solltest. Mit Süchtigen läuft es doch immer gleich.«

Überrascht verspannte er sich, aber ich ließ ihn nicht los. Er hatte eine Umarmung dringend nötig. Wes’

Nachforschungen hatten gezeigt, dass er sehr einsam sein musste. Ridge war alles, was ihm von seiner Familie geblieben war, und echte Freunde schien er nicht zu haben. Wir hatten ihn nur aufspüren können, weil Ridge vor einigen Monaten so vorausschauend gewesen war, Brecks Handy für Notfälle mit einem GPS-Chip auszustatten, den Wes aktiviert hatte, nachdem wir herausgefunden hatten, dass Breck nicht mehr in Georgetown wohnte.

Breck entspannte sich und legte mir sogar eine Wange an die Brust. Ich hätte ihm nur zu gern einen Kuss auf den Kopf gegeben. Seine blonden Locken waren bestimmt ganz weich.

Es fiel mir schwer, nicht zu vergessen, dass ich einen Auftrag zu erledigen hatte, aber uns allen zuliebe musste ich mich zusammenreißen.

»Was war denn dein Plan, Breck? Hattest du überhaupt vor, dein Studium wieder aufzunehmen? Und wie wolltest du das bezahlen?« Ridge runzelte die Stirn. »Von dem Geld, das du als *Stricher* verdienst?«

Ich hätte Ridge sagen können, dass es wenig hilfreich war, das Wort so auszusprechen, als handelte es sich dabei um eine ansteckende Krankheit, wenn er mehr Informationen aus Breck herauskitzeln wollte. Wie zu erwarten, versteifte Breck sich wieder.

»Vielleicht. Man kann damit unglaublich viel Geld verdienen.« Breck betrachtete seinen Bruder trotzig. »Aber ich hatte sowieso nicht vor, weiterzustudieren. Ich denke, für mich ist es an der Zeit, irgendwo neu anzufangen. Und zwar nicht als Breck Pfeiffer.«

»Hättest du mir das irgendwann mitgeteilt?« Der Schmerz war zurück in Ridges Stimme.

Breck sah für einen Moment schuldbewusst drein, doch gleich darauf verschwand der Ausdruck wieder. »Klar, weil du es mir so leicht machst, dir etwas zu erzählen«, schoss er zurück.

Lieber Himmel, die beiden waren wirklich auf sich gestellt. Mich beschlich das Gefühl, dass die Dinge schlimmer standen, als Ridge es sich eingestehen wollte.

Ridge sah aus, als läge ihm eine scharfe Erwiderung auf der Zunge, aber ich hob eine Hand und kam ihm zuvor. Nach einem letzten festen Drücker ließ ich Breck los. »Eins nach dem anderen. Wir müssen uns über diese Fotos unterhalten.«

Es war ganz offensichtlich, dass Ridge sich nicht von mir bevormunden lassen wollte. Ich konnte ihm seine Gedanken vom Gesicht ablesen: Was glaubst du, wer du bist? Und: Du bist doch nicht mein Vater!

Unvermittelt erklang ein Song von Britney Spears. Breck sprang auf, rannte in die Küche und schnappte sich sein Handy von der Arbeitsfläche. »Das ist Danny!«

Ich war ihm in die Küche gefolgt und riss ihm nun das Handy aus der Hand. »Sag Danny, du rufst ihn nach unserem Gespräch zurück.«

Er warf mir einen vernichtenden Blick aus seinen blauen Augen zu, der mich fast in Asche verwandelt hätte. »Du kannst mich mal.«

Ich hielt das Telefon außerhalb seiner Reichweite, aber er sprang hoch und kriegte es zu fassen, wobei er meinen Arm mit seinem Gewicht mit nach unten zog. Der Junge war stark. Viel muskulöser als sein Bruder und angefressen genug, um mit einem Knie auf meinen Schritt zu zielen.

»Das ist wichtig, Breck. Wir müssen endlich herausfinden …«

»Nein, das hier ist wichtig«, stieß Breck hervor. »Danny ist mein Freund, er ist auch auf den Bildern.« Er funkelte Ridge wütend an. »Der andere *Mietrammler*.«

Ich ließ zu, dass Breck mir das Handy entriss und damit ins Wohnzimmer zurücklief. Er ging dran, und ich stand nah genug, um beide Seiten des Gesprächs mitzuhören.

»Danny?«

»Rocky! Geht's dir gut?«

»Mir? Verdammt, Mann, ich dachte, du wärst tot!«

»Tot?«, hakte ich ein. Ich warf Ridge einen Blick zu und erwischte ihn dabei, wie er Breck stirnrunzelnd ansah, als könnte er seine Gedanken lesen, wenn er sich nur genug anstrengte. »Was zum Teufel hat das zu bedeuten?«

Breck bedeutete uns, still zu sein, aber sein Freund hatte mich bereits gehört.

»Rocky? Bist du allein?«

Ich bin kein Experte in so was, aber er klang noch jünger als die Zwillinge und war offenkundig völlig verängstigt. Da Breck angenommen hatte, er könnte tot sein, befürchtete ich, Danny würde auflegen und die Flucht ergreifen. »Rede mit ihm. Sag ihm, alles wird gut.«

»Genau das hatte ich vor, du Trottel«, flüsterte Breck aufgebracht zurück.

Okay, damit hatte er wohl recht. Er funkelte mich böse an, bevor er seine Aufmerksamkeit wieder dem Telefonat widmete.

»Wo bist du, Danny? Bist du in Sicherheit?«

»Im Moment schon, denke ich. Wer ist denn da bei dir? Hat Snow White dich aufgespürt? Hat er dir … wehgetan?«

Snow White? In was waren diese Kinder nur hineingeraten? Mir fiel das Bild ein, auf dem der Alte Danny ins Gesicht schlug, während Breck auf dem Boden lag. Ridge hatte – wie wir anderen auch – angenommen, sein Bruder wäre im Drogenrausch ohnmächtig geworden.

Womöglich hatten wir damit gründlich falschgelegen.

»Nein, außer meinem Bruder hat mich keiner gefunden. Obwohl, Emilio hat mich angerufen. Dieser Arsch.«

»Warum bist du überhaupt rangegangen?« Danny klang, als wäre er in heller Panik.

»Aus Gewohnheit. Er hat mich aufgeweckt. Lass uns deswegen jetzt nicht streiten, Danny. Komm einfach her. Ich bin …«

»Nein!« Ich legte ihm eine Hand auf den Arm. »Verrat nicht, wo du bist. Jemand könnte ihm folgen.«

»Verdammt.« Breck rieb sich die Stirn. »Du hast recht. Das wäre dumm.«

Oh, wundervoll. Wenn einer der Pfeiffers mit mir einer Meinung war, musste die Lage wirklich ernst sein. Ich kannte Ridge zwar erst seit ein paar Tagen und Breck sogar erst seit wenigen Augenblicken, aber so viel wusste ich bereits über die beiden: Sie taten nur, was sie wollten.

»Mein Bruder und sein, äh …« Er sah mich fragend an.

»Geschäftspartner«, soufflierte ich. »Vorübergehend.« Dass wir alle von einem Toten erpresst wurden, schien mir etwas zu viel Information zu sein.

Breck verdrehte die Augen. »Mein Bruder und sein Freund …«

Ridge schnaubte. »Bloß nicht«, murmelte er.

Ich legte mir eine Hand aufs Herz und schüttelte traurig den Kopf. »Und ich hatte schon passende Motive für unsere Freunde-für-immer-Tätowierungen ausgesucht.«

Breck gab mir einen Klaps auf den Bauch.

»Sie sind völlig verrückt, aber ich glaube, sie können uns helfen.« Breck sah Ridge an, als er das sagte. Ridge nickte, voller Überzeugung und Selbstvertrauen, woraufhin sich Breck sichtlich entspannte. »Ich komme lieber zu dir.«

»Ich weiß nicht. Snow Whites Männer suchen nach mir.« Dannys Stimme war kaum mehr als ein Hauchen, er musste vor Angst wie gelähmt sein.

Ich griff erneut nach dem Handy, aber Breck drehte sich weg und schirmte es mit seinem Körper ab. »Lass das«, zischte er, bevor er sich wieder an Danny wandte. »Was genau ist eigentlich passiert, Dan? Ich war die meiste Zeit über ohnmächtig, aber du warst ziemlich stark verletzt, soweit ich mich erinnern kann.«

Ich atmete tief durch. »Bre… Rocky«, verbesserte ich mich, als er heftig den Kopf schüttelte. *Siehst du? Ich bin sehr aufmerksam.* »Kann ich bitte mit deinem Freund sprechen? Ich weiß zwar nicht, was genau hier los ist, aber ich kann es mir ungefähr vorstellen.«

»Es ist jedenfalls nichts Gutes«, fügte Ridge unnötigerweise hinzu.

Ich nickte ihm zu und sah wieder Breck an. »Genau, nichts Gutes. Sondern die Art von Mist, über die du nicht am Telefon sprechen solltest, verstehst du? Am wichtigsten ist, dass wir euch beide jetzt schnellstmöglich in Sicherheit bringen. Danach setzen wir uns im Detail damit auseinander, in was für einen Schlamassel ihr euch hineinmanövriert habt und wie wir die Angelegenheit geregelt kriegen.« *Und wie ich wieder ein freier Mann werde.* Den Gedanken behielt ich für mich.

»Hast du das gehört, Danny? Wir kommen und holen dich ab, in Ordnung?«

»Nein, Mann. Ich lege jetzt auf. Das ist zu gefährlich …«

Breck umklammerte das Handy mit beiden Händen. »Einen Moment noch. Bitte, Danny, mir zuliebe.«

Nach einer langen Pause fragte Danny: »Vertraust du diesen Leuten? Ganz ehrlich?«

»Einer der beiden ist mein Bruder.« Für Breck schien das jede weitere Erklärung überflüssig zu machen.

Danny schnaubte. »Na und? Familie bedeutet nicht automatisch was Gutes.«

Ridge war schneller als ich. Er riss Breck das Handy aus der Hand und stellte es auf Lautsprecher um. »Danny? Ich bin … äh … Rockys Bruder. Und mir bedeutet das sehr wohl etwas. Du kannst mir also vertrauen, wenn ich verspreche, dir zu helfen. Und jetzt sag mir, wo wir uns treffen, damit wir uns auf den Weg machen und dich einsammeln können.«

»Am besten an einem öffentlichen Ort, wo es viele Sicherheitskameras gibt«, riet ich.

»Also gut«, gab Danny nach. »Ist ja nicht so, als ob ich eine Wahl hätte. Sag Rocky, wir treffen uns an dem Platz, zu dem wir den Typen verfolgt haben, den wir für Adam Rippon hielten.«

Das entlockte Breck ein Lächeln. »In Ordnung.« Er hob die Stimme, damit Danny ihn hören konnte. »Wir sind in ungefähr zwanzig Minuten da, kommt auf den Verkehr an. Ich schicke dir eine Nachricht, wenn wir in der Nähe sind, und wir treffen uns irgendwo, wo die Kameras uns nicht erwischen. In Ordnung?«

Danny zögerte. »Du musst echt vorsichtig sein, Rocky. Da sie hinter mir her sind, haben sie es wahrscheinlich auch auf dich abgesehen. Du solltest dich lieber nicht zeigen.«

»Ach ja?« Ridge schüttelte den Kopf auf eine Weise, die andeutete, dass Breck ihm einiges zu erklären hatte.

Breck beachtete ihn nicht. »Der Freund meines Bruders holt dich ab. Ich gebe ihm ein Codewort ...« Er überlegte kurz. »Ah, ich weiß eins. Der Name deiner Schildkröte!«

»Gut«, flüsterte Danny. »Seid vorsichtig.«

»Du auch.« Ridge legte auf und gab seinem Bruder das Handy zurück.

»Na los«, befahl Breck. »Lasst uns gehen.«

»Nicht so hastig. Zuerst brauchen wir ein paar Antworten.« Ich legte ihm eine Hand flach auf die Brust und gab ihm einen leichten Stoß.

Breck landete rücklings auf dem Ledersofa und seufzte auf. Er fuhr sich auf die gleiche Art mit den Fingern durchs Haar wie Ridge, wenn er nachdachte. »Lieber Gott, ich hab echt geglaubt, er sei tot.« Er sackte nach vorn und ließ den Kopf in die Hände fallen. Seine Schultern bebten, und Ridge setzte sich neben ihn.

Er legte einen Arm um seinen Bruder und zog ihn an sich. Breck ließ sich nicht lange bitten, was bewies, dass die beiden immer noch ein Herz und eine Seele waren, egal wie sauer sie aufeinander sein mochten. Ich hätte nicht gedacht, dass Ridge zu dieser Art von

Loyalität fähig war, und er stieg dadurch ganz gewaltig in meiner Achtung.

»Wer ist der Alte auf den Fotos, Breckie?«, fragte er.

Breck holte tief Luft. »Ich bin mir nicht hundertprozentig sicher. Cisco hat die Termine arrangiert, und jeder benutzt einen falschen Namen. Den Alten haben wir Snow White getauft. Blöder Name, oder? Er stand auf mich und Danny. Wir waren schon ein paarmal mit ihm zusammen gewesen, und da hat er sich … normal verhalten. Abgesehen davon, dass er auf schräge Sachen stand, aber das trifft auf viele dieser Männer zu. So richtig harte Sachen waren nie dabei.«

Er hielt den Blick abgewandt, aber ich merkte trotzdem, wie ihm die Röte ins Gesicht stieg. Da schwor ich mir, dass ich ihn eines Tages vor Leidenschaft erröten sehen würde statt vor Scham.

Außerdem schwor ich mir, dass ich diesen Snow White umbringen oder ihm wenigstens die Nüsse knacken würde.

»Seinen Namen weißt du also nicht? Würdest du ihn denn wiedererkennen?«

Breck nickte. »Ganz sicher. Sogar im Dunkeln.« Ich hörte die Mordlust in seiner Stimme. Snow White würde von Glück sagen können, wenn er Breck nicht im Dunkeln begegnete.

»In dieser Nacht«, Brecks Lippen bebten, als er auf die Bilder zeigte, die uns nach D. C. geführt hatten, »waren wir in seinem Haus. Zum ersten Mal. Und irgendwie war alles anders. Er gab sich keine Mühe, seine Identität vor uns zu verbergen. Jedenfalls nicht sehr. Er sagte sogar, dass es sein Haus war, als ob ich nicht später übers Internet dadurch seine Identität ermitteln könnte.

Egal. Er hat sich ganz anders verhalten als sonst. Viel gemeiner. Er hat richtig fiese Sachen zu uns gesagt, hat uns als Stricher und Abschaum bezeichnet. Sogar sein Assistent, oder Bodyguard, der sonst immer im Flur warten musste, hat sich darüber gewundert, wie Snow White sich aufgeführt hat, als er mit uns ins Schlafzimmer ging.«

»Scheißkerl«, knurrte Ridge.

Ich würde Snow White den Schwanz *ganz langsam* abschneiden. Mit einem stumpfen Messer. Breck weckte in mir den Wunsch, ihn zu beschützen. Ich wollte mich um ihn kümmern und für seine Sicherheit sorgen. Ich wünschte mir, dass er zu mir gehörte. Dieses Gefühl hatte mir schon oft Ärger eingebracht. Nicht allen Männern gefiel meine Höhlenmensch-Einstellung.

»Lass mich ausreden«, bat Breck. »Sonst kriege ich es nie über die Lippen.«

»Hat er dich verletzt?« Es wurde Zeit fürs Eingemachte. »Oder Danny?«

»Ja, ich dachte, er bringt uns um.« Brecks Stimme war ausdruckslos. »Er hatte irgendwas genommen. Da bin ich mir sicher.« Er lächelte humorlos. »Wenn ich etwas von Mom gelernt habe, dann wie man erkennt, ob jemand high ist. Seine Pupillen waren so klein wie Stecknadelköpfe. Er wollte, dass wir uns auch Lines reinziehen, aber ich … Ich hab Nein gesagt. Regelrecht geschrien. Und da hat er mir so hart mit dem Handrücken ins Gesicht geschlagen, dass ich zu Boden gegangen bin.« Er schluckte schwer. »Ab da war alles wie im Nebel, und mir wurde immer wieder schwarz vor Augen. Aber ich weiß, dass er Danny halb totgeprügelt hat. Ich hab versucht, ihm zu helfen, aber ich konnte mich selbst kaum rühren. Ich … bin später auf einer Bank vor der Union Station aufgewacht. Ohne den blassesten Schimmer, was mit Danny passiert war.«

»Dieser verdammte Schweinehund! Ich bringe ihn um«, presste Ridge zwischen zusammengebissenen Zähnen hervor.

»Das kannst du nicht!« Breck packte Ridge am Arm, als ob der in der nächsten Sekunde vom Sofa aufspringen und aus der Wohnung stürmen würde. »Ich glaube, er ist Senator.«

Oh verdammt. Das hatte gerade noch gefehlt.

»Wie kommst du darauf?«, erkundigte ich mich.

»Das ist hier gar nicht so unüblich. Ciscos Jungs sind die besten in der Stadt, seine Kunden haben Beziehungen.« Er zuckte mit den Schultern. »Und sein Bodyguard ist einmal hereingekommen, als Snow White eingeschlafen war, und hat versucht, ihn aufzuwecken. Ich könnte schwören, dass er ihn dabei mit ›Senator‹ angesprochen hat.« Er schüttelte den Kopf. »Allerdings war ich ziemlich daneben, es muss also nicht unbedingt stimmen.«

»Welcher Senator?«, hakte Ridge nach, während ich mein Handy zückte und im Internet eine Liste der Senatoren aufrief. Es waren genau einhundert. Dreiundzwanzig Frauen und zwei Schwarze schieden direkt aus. Aufgrund der Fotos war ich mir sicher, dass wir nach einem älteren, weißen Mann Ausschau halten mussten.

Breck studierte das zu der Liste gehörende Foto und zog es mit den Fingern größer. »Der da.« Zitternd deutete er auf einen der Männer. »Der Weißhaarige. Deshalb haben wir ihn Snow White getauft. Na ja, und weil er kokste.«

Ridge schnappte sich das Handy und las die Bildunterschrift. »Senator Harlan.« Er spuckte den Namen förmlich aus. »So ein Arschloch.«

Natürlich war es ausgerechnet *dieses* Arschloch. John Harlan war der stärkste Vertreter der Anti-LGBT-Bewegung im Kongress, und das wollte etwas heißen. Ein ehemaliger Pastor, seit fünfundvierzig Jahren »glücklich« verheiratet. Aus der Ehe waren zwei perfekte Kinder hervorgegangen, und seine Unterstützer verdammten lautstark und mit großer Freude Millionen Menschen, weil diese waren, wie sie waren.

Und natürlich trieb es ausgerechnet dieser Kerl heimlich mit jungen Männern.

»Ich bringe ihn um.« Es wie einen Unfall aussehen zu lassen, wäre ganz leicht. Ich presste die Hände zusammen und stellte mir vor, wie sich das Genick des Senators dazwischen anfühlen würde. »Gratis. Es wird mir ein Vergnügen sein.«

»Du kannst ihn nicht einfach umbringen«, widersprach Breck.

»Wieso denn nicht?« Ridge schaute mich an, wie um sich zu überzeugen, dass ich dazu sehr wohl fähig war.

»Soll das ein Witz sein?« Jetzt sah auch Breck mich an. Ich zuckte mit den Schultern. Ich hatte schon Leute verprügelt, die sich weit weniger hatten zuschulden kommen lassen. Und obwohl ich immer sehr genau darauf geachtet hatte, die haarscharfe Grenze zwischen Bodyguard und Auftragskiller nicht zu überschreiten, hätte ich in diesem Fall überhaupt kein Problem damit, diese Regel zum ersten Mal zu brechen und mir für Breck die Hände schmutzig zu machen.

Ganz ehrlich, dieser junge Mann weckte einfach

meinen Beschützerinstinkt. Irgendwas an ihm zog mich in seinen Bann, etwas, das über die Locken, die großen Augen, den knackigen Hintern und seine Schlagfertigkeit hinausging. Ridge sah genauso gut aus, löste aber keineswegs solche Beschützerinstinkte in mir aus wie Breck.

Breck brauchte mich, ob ihm das nun bewusst war oder nicht. Und das gefiel mir. Irgendwie.

»Gut, noch mal ganz von vorn. Du hast mitgekriegt, dass er ein Senator ist?« Breck verschränkte die Arme und funkelte mich an. »Von denen gibt es nur genau einhundert. Die Leute merken es deshalb, wenn einer von ihnen plötzlich nicht mehr da ist.« Er verdrehte die Augen.

Ich konnte jedoch nur daran denken, wie perfekt wir zueinanderpassten. Die Vorstellung, dass ich kaltblütig einen Senator ermordete, brachte ihn kein bisschen aus der Ruhe. Er machte sich viel mehr Sorgen darüber, dass wir gefasst werden könnten.

Ich öffnete den Mund, wollte ihm erklären, dass ich einen Mann auf über hundert Arten bewegungsunfähig machen konnte, ohne den Verdacht auf mich zu lenken, aber er sprach einfach weiter.

»Außerdem käme er damit zu billig davon.« Breck warf Ridge einen Blick zu. »Du hast die Bilder auf deinem Handy. Du weißt also, was er getan hat. Mich hat er bewusstlos geschlagen und Danny sogar halb tot. Ich will, dass er leidet.« Jetzt sah er mich an, und seine Augen loderten. Ich kannte dieses Gefühl nur zu gut. »Er soll alles verlieren, was ihm etwas bedeutet, und ich will, dass er weiß, wem er das zu verdanken hat.«

Dafür hatte ich größtes Verständnis. Breck wollte es dem Senator heimzahlen. Und ich würde ihm dabei helfen. »Ja, verdammt. Wir werden dafür sorgen, dass er bezahlt.«

»Und wie?«, wollte Ridge wissen.

»Das weiß ich nicht.« Ich bedachte ihn mit einem vielsagenden Blick. »Aber unsere neuen Freunde bestimmt.«

In diesem Moment ging mir auf, was Charlie zu alldem hier motiviert hatte. Es ging ihm nicht um persönliche Rachefeldzüge oder Bagatelldelikte, die er aufgeklärt sehen wollte. Nein, er wollte für ausgleichende Gerechtigkeit sorgen. Auf eine Weise, wie sie das bestehende Rechtssystem nicht hergab.

KAPITEL 6

BRECK

Im vergangenen Jahr war mein Leben nicht unbedingt in geraden Bahnen verlaufen, sondern hatte eher einer Achterbahnfahrt aus trägen Phasen und schnellen, sprunghaften Veränderungen geglichen. Manchmal war die Realität, in der ich einschlief, scheinbar eine andere als die, in der ich aufwachte.

Seit wir wussten, dass es noch neunundvierzig andere Bundesstaaten gab und außer unserem sogar noch sechs weitere Kontinente, hatten Ridge und ich uns vorgenommen, eines Tages aus Alamosa zu verschwinden. Bis dahin würden wir in Colorado festsitzen.

Dann war Ridge ein großer Coup mit ein paar Gemälden gelungen, wegen dem ihm die Polizei im Nacken saß. »Breck! Es ist so weit. Wir hauen ab!«, hatte er gebrüllt, als er mitten in der Nacht nach Hause gekommen war, und wir waren aus der Stadt geflohen, als wäre die Zombie-Apokalypse über uns hereingebrochen.

Das ist also mein neues Leben, hatte ich gedacht, als ich zwei Tage später, immer noch leicht benommen, einen kalten, menschenleeren Strand in North Carolina entlanggeschlendert war.

Letzten Herbst war es mir ganz ähnlich ergangen.

Mom hatte mich besucht, und obwohl ich Ridge etwas anderes erzählt hatte, zog ihr klägliches Gebettel – »Ich brauche Geld, Breckie« – nicht bei mir. Ihre rachsüchtigen Drohungen waren dafür umso wirkungsvoller. Sie hatte angekündigt, alles zu ruinieren, wofür Ridge so hart geschuftet hatte. Also hatte ich sie ausbezahlt. Und dann den einzigen Job angenommen, von dem ich glaubte, er würde mir auf die Schnelle genug Geld einbringen, um das Konto auszugleichen, bevor Ridge herausfand, was passiert war und unsere Mutter ein für alle Mal aus dem Weg räumte. Als ich nach dem Treffen mit meinem ersten Freier das Capitol Inn verließ, hatte ich einen weiteren dieser schwindelerregenden Momente der Klarheit gehabt. *Wow. So verdiene ich jetzt also meinen Lebensunterhalt.*

Man könnte annehmen, ich hätte mich irgendwann daran gewöhnt, dass das Schicksal mit mir machte, was es wollte, aber so war es nicht. Als ich mich, keine sechsundzwanzig Stunden nachdem Ridge wieder in mein Leben geplatzt war, auf einer Liege am schattigen Rand eines Pools mit Aussicht auf den Golf von Mexiko wiederfand, genoss ich weder den unglaublichen Blick auf den Ozean noch den auf das majestätische Anwesen, in dem wir wohnten. Auch dass die Sonne das Wasser im Infinitypool, der bis zum Strand zu reichen schien, zum Glitzern brachte, interessierte mich nicht, und ich dachte auch ganz bestimmt nicht: Oh, na schön. Ich mach einfach das Beste draus!

Ich war einfach nur verdammt sauer.

Ich schlug mit den Handflächen auf die Armlehnen des Liegestuhls. »Wie lange halten sie uns hier noch fest?«

Danny trieb auf einer riesigen pinkfarbenen Luftmatratze in der Mitte des Pools. Er schob sich die Sonnenbrille auf die Nasenspitze und sah mich mit zusammengekniffenen Augen an, als wäre ich komplett verrückt geworden. Bis auf eine winzige rote Badehose war er völlig nackt, und seine Haut glänzte von dem öligen Zeug, mit dem er sich eingerieben hatte, bevor er zum Sonnetanken herausgekommen war. »Äh ... Die Frage lautet doch wohl eher, wie lange wir noch bleiben dürfen, Süßer.«

Immer noch wütend, schüttelte ich den Kopf.

Ich hatte nicht erwartet, dass Danny verstehen würde, warum ich so aufgebracht war. Er hatte furchtbar ausgesehen, als wir ihn gestern Morgen an der Union Station aufgegabelt hatten. Abgemagert und nervös, wie er war, hätte man ihn für einen Junkie halten können. Doch das waren nur die Nachwirkungen von zu vielen Tagen ohne eine warme Mahlzeit und zu vielen Nächten, in denen er ständig über die Schulter hatte schauen müssen, weil er keinen sicheren Platz zum Schlafen gefunden hatte.

Anders als Ridge und ich war Danny an ein solches Leben nicht gewöhnt. Er hatte sich als Kind nicht von Essensabfällen ernähren oder stehlen müssen, um nicht zu verhungern. Er war ein sanftmütiger, schnuckeliger Vorstadtschwuler gewesen, als seine übertrieben religiösen Eltern herausfanden, dass er homosexuell war, und ihn vor die Tür setzten. Bis auf die Tatsache, dass er anschaffen ging, war er nie mit dem Gesetz in Konflikt geraten. Nach einem Blick auf den riesenhaften Steele, der so viel Selbstsicherheit ausstrahlte, dass daran wahrscheinlich sogar Kugeln abprallen würden, war er aus lauter Dankbarkeit für seine Rettung praktisch vor ihm niedergekniet. Steele war sein Held.

Was ich Danny nicht verübeln konnte, wenn ich ehrlich war. Ich hatte auch nicht gerade heftigen Widerstand geleistet, als Steele sich in dem kleinen Privatflugzeug, das uns in Dulles abgeholt hatte, neben mich gesetzt, mir einen Arm um die Schultern gelegt und mich an sich gezogen hatte. Den Kopf an seine Schulter gelehnt, hatte ich mich für die restlichen neunzig Minuten des Flugs nicht mehr bewegt. Ich hatte mir auch keine Mühe gegeben, mein Lächeln angesichts von Ridges Reaktion zu verbergen. Von der anderen Seite der Kabine aus hatte er Steele böse Blicke zugeworfen, als ob er ihn warnen würde, sich bloß nicht an mich heranzumachen. Steeles Aufmerksamkeit war jedoch eher tröstlich als sexuell gewesen, und das hatte mir verdammt gut getan.

Nicht viele Männer hielten Ridges Mörderblicken so ungerührt stand, aber Steele bemerkte sie entweder nicht, oder er legte einfach mehr Wert darauf, mir beizustehen, als darauf, es sich nicht mit Ridge zu verderben.

Bei diesem Gedanken vollführte mein Magen einen Salto, worüber sich jeder, der mich als Rocky kannte, köstlich amüsiert hätte. Ich war schließlich das genaue Gegenteil von einem unerfahrenen Mauerblümchen, und trotzdem schwärmte ich für Castille Alvarez wie ein liebeskranker Teenager.

Josie, die Steele uns als Charlies Haushälterin vorgestellt hatte, schob einen kleinen Getränkewagen zu uns heraus. »Wer von euch Jungs möchte einen Strawberry Daiquiri?«

Dannys Augen leuchteten auf. »Oh ja, ich. Unbedingt!« Er paddelte an den Rand, und Josie lächelte ihn herzlich an, als sie ihm das Glas in die Hand drückte. Ihr ging es wie uns allen, sie wollte ihn unter ihre Fittiche nehmen und beschützen.

Dann blickte sie mich an, doch ich schüttelte stur den Kopf. Zugegeben, der Cocktail sah köstlich aus, und ich schwitzte bereits, obwohl es noch nicht einmal zehn Uhr war. Aber für mich war das hier nun mal kein Urlaub – ich war nur unter Protest hergekommen.

Sie seufzte und schob das Glas in meine Richtung. »Du machst es dir nur selbst schwer, Schätzchen.«

Damit hatte sie recht, das war mir klar. Den angebotenen Drink abzulehnen, änderte nichts an meinem Ärger über Ridges eigenmächtige Art, sich in mein Leben einzumischen.

Ich verdrehte die Augen und griff nach dem Glas. »Danke.«

»So übel ist es hier gar nicht«, bemerkte sie. »Du wirst dich schon noch dran gewöhnen.«

»Sie haben mir mein Handy weggenommen.« Das konnte ich ja noch irgendwie nachvollziehen. Sie wollten sicherstellen, dass wir nicht aufgespürt werden konnten. Allerdings bewies es eindeutig, dass ich kein Gast, sondern ein Gefangener war. »Ich wüsste nicht, wie ich mich an ein Leben ohne Internet gewöhnen könnte.«

»Ich habe da vielleicht eine Idee.« Josie kniff nachdenklich die Augen zusammen. »Wahrscheinlich kann ich dir heute Nachmittag mehr dazu sagen.«

»Ach ja?«

Sie nickte mir zu. »Trink aus. Leo ist zurück, und sie bereiten den Medienraum vor. Steele hat schon nach dir gefragt, es ist also nur eine Frage der Zeit, bis er sich auf die Suche nach dir macht.«

Ich runzelte die Stirn, nickte aber zustimmend. Ich hatte keine Ahnung, wer Leo war oder was es mit dem verdammten Medienraum auf sich hatte. Dass wir uns alle zusammen »Immer Ärger mit Bernie« ansehen würden, erschien mir unwahrscheinlich. Doch wenn Ridge oder Steele auf meiner Anwesenheit bestanden, wollten sie mich sicher über Snow White ausquetschen.

Ich nahm einen großen Schluck von meinem Daiquiri, der so kalt war, dass meine Gedanken fast zu Eis erstarrt wären.

Danny rollte sich von der Luftmatratze und landete platschend im flachen Teil des Pools. Seinen Drink über dem Kopf balancierend, stieg er die Treppe hinauf und warf sich auf die Liege neben mir.

»Hey, pass auf!«, rief ich, als er sich das Wasser aus dem lang gewordenen braunen Haar schüttelte. Dunkle Sprenkel zierten nun die Khakishorts und das Polohemd, die ich mir von Ridge geklaut hatte.

Danny sah mir in die Augen und wiederholte das Ganze mit Absicht.

Ich streckte eine Hand nach ihm aus und drückte ihn nach hinten, bis er sich rückwärts auf das Polster sinken ließ. Dann stellte ich mein Glas auf dem Tischchen neben meiner Liege ab und stand schnaubend auf.

»Mach dich locker, Rock.« Danny suchte sich eine bequemere Position und nippte an seinem Cocktail. »Wir sind im Paradies. Cisco hat keine Ahnung, wo er nach uns suchen soll, und Snow White auch nicht. Wir sind auf drei Seiten von Mauern umgeben, und jeder Eingang wird von einer Kamera überwacht. Wir hätten es schlimmer treffen können, als hier in Sicherheit gebracht zu werden.«

Stirnrunzelnd schaute ich auf ihn hinunter.

Wie Ridge und ich hatte Danny eins dieser unschuldigen Gesichter, das ihn noch mit dreißig wie einen Sechzehnjährigen wirken lassen würde. Im Gegensatz zu Ridges und meinem Gesicht war das von Danny jedoch offen und ausdrucksstark. Er konnte einfach nicht lügen. Der leicht angespannte Zug um seinen Mund, der trotz Dannys lässiger Haltung nicht verschwinden wollte, und die Art, wie er meinem Blick nicht standhalten konnte, sondern schnell hinaus aufs Meer sah – all das verriet mir, dass in der Nacht im Haus des Senators etwas passiert war, während ich gegen meinen benebelten Zustand angekämpft hatte. Etwas, das über die Schläge und das damit zusammenhängende Trauma hinausging.

Sogar in diesem Moment, im warmen Sonnenschein und umgeben von hohen Mauern, hatte Danny immer noch Angst.

Ein lang gezogener, anerkennender Pfiff ertönte, und als ich mich umdrehte, kam Steele mit großen Schritten auf uns zu.

»Die Aussicht ist der Wahnsinn.«

Er hätte das türkisfarbene Wasser des Golfs meinen können, oder den weißen Sandstrand. Oder Danny. Doch er hielt den Blick fest auf mich geheftet, während er näher kam.

Die Sonne schien plötzlich viel heißer. Ich griff nach meinem Drink und trank hastig einen Schluck. Kleine Lachfältchen bildeten sich um Steeles dunkle Augen, als er mich angrinste.

Er trug tief sitzende Cargoshorts und ein wahnsinnig eng anliegendes grau meliertes T-Shirt, das sich wie Frischhaltefolie um seine breite Brust spannte. Darauf stand der Spruch: *Surely Not Everybody Was Kung Fu Fighting*.

Holla.

Ich hatte schon immer eine Schwäche für heiße Latinotypen, die groß und stark genug waren, um mich in der Mitte durchzubrechen. Aber einer wie dieser hier, der offenbar mehr in mir sah als eine Ansammlung verschiedener Öffnungen, in die er seinen Schwanz versenken konnte, und dazu auch noch T-Shirts mit lächerlichen Sprüchen trug, war mir noch nicht untergekommen. Außerdem war da noch dieser zuckersirupsüße Südstaatenakzent, der ab und zu durchklang. Steele war mein Kryptonit.

Seine Augen blickten immer noch tief in meine, als er mir, ohne zu fragen, den pinkfarbenen Drink aus der Hand nahm und die Lippen um den Strohhalm schloss. Er sog genüsslich daran, und nachdem er das Glas geleert hatte, leckte er sich die Lippen, damit ihm nur ja kein einziger Tropfen entging.

Fast hätte ich aufgestöhnt, und auch mein Schwanz zeigte Interesse. Ich fragte mich, ob Steele es wohl bemerkt hatte.

Er schaute hinunter auf meinen Schritt und lächelte. Ja, er hatte es bemerkt.

Ich räusperte mich. »Josie meinte, du wärst auf der Suche nach mir. Führst du mich jetzt zum Ball?« Ich verschränkte die Arme, bemüht, etwas Abstand zwischen uns zu bringen, bevor ich unter seinem glühenden Blick verdampfte.

Der verdammte Kerl lächelte nur noch breiter, als wüsste er genau, was ich versuchte.

Unwillkürlich erwiderte ich sein Lächeln. Wahrscheinlich grinste ich wie ein Vollidiot, aber das war mir egal.

»Diese Miss Josie. Immer so hilfsbereit.« Er lächelte immer noch. »Ich hab tatsächlich nach dir gesucht.« Er drehte sich zu Danny um und zwinkerte ihm zu. »Nach euch beiden. Du kannst gern mitkommen, wenn du möchtest, Danny. Wes, der Rothaarige, den ihr gestern Abend kennengelernt habt, hat einen vorläufigen Bericht über den Senator ausgearbeitet, der euch interessieren könnte.«

Ich nickte, den wollte ich mir unbedingt anhören.

Danny schluckte schwer und schüttelte den Kopf. Dabei zog er eine Grimasse und legte sich eine Hand auf den Bauch, als ob er Schmerzen hätte. »Nein. Äh, nein, danke. Aber geht ihr ruhig. Ich ... Ich kriege langsam Kopfschmerzen. Vielleicht habe ich ... zu viel Sonne abbekommen?«

Steele warf mir einen fragenden Blick zu. *Meint er das ernst?* Ich zuckte statt einer Antwort mit den Schultern. *Er ist eben ein verdammt schlechter Lügner.*

Steele nickte kurz und bedachte Danny mit einem Lächeln. »Alles klar. Sieh zu, dass es dir bald besser geht, in Ordnung?«

Danny nickte, als könnte er gar nicht anders, als Steele zu gehorchen.

Ich schnaubte laut.

»Ich bitte Miss Josie, dir ein Glas Wasser zu bringen.« Steele musterte stirnrunzelnd den Drink in Dannys Hand. »Und am besten auch etwas zu essen.«

»Da… Danke«, antwortete Danny so begeistert, als hätte Steele ihm ein neues Auto und nicht nur Wasser angeboten.

»Kein Problem.« Steele legte mir einen Arm um die Taille.

Er führte mich zu der zwei Stockwerke hohen Glasfront an der Rückseite der Eingangshalle mit ihrem weißen Steinboden. Gegenüber der mächtigen Eichentür führte eine geschwungene Steintreppe in den ersten Stock. Ridge hatte sich gestern zwei Sekunden Zeit für eine knappe Führung genommen, daher wusste ich, dass die Räume im Erdgeschoss hauptsächlich der Unterhaltung dienten – es gab ein riesiges Wohnzimmer, eine Bibliothek, ein Esszimmer, eine Küche und ein Musikzimmer, in dem ein Klavier und ein paar Pflanzen standen. Im ersten Stock befanden sich acht Gästezimmer, vier gingen nach vorne raus, vier nach hinten, mit Blick auf den Golf, und jedes verfügte über ein eigenes Bad. Der Medienraum lag im obersten Stock, ebenso wie das Hauptschlafzimmer, das aus Gründen, die mir noch keiner erklärt hatte, nicht betreten wurde.

»Wenn du Danny weiterhin so umsorgst, macht er dir über kurz oder lang einen Antrag«, stichelte ich.

Steele quittierte das mit einem Brummen. »Dann muss er sich auf eine Enttäuschung gefasst machen.« Er sah mich ernst an. »Ich bin kein Typ zum Heiraten.«

Ich nickte. Das hatte ich mir schon gedacht. Dasselbe traf schließlich auch auf mich zu. Für romantischen Schwachsinn hatte ich nichts übrig, und dieses »für immer« war eine Illusion. Worauf ich Wert legte, war Respekt.

Steele tippte einhändig eine Nachricht in sein Handy, während wir die Eingangshalle durchquerten und die

Treppe hochstiegen. »Außerdem geht Miss Josie in so was auf. Wenn du nicht aufpasst, macht sie dich noch zu ihrem neuen Projekt.«

»Wie habt ihr sie kennengelernt?«

»Sie gehört zum Inventar.« Er zuckte mit den Schultern, den Arm immer noch fest um mich gelegt. »Wie viel hat Ridge dir über unsere Situation erzählt?«

»Hmmm. Lass mich kurz überlegen … Nichts.« Ich verdrehte die Augen. »Unterhaltungen mit Ridge sind eine Einbahnstraße. Er will über jeden Furz informiert werden, den ich lasse, aber ich hab von ihm bloß erfahren, dass er aus irgendeinem Grund nach Florida musste. Zu einer Beerdigung, glaube ich.«

»Dein Bruder will dich nur beschützen.«

»Er ist ein Kontrollfreak.«

»Das eine schließt das andere nicht unbedingt aus.« Steele grinste mich schon wieder an.

»Mag sein.« Ich musterte ihn scharf. »Trotzdem kann ich das nicht empfehlen.«

Er lachte. »Zur Kenntnis genommen.«

»Wer wurde denn beerdigt?«, erkundigte ich mich. »Habt ihr das Haus … geerbt?«

Er seufzte. »Die Kurzversion lautet: Jeder von uns kannte Charlie, und wir hatten alle … beruflich mit ihm zu tun, könnte man sagen.«

»Er war also ein Krimineller«, schlussfolgerte ich.

Steele grinste breit. »Ja.«

»Und?«

»Kurz vor seinem Tod hatte er offenbar einen Anfall von Gewissensbissen. Keine Ahnung, warum oder wieso er ausgerechnet uns seinen unerledigten Kram hinterlassen hat. Du weißt schon, die Aufträge, von denen ich dir gestern erzählt habe. Wir waren keine engen Freunde und standen auch nicht mehr wirklich in Kontakt.«

»Gestern hast du von Kreuzzügen gesprochen«, korrigierte ich ihn. Wir hatten den ersten Stock erreicht und nahmen nun die Stufen hinauf zum zweiten.

»So langsam glaube ich, dass es das richtige Wort für diese Aufträge ist.« Er klang ernst. »Zuerst hab ich gedacht … Ach, keine Ahnung, was ich dachte. Charlie hat uns nicht wirklich die Option gelassen, seine Einladung auszuschlagen. Er hat gegen jeden von uns etwas in der Hand. ›Friss oder stirb‹ war die Devise. Wie du dir vorstellen kannst, war ich davon nicht gerade begeistert. Aber wenn die anderen Aufträge so sind wie der hier und wir uns noch mehr solche Mistkerle wie Senator John Harlan vorknöpfen sollen, dann bin ich voll und ganz dabei. Ich hasse Typen wie ihn, die Spaß am Leid anderer haben.«

Ich schnaubte. »Lass mich raten, du hast früher schon die Außenseiter beschützt, als du noch in … Na ja, da, wo du eben auf die Highschool gegangen bist. Vermutlich irgendwo in den Südstaaten.«

»Charlton County High School in Folkston, Georgia. Ein kleines Kaff zwischen dem Okefenokee-Sumpf und der Grenze zu Florida.«

»Dann bist du also ein Landei?«, zog ich ihn auf.

»Amerikaner laut Geburtsurkunde, Südstaatler durch Gottes Gnade«, stimmte er zu. »Stell dir einen dürren, schwulen kubanischen Jungen vor, der nicht einmal Spanisch sprechen kann. Dann weißt du, warum ich mich schon immer gegen Mobber verteidigen musste. Da fand ich es nur kameradschaftlich, auch den anderen Opfern der sozialen Hackordnung diesen Schutz anzubieten.«

Ich grinste ihn an. »Wie wird denn aus einem ritterlichen Landei aus dem Sumpf ein Verbrecher? Noch dazu einer, der von einem anderen Gauner zur Teilnahme an einem Kreuzzug erpresst wird?«

Wir erreichten den zweiten Stock. Der Treppenabsatz führte zu einem Flur, der über die gesamte Breite reichte. Am linken Ende befand sich eine massive Holztür. Wir wandten uns jedoch nach rechts, von wo bereits Stimmengewirr zu vernehmen war.

»Das ist eine lange Geschichte, die ich dir vielleicht ein anderes Mal erzählen werde.« Steele rieb sich den Nacken, als wir das Zimmer betraten. Seine andere Hand lag immer noch fest und warm auf meinem Rücken. »Genau betrachtet bin ich auch kein Krimineller. Gegen mich wurde noch nie Anklage erhoben.«

»Na endlich.« Ridge musterte mich misstrauisch von oben bis unten, als würde er sich fragen, ob wir unterwegs vielleicht einen Quickie eingelegt hatten. »Schwätzchen kannst du in deiner Freizeit halten, Alvarez. Wir haben schließlich was zu erledigen.«

Ernsthaft, ich hatte große Lust, ihn umzubringen, und jedes Gericht der Welt würde mich freisprechen.

»Entspann dich, Pfeiffer«, gab Steele zurück.

Im Vergleich zu den anderen Zimmern des riesigen Hauses fiel der Medienraum recht klein aus, was mir gut gefiel. Drei große dunkelbraune Sofas standen hufeisenförmig angeordnet vor einem gigantischen Bildschirm. Es gab außerdem eine kleine Küchenzeile, die sogar mit einer Popcornmaschine aufwartete, was allerdings nicht heißen soll, dass jemand Popcorn gemacht hätte. Der Teppich war dick und flauschig, und sogar die Wände waren mit einer Art Stoff verkleidet. Ob aus akustischen oder dekorativen Gründen, da war ich mir nicht sicher, aber aus den Abdrücken im Teppich schloss ich, dass die Sofas vorher in Reihen angeordnet gewesen und erst kürzlich umgestellt worden waren.

Ridge saß auf dem Sofa an dem Ende des Hufeisens, das der Tür am nächsten stand. Er war ganz in Schwarz gekleidet, wie für eine Beerdigung … oder einen Bruch.

Das andere Ende des Hufeisens hatte Wes besetzt, der Rothaarige, den ich am Abend zuvor kennengelernt hatte. Er trug ein T-Shirt, das aussah, als gehöre es zu einer Star-Trek-Uniform. Er tippte auf seinem Handy herum und blickte nicht auf, als wir eintraten.

Zwei weitere Typen, denen ich seit unserer Ankunft am Vorabend noch nicht begegnet war, hatten auf dem mittleren Sofa Platz genommen. Sie schauten misstrauisch zwischen Ridge und mir hin und her, als ob sie eineiige Zwillinge für das Ergebnis eines fremdartigen Voodoozaubers hielten, der sich ihrer Vorstellungskraft entzog.

Steele strich mir über die Hüfte und nahm dann meine Hand. Es war eine Geste des Beistands, als wollte er diese Kerle daran erinnern, dass ich hier eines der Opfer war. Natürlich war sie auch ziemlich besitzergreifend. Normalerweise stand ich nicht auf so etwas, aber von Steele ließ ich es mir gern gefallen.

Sehr gern sogar.

Ridges Zähneknirschen war nicht zu überhören, aber ich ignorierte ihn. Er kochte vor Wut auf mich, mindestens seit gestern Vormittag, wahrscheinlich jedoch schon, seit er die Fotos gesehen hatte, und suchte nach einem Vorwand für einen Streit. Und ich hatte Lust, ihm einen zu liefern.

Er wusste doch, dass ich keine Jungfrau mehr war. Grundgütiger, schließlich war er der Erste gewesen, dem ich davon erzählt hatte, als ich zu Highschoolzeiten mit Jake Montero geschlafen hatte, genau wie ich als Erster erfahren hatte, dass er Sex mit Monica Selms und Pete Burkett gehabt hatte, wenn auch leider nicht mit beiden gleichzeitig. Allerdings waren wir schon lange nicht mehr auf der Highschool. Mir war klar, dass er nicht im Zölibat gelebt hatte, seit er mich in D. C. abgesetzt hatte, und ich hatte akzeptiert, dass es mich absolut nichts anging, mit wem er schlief – es sei denn, er wollte es mir sagen. Deshalb verstand ich nicht, wieso er annahm, es wäre in Ordnung, wenn er sich in mein Sexleben einmischte, sei es das private oder das berufliche.

Ein naiver Trottel war ich übrigens auch nicht. Es schien fast so, als hätte er vergessen, wer damals während unserer prägenden Jahre in Alamosa für die Alibis und Ablenkungsmanöver gesorgt hatte. Ich konnte Menschen gut einschätzen. Nach dem Debakel mit Snow White würden mir das die anderen aus der Gruppe wohl kaum glauben, aber Ridge sollte es wissen. Mein Instinkt sagte mir, dass ich Steele vertrauen konnte. Es war ja auch nicht so, dass ich direkt mit ihm ins Bett springen wollte. Wir flirteten nur ein bisschen, alles ganz harmlos, und das war genau das, was ich brauchte.

Momentan jedenfalls.

»Leo Shook.« Der ältere Typ kam herüber und reichte mir die Hand.

»Hallo, ich bin Breck«, stellte ich mich selbst vor. »Freut mich.« Fast hätte ich ein »Officer« angehängt.

Der Kerl war offensichtlich Gesetzeshüter, und ich fragte mich, wie er in diese Runde passte.

Er nickte mir zu.

Der andere, der dank seines braunen Haars, der braunen Augen und seines insgesamt sehr durchschnittlichen Aussehens fast mit dem dunkelbraunen Sofa verschmolz, hob grüßend das Kinn. »Carson Grieves.«

Seinen Akzent konnte ich nicht einordnen – er klang weder typisch amerikanisch noch eindeutig nach einer anderen Nationalität. Britisch könnte hinkommen, oder etwas in der Richtung.

Ich nickte freundlich zurück.

»Gut, dann lasst uns anfangen.« Wes sah endlich auf und warf Steele und mir ein Lächeln zu.

Steele deutete auf die noch freie Ecke zwischen Leo und Ridge. Ich ging voran und setzte mich neben Leo, sodass Steele der Platz neben Ridge zufiel.

»John Harlan, Senior Senator des großartigen Staates Florida.« Wes drückte eine Taste, und Snow Whites Gesicht erschien auf dem riesigen Bildschirm. Die Augen des Senators blickten so seelenlos, wie ich es von ihm kannte, doch durch die Vergrößerung wirkte es noch zehnmal verstörender.

»Er stammt aus Florida?« Leo schüttelte traurig den Kopf. »Ich hätte mir wirklich die Zeit nehmen und zur Wahl gehen sollen.«

Ich musste lachen. Der Typ war attraktiv, ein richtiger Silver Fox.

»Ja«, stimmte Carson ihm zu. »Leute wie du sind schuld daran, dass es für den Rest von uns bergab geht.«

Leo sah ihn aus schmalen Augen an. »Für den Rest

von euch? Du meinst, für verurteilte Verbrecher, die nicht wählen dürfen?«

»Verurteilte Verbrecher, also wirklich.« Carson schniefte gekränkt. »Ich meinte natürlich, für Leute, die in anderen Bundesstaaten leben. Und damit du es weißt, ich wurde noch nie verurteilt.«

Dass er bereits Verbrechen begangen hatte, stritt er jedoch offenbar nicht ab.

»Man darf übrigens wieder wählen, sobald man nicht mehr auf Bewährung ist.« Alle Augen richteten sich auf Wes, der uns belustigt anschaute. »Wer als Krimineller erfolgreich sein will, muss gut informiert sein.«

»Stimmt«, sagte Carson. »Genau wie Senator Harlan.« Er zeigte auf das Bild des Senators auf dem Bildschirm.

»Carson hat recht. Harlan legt auch großen Wert darauf, gut informiert zu sein«, bestätigte Wes. »Hört euch das an. Er war Pastor, seine ehemalige Kirchengemeinde liegt nördlich von hier in der Nähe von Marianna.« Der Bildschirm zeigte nun eine große Backsteinkirche. Harlan und seine Familie posierten im Vordergrund.

»Er war wirklich Pastor?« Das war wohl das Erschreckendste, was ich über diesen Kerl erfahren konnte. »Er hat sich immer nur besonders jung aussehende Männer bestellt.«

»Oh, er mag nicht nur solche, die bloß jung aussehen, Pfeiffer Nummer zwei.« Wes drückte auf der Fernbedienung herum, und weitere Bilder erschienen. Einige der Jungen sahen genauso aus wie Danny. Und einer hatte große Ähnlichkeit mit Ridge und mir.

Mir wurde speiübel.

»Duncan Schaeffers Eltern haben sich beim Vorstand der Kirche über Harlan beschwert, weil er sich ihrem

Jungen unangemessen genähert hatte. Jamie Carmichaels Eltern erhoben die gleichen Vorwürfe«, führte Wes aus.

»Lass mich raten. Es wurde nichts unternommen«, schlussfolgerte Leo.

»Kommt drauf an, wie du ›nichts‹ definierst.« Wes klang wütend. »Kurz danach haben beide Familien beachtliche Anzahlungen auf ein Haus geleistet, und Carmichaels Vater erhielt einen Job in der Kirche.«

»Verdammt«, fluchte ich leise. Das war um so vieles schlimmer als das, was mir zugestoßen war. Ich war verprügelt worden, aber ich hatte auch Entscheidungen getroffen, die mich in diese Situation gebracht hatten. Außerdem hätte ich Snow White nie im Leben vertraut. Diese Jungs hingegen schon. Wie hätten sie es auch besser wissen können?

Steele drückte mir aufmunternd den Oberschenkel.

»Marcus Diamonds Familie hatte ihn als einzige bei der Polizei angezeigt.« Wes holte den Polizeibericht auf den Bildschirm. »Natürlich ist es nicht zu einer Anklage gekommen, und diesen Bericht hat es offiziell nie gegeben.«

Leo stützte sich mit den Ellbogen auf die Knie. »Korrupte Polizisten?«, knurrte er.

»Oder wahrhaft Gläubige, wer weiß das schon?«, meinte Wes. »Auf jeden Fall haben sie diesem Jungen nicht geholfen. Die Eltern sind zwei Jahre später weggezogen.«

»Wenigstens haben sie ihn da rausgeholt«, bemerkte ich.

»Nein«, erwiderte Wes sanft. »Haben sie nicht. Marcus Diamond hat sich ein Jahr nach der Anzeige umgebracht.«

Mir lief es kalt den Rücken hinunter, und auf meinen Armen bildete sich Gänsehaut. John Harlan war ein Monster.

»Er ist so gut wie tot«, grollte Steele. »Das steht fest.«

Carsons Blick war starr auf den Bildschirm gerichtet, auf Marcus Diamonds elfenhafte Züge und seine braunen Locken. »Aber zuerst nehmen wir ihm alles. Sein Vermögen, seine Macht, seine Freunde, sein Vermächtnis. Wir lassen ihm nichts.« Er sah mich an. »Wir wollen Rache.«

Ich nickte. »Das wird aber nicht leicht. Typen wie er haben ihre Position nicht nur durch Geld oder Prestige erworben. Er hat sich abgesichert.«

»Was meinst du damit?« Leo richtete seine geballte Aufmerksamkeit auf mich, und unter seinem Blick wagte ich es kaum, mich zu rühren.

»Er …« Ich schluckte und konzentrierte mich auf das beruhigende Gewicht von Steeles Hand auf meinem Bein. »Er feiert diese legendären Partys. Ich kenne Leute, die eingeladen waren. Außer seinen Freunden lässt er zu deren Unterhaltung noch ein paar Escorts kommen. Denen verspricht er einen Bonus, wenn sie es schaffen, seine Freunde zu gewissen Praktiken zu bewegen. Die anderen Jungs dachten, dass er damit einfach seine Neigungen auslebt. Snow White hat immer Aufnahmen von sich selbst mit uns gemacht, da lag die Vermutung nahe, dass er auch seinen Freunden gern dabei zusieht. Aber ich denke, er benutzt das Material, um seine Freunde damit zu erpressen. Deshalb hat Cisco ihn auch nicht von der Kundenliste gestrichen, nachdem das mit Danny passiert ist. Wahrscheinlich hat es deswegen auch nie jemand gewagt, Harlan bei seinem richtigen Namen zu nennen.«

Wes schüttelte angewidert den Kopf, doch Carson zuckte nur mit den Schultern. »So würde ich das an seiner Stelle auch machen. Sobald du etwas gegen jemanden in der Hand hast, kannst du sicher sein, dass er schweigt. Wenn eins seiner Opfer auspackt, dann bringen sie sich mit etwas Glück gegenseitig zu Fall.« Er sah von einem zum anderen. »Und deshalb drehen wir den Spieß um.«

»Du gefällst mir.« Wes zeigte zustimmend auf Carson. »Wie gehen wir vor?«

»Zuerst finden wir heraus, wo seine Schwachpunkte liegen, und dann machen wir sie uns gnadenlos zunutze«, erklärte Carson gleichmütig. Ich revidierte meine Meinung über ihn – der Kerl war alles andere als nichtssagend, er war Furcht einflößend. Auf die gute Art. »Wer sind seine wichtigsten Geldgeber?«

Wes zog eine Tastatur hervor und gab mit fliegenden Fingern etwas ein. Sofort erschien eine Liste auf dem Bildschirm: Namen, Adressen und Beträge in solch schwindelerregenden Höhen, dass ich meinen Augen kaum traute.

Leo pfiff leise. »Der Mann hat sich eine goldene Nase verdient.«

»Wie kann er so beliebt sein?« Ich war zutiefst schockiert.

»Ist er nicht.« Steele zog mit den Fingern beruhigende Kreise oberhalb meines Knies. »Er erpresst die Leute nicht nur zum Schweigen, sondern lässt sich auch fürstlich für seins bezahlen.«

»Aber nicht mehr lange.« Carson lächelte zufrieden. »Nummer dreiundzwanzig auf der Liste«, sagte er zu Wes.

»J. B. Waters Pharmaceuticals?« Wes klickte den Namen an. »Die sitzen in Pittsburgh, Pennsylvania. Was ist mit denen?«

Carson lächelte breiter. »Ich bin der Inhaber.«

»Bist du nicht.« Ridge klang zweifelnd und hoffnungsvoll zugleich. »Wie ist das möglich?«

»Ich bin Benjamin Waters, der Erbe des Waters-Vermögens.« Carson fegte einen nicht vorhandenen Fussel von seinem makellosen Hemd.

Leo setzte sich auf. »Dir ist hoffentlich klar, dass du dich nicht so einfach für eine real existierende Person ausgeben kannst. Es gibt Bilder von ihm in den Medien, und seine Aktionäre kennen ihn persönlich.«

»Du bist wirklich niedlich, Leo.« Carson verdrehte die Augen. »Wes, zeig uns ein Bild vom Vorstand.«

Wes warf ihm einen skeptischen Blick zu, tat es aber.

Und ungelogen, es war Carson, der auf dem Bildschirm erschien, zusammen mit einem halben Dutzend anderer weißer Männer. Auf dem Foto trug er die Haare anders – streng zurückgegelt wirkten sie viel dünner –, aber er war es ganz eindeutig.

»Dann … ist das dein richtiger Name?«, wollte ich wissen.

Carson lächelte mich an. »Du bist auch niedlich. Was heißt das schon, mein richtiger Name? Vor dem Gesetz bin ich Ben Waters. Ich besitze einen Führerschein auf diesen Namen, ausgestellt vom Commonwealth of Pennsylvania. Der Staat Arizona bestätigt mir hingegen, dass ich Carson Grieves bin. Außerdem habe ich eine außergewöhnliche Ähnlichkeit mit Peter Nobocook aus Ketchikan in Alaska.« Er zwinkerte Leo zu. »Eine Verbindung zu mir ist natürlich nicht nachweisbar.«

»Natürlich nicht«, entgegnete Leo trocken. »Nicht im Traum würde ich versuchen, eine zu finden.«

»Moment, noch mal für mich.« Ridge konnte sich nicht damit zufriedengeben, mein persönlicher Spaßverderber zu sein, nein, er musste auch den anderen die Laune vermiesen. »Du, oder du als Ben Waters, spendest also für Harlans Wahlkampf? Du finanzierst den Mann?«

Ich musste zugeben, er war zu Recht wütend.

»Das spricht nicht unbedingt für dich.« Leo schüttelte den Kopf.

Carson zuckte unbekümmert mit den Schultern. »Halte deine Freunde nahe bei dir, aber deine Feinde noch näher. Und wenn irgend möglich, sorge dafür, dass sie auf deiner Gehaltsliste stehen.« Er klatschte in die Hände. »Wenn wir seine Schwachstellen herausfinden wollen, müssen wir nahe an ihn herankommen. Für Harlan ist es an der Zeit, sich für Ben Waters' Geldspenden erkenntlich zu zeigen. Er wird bald einen neuen besten Freund haben.«

Ich lächelte Steele an. Das war ein guter Anfang.

»Genug jetzt! Das … Es reicht!«, schrie Ridge, woraufhin sich alle zu ihm umdrehten. Er hingegen starrte Steele an.

»Was?«, erwiderte Steele.

»Du betatschst ihn die ganze Zeit.« Ridge wies mit dem Kinn auf mich. »Du kannst die Finger nicht von ihm lassen, und ihr beide zieht euch ständig gegenseitig mit Blicken aus!«

Wie peinlich. Ich blinzelte verblüfft und versuchte, mein Bein unter Steeles Hand hervorzuziehen, doch er hielt mein Knie fest gepackt.

Ich konnte spüren, wie Steeles Haltung sich veränderte. Eben noch offen und voll sanftem Humor, wirkte er jetzt bedrohlich und so, als könnte er jeden Moment explodieren. »Welche Laus ist dir denn über die Leber gelaufen, Pfeiffer?« Das Grollen in seiner Stimme war eine Warnung an Ridge, sich seine Antwort gut zu überlegen.

Ridge ignorierte die Drohung. »Er ist gerade sehr *verletzlich*, du Riesenbaby.« Er sprang vom Sofa auf und funkelte Steele böse an, wobei er sich offensichtlich nicht im Klaren darüber war, um wie viel größer Steele im Vergleich zu ihm war. »Er wurde missbraucht. Er ist ein Opfer, verdammt noch mal. Und du nutzt das schamlos aus!«

Zuerst verstand ich gar nicht, was Ridge da sagte. Wer war hier verletzlich? Wer war ein Opfer? Erst als ich die Gefühle sah, die sich in Ridges Zügen spiegelten – schlechtes Gewissen, Wut, Sorge, Verwirrung –, verstand ich, dass er mich damit meinte.

Ich war also schwach, weil ich verprügelt worden war, und verletzlich, weil ich als Escort gearbeitet hatte? Vor Zorn konnte ich kaum atmen, und es kribbelte mir in der Nase, aber in diesem Moment in Tränen auszubrechen, hätte der Demütigung noch die Krone aufgesetzt.

Steele wirkte völlig baff von Ridges Anschuldigungen. »Nein«, begann er, »ich …« Er versuchte, seine Hand wegzuziehen.

»Halt.« Ich hielt seine Hand fest und drückte sie wieder auf mein Bein.

Die anderen starrten mich an, als erwarteten sie entweder einen Wutanfall oder einen Zusammenbruch.

Dabei mussten sie sich wirklich keine Sorgen machen. Ich stellte für niemanden im Raum eine Gefahr dar. Außer für meinen verdammten Bruder, der mir immer noch nicht in die Augen sehen wollte. Als hätte ich mir eine Seuche eingefangen.

Ich nahm Steeles Hand von meinem Bein. Er nickte verständnisvoll und drehte sich leicht zur Seite, in dem Versuch, etwas Abstand zwischen uns zu bringen. Mit einer geschmeidigen Bewegung schwang ich mich rittlings auf seinen Schoß. Ich genoss den fassungslosen Blick in seinen Augen und wie er sofort die Arme um mich schloss.

Ich vergrub die Finger in seinem Haar.

»Steele?«, flüsterte ich an seinen Lippen. »Süßer? Nutze ich deine Situation gerade schamlos aus?«

Steele schaute zur Decke hinauf und schürzte nachdenklich die Lippen, als durchforste er seine Erinnerungen nach einer übergriffigen Geste meinerseits. Gut, dass er mitspielte. Langsam schüttelte er den Kopf. »Nein, Sir«, antwortete er. »Nein, das tust du nicht.« Sein Lächeln verriet mir, dass er das höchst bedauerlich fand.

»Dem Himmel sei Dank«, gurrte ich. »Und ich kann mit Sicherheit behaupten, dass du meine nicht ausnutzt. Krise abgewendet. Du kannst dich wieder hinsetzen, Ridge.«

»Aber …«

Verdammt, er konnte so unglaublich stur sein.

»Ridge. Ryder. Pfeiffer.« Ich sprach leise, doch mit Eiseskälte. Anschreien konnten wir uns später, jetzt hatten wir wirklich Wichtigeres zu tun. »Setz dich hin, oder ich erzähle allen hier, was damals passiert ist, als du das Bumsmobil gestohlen hast.«

»Das … Aber du hast es versprochen«, zischte er und machte keine Anstalten, sich zu setzen.

Ich starrte ihn an, und es war, als sähe ich mir selbst in die Augen. »Es war einmal ein grüner Nissan Vanette, der gehörte einem der anständigen und aufrechten Bürger von Alamosa, Colorado«, begann ich. »An jedem Fenster waren Vorhänge angebracht, und Ridge fand, es wäre ein großer Spaß, den Wagen zu stehlen und mitten auf dem Footballfeld unserer Highschool abzustellen.«

»Hör auf.« Ridge knirschte mit den Zähnen.

Aber ich hörte nicht auf. Nicht, solange er da stehen blieb und mich so ansah.

»Also hat er ihn aufgebrochen.« Ich wich seinem Blick nicht aus. »Während ich damit beschäftigt war, das Tor zum Footballfeld zu knacken.« Ich drehte mich auf Steeles Schoß herum, bis ich die anderen anschauen konnte. »Schließlich war ich ein sehr williger Komplize.«

»Breck Mason Pfeiffer«, mahnte Ridge.

Ooh. Sobald wir unsere zweiten Vornamen ins Spiel brachten, wurde es hässlich.

Unbeirrt erzählte ich weiter. »Ich sehe den Van also die Straße herunterkommen, so wie verabredet. Aber statt anzuhalten, bricht er durch das Tor und rast auf das Feld, als wäre der Teufel höchstpersönlich oder die Polizei hinter ihm her. Ridge springt aus dem Wagen und rennt o-beinig weg. Ich dachte, er hätte sich verletzt.« Ich grinste ihn an. »Damit lag ich jedoch falsch. Wie sich herausstellte, hat mein Bruder, der Meisterdieb Ridge Pfeiffer, ein Auto gestohlen, in dem gerade zwei Leute Sex hatten.«

»Du machst Witze«, entfuhr es Steele, der Ridge unverwandt anstarrte.

»Oh nein. Zwei bekiffte Turteltäubchen trieben es lustig hinter den Vorhängen. Ridge hatte gar nicht kapiert, was da vor sich ging. Er hatte das Gerumpel auf kaputte Stoßdämpfer geschoben.«

»Das hätte jeder angenommen.« Ridge kniff die Lippen zusammen und verschränkte die Arme.

»Na klar, Bruderherz. Genau in dem Moment, als Ridge auf den Highschoolparkplatz abgebogen ist, kam die Frau und fing an zu schreien. ›Jaaa, jaaa, oh jaaa!‹«

»Es hat sich angehört, als würde jemand ermordet!«, verteidigte sich Ridge und gab mir mit einem Blick zu verstehen, ich solle bloß nicht weiterreden. Aber genau das tat ich. Mit Vergnügen.

»Die Fahrbewegungen haben der Frau wahrscheinlich den Höhepunkt ihres Lebens verschafft«, sagte ich feierlich. »Ridge hingegen hatte nicht so viel Glück. Seine Reaktion auf den Schreck fiel nicht ganz so positiv aus.«

Ich sah mich wieder in der Runde um. Wes wirkte verwirrt.

»Er hat sich in die Hose gemacht«, klärte ich ihn auf.

Schockiertes Schweigen breitete sich aus.

»Du hast … Während du … Echt jetzt?« Leo klang, als könnte er sich nicht entscheiden, ob er entsetzt sein oder lachen sollte.

»Ich hab schon peinlichere Geschichten gehört«, meinte Steele beschwichtigend. »Um ehrlich zu sein, hab ich mich schon schlimmer blamiert.«

Seine Worte machten Ridge jedoch nur noch wütender. »Behandel mich nicht so von oben herab«, fauchte er. Dann sah er mich an und schüttelte langsam den Kopf. »Keine Ahnung, was zum Teufel du damit erreichen wolltest, mich so zu blamieren.«

»Was? Fühlst du dich jetzt etwa zum Opfer gemacht?«, spottete ich. »Schwach und verletzlich? Soll ich dich beschützen, Bruderherz?«

»Nein, ich bin stinksauer auf dich. Am liebsten würde ich dir in den Hintern treten.«

Ich nickte. »Genau«, flüsterte ich. »Ganz genau, Ridge. So geht es mir auch. Ich bin nicht schwach oder verletzlich. Es ist mir nur ein bisschen peinlich. Und am meisten wünsche ich mir, den Schweinehund leiden zu sehen. Verstehst du?«

Ridge sah kurz verdutzt drein, dann runzelte er die Stirn, als überlegte er, ob er mir glauben sollte. Letztendlich setzte er sich wieder hin. Wenigstens diese Schlacht hatte ich gewonnen. Vorerst.

Ich räusperte mich und ließ mich wieder auf meinem alten Platz nieder, wobei ich etwas näher an Steele heranrückte. »Bitte entschuldigt das Drama. Wo waren wir stehen geblieben, Carson?«

Auf Carsons Gesicht breitete sich langsam ein ehrlich amüsiertes Lächeln aus. »Ich für meinen Teil weiß ein gutes Drama zu schätzen.« Er seufzte. »Aber zurück zu Harlan. Ich schlage vor, wir warten ab, wo er sich aufhält, und arbeiten dann damit. Ich rufe ihn an und verabrede mich zum Abendessen mit ihm.«

»Am Samstag ist er auf jeden Fall in D. C.«, erklärte ich. »Da schmeißt er eine Party. Er, äh, wollte Danny und mich dafür buchen.«

»Das passt«, sagte Carson. »Ich könnte mich dort mit ihm treffen.«

»Ich hab eine bessere Idee«, meldete sich Wes zu Wort und lud etwas auf den Monitor. »Sieht so aus, als wäre er am Mittwoch ganz hier in der Nähe. Er hält eine Rede bei einer Veranstaltung zur Diskussion der Grundlagen des Glaubens.« Wes schaute vom Bildschirm auf. »Was meinst du, gibt er danach auch eine Party für seine Freunde hier?«

»Ganz bestimmt«, sagte ich. »In seiner grenzenlosen Arroganz hat er sicher kein Problem damit, direkt im Anschluss an eine religiöse Versammlung eine Sexparty zu schmeißen. Wahrscheinlich törnt ihn das sogar an.«

»Hmmm.« Leo sah Carson an.

Carson erwiderte den Blick argwöhnisch. »Hmmm? Irgendwie habe ich kein gutes Gefühl, was dieses ›Hmmm‹ angeht.«

»Zu Recht«, bestätigte Leo. »Den Lockvogel zu spielen, ist ja auch kein Vergnügen.«

»Verdammt. Das wird mit einem Video von meinem Hintern enden, was?«

»Zum Glück ist das deine Schokoladenseite.« Leo lächelte ihn an.

Steele und Ridge stöhnten auf.

Carson seufzte abgrundtief. Dann vollführte er eine elegante, leicht wegwerfende Geste und ließ sich gegen die Rückenlehne fallen. »Na gut. Wenn es dem Erfolg unserer Sache dient, kann ich mich wohl dazu überwinden, mit einem dieser hübschen Escorts ins Bett zu gehen. Vorausgesetzt, dass es hier in Florida überhaupt hübsche Escorts gibt. Wenn es denn unbedingt sein muss, opfere ich mich eben.« Er klang genau wie einer dieser gelangweilten Treuhandfonds-Erben, die jeder korrupte Politiker gern in der Hand hätte.

Er erwischte mich dabei, wie ich ihn anstarrte, und zwinkerte mir zu. »Das wird funktionieren.« Er setzte sich auf und stützte die Ellbogen auf die Knie, ganz aufs Geschäftliche konzentriert. Keine Spur mehr von dem verwöhnten reichen Erben. »Ben Waters hat sich sowieso bereits einen gewissen Ruf als Playboy erworben.«

»Super. Ich platziere noch ein paar nette kleine Artikel über dich aus der Pittsburgher Zeitung«, spann Wes den Faden weiter. »Natürlich nichts zu Offensichtliches. Wie wäre es, wenn dein Vorstand sich kritisch über deine Eskapaden äußern würde?«

»Hey!« Ich wedelte mit der Hand in der Luft herum. Irgendwie hatte ich den Faden verloren und konnte mir nicht vorstellen, wie Carsons Besuch bei Harlans Veranstaltung zu einem Video von seinem Hintern führen sollte. »Könnt ihr mal Klartext reden? Einige von uns sprechen nicht fließend Verbrecherisch.«

Carson drehte sich zu mir. »Der beste Weg, an Harlan heranzukommen und sein Vertrauen zu gewinnen, ist, ihn Informationen über mich sammeln zu lassen. So, wie er es immer macht, wenn er jemanden in der Hand haben möchte.«

»Sobald er glaubt, er hätte Carson … äh, Ben Waters in der Tasche, lässt er wahrscheinlich in seiner Wachsamkeit etwas nach«, erklärte Steele, »weil Ben ihm nichts anhaben kann, ohne sich selbst zu schaden.«

»Ben könnte Harlan nicht ans Messer liefern, ohne dass seine eigenen Fehltritte ans Licht kämen«, führte Leo weiter aus. »Und da Harlan gegen viele Leute etwas in der Hand hat, würden die natürlich seine Version der Geschichte bezeugen.«

»Um die Falle noch unwiderstehlicher zu machen, platziert Wes einige Zeitungsartikel, die es so aussehen lassen, als wäre Ben bereits einmal mit zwielichtigem

Verhalten aufgefallen und könnte sich keinen weiteren Skandal erlauben«, ergänzte Ridge.

Wes nickte. »Männer wie Harlan werden besonders freundlich, wenn sie genau wissen, dass sie jemanden an den Eiern haben.«

»Na, das passt doch wunderbar«, kommentierte Carson schmallippig. »Mich bringt nämlich nichts mehr in Rage als jemand, der denkt, er könnte sich alles erlauben, nur weil er die Macht dazu hat.« Er stand auf und nickte in die Runde. »Ich habe ein paar Anrufe zu erledigen.«

Wes drückte auf eine Taste seines Laptops, und John Harlans Gesicht verschwand vom Bildschirm. »Ich lasse mir ein paar pikante Artikel einfallen.«

»Nichts zu Krasses«, mahnte Leo. »Ich habe das Gefühl, Carson … hängt an dieser Identität.«

Wes salutierte, als er das Zimmer verließ. »Jawoll, Chef.«

»Pfeiffer«, wandte sich Leo an Ridge, »kann ich dich kurz sprechen?«

Ridge sah mich an, dann wieder Leo. »Später.«

»Jetzt. Ich habe ein paar Fragen zu diesem Zwischenfall in Málaga.«

Ridges Interesse war geweckt. »Was war denn in Málaga?«

»Die Sache mit dem Matisse.«

»Oh! Ja, das war unglaublich. Ich war das aber leider nicht.« Ridge klang betrübt.

»Das weiß ich, aber ich habe eine Theorie, wie sie es gemacht haben.« Leo legte Ridge einen Arm um die Schultern. »Lass uns drüber reden.«

Ridge warf mir einen Blick zu und schüttelte den Kopf, als täte es ihm leid. »Okay«, sagte er zu Leo. »Ja.«

Sie gingen hinaus, und ich blieb mit Steele allein im Zimmer. Ich blies die Wangen auf und seufzte. »Entschuldige Ridges Auftritt«, bat ich ihn. »Verdammt, er kann mich ja nicht einmal ansehen, so angewidert ist er.«

KAPITEL 7

STEELE

Wider besseres Wissen zog ich Breck nicht zurück auf meinen Schoß. Damit hätte ich seine Situation wirklich zu meinem Vorteil ausgenutzt. Ich begnügte mich deshalb damit, einen Arm um ihn zu legen. Seufzend lehnte er den Kopf an meine Schulter. »Ich glaube nicht, dass Ridge dich verabscheut«, versuchte ich ihn zu trösten.

»Ach nein? Dann war es sicher ein Zeichen von Respekt, dass er mich als Mietrammler beschimpft hat? Und als Idiot, weil ich Mom das Geld gegeben habe? Welchen anderen Grund könnte er denn dafür haben, dass er mir nicht in die Augen schauen kann?«

Verdammt, ich konnte den Schmerz in seiner Stimme kaum ertragen.

»Ich habe zwar keinen Bruder, aber für mich sah es so aus, als hätte er Schuldgefühle.«

»Warum sollte *er* Schuldgefühle haben?«

»Vielleicht, weil er zugelassen hat, dass du in diesen Schlamassel gerätst?« Ich versuchte, überzeugt zu klingen, obwohl ich keine Ahnung hatte, was Ridge empfand. Schließlich kannte ich die beiden noch nicht lange. Gut möglich, dass ich nur auf Ridge projizierte, wie ich mich in seiner Situation fühlen würde.

Breck rückte von mir ab, und sofort vermisste ich seine Nähe und Wärme. Er drehte sich auf dem großen Ledersofa zu mir um, zog ein Bein unter das andere und schaute mich finster an. »Aber genau das ist es doch!« Er bekräftigte seine Worte, indem er mir mit dem Zeigefinger auf die Brust tippte. »Er hat es nicht *zugelassen. Ich* habe mich entschieden, Escort-Boy zu werden. Ich habe diese Entscheidung getroffen, und weißt du was? Ich fühle mich gut damit! Willst du die ganze schreckliche Wahrheit hören? Manchmal gefällt es mir sogar! Nicht jeder Freier ist so ein Perverser wie Snow White. Manchmal muss ich gar nichts vortäuschen, weil der Sex wirklich heiß ist. Wie sehr Ridge mich wohl verabscheuen würde, wenn er das wüsste?«

Ich hatte keinen Schimmer, wie Ridge darüber denken würde, immerhin war Breck sein Bruder. Aber ich fand es ziemlich antörnend. Als ich gestern im Flugzeug neben Breck gesessen hatte, hatte ich mir eingestehen müssen, dass ich selbst gutes Geld dafür bezahlen würde, ihm und Danny zuschauen zu dürfen. Diese Erkenntnis behielt ich allerdings lieber für mich.

»Das weiß ich doch. Du bist ein erwachsener Mann, der seine eigenen Entscheidungen fällt. Aber du wurdest fast umgebracht, Breck. Da ist es doch kein Wunder, dass dein Bruder sich Sorgen macht.«

»Ich könnte auch sterben, wenn ich über die Straße gehe«, wandte er ein und verlieh seinen Worten Nachdruck, indem er schon wieder mit dem Zeigefinger nach mir stach. »Das Leben ist nun mal gefährlich.«

»Wem sagst du das? Aber die Leute benutzen diese Floskel immer dann, wenn sie sich für richtig waghalsige Aktionen rechtfertigen wollen. Dabei ist es wirklich nicht nötig, sich in Dummheiten zu stürzen. Das Leben ist so schon gefährlich genug.«

»Sagt ausgerechnet der Mann, der seinen Lebensunterhalt mit dem Einfangen von Kugeln verdient, die für andere bestimmt sind. Das ist doch dein Job, oder?« Offenbar konnte er nicht länger still sitzen, denn er sprang vom Sofa auf und marschierte im Zimmer umher.

Wir hatten bisher nicht darüber gesprochen, womit ich mein Geld verdiente, trotzdem kam Brecks Vermutung der Wahrheit ziemlich nahe. Ich sah ihm zu, wie er im Zimmer herumtigerte, vor sich hin schimpfte und dabei wild gestikulierte. Er war einfach hinreißend, und dabei so leidenschaftlich, dass ich den Blick nicht von ihm abwenden konnte.

Ich konnte seinen Standpunkt gut nachvollziehen, aber auch Ridge verstand ich inzwischen etwas besser. Ich wollte Breck in eine warme Decke hüllen und alles Schlimme von ihm fernhalten, und dabei kannte ich ihn erst seit gestern. Es war lange her, dass ich jemanden aus persönlichen Gründen hatte beschützen wollen. Wenn ich gekonnt hätte, hätte ich jetzt das Gleiche getan wie Ridge. Ich hätte Breck an einen sicheren Ort gebracht und ihn mit einem finanziellen Polster ausgestattet, damit er nicht anschaffen gehen musste, sondern sich auf sein Studium konzentrieren konnte, das ihm ein gutes Leben ermöglichen würde.

Verbrechen zahlten sich nicht aus. Jedenfalls nicht langfristig. Charlie war zwar als reicher Mann gestorben, dafür aber viel zu jung. Je länger man auf diese Weise lebte, desto schwieriger wurde es, auszubrechen. Ein Studium würde Breck mehr Optionen erschließen, als ich je gehabt hatte, sei es während des Militärdienstes oder danach.

Mich zu verpflichten, war mir damals als die beste Möglichkeit erschienen. Im täglichen Kampf ums Überleben hatte meine Mutter kein Geld fürs College zur Seite legen können. Auf keinen Fall wollte ich für den Rest meines Lebens Sumpfratten jagen und von der Wohlfahrt leben.

Kaum war ich in die Army eingetreten, hatte ich innerlich einen Freudentanz vollführt. *Das ist es. Danach hast du dich gesehnt. Das ist es, was du brauchst.* Ich hatte es unbedingt in die Special Forces schaffen und die gefährlichsten Einsätze übernehmen wollen. Wenn ich schon Soldat wurde, dann wollte ich auch mein Bestes geben.

Als Soldat lebt man ein völlig anderes Leben, an Orten, die vernünftige Leute meiden. Nach der Militärzeit hatte ich nicht einfach ins normale Leben zurückkehren und Buchhalter werden oder Gedichte schreiben können.

Genau wie Breck, der so ungeniert und mutig dazu stand, dass er gern als Escort-Boy gearbeitet hatte, mochte auch ich meine Arbeit.

Ich band es nicht jedem auf die Nase, aber ich war stolz darauf, wie gut ich in diesem Job war. Ich liebte den Rausch des Adrenalins, egal, ob er durch Angst, Aufregung, Entsetzen oder Erleichterung ausgelöst wurde – ich war süchtig danach. Bei jeder Mission das eigene Leben aufs Spiel zu setzen und ständig am Rand des Abgrunds zu leben, war wie eine Droge.

Doch nach einer Weile hatte sich alles gleich angefühlt. Als ich nicht mehr zwischen Angst, Aufregung und Mordlust hatte unterscheiden können, hatte ich gewusst, dass es an der Zeit war, dieses Leben aufzugeben.

Der Übergang war nicht leicht gewesen. Das ständige Verlangen nach dem nächsten Adrenalinschub hatte die dunkelste Seite in mir hervorgebracht und mir damit neue Dämonen beschert. Wie ich herausgefunden hatte, gab es nicht viele rechtlich einwandfreie Möglichkeiten, als Zivilist ein ähnlich aufregendes Leben zu führen. Doch glücklicherweise kamen einige halblegale Beschäftigungsangebote der Sache recht nahe. Ich gab mir große Mühe, auf diesem schmalen Grat zu wandern, um auf keinen Fall in die Dunkelheit abzurutschen.

Statt also die Bösen um die Ecke zu bringen, egal, wie sehr sie es verdienten, konzentrierte ich mich darauf, die Guten zu beschützen. Zu denen Breck definitiv gehörte.

Ich war wohl zu lange in Schweigen versunken, denn Breck sah mich an wie ein Hund, der einen Befehl erhalten hatte, mit dem er nichts anfangen konnte. »Andere zu beschützen, selbst wenn ich mir dabei hin und wieder eine Kugel einfange, ist etwas, das ich tun muss«, erklärte ich.

»Genauso geht es mir mit meinem Job.« Sein Blick war eine einzige Warnung, ihm ja nicht zu widersprechen. »Auch wenn Ridge mich dafür verabscheut, dass ich mein Geld mit Sex verdiene.«

»Ich glaube, er ist hauptsächlich sauer, weil du dich nicht an ihn gewandt hast, als du Geld gebraucht hast. Und enttäuscht von sich selbst, weil er nicht besser aufgepasst hat, statt von dir, weil du dein Geld so verdienst. Ridge ist auch kein Chorknabe.«

»Selbst wenn das alles stimmt, kann er mich trotzdem verabscheuen«, entgegnete Breck. »Er ist gut im Multitasking.«

Oh Mann, er war einfach zu süß, wenn er sich so stur gab. »Na ja, dann wahrscheinlich wegen dem, was du mit dem Geld gemacht hast, das er dir gegeben hat. Nicht wegen dem, was du tust, um die Summe wieder aufzubringen. Soweit ich das mitbekommen habe, hat er dir das Geld nicht überlassen, damit du es verschenkst, oder?«

»Ich wollte das Geld gar nicht haben.« Brecks blaue Augen blitzten. »Im Gegenteil, ich habe es oft genug abgelehnt. Mir war klar, dass Bedingungen daran geknüpft sein würden, egal, was er behauptet hat. Ich wollte diese Erwartungshaltung zwischen uns vermeiden, als wäre ich eine Investition und schuldete ihm deswegen eine Art Rendite!«

Ich runzelte die Stirn. »Verdammt, Breck, es geht doch nicht um Bedingungen. Er macht sich Sorgen, jemand könnte dich verletzen. Eure Mutter, zum Beispiel.« Ich hielt kurz inne und sah ihn bedeutungsvoll an. »Oder ein Freier.«

»Ach, bist du jetzt etwa auf seiner Seite?« Er verschränkte die Arme und funkelte mich aufgebracht an.

»Nein.« Ich lehnte mich zurück und gab mir Mühe, möglichst unbedrohlich zu wirken. »Ich bin auf niemandes Seite, außer meiner eigenen. Ich finde nur, du solltest nicht zu streng mit ihm sein. Für mich hört es sich nämlich so an, als hätte er eine Menge auf sich genommen, damit du dir mit dem Geld ein besseres Leben aufbauen kannst. Und du hast es direkt an eure Mutter weitergegeben, die offenbar nicht gerade für ihren verantwortungsvollen Umgang mit Geld bekannt ist.«

»Tu nicht so, als ob du meine Mutter kennst.«

»Nicht persönlich, aber ich weiß eine Menge über Süchtige, Süßer. Die fragen nicht nach Geld, weil sie es für einen wohltätigen Zweck spenden möchten.«

»Ach ja, echt? Aber weißt du was? Ich hab ihr das Geld nicht gegeben, weil ich total bescheuert bin, okay? Sondern weil … weil ich musste. Außerdem bin ich weder dir noch ihm Rechenschaft über meine Entscheidungen schuldig. Es ist mein Leben. Ich bin erwachsen, genauso alt wie er. Wenn ich mein Leben aufs Spiel setzen will, dann tu ich das. Und wenn ich mich für Sex bezahlen lassen will, dann mach ich das.« Er kam quer durch das Zimmer auf mich zu und sah mir dabei die ganze Zeit in die Augen. Ich hielt ihn nicht davon ab, als er zurück auf meinen Schoß kletterte. »Und wenn ich unbezahlten Sex mit jemandem haben will, dann auch.«

Ich legte die Arme auf die Rückenlehne des Sofas, damit ich nicht in Versuchung kam, ihn anzufassen. »Breck.«

»Was denn? Ich will dich, Steele. Und ich weiß, dass du mich auch willst.«

Ist das so offensichtlich? »Ich arbeite zurzeit mit deinem Bruder zusammen, der dich unbedingt beschützen und verhindern will, dass jemand deine Situation ausnutzt. Du und ich … Das würde die Dinge kompliziert machen.«

»Ridge kann mich mal«, stellte Breck lapidar fest.

»Er hat dir gar nichts zu sagen?«, versuchte ich die Stimmung aufzulockern.

Er legte mir die Hände auf die Schultern und flüsterte mir direkt ins Ohr: »Mir sagt keiner, was ich zu tun oder zu lassen habe.«

Verdammt. Ich zweifelte nicht eine Sekunde daran, dass das der Wahrheit entsprach. Was es sehr schwierig machen würde, ihn zu beschützen.

Anders als Rapunzel würde er sich nicht einfach in einen Turm sperren lassen, so engelsgleich und zierlich er auch wirken mochte. Da diese Möglichkeit wegfiel, entschied ich mich für die nächstbeste. Ich würde ihn nicht aus den Augen lassen. Generell stellte das kein Problem dar, doch in diesem Moment, in diesem Zimmer war ich es, vor dem er geschützt werden musste.

Ich hatte zwar mit Breck geflirtet und mehr als nur eine eindeutig zweideutige Bemerkung fallen lassen, doch beim Gedanken daran, tatsächlich mit ihm zu schlafen, überfiel mich leichte Panik. Ich kannte mich mit suchtanfälligen Persönlichkeiten so gut aus, weil ich selbst eine war. Mir war klar: Wenn ich Breck nur ein Mal zu nahe an mich heranließ, konnte ich ebenso leicht süchtig nach ihm werden, wie ich es schaffte, in ein warmes Bad zu steigen. Und ich wusste nicht, ob ich je wieder von ihm loskommen würde, wenn das passierte. Dafür gefiel es mir jetzt schon viel zu sehr, wie er sich einfach rittlings auf meinen Schoß setzte, und ich musste all meine Selbstbeherrschung aufwenden, damit ich ihn nicht an mich zog und küsste, bis wir beide den Verstand verloren.

Doch Breck gehörte nicht zu meinem Leben, er gehörte nicht in dieses Haus. Ganz sicher gehörte er auch nicht in das Bett irgendeines bösartigen Senators. Ihm stand ein besseres Leben zu, in dem er mit Gleichaltrigen und Gleichgesinnten die Welt zu einem besseren Ort machen konnte.

Allerdings hatte ich keine Ahnung, wie ich ihn davon

überzeugen konnte, ohne genauso übergriffig und überfürsorglich zu wirken wie Ridge.

Ich spürte Brecks Lippen an meinem Ohr, und ein Schauer überlief mich. Ich packte ihn an den Hüften und wollte ihn von mir herunterschieben. Das wollte ich wirklich, aber mein Körper hatte anscheinend andere Pläne. Meine Hände schlossen sich fester um ihn, und meine Daumen glitten über seine Hüften, die sich anfühlten, als wären sie eigens für mich geformt worden.

Er knabberte an meinem Ohrläppchen, während er mir durchs Haar fuhr, und in meinem Schritt wurde es eng. Ich spürte Brecks Grinsen an meiner Wange.

»Senator Harlan«, platzte es aus mir heraus.

Verständlicherweise lehnte Breck sich daraufhin zurück, wobei er sich ganz bewusst an mir rieb. »Wow. So kann man die Stimmung auch verderben. Was ist mit ihm?«

»Wir müssen ihn aufhalten.«

»Was du nicht sagst. Genau aus diesem Grund sitze ich doch in diesem moskitoverseuchten Bundesstaat fest, zusammen mit meinem Moralapostel von Bruder und seiner Psychobande von Pseudoverbündeten. Können wir nicht wenigstens miteinander schlafen, bevor wir in den Jet steigen und die bösen Jungs erledigen?«

Ich glitt mit den Händen unter sein Shirt. Seine Haut war glatt, die Muskeln darunter stark und geschmeidig. Er war wunderschön und hatte ein feuriges Temperament – noch nie hatte ich jemanden mehr beschützen wollen als ihn. Erfahrungsgemäß gelang das am besten, wenn ich die Bedrohung ausschaltete.

Breck beugte sich vor und küsste mich, und für eine Sekunde ließ ich es zu. Ich bin schließlich auch nur ein

Mensch. Aber bevor wir richtig in Fahrt gerieten, schob ich ihn sanft von mir. »Apfelbäckchen, das können wir nicht machen.«

»Klar können wir das.« Breck ließ sich schwer auf meinen Schoß sinken und rieb sich dabei an meinem harten Schwanz, der schmerzhaft gegen den Stoff meiner Cargoshorts gepresst wurde. Er stöhnte leise auf. »Unbedingt sogar. Ridge kann mich mal.«

»Und genau deshalb sollten wir es lassen«, erklärte ich entschlossen. »Mir gefällt es nicht, wenn du mich benutzt, nur um deinem Bruder eins auszuwischen.« Mein unvernünftiger Schwanz gab mir allerdings deutlich zu verstehen, dass er das hier für eine überaus gute Idee hielt.

Breck schüttelte den Kopf. »Ridge ist aber gerade nicht hier.« Er griff nach unten und öffnete mit einer schnellen Handbewegung den Knopf meiner Hose. »Was haben wir denn da?« Sein Daumen glitt sacht über meine Eichel.

»Verdammt, Breck. Du bringst mich noch ins Grab.«

»Nein, *das* geht nun wirklich nicht. Wenn du tot bist, wer soll mich denn dann beschützen?«

»Ich dachte, du brauchst keinen Beschützer?«

»Hmm.« Nun schob er beide Hände in meine Hose und schloss eine um meinen Penis. »Wow, du bist ganz schön groß. Aber hey, wenn ich dir einen blasen darf, lasse ich mich vielleicht von dir beschützen.«

»Verdammt.« Innerlich wehrte ich mich noch dagegen, aber in Brecks Nähe war ich seit gestern Morgen ständig halb hart. Außerdem war das letzte Mal Monate her. Für gewöhnlich bestand Sex für mich eher aus schnellen Nummern, anonym und praktisch sofort wieder vergessen – Breck dagegen würde ich nicht vergessen.

Mein Fluchen brachte ihn zum Lachen, und mein Widerstand schmolz dahin.

Ich stieß ein Knurren aus, schlang die Arme um ihn und drehte uns beide herum, um ihn gegen das Sitzpolster des Sofas zu drücken. Er lachte erneut auf und krallte sich mit beiden Händen an meinem Shirt fest.

»Willst du das wirklich?« Ich stützte mich auf die Ellbogen und sah ihm prüfend in die leuchtend blauen Augen.

»Fuck, ja. Was muss ich denn noch tun? Dir eine gedruckte Einladung schicken? Würde ich machen. Jede Wette, dass Josie eine auftreiben kann.« Er wand sich unter mir, als wollte er sich befreien. Ich drückte ihn fester auf das Sofa und rieb mich so fest an ihm, dass die Grenze zwischen Lust und Schmerz kurzzeitig verschwamm.

»Oh ja, *ja*. Küss mich«, verlangte Breck.

Von einer großen Ausnahme abgesehen, hatte ich noch nie einen direkten Befehl missachtet. Ich küsste ihn. Seine weichen Lippen öffneten sich unter meinen, und er schlang die Beine um meine Hüften. Sein Mund war heiß, und die leisen Seufzer, die er ausstieß, als ich mit der Zunge zwischen seine Lippen glitt, waren noch viel heißer.

Ich küsste verdammt gern, und es war lange her, dass ich mir die Zeit genommen hatte, den Geschmack eines Mannes und das Gefühl seiner Lippen auf meinen wirklich zu genießen.

Breck erkundete währenddessen meinen Körper und schob seine Hände unter mein Shirt. Er fuhr mir mit den Fingernägeln den Rücken hinunter, und das Ledersofa quietschte unter uns, als wir uns hektisch aneinander rieben.

Breck stöhnte in meinen Mund, griff von unten in die Beinöffnungen meiner Shorts und packte mich an den Oberschenkeln.

»Verdammt, Steele«, japste er. »Bitte, lass mich dir einen blasen. Ich will's so sehr. Du wirst es nicht bereuen. Jetzt lass mich endlich machen.«

Mich überlief ein Schauer der Erregung, und meine Hoden zogen sich zusammen – die Kombination aus Flehen und Befehl katapultierte mich an den Rand des Höhepunkts. Ich ließ den Kopf auf seine Schulter sinken und fuhr mit den Zähnen an seinem Hals hinab. Wir waren immer noch angezogen – wie würde es erst sein, wenn ich ihn für ein paar Stunden ganz für mich in meinem Schlafzimmer hätte? Gut möglich, dass ich das nicht überleben würde.

Brecks Lachen klang diesmal ein wenig atemlos. »Verdammt, du fühlst dich so gut an.«

Doch plötzlich fiel mir auf, dass ich nicht gehört hatte, wie sich die Tür schloss, nachdem alle hinausgegangen waren. Mit einem unguten Gefühl stemmte ich mich hoch, bis ich über die Sofalehne zur Tür sehen konnte. Wie vermutet stand sie halb offen. »Shit.«

»Was?« Breck griff nach meinem Shirt und zog mich wieder zu sich runter.

»Die Tür ist offen. Jeder hätte reinkommen oder uns von draußen hören können.«

»Gut. Ich hoffe, Ridge hat uns gesehen.« Brecks Mund und Kinn waren vom Küssen und von meinen Bartstoppeln gerötet, und auch seine Wangen glühten vor Erregung.

Okay. Ich musste damit aufhören. Ein letzter Kuss, dann machte ich mich widerstrebend von ihm los und ließ mich gegen die Armlehne des Sofas sinken.

»Was ist denn jetzt los?« Breck stützte sich auf die Ellbogen. In seinen Shorts zeichnete sich eine deutlich sichtbare Beule ab. »Du kannst doch nicht einfach aufhören.«

»So will ich das nicht.«

»Wie denn dann? Sollen wir in mein Zimmer gehen?«

»Nein, ich denke, wir sollten es einfach lassen.«

»Warum denn?«

»Weil ich, wenn – *falls* – wir das tun, sicher sein will, dass du wirklich mich willst und es nicht nur tust, weil du dir oder deinem Bruder was beweisen willst.«

»Aha«, sagte Breck. »Dein Ernst?«

»Es ist besser so. Für uns und für die Mission.«

Breck nickte. »Für die Mission.« Er öffnete den Knopf seiner Hose und zog langsam den Reißverschluss nach unten. Dann fuhr er sich mit der Zunge über die Lippen und schob sich die Shorts über die Hüften, bis sein Schwanz zum Vorschein kam, der genauso hübsch war wie er selbst. Von Brecks Bauchnabel führte ein schmaler Pfad hinunter zu seinem sauber gestutzten, blonden Schamhaar. Sein Schwanz war lang und hart, die straff gespannte Haut hatte zur Spitze hin ein tiefes Rot angenommen. Seine Lider flatterten und schlossen sich, während er es sich langsam mit einer Hand besorgte.

»Oh Apfelbäckchen, was machst du nur mit mir?«

»Das hat nichts mit dir oder meinem Bruder zu tun. Das mache ich nur für mich.«

Ich konnte mich nicht beherrschen, beugte mich vor und kroch zu ihm. Er hielt mich auf Abstand, indem er mir eine Hand auf die Brust legte. Seine andere Hand hielt dabei nicht in der Bewegung inne.

»Stopp. Bleib, wo du bist, oder verschwinde.«

Ich war schmerzhaft hart. Gehorsam wich ich zurück, bis ich ihn nicht mehr berührte. Der kleine Mistkerl sah einfach hinreißend aus, wie er da seine Show abzog, sich selbst immer weiter reizte und dabei keuchte und stöhnte. Dabei ließ er mich die ganze Zeit wissen, wie gut sich das anfühlte und wie sehr es ihm gefiel. Er bewegte die Hand immer schneller und wurde dabei so laut, dass man ihn sicher in den unteren Stockwerken hören konnte. War mir vollkommen egal.

Ich verkniff mir mühsam ein »Hör bloß nicht auf«, das mir auf der Zunge lag. Mein Atem ging ebenso schnell und laut wie seiner. Immer fester umklammerte ich die Rückenlehne des Sofas, bis die Knöchel meiner Hände weiß hervortraten.

Brecks Brust hob und senkte sich, er stand kurz vor dem Höhepunkt. Seine Ohren, seine Nase und seine Wangen röteten sich, seine Oberschenkel zitterten.

Er sah mir tief in die Augen, als er die freie Hand unter sein Shirt schob und sich härter in die Brustwarzen kniff, als ich es je gewagt hätte. »Oh ja«, stöhnte er und ließ die Hand noch schneller an seinem Schwanz auf und ab gleiten. »Oh, fuck.« Er erstickte seinen Aufschrei mit seiner Faust, dann wölbte sich sein Rücken, als er kam und sich auf die herrlich glatte Haut seines Bauches ergoss.

Ich biss die Zähne so heftig zusammen, dass ich glaubte, ein Knacken zu hören. Heiß schoss die Erregung durch meinen Körper, meine Hoden zogen sich erneut schmerzhaft zusammen. Die Lippen zusammengepresst, damit ich nicht laut aufstöhnte, drückte ich eine Hand auf meinen Schritt und wurde von einem heftigen Orgasmus überrollt, der schier endlos andauerte.

Breck strich mit einem Finger durch die perlweiße Flüssigkeit auf seinem Bauch und leckte den Finger anschließend ab.

Ich bebte immer noch am ganzen Körper, als ich ihm dabei zusah, wie er verzückt die Augen schloss.

Ich hatte es gewusst – ich war süchtig nach ihm: seinem Geschmack, seiner Stimme, seinem Lachen, seinen Augen und seinem Kampfgeist. Und ich hatte ihn nicht einmal berühren müssen, damit das Hoch sich einstellte.

»Wir erledigen diesen Kerl«, versprach ich, sobald mein Atem sich beruhigt und mein Herzschlag sich normalisiert hatte.

»Ich weiß, dass du das schaffst.«

Ich presste die Lippen zusammen, dabei hätte ich gern noch so viel mehr gesagt, ihm Versprechungen gemacht für die Zeit nach der erfolgreich ausgeführten Mission. Doch genau das wollte ich vermeiden.

Wir hatten uns gerade wieder einigermaßen hergerichtet, da klopfte Josie leise an die Tür.

»Mittagessen«, verkündete sie mit ihrem charmanten Südstaatenakzent. »Falls ihr Jungs hungrig seid.«

Josie war nicht alt, aber sie war eine dieser Frauen, für die jeder Mann unter neunzig in die Kategorie »Jungs« fiel.

»Wir kommen gleich runter, Josie«, erwiderte ich. »Danke.«

Auf dem Weg nach unten berührten wir uns nicht, waren uns der Nähe des anderen jedoch äußerst bewusst.

Ich schwor mir, Harlans Welt zum Einsturz zu bringen. Jemand musste ihn aufhalten.

In meinem Beruf war ich schon vielen Kerlen wie ihm begegnet. Sie waren wie Tiger, die zum ersten Mal Menschenfleisch gekostet hatten und nun auf den Geschmack gekommen waren. Harlan würde nicht aufhören. Macht über das Leben anderer zu besitzen, hatte schon Männer mit mehr Charakterstärke zu Monstern gemacht. Sollte er mit dem durchkommen, was er Breck und Danny angetan hatte, würde er weitere Leben zerstören.

KAPITEL 8

BRECK

»Hey.« Danny klopfte sachte an die geöffnete Tür meines Zimmers. »Hast du Lust auf eine Runde im Pool?«

Ich lag bäuchlings auf dem riesigen Himmelbett, das locker Platz für zwei bot, und scrollte gelangweilt durch Social-Media-Posts. Josie hatte mir ein sicheres und verschlüsseltes Tablet als Ersatz für mein möglicherweise lokalisierbares Handy gegeben. Als Danny anklopfte, sah ich auf.

Die Sonne hatte ihm verdammt gut getan. Er trug wieder eine von seinen winzigen Badehosen, von denen er einen unerschöpflichen Vorrat zu besitzen schien, und jeder Quadratzentimeter sichtbarer Haut schimmerte in einem Bronzeton.

Noch letzte Woche wäre mir bei seinem Anblick das Wasser im Mund zusammengelaufen. Jetzt konnte ich an nichts anderes denken als an einen ganz bestimmten Vollidioten, der sich standhaft weigerte, mich anzurühren, obwohl ich ihn sogar darum angefleht hatte, und der mich seither mied wie die Pest.

Ich rollte mich auf den Rücken und streckte Arme und Beine von mir wie ein Seestern. »Och nö, keine Lust.« Ich war gleichzeitig erschöpft und entnervt, weshalb nicht einmal die erfreulich heißen Typen auf den Fotos meine Aufmerksamkeit fesseln konnten.

»Ganz sicher nicht?«, wollte Danny wissen. »Ich hätte gern Gesellschaft.«

Ich betrachtete ihn erneut, diesmal aufmerksamer. Er sah zwar gesünder aus als je zuvor, doch in seinen Augen lag ein gehetzter Ausdruck, den ich am Vortag noch nicht so stark wahrgenommen hatte. Vielleicht beunruhigte ihn, dass Carson – alias Ben Waters – Harlan heute Abend einen Besuch abstatten wollte, um dessen Haus auszukundschaften.

Ich war jedenfalls beunruhigt.

»Na schön.« Ich seufzte tief. Etwas Bewegung würde mir vielleicht guttun. »Ich ziehe mich um und komme runter.«

Er nickte und verschwand den Flur hinunter, während ich das Tablet auf das Nachtschränkchen legte und aufstand.

Alles, was ich nicht in der kleinen Reisetasche zu Chads Wohnung mitgenommen hatte, war in D. C. eingelagert, weshalb ich Ridge um eine Badehose bitten musste. Ich schwankte zwischen Erleichterung und Enttäuschung, als ich seine Tür öffnete und das Zimmer leer vorfand. Ridge und ich hatten seit dem Wortgefecht im Medienraum nicht miteinander gesprochen, und die Situation machte mir zu schaffen.

Das Dumme daran, dass ich ohne jegliche Ablenkungsmöglichkeit hier festsaß, war, dass ich ständig über den Schwachsinn nachdenken musste, den Steele von sich gegeben hatte – dass Ridge mich vielleicht gar nicht verurteilte, sondern ein schlechtes Gewissen hatte und aus Sorge um mich handelte, nicht aus

Kontrollzwang. Noch nerviger war, dass ich immer mehr zu der Überzeugung kam, dass Steele damit recht haben könnte.

Ridge und ich hatten immer zusammengehalten, buchstäblich seit wir auf die Welt gekommen waren. Im Lauf der Jahre hatten wir unbewusst unsere Rollen eingenommen. Ich hatte für Ablenkung gesorgt und freundliche Kassiererinnen damit beschäftigt, mir bei der Suche nach »meiner Mommy« zu helfen, während Ridge sich die Jacke mit Brot und Erdnussbuttergläsern vollgestopft hatte und aus dem Laden geschlichen war.

Später hatte ich für uns beide die Tests in der Schule geschrieben und die Hausaufgaben erledigt, damit wir keine Schwierigkeiten bekamen, und Ridge hatte sichergestellt, dass wir die Miete und die Stromrechnung bezahlen konnten. Wenn Mom wieder einmal high gewesen oder, noch schlimmer, von einem miesen Trip runtergekommen war, hatte ich mich um sie gekümmert, während Ridge dafür sorgte, dass ihr Dealer nicht hinter uns her war, weil sie sich bis über beide Ohren bei ihm verschuldet hatte. Wir waren unser Leben lang ein Team gewesen.

Je älter wir wurden, desto tiefer schien Ridge jedoch in die Verbrechenswelt abzutauchen und desto mehr zog er sich von mir zurück. Er hatte wertvollere Dinge gestohlen, die mehr einbrachten, und versucht, ein Polster anzuschaffen, damit wir nicht ewig von der Hand in den Mund leben mussten. Mich hatte er dazu ermutigt, mich auf die Schule zu konzentrieren und auch außerschulischen Aktivitäten nachzugehen wie ein »normales« Kind. »Bitte, Breckie. Das ist eine Sache weniger, um die ich mir Sorgen machen muss, in Ordnung?« Ich hatte nie ausdrücklich protestiert – wahrscheinlich hatte ich bereits damals verstanden, dass Ridge versuchte, sein »normales« Teenagerleben durch mich auszuleben, also hatte ich es stellvertretend für uns beide getan. Bis zu dieser Woche war mir jedoch nie richtig bewusst gewesen, wie schädlich diese Rollenverteilung für uns war.

Wie es schien, hatte er sich der dunklen Seite verschrieben und mich auf ein Podest gestellt. Er hatte beschlossen, dass er der Böse war und ich der Gute. Er hatte sich selbst davon überzeugt, dass ich den Schutz nötig hatte, den keiner von uns als Kind erfahren hatte. Wenn man bedachte, wie mir der Schutz und der Beistand gefielen, die Steele mir bot, hatte Ridge damit vielleicht gar nicht so falschgelegen. Allerdings war es nicht Ridges Aufgabe, mich zu beschützen. Seine Erwartungen an sich und mich waren unfair, uns beiden gegenüber.

Ich kickte meine Shorts auf den Haufen Schmutzwäsche, der sich in Ridges Zimmer stapelte, und nahm eine hübsche, tief auf der Hüfte sitzende Badehose aus einer seiner Schubladen. Außerdem angelte ich mir ein petrolfarbenes Polohemd, das mir sowieso besser stehen würde als ihm – Ridge war viel zu missmutig für Petrol –, und Baumwollshorts für später. Dann ließ ich Ridges Zimmertür hinter mir ins Schloss fallen.

Ich hatte vorgehabt, an den Pool zu gehen, aber nachdem ich die Klamotten in meinem Zimmer deponiert hatte, erwischte ich mich dabei, wie ich in die entgegengesetzte Richtung lief – die Treppe hoch statt hinunter. Vielleicht kümmerte Ridge sich mit Wes zusammen im Medienraum um die Technik.

Doch ich traf Wes allein an. Er beobachtete, was auf dem übergroßen Bildschirm an der Kopfseite des Raums vor sich ging.

»Ist was?«, fragte er, als er mich entdeckte. Er saß ganz hinten im Zimmer bei der Popcornmaschine, wo er eine Art Kommandozentrale aufgebaut hatte – ein riesiger Computer mit zwei Tastaturen, zwei Bildschirmen und zahllosen Peripheriegeräten. Von ihm war nur der Kopf zu sehen, vom Hals bis zu seinem Schopf roter Haare.

»Nein«, antwortete ich. »Mir ist nur langweilig.«

»In den Sachen von Ridge zu wühlen, hat wohl seinen Reiz verloren, und jetzt suchst du hier oben nach Unterhaltung?« Er klang amüsiert.

Ich warf ihm einen misstrauischen Blick zu, woraufhin er mit dem Kinn auf den Riesenmonitor zeigte und die Aufnahmen der Sicherheitskamera im Flur vor Ridges Zimmer einspielte.

»Du hast Kameras in den Fluren installiert?«, erkundigte ich mich. »In den Zimmern auch?«

»Nein, bleib locker. Ich war das nicht. Die Kameras hat Charlie anbringen lassen, ich habe nur sein System übernommen. Sogar ich weiß, dass es ein Eingriff in die Privatsphäre ist, Kameras in den Zimmern zu installieren. Die Flure zu überwachen, ist aber in Ordnung, also zieh deine Sexkapaden lieber nicht in allgemein zugänglichen Räumen ab.« Er wackelte mit den Augenbrauen. »Oder doch.«

Ich schnaubte. »Tut mir leid, aber da muss ich dich enttäuschen. Keine Sexkapaden von meiner Seite.« Leise fügte ich hinzu: »Was nicht meine Entscheidung war.«

»Ooh. Steele macht also einen auf Ehrenmann und lässt die Finger von dir, was?«

»Das hat er dir erzählt?« Keine Ahnung, warum mich das überraschte.

»Nein. Das war nur eine begründete Vermutung. Er war die letzten beiden Tage extrem schlecht gelaunt und ständig abgelenkt, da habe ich eins und eins zusammengezählt.« Wes griff sich ein Tablet und setzte sich mir gegenüber auf eins der Sofas. »Wenn mein Kumpel ein bisschen sexy Action gehabt hätte, wäre er vermutlich besser drauf. Obwohl, in deiner Gegenwart wäre er wahrscheinlich immer noch abgelenkt.«

»Wie meinst du das?«

Wes begegnete meinem Blick und lächelte leicht. »Ich habe schon früher ein paarmal mit Steele zusammengearbeitet. Ich hinter den Kulissen, er mitten im Geschehen.«

Ich nickte.

»Steele ist stolz auf seine Fähigkeit, sich voll auf eine Mission zu konzentrieren. Wenn du mit ihm eine Besprechung hast, kannst du sicher sein, dass er dir seine ganze Aufmerksamkeit schenkt. Er blendet alles andere aus, egal ob es ein spannendes Footballspiel ist, dringende Erledigungen oder der Kerl, den er am vergangenen Abend flachgelegt hat. Er ist dann wie …« Wes zögerte. »Ich weiß nicht, wie ich es beschreiben soll. Er ist dann wie im Rausch. So angespannt, dass er praktisch vibriert. Und wenn es endlich losgeht, ist er wie entfesselt.« Er schnippte mit den Fingern. »Dann ist seine Anspannung wie weggeblasen, als hätte er das ganze Adrenalin in Energie umgewandelt. Deshalb ist er der Beste in seiner Branche.« Wes schüttelte bewundernd den Kopf. »Er ist wie eine Maschine. Nichts und niemand kommt an ihm vorbei. Er kennt keine Angst.«

»Das habe ich schon bemerkt«, stimmte ich leise zu.

Ich wusste, wie es sich anfühlte, wenn diese geballte Aufmerksamkeit auf mich gerichtet war – als ob sie mich von innen nach außen in Brand setzte.

»Aber diesmal verhält er sich anders«, erklärte Wes trocken, was ich mit einem Stirnrunzeln quittierte.

»Wieso?«

»Er stampft durchs Haus wie ein brunftiger Hirsch und ist überhaupt nicht bei der Sache.« Wes grinste mich an und legte das Tablet auf die Armlehne des Sofas. »Gestern sind wir die Details für heute Abend durchgegangen. Der Senator hatte sich bei Carson gemeldet und ihn zu der Veranstaltung und der Party danach eingeladen. Es läuft alles genau nach Plan.«

Wes legte die Fingerspitzen aneinander und ließ die Augen aufblitzen wie ein Schurke aus einem Comic. »Leo sagte: ›Okay, Steele spielt den Bodyguard für Ben Waters, ich den Fahrer, Wes kümmert sich um die Kommunikation, und Ridge bleibt im Van, falls wir schnell abhauen müssen.‹ Alle hielten das für einen guten Plan, und Steele hat ihn genauso abgenickt wie alle anderen. Er hatte keinerlei Einwände.«

»Ja und?«

»*Und* dann haben wir noch die Einzelheiten besprochen, wie den Zeitplan und die neuen Kommunikationsgeräte, die ich entwickelt habe. Die schaffen es übrigens unentdeckt durch jede Sicherheitsüberprüfung, wenn ich das mal anmerken darf. Der Plan stand also.« Wes lachte leise. »Gerade als wir die Hände aufeinandergelegt haben für dieses ›Eins, zwei, drei, los geht's‹-Ritual, schüttelt Steele den Kopf, als wäre er gerade aufgewacht, und sagt: ›Alles gut und schön, aber wer bewacht denn Carson?‹« Wes lachte laut.

Ich fand das jedoch überhaupt nicht lustig, sondern erschreckend. »Er ist jetzt also in diesem Zustand da draußen unterwegs? Abgelenkt wegen mir? Was, wenn er einen Fehler macht? Oder erwischt wird?«

Wes schnaubte und schüttelte den Kopf. »Oh, Baby. Du hast echt keine Ahnung, mit wem du es zu tun hast, oder?«

Natürlich nicht. Ich kannte Steele ja auch erst seit ungefähr drei Tagen. Nicht einmal ganz so lange, wenn man berücksichtigte, dass er in den letzten vierundzwanzig Stunden kaum ein Wort mit mir gewechselt hatte. Was mich allerdings ernsthaft schockierte, war, wie dringend ich ihn besser kennenlernen wollte. Er war eine faszinierende Mischung aus gefährlich und beschützend. Und er schaute mich an, als ob er mich wirklich *verstehen* würde. Für ihn war ich nicht der Musterknabe, den mein Bruder in mir sehen wollte, sondern jemand, der intelligent und kompetent war. Jemand, den man gerne kannte. Mir war nicht bewusst gewesen, wie sehr ich mich nach dieser Anerkennung gesehnt hatte, bis er sie mir schenkte.

Und ich wollte noch viel mehr davon.

Wes deutete auf den Bildschirm und tippte auf seinem mystisch-magischen Tablet herum. Statt des leeren Flurs in der Bat-Höhle sahen wir jetzt einen anderen Flur in einem anderen Haus. Holzvertäfelungen zierten die Wände, der Boden war mit dunklen Terrakottafliesen ausgelegt.

Wes tippte sich ans Ohr. »Was geht, Superman?«

Ein ersticktes Husten ertönte aus dem Lautsprecher. »Ich hasse diesen Decknamen, das weißt du ganz genau.« Das war unverkennbar Steeles Stimme, auch wenn seine Aussprache etwas verwaschen klang, als versuchte er zu sprechen, ohne dabei die Lippen zu bewegen.

»Alter, das ist der beste Deckname aller Zeiten. Wegen des Films ›Man of Steel‹, verstehst du?« Wes lachte über seinen Scherz. »Der Brüller.«

»Ach ja? Ich wüsste noch etwas viel Lustigeres, Oskar Supermaus«, gab Steele wütend zurück.

Doch bevor er das weiter ausführen konnte, wurde er von Leo unterbrochen. »Es wäre wirklich großartig, wenn ihr euch das unnötige Geschwätz spart. Carson hört mit und kann keine Ablenkung gebrauchen.«

»Stimmt«, pflichtete Wes ihm fröhlich bei. »Lagebericht, Steele?«

Steele seufzte. »Alles in Ordnung«, nuschelte er genauso leise wie zuvor. »Harlan hat Ben mit in sein *Spielzimmer* genommen, wo er schon von einer Menge feierlustiger Damen und Herren erwartet wurde. Drogen, Alkohol, Escorts, alles da.«

Jemand, wahrscheinlich Ridge, pfiff durch die Zähne. »Und er bringt einfach jemanden mit, den er kaum kennt, und bietet ihm an, sich zu bedienen, als wäre das alles ein Riesenbuffet. ›Bitte, probieren Sie die Windbeutel. Und wenn Sie schon dabei sind, nehmen Sie doch noch einen Escort-Boy dazu.‹«

»Mmhmm«, bestätigte Steele. »Verdammt arrogant.«

Das überraschte mich nicht. Ich war es gewohnt, dass Typen von John Harlans Kaliber sich so aufführten. Sie waren überheblich, sich ihrer Position und ihrer Macht absolut sicher. Ihn zu Fall zu bringen, würde befriedigender sein als der beste Sex, den ich je gehabt hatte.

Bisher, fügte mein Hirn hinzu. Den du *bisher* hattest.

Leos Stimme durchdrang meine Gedanken. »Du wärst genauso arrogant, wenn du dich so abgesichert hättest wie er.«

»Ganz sicher«, entgegnete Steele. »Wo wir gerade davon reden, Ben ist vor einer guten halben Stunde mit dem Escort-Boy seiner Wahl in einem der bereitgestellten Zimmer verschwunden.«

Oha! Carson hatte auf mich nicht schwul gewirkt. Allerdings gab er sich auch große Mühe, jegliche Wirkung nach außen zu vermeiden. Ich hatte noch nie jemanden kennengelernt, der so verschlossen war, und fragte mich, ob er überhaupt noch wusste, wer er war, nachdem er über die Jahre hinweg so viele verschiedene Persönlichkeiten angenommen hatte.

»Müssen wir uns Sorgen machen?« In Leos Stimme schwang ein Hauch von Beunruhigung mit.

Leo konnte ich ebenfalls nicht richtig einschätzen. Er hatte definitiv die Ausstrahlung eines Cops, schien sich dieser seltsamen Diebesbande jedoch trotzdem verpflichtet zu fühlen, als betrachte er sie als Teamkameraden und würde Himmel und Hölle für Carson in Bewegung setzen, sollte der in Schwierigkeiten geraten. Ich war geschockt, dass Ridge, der nicht einmal mir hundertprozentig vertraute, sich mit diesen Leuten zusammengetan hatte.

»Um ihn?« Steele lachte leise. »Macht euch lieber Sorgen um mich. Ich stehe im Flur und bewache die Tür, und meine jungfräulichen Ohren haben ein solches Gequieke nicht mehr gehört, seit ich acht war und unser Nachbar ein Schwein geschlachtet hat.«

»Oooh.« Wes' Augen leuchteten. Er drückte eine Taste, und schon war Carsons gedämpfte Stimme über die

Lautsprecher zu hören, begleitet von unmissverständlich schmatzenden Geräuschen.

»Oh ja! Genau so. Härter. Genau. Oh ja! Oh, du lieber Himmel! Oooh, gnädiger Gott!«

Wes und ich sahen uns an und platzten fast vor Lachen. Carson hatte diesen gelangweilten, affektierten Tonfall angeschlagen, der nach reicher Oberschicht klang und den wir von dem Meeting am Vorabend kannten. Und das, während er einen geblasen bekam.

»Das nenne ich Einsatz«, murmelte ich und schüttelte den Kopf.

»Das kannst du laut sagen.« Wes wirkte gleichzeitig verblüfft und beeindruckt. »Ich würde zu gern weiter zuhören und herausfinden, ob er seiner Rolle auch beim Orgasmus treu bleibt.«

»Mach das aus, Bond«, befahl Leo trocken. »Es gibt Dinge, die wir wirklich nicht voneinander wissen müssen.«

Dem stimmte ich insgeheim zu. Carson war eine wandelnde potenzielle Identitätskrise.

»Na klar«, grummelte Steele, nachdem Wes die Geräusche wieder ausgeblendet hatte. »Ihr Glücklichen könnt ihn einfach stumm schalten. Aber ich sitze hier fest. Und werde nicht einmal dafür bezahlt.«

»Hör auf zu jammern, Alvarez«, erwiderte Ridge. »Wenigstens musstest du die letzten zwei Stunden nicht völlig verschwitzt mit Captain America zusammen auf dem Rücksitz einer Limousine verbringen. Der Kerl lässt mich weder das Radio noch die Klimaanlage einschalten. Du weißt, dass ich es ohne kaum aushalte.«

Das hatten wir gemeinsam. In Colorado aufgewachsen, konnten wir ohne Klimaanlage an der Ostküste nicht überleben.

»Der Fahrer darf bestimmen«, merkte Leo milde an. »Außerdem dürfen wir Bediensteten der Reichen und Berühmten kein Benzin verschwenden, während unsere Herrschaften sich vergnügen.«

Steele tarnte sein Lachen als Husten. »Wo seid ihr gerade?«

»Leo ist immer noch im Auto, aber ich ziehe meine Birdman-Nummer ab«, berichtete Ridge fröhlich. »Ich habe mir einen schönen hohen Ast ausgesucht, von dem aus ich alles beobachten und gleichzeitig die frische Luft genießen kann.«

Wes sah zu mir herüber. »Hey, Steele, wie viele Wachen hat Harlan postiert?«

»Neun, soweit ich das feststellen konnte«, antwortete Steele prompt. »Zwei im Wachhäuschen, die die Sicherheitsvideos im Auge behalten, zwei an der Eingangstür, zwei am Eingang zum Hinterzimmer. Ein besonders Hässlicher bewacht Harlan, und am Hinterausgang stehen noch mal zwei.«

»Wo befinden sich die Sicherheitskameras?« Wes sah mich immer noch eindringlich an.

»Eine deckt das Außengelände ab, über blinde Flecken kann ich nichts sagen. Im Haus werden alle für Besucher zugänglichen Räume überwacht. Im Partyraum gibt es zwei Kameras. Eine ist in der Standuhr versteckt, die andere in einem Messing-Sextanten auf dem Kaminsims. Ein Abhörgerät befindet sich in der Potpourrischale auf dem Beistelltisch – wer zum Teufel verwendet denn heutzutage noch Potpourri? –, und wahrscheinlich gibt es noch weitere, aber ich konnte nicht gründlich danach suchen.«

»Und wo hast du unsere Wanzen platziert?«, erkundigte sich Wes.

»Eine am Rahmen der Eingangstür zum Partyraum, damit wir die Wachen abhören können. Eine hab ich unter die hintere Ecke des Telefontisches geklebt, als Ben so tat, als hätte er seinen Drink verschüttet. Die dritte habe ich ihm überlassen.« Steele klang amüsiert. »Er hat Zugriff auf Dinge, an die ich nicht herankomme.«

»Danke, Steele«, sagte Wes gut gelaunt.

»Kein Problem.«

Wes fasste sich an den Knopf in seinem Ohr, wohl um ihn stumm zu schalten. »Verstehst du jetzt, was ich meine? Du brauchst dir keine Sorgen zu machen, Steele könnte abgelenkt sein. Er kann das trennen, deshalb ist er ja so gut. Aber pass auf, wenn er heute Nacht nach Hause kommt. Adrenalin wirkt sich heftig auf die Libido aus. Kann also gut sein, dass er dann keine Lust mehr hat, den Ehrenmann zu spielen.« Wes grinste mich breit an. »Aber vielleicht ist dir das ja sogar ganz recht.«

Mein Herz setzte für einen Schlag aus, und ich schluckte schwer. Das wäre mir sogar mehr als recht, obwohl ich Steeles Verfassung genauso wenig ausnutzen wollte wie er meine.

»Ihr zwei habt also früher schon zusammengearbeitet?«, versuchte ich einen Themenwechsel. »Und du hast ihn erlebt, wenn er von seinen Einsätzen zurückgekommen ist?«

Wes grinste noch breiter. »Allerdings. Und Süßer, auch wenn ich deinen treuherzigen Welpenblick niedlich finde und Spaß daran habe, eure kleine Highschoolromanze zu beobachten – ab jetzt kriegst du aus mir kein Wort mehr über Steele heraus. Er hat eine Vergangenheit, genau wie wir alle.« Wes' Miene verdunkelte sich. »Falls er dir genug vertraut, erzählt er es dir selbst.«

»Und was ist mit mir?«, wollte ich wissen. Wes' bissige Kommentare waren unangenehm zutreffend gewesen. »Erzählst du Steele alles, was ich so treibe?« Ich nickte in Richtung der Überwachungsmonitore.

»Wenn er danach fragt, werde ich nicht lügen.«

Ich nickte steif und stand auf. »Gute Nacht.«

Lächelnd verabschiedete er sich, indem er sich kurz mit der Hand an die Stirn tippte. Ich ging hinunter und machte mich auf die Suche nach Danny.

* * *

Danny schwamm in dem großen Pool gerade ein paar Bahnen, unterbrach sein Training jedoch, als er mich sah, zog sich hoch und setzte sich auf den Rand. Das Licht der Unterwasserscheinwerfer betonte die Konturen seines Gesichts und zeigte einen Ausdruck merkwürdiger Erleichterung.

»Hey.« Er wischte sich das Wasser aus den Augen. »Hast du dich unterwegs verlaufen?«

»Könnte man so sagen«, erwiderte ich missmutig. Irgendwie stimmte das ja auch. Ich hatte völlig die Orientierung verloren und wusste nicht mehr, wo oben und unten war. Steele fühlte sich zu mir hingezogen, so viel war klar. Ich war mir ziemlich sicher, dass er mich mochte. Aber er war zu sehr auf die Mission konzentriert, um seinen Gefühlen zu folgen. Wäre er erfreut oder sauer, wenn ich mich einmischen und ihn dazu bringen würde, seine Prioritäten zu überdenken? Ich konnte es nicht einschätzen.

Ich setzte mich neben Danny auf den Rand und ließ die Füße im Wasser baumeln. Er beugte sich vor und studierte neugierig mein Gesicht.

»Aaah.« Er nickte und lehnte sich zurück, wobei er sich mit den Händen auf den Steinfliesen abstützte.

»Aaah was?«, fragte ich beleidigt.

»Aaah, du denkst an den schnuckeligen Señor Alvarez.« Danny grinste. »Das ist süß.«

»Ist es nicht«, widersprach ich. »Es nervt.«

»Da hast du sicher recht«, stimmte er mir traurig zu. »Es muss schrecklich nerven, wenn ein heißer Typ, der Jason Momoa doubeln könnte, dich ständig mit Blicken verschlingt, wenn du im Zimmer bist, und mürrisch die Stirn runzelt, wenn du nicht da bist, als ob er sich nicht entspannen könnte, wenn er dich nicht im Auge hat. Das ist wirklich furchtbar nervig. Ich finde, als guter Freund sollte ich dich von diesem Schicksal erlösen. Nein, bitte«, protestierte er und legte mir eine Hand auf die Brust. »Ich bestehe darauf.«

»Halt die Klappe!« Ich schlug ihm mit dem Handrücken auf den Bauch. »So ist es doch gar nicht. Er ist völlig auf die Sache mit dem Senator konzentriert.«

»Oh, ja, stimmt, na klar. Das ist das eigentlich Schlimme, oder? Dass er sich zu deinem Rächer und Ritter in glänzender Rüstung aufschwingt. Weil mich das auf gar keinen Fall antörnt.« Er schnaubte. »Du armes Ding.«

Ich lachte kläglich. »Ja, okay, ich hab's verstanden.« Ich schüttelte den Kopf. »Aber ich wünsche mir eben, ich wäre ihm wichtiger als dieser Rachefeldzug. Oder wenigstens genauso wichtig. Ich möchte einen aktiven Beitrag dazu leisten, dann wäre ich keine Ablenkung mehr, sondern … eine Art gleichberechtigter Partner.« Es klang dämlich, wenn ich es laut aussprach, aber Danny nickte.

»Du willst Respekt«, stimmte er mir zu. »Du möchtest nicht die Prinzessin im Turm sein. Du willst ihn auch retten, so à la ›Pretty Woman‹.«

»Kann sein.« Ich fuhr mir mit einer Hand durchs Haar und zerzauste mir die Locken. »Vielleicht hast du recht.«

Wir saßen ein paar Minuten lang schweigend nebeneinander und beobachteten, wie das Licht der Unterwasserstrahler sich in den kleinen Wellen brach, die wir mit jeder Bewegung unserer Füße verursachten.

»Breck.« Danny hielt inne und sah mich an. »Echt seltsam, dich so zu nennen.«

Ich hatte ihm den ganzen Rocky-Quatsch erklärt, sobald wir im Flugzeug saßen, da Ridge sowieso ständig vergaß, mich mit »Rocky« anzusprechen.

Ich lachte. »Kann ich mir vorstellen. Aber seltsam auf eine gute Art, oder? Mir gefällt es jedenfalls, dass du jetzt meinen richtigen Namen kennst. Und dass ich dir vertrauen kann.« Ich zuckte mit den Schultern. »Es kommt mir so vor, als hätte ich die ganze Zeit eine Rolle gespielt. Sanftmütiger Collegestudent bei Tag, Escort-Boy bei Nacht. Das war schon beides ich, aber es war nicht alles, was mich ausmacht.«

»Man kann eine Lüge eben nicht ewig aufrechterhalten«, flüsterte Danny.

»Ganz genau. Aber so weit in die Zukunft hab ich gar nicht gedacht. Ich hab eher so von einem Tag auf den anderen gelebt.«

Die Sache mit Steele handhabte ich ebenso, fiel mir auf. Vielleicht kam es gar nicht darauf an, ob wir heute oder morgen miteinander schliefen. Ich hatte es bisher nicht unter diesem Gesichtspunkt betrachtet, aber womöglich hatte das mit uns Potenzial für etwas Langfristiges. Nichts Festes, obwohl ich den Gedanken an eine Beziehung mit Steele seltsamerweise gar nicht so beängstigend fand, aber doch so dauerhaft, dass wir uns Zeit lassen konnten. Damit wir abwarten und sehen konnten, wie die Dinge sich entwickeln würden, nachdem wir den Senator vernichtet hatten und ich Steele gezeigt hatte, wie respekteinflößend ich sein konnte.

»Breck«, sagte Danny, und ich sah ihn an, mit den Gedanken immer noch bei Steele.

»Ja?«

»Ich hab Mist gebaut. Und nicht nur einmal, sondern gleich zweimal.« Er sprach so leise, dass ich ihn kaum verstehen konnte, und wirkte so verängstigt, dass mein Herz anfing zu rasen.

»Was? Wovon redest du, Danny?«, wollte ich wissen. »Was hast du gemacht?«

»In dieser Nacht ...« Er brachte es kaum über die Lippen und starrte mich mit weit aufgerissenen Augen an. »Ich hatte schreckliche Angst vor Snow White.«

»Ich weiß.« Ich legte ihm einen Arm um die Schultern und zog ihn in eine Umarmung. »Wir hatten beide Angst. Aber jetzt kann er uns nichts mehr anhaben. Wie du heute Morgen gesagt hast – er kann uns nie wieder wehtun.«

Ich setzte mich auf und umfasste sein Gesicht mit beiden Händen. »Hör zu, ich kenne Ridge. Und Steele auch, da bin ich mir ziemlich sicher. Wir können hierbleiben, solange wir wollen, egal, wie schlecht Ridge gerade auf mich zu sprechen ist. Alles wird gut.«

Danny schüttelte den Kopf, in seinen Augen standen Tränen. »Wird es eben nicht. Als du weggetreten warst, hat er mich stundenlang verprügelt. Ich …« Er schluchzte und presste sich eine Faust auf den Mund. »Ich hatte Angst, ich würde es nicht überleben. Und ich … Ich wollte, dass die Leute erfahren, wer dafür verantwortlich ist. Verstehst du? Ich wollte verhindern, dass er es als einen tragischen Fall von Überdosis oder als Überfall darstellen konnte. Nachdem er eingeschlafen war, hab ich … Ich hab ihm den Ring vom kleinen Finger abgezogen. Den antiken, den er immer trägt. U… Und ich hab ihn verschluckt.«

Ich starrte ihn fünf Sekunden lang ungläubig an. Dann explodierte ich. »Du hast was?«

»Ich hab ihn verschluckt«, wiederholte er kläglich. »Ich dachte, wenn sie eine Obduktion durchführen, so wie in diesen Polizeiserien, und den Ring in meinem Bauch finden, dann haben sie einen Hinweis auf den Täter.« Er schüttelte den Kopf. »Zu dem Zeitpunkt schien es eine gute Idee zu sein. Also … hab ich es durchgezogen.«

»Und was ist danach passiert? Hast du … Ist er …« Ich machte eine unbestimmte Geste in Richtung seines Unterleibs.

»Ungefähr drei Tage später«, bestätigte er und rieb sich die Augen. »Aber ich hätte besser nachdenken sollen, Breck. Der Typ hat doch alles auf Video aufgenommen. Als er bemerkt hat, dass ihm der Ring fehlt, musste er sich nur die Aufnahmen ansehen, um zu wissen, dass ich ihn habe.«

Und dass er eventuell als überzeugender Beweis dienen konnte, sollte Danny Anzeige wegen der Prügel erstatten, die er bezogen hatte. Außerdem war ich mir ziemlich sicher, dass ein Mann wie Harlan allein bei dem Gedanken, ein Escort-Boy könnte ihm etwas gestohlen haben, fuchsteufelswild wurde. So etwas verkraftete sein Ego nicht. Er würde sich ganz sicher auf die Suche nach dem Ring machen.

»Hast du ihn dabei?«, fragte ich. »Vielleicht können wir ihn Harlan irgendwie zurückgeben. Kann doch sein, dass er noch gar nichts gemerkt hat.«

»Oh doch, das hat er. Er hat mir gestern Abend eine Nachricht geschickt.«

»Wie das denn? Steele hat doch unsere Handys.«

»Ich habe Steele nur mein Prepaidhandy gegeben«, gestand Danny. »Das, auf dem du mich angerufen hast und von dem Cisco die Nummer hat. Aber ich habe noch ein älteres.«

»Wofür?«

»Meine Schwester hat diese Nummer.« Danny stiegen erneut die Tränen in die Augen. »Sie schreibt mir, wenn es Neuigkeiten von der Familie gibt. Damit ich auf dem Laufenden bleibe.«

Mir zog sich der Magen zusammen. Ich legte beide Arme um Danny und zog ihn an mich, wobei ich ihm mit einer Hand beruhigend den Rücken streichelte.

»Okay, keine Panik, wir regeln das«, sagte ich zu ihm.

»Wie denn?«, jammerte er. »Wenn Harlan diese Nummer herausgefunden hat, dann kennt er auch meinen richtigen Namen. Und den meiner Schwester. Er hat mir geschrieben …« Er brach erneut in leises Schluchzen aus.

»Was hat er denn geschrieben?«

»Dass er mich umbringen lässt, wenn ich den Ring nicht bis Samstag zurückgebe.«

Das würde er wohl in jedem Fall versuchen, selbst wenn Danny den Ring zurückgab. Verdammt, er hatte vielleicht sogar vor, uns beide umzubringen – mich einfach nur deshalb, weil ich im selben Zimmer gewesen war, als es passierte.

Schon seltsam, was einem plötzlich so auffällt, wenn einem klar wird, wie brenzlig die Lage ist. Quakende Frösche und Insekten gaben ihr Konzert in den Büschen und hohen Gräsern, leise rauschten die Wellen auf den Strand, und fedrige Wolken, angetrieben von einer sanften Brise, schoben sich vor den Mond.

Meine Gedanken rasten. Das Richtige, und sicher auch Beste, wäre, es sofort Ridge und Steele zu erzählen, damit sie zusammen mit ihrer kleinen Bande krimineller Genies einen Ausweg aus diesem Schlamassel finden konnten, ohne Dannys Schwester zu gefährden.

Andererseits wusste ich genau, was dann passieren würde. Sie würden sich für die Information bedanken, mir den Kopf tätscheln und mich zurück in die Sonne schicken, damit ich an meiner Bräune arbeitete, während die Erwachsenen die Angelegenheit regelten. Genau so hatten sie es schließlich gemacht, seit sie in Chads Wohnung aufgetaucht waren. Ehrlich gesagt war ich mir auch nicht sicher, ob sie sich überhaupt einen Deut um Danny und seine Schwester scheren würden, wenn die beiden ihrem Racheplan in die Quere kämen.

Ich war nicht dumm. Mir war klar, dass Danny und ich nicht allein mit dem Senator fertigwerden konnten. Aber ich wollte unbedingt einen Platz am Planungstisch, auf einer Ebene mit Ridge und Steele. Und noch dringender wollte ich entscheidend zum Sturz des Senators beitragen. Ich wollte, dass John Harlan mir ins Gesicht sah, damit er wusste, wer ihn erledigt hatte.

»Vertraust du mir, Danny?« Ich rutschte ein wenig von ihm weg.

Er nickte.

»Gut, dann lass uns auf mein Zimmer gehen. Ich hab eine Idee.«

KAPITEL 9

STEELE

»Birdman, ich glaube, die Luft ist rein. Du kannst jetzt runterkommen.« Wesleys Stimme hallte in meinem Kopf wider wie eine verrückte Art von Telepathie.

Ich würde mich wohl nie daran gewöhnen, Stimmen in meinem Kopf zu hören. Wesley hatte ein System entwickelt, das gleichzeitig aus einem Empfänger und einem Mikrofon bestand und wie eine Krone über einen Backenzahn gestülpt wurde. Er behauptete, es übersetze Schallwellen in Vibrationen, die über die Schädelknochen bis zum Innenohr gesendet und dort wieder in Stimmen umgewandelt wurden.

Stimmen, die sich – wie gesagt – anhörten, als hätten sie ihren Ursprung in meinem Kopf. Es war vollkommen abgefahren. Das System übertrug noch das leiseste Flüstern, völlig unabhängig von den äußeren Umständen. Wesley hatte den Beweis geliefert, indem er uns die Dinger unter der Dusche hatte ausprobieren lassen. Jeder in seinem eigenen Badezimmer, natürlich.

Wes meinte, seine Version wäre eine Verbesserung gegenüber bereits existierenden ähnlichen Geräten, weil sie den menschlichen Körper als Energiequelle nutzte und keine Antenne benötigte. Ich glaubte ihm das.

»Krah, krah«, erwiderte Ridge von seinem Aussichtspunkt auf einem Baum vor Harlans Villa aus. Es war seine Idee gewesen, die Gesichter aller Gäste sowie die Nummernschilder der Autos zu fotografieren, damit Wes sie später durch sein allwissendes Computersystem jagen konnte.

Der Senator hatte Breck fast umgebracht, weshalb ich es für zu gefährlich hielt, dass Ridge, der Breck zum Verwechseln ähnlich sah, sich in der Nähe des Hauses aufhielt. Sollte der Senator auch nur einen einzigen Blick auf ihn erhaschen … Tja, keine Ahnung, was dann passieren würde, aber sicher nichts Gutes.

Ridge hatte geschworen, dass man ihn nicht entdecken würde, und es bewiesen, indem er sich drei Stunden lang auf einem Baum auf Charlies Grundstück versteckt hielt, ohne dass wir ihn aufspüren konnten.

»Wenn man in meinem Beruf eins lernt, dann, wie man sich unsichtbar macht«, hatte er erklärt, als er von seinem Ast herunter auf die Auffahrt gesprungen war und Josie damit fast zu Tode erschreckt hatte. »Ich kann stundenlang bewegungslos dasitzen.«

Das musste er dann auch. Wir hatten keine Gästeliste auftreiben können, und auf diese Weise konnten wir wenigstens nach der Party versuchen, die Anwesenden zu identifizieren.

»Oh ja, genau so, mein Hübscher«, schnurrte Carson in meinem Kopf, nur eine Millisekunde bevor eindeutige Geräusche durch die Tür drangen, die ich bewachte. *Ich hasse mein Leben.*

Als ob es nicht schon schlimm genug wäre, dass Carson sich da drin mit einem der von Harlan angeheuerten Escort-Boys vergnügte, musste ich mir auch noch den Soundtrack direkt ins Hirn dröhnen lassen. Es war viel zu lange her, dass ich mich in seiner Position befunden hatte – kleines Wortspiel –, und ich konnte nur hoffen, dass die Art und Weise, wie ich die Hände vor meinem Schritt kreuzte, eher »knallharter Bodyguard« signalisierte als »Loser, der seine Erektion versteckt«.

Ich zahlte es Carson heim, indem ich fast lautlos und in der Bauchrednerart, die Wes uns beigebracht hatte, ein paar Bibelverse rezitierte, die ich als Kind auswendig lernen musste. Vielleicht würden ihm die Zeilen aus dem heiligen Buch den Spaß an dem Blowjob verderben. Ich persönlich fand die Vorstellung von Hölle und Verdammnis jedenfalls immer ziemlich abtörnend.

Senator Harlan kam auf mich zugeschlendert. »Klingt, als würde sich Ihr Arbeitgeber prächtig amüsieren.«

Ich antwortete nicht, drückte jedoch die Zunge so gegen das Mikrofon, wie Wes es mir gezeigt hatte, damit die anderen die Unterhaltung mithören konnten. Die in einem meiner Knöpfe versteckte Minivideokamera nahm hoffentlich alles auf. Knopfkameras waren aus der Mode gekommen, und diese hier hatte Wesley bei Amazon bestellt. Aber er hatte uns versichert, sie würde funktionieren, und ich vertraute ihm.

Senator Harlan war gar nicht so hässlich, wie er auf den Fotos ausgesehen hatte. Er ging scharf auf die sechzig zu und war – natürlich – übertrieben gebräunt. Und ich hätte gedacht, dass er sich von dem steuerfreien Geld, um das er die verzweifelten wahren Gläubigen seiner Kirchengemeinde geschröpft hatte, bessere Haartransplantate hätte leisten können. Aber er war breitschultrig und schlank, und sein Anzug saß perfekt. Doch bei ihm schlug mein Radar voll aus. Man sah es ihm vielleicht nicht an, doch dieser Mann war ein Raubtier. Es wäre dumm von uns, ihn zu unterschätzen.

»Für Ihr … Vergnügen ist auch gesorgt, falls Sie interessiert sind.« Der Senator grinste mich an. »Draußen am Pool erwarten Sie ein paar ganz reizende junge Damen. Ich weiß, dass Männer wie Sie rund um die Uhr arbeiten, da steht Ihnen auch mal eine kleine Auszeit zu. Ihr Mann ist bei uns in guten Händen, da können Sie unbesorgt sein.«

»Oh ja, saug stärker«, stöhnte Carson hinter der Tür.

Harlan grinste breiter. »Wobei ›Hände‹ vielleicht nicht ganz das richtige Wort ist.«

Ich schwieg beharrlich.

»Es macht Ihnen doch nichts aus, dass Mr Waters da drin mit einem anderen Mann zugange ist?«

Wieso sprach der Mann überhaupt mit mir? Typen wie er ließen sich normalerweise nicht dazu herab, die Angestellten auch nur zu bemerken.

Ich verlagerte das Gewicht und verschränkte die Hände hinter dem Rücken. Meine Erektion hatte sich in dem Moment verflüchtigt, als Harlan an mich herangetreten war. »Nein, Sir«, antwortete ich. »Das macht mir überhaupt nichts aus.«

»Schicker Anzug.« Er trat noch einen Schritt näher und rieb den Stoff zwischen den Fingern. »Maßgeschneidert?«

»Aus dem Kaufhaus«, antwortete ich, ohne eine Miene zu verziehen. »Schlussverkauf.«

»Hmmm«, schnurrte Harlan, als gefiele ihm die feine Textur des billigen Polyestergemischs. »Sie gefallen mir. Sollten Sie je über einen Arbeitgeberwechsel nachdenken – ich könnte einen gut aussehenden Mann wie Sie gebrauchen. Es kommt bei den Damen gut an, wenn ich große, muskulöse Kerle beschäftige, wissen Sie?« Und dann fasste er mich tatsächlich an. Ich ballte die Faust um meine Verdienstmedaille, damit sie nicht in seinem Gesicht landete.

»Oh Mann, er baggert dich an«, sagte Ridge.

Verdammt. Er hatte recht. Der Mistkerl begrapschte mich. Ich setzte das als weiteren Punkt auf die Liste der Gründe, warum ich ihn umbringen würde. Doch sosehr es mir auch widerstrebte, ich konnte das zu meinem Vorteil nutzen.

Ich erlaubte mir einen kleinen Riss in meiner professionellen Ausstrahlung. Nervös schaute ich zur Tür und überprüfte den Flur, um sicherzugehen, dass wir allein waren. Bis auf Harlans Bodyguard, der diskret ein paar Schritte entfernt wartete, war niemand zu sehen. Er war ein hässlicher Typ, der sich offensichtlich sehr unwohl mit den Geräuschen fühlte, die aus dem Zimmer drangen, und entsprechend abgelenkt war.

»Carson, leg noch eine Schippe drauf«, forderte ich ihn lautlos auf. »Es bringt Harlans Bodyguard aus dem Konzept.«

»Mich macht es total an«, warf Wes ein. »Kannst du nicht auch die Kamera für uns einschalten, Carson?«

»Weniger labern, mehr lauschen«, befahl Leo bissig aus dem Auto. Er war mit Sicherheit genervt, weil er draußen warten musste, aber er durfte erst in der nächsten Phase unseres Plans in Erscheinung treten.

»Ich bin ganz Ohr«, sagte ich laut zu Harlan.

»Wie heißen Sie?«

»Gonzales. Mickey Gonzales.«

»Also dann, Mickey Gonzales.« Er gab mir seine Visitenkarte. »Das ist meine Privatnummer. Rufen Sie mich an, dann können wir uns unterhalten. Sind Sie sicher, dass Sie sich nicht doch ein Päuschen gönnen wollen? Ihr Boss wird in der nächsten halben Stunde noch beschäftigt sein. Er wird es gar nicht merken, wenn Sie sich kurz zurückziehen. Arthur kann die Tür solange für Sie bewachen, nicht wahr, Arthur?«, fragte er, ohne die Stimme zu heben, was meinen Verdacht bestätigte, dass er genau wie wir über Sender und Mikrofon mit seinem Team in Verbindung stand.

Ich steckte die Karte ein. Sie fühlte sich außergewöhnlich dick an, wahrscheinlich verbarg sich eine Wanze zwischen den Schichten hochwertigen Papiers. Ich ging sowieso immer davon aus, dass alles, was ich sagte, jederzeit und überall aufgenommen werden konnte. Jeder Trottel mit einem Smartphone war dazu fähig. Ich hatte sogar eine App auf meinem Handy, die versteckte Kameras und Aufnahmegeräte aufspürte. Eine andere schnitt automatisch jedes meiner Telefonate mit. Beide hatte ich kostenlos aus dem App-Store heruntergeladen.

An der Eingangstür hatten wir zwar unsere Waffen behalten dürfen, aber unsere Handys mussten wir abgeben. Daran konnte man sehen, was diese Kerle für gefährlicher hielten. Eine Waffe konnte nur töten, während ein Audio- oder Videomitschnitt ein Leben oder das einer ganzen Familie zerstören konnte. Wissen war Macht, und Informationen waren schon immer die kostbarste Währung gewesen, im Krieg genauso wie im Frieden. Wes hatte mir versichert, dass unsere neuen Handys nicht ausgelesen werden konnten, aber ich hatte meins trotzdem lieber im Auto gelassen. Schließlich würde mich sowieso niemand anrufen.

Angesichts der Tatsache, dass Erpressung die Währung in Harlans Königreich war, fragte ich mich, wie er sich bei so vielen Escorts im Haus dermaßen sicher fühlen konnte. »Machen Sie sich gar keine Sorgen, dass Ihre, äh ... Unterhaltungskünstler nicht dichthalten könnten?«

»Ich verfüge über Kontakte, die sich auf die Vermittlung von *Künstlern* an Leute wie mich spezialisiert haben. Auf die Crème de la Crème hat man natürlich nur in Washington Zugriff. Die Jungs in D. C. wissen, was Diskretion bedeutet. Für diskrete Profis gibt es bei mir immer Platz.«

Ich neigte den Kopf in Richtung der Tür. »Ich bin verschwiegen und diskret, das wird Ihnen Mr Waters sicher gern bestätigen.«

Er kam mir noch ein wenig näher, woraufhin ich die Zähne zusammenbeißen musste, damit ich nicht dem Drang nachgab, einen Schritt zurück zu machen oder ihn zu erwürgen. »Tja, irgendjemand, der besser den Mund halten sollte, hat anscheinend geredet. Ich habe Gerüchte über seine Vorlieben gehört, und dass er sich Schwierigkeiten eingehandelt hat.«

»Aus diesem Grund hat er mich eingestellt. Ich bin sehr gut darin, die Leute am Reden zu hindern.«

»Und Sie haben kein Problem damit, sich die Hände ein bisschen schmutzig zu machen?«

»Nicht, wenn der Preis stimmt.« Ich beugte mich ein wenig zu ihm vor. »Und der Auftraggeber.«

Er bedeutete mir mit einer Kopfbewegung, mich etwas von der Tür zu entfernen. Ich nickte und räusperte mich, während ich Carson heimlich darüber informierte. Vermutlich verfolgte er unser Gespräch momentan nicht besonders aufmerksam, sondern war mit anderen Dingen beschäftigt.

Harlan legte mir eine Hand auf den Rücken, genau zwischen die Schulterblätter. Es fühlte sich an, als hätte sich eine Spinne dort niedergelassen. Unwillkürlich verspannte ich mich, spürte förmlich, wie er mir eine Phantomklinge in den Rücken stieß.

»Eventuell habe ich eine Stelle für Sie in meinem Sicherheitsteam. Dem richtigen, oben in D. C. Nicht dem hier vor Ort.« Ich warf einen Blick über die Schulter und erwischte Arthur dabei, wie er mich finster anstarrte. »Alles ehemalige SEALs oder Mitglieder anderer Spezialeinheiten. In welcher Einheit haben Sie gedient?«

Er hatte diesen Drang, selbst Soldat zu spielen, der so typisch für die meisten Politiker war. Er war einer von denen, die einfach *wussten*, dass sie wagemutige Helden gewesen wären, wenn sie nur die Chance dazu gehabt hätten. Der konnte mich mal. Keinesfalls würde ich ihm etwas liefern, das er als mentale Wichsvorlage verwenden könnte. Ich kramte meinen Heimatakzent heraus und drehte ihn voll auf. »Ich bin nur ein einfacher Junge aus Georgia, Sir. Die Muskeln kommen von den Ringkämpfen mit den Alligatoren.«

»Oh, aber natürlich.« Er klopfte mir auf den Rücken und drückte mir dann auf sehr un-homosexuelle Weise die Schulter, eine kameradschaftliche Geste zwischen Männern, die nichts weiter waren als gute Kumpels. »Wie gesagt, ich bevorzuge solche Männer als Bodyguards. Ich bin sehr zufrieden mit ihnen, würde mich jedoch deutlich besser fühlen, wenn ich jemanden wie Sie in meiner Nähe hätte. Jemanden, dem ich vertrauen kann.«

»Sehr schmeichelhaft, Sir, aber Sie haben mich doch gerade erst kennengelernt. Wie wollen Sie da wissen, ob Sie mir vertrauen können?«

»Dazu muss ich Ihnen nur eine Frage stellen, mein Sohn. Wurden Sie im Glauben erzogen?«

»Ja, Sir. Getauft im Namen Jesu Christi. South Georgia Church of God.«

»Wussten Sie, dass ich Pastor bei den Assemblies of God war? Eine große Ehre, die ich leider zugunsten der Politik aufgeben musste. Gehen Sie immer noch zu den Gottesdiensten?«

Seine Hand lag weiterhin auf meiner Schulter. »Ich war schon lange nicht mehr da. Die Kirche und ich sind in einigen Dingen unterschiedlicher Meinung.« Ich sah demonstrativ zu der Tür hinüber, hinter der Carson zugange war, und dankte dem Universum, als sie von innen geöffnet wurde. Harlans Hand fiel von meiner Schulter, als hätte er sich an mir verbrannt, und er trat schnell einen Schritt zurück.

»Gonzales!«, schnauzte Carson mich an. Er hatte also doch zugehört. »Wenn ich sage, Sie sollen vor der Tür stehen bleiben, dann meine ich auch *vor* der Tür und nicht irgendwo in der Nähe.«

»Das war meine Schuld, Ben. Ich habe Gonzales um seine Expertenmeinung zu ein paar Dingen gebeten.« Harlan ging auf Carson zu, ohne mich noch einmal anzusehen. Ich beobachtete, wie er zurück in die Rolle des Gastgebers schlüpfte, der seinen Partygästen alle moglichen Vergnügungen anbot, die sie später in Schwierigkeiten bringen würden.

Harlans Hochmut würde ihn zu Fall bringen, ein Schicksal, das bereits viele einst sehr mächtige Männer ereilt hatte. Er war unvorsichtig geworden, hielt sich für unantastbar. Ihm das Handwerk zu legen, würde mir großen Spaß machen.

* * *

Leo wollte, dass wir uns so früh wie möglich zurückzogen, womit ich normalerweise völlig einverstanden gewesen wäre. Doch ich würde nicht gehen, bevor alle Escorts, egal ob weiblich oder männlich, wohlbehalten das Haus verlassen hatten. Ich hätte sie zu gern vor Männern wie Harlan gewarnt, aber erfahrungsgemäß würden sie sowieso nicht auf mich hören. Eine von ihnen, die etwas älter war als der Durchschnitt, sprach mich an.

»Sie beobachten den Abmarsch?« Sie zündete sich eine Zigarette an.

»Ja.«

»Ob auch wirklich noch alle da sind?«

Als ich nickte, fuhr sie fort: »Danke, dass Sie ein Auge auf die Kids haben. Den meisten sind sie völlig egal.« Sie nahm einen langen Zug von ihrer Zigarette und sah zurück zum Haus. »Ich hab ein ungutes Gefühl bei dieser Sache. Ich denke, ich war zum ersten und zum letzten Mal hier. Wissen Sie mehr über den Kerl, dem das Haus gehört?«

»Ich sag's mal so: Vertrauen Sie Ihrem Bauchgefühl.« Dazu riet ich den Leuten eigentlich immer. Ich hatte mich darüber belesen. Im Magen-Darm-System befindet sich das sogenannte zweite Gehirn, das enterische Nervensystem. Man sollte wirklich mehr auf seinen Bauch hören, er ist manchmal klüger als das eigentliche Gehirn.

»Wurde aber auch Zeit«, brummte Leo, als ich auf den Rücksitz glitt. Ich ignorierte ihn.

Ridge tippte während der ganzen Heimfahrt Nachrichten in sein Handy.

Ich spürte die Anspannung in jedem Muskel meines Körpers. Seit ich die Army verlassen hatte, war mir kein Auftrag mehr so wichtig gewesen. »Kann mir noch mal jemand erklären, wieso ich Harlan nicht einfach erschießen darf? Ich möchte diesen Scheißkerl lieber heute als morgen beseitigen.«

Überraschenderweise war es Carson, der mir antwortete. »Weil es um mehr geht als die Leben, die Harlan zerstört. Die Anti-LGBT- und Anti-Immigrations-Politik, die er betreibt, hat bereits großen Schaden angerichtet, dabei kommt er gerade erst richtig in Fahrt. Wenn er stirbt, übernimmt einfach ein anderer die Führung. Und wenn herauskommt, dass er ermordet wurde, können sie das vielleicht sogar für eine große PR-Werbekampagne ausschlachten und für ihre Zwecke nutzen.«

»Ein Märtyrer, der im Dienst der Sache gestorben ist.«

»Genau. Deshalb müssen wir aufzeigen, was er und seine Unterstützer für Heuchler sind.«

»Ausgenommen Ben Waters.«

»Ja, so ungefähr«, erwiderte Carson trocken. »Wenn wir Harlans Machenschaften ans Licht bringen und ihn diskreditieren, bringen wir damit nicht nur ihn, sondern auch seine Mitläufer zu Fall. Ein paar treue Anhänger halten bestimmt unerschütterlich zu ihm, aber die sind nicht wichtig. Wenn wir seine Karriere zerstören, ruinieren wir damit ihn und seine Familie, und die Mächtigen verlieren mit ihm ein wichtiges Werkzeug.«

Das hatte ich verstanden. Rein rational gesehen fand ich den Plan gut und stand hinter ihm. Trotzdem hätte ich für Harlan nur allzu gern eine Ausnahme von meinem Vorsatz gemacht, nur zu töten, wenn es keinen anderen Ausweg mehr gab.

»Im Moment müssen wir also nichts weiter tun«, warf Leo vom Fahrersitz aus ein, »als eine Einladung zu dieser ›Party‹ am Samstag zu ergattern, in Harlans Haus zu gelangen und das Material zu finden, mit dem er die Leute erpresst. Nicht zu vergessen die Videos von ihm, wie er Breck und Danny ver…« Er blickte hinüber zu Ridge, der auf dem Beifahrersitz saß und vor Wut förmlich bebte. Die Fäuste hatte er so fest geballt, dass es mich nicht gewundert hätte, wenn Blut zwischen seinen Fingern hervorgequollen wäre. »Die Videos, auf denen der Senator sich an Breck und Danny vergeht. Dann müssen wir nur noch verschwinden, ohne geschnappt zu werden.«

»Das wird ein Kinderspiel«, verkündete Wes über Funk. »Ich habe Baupläne, auf denen die Verkabelung eingezeichnet ist, und ich habe Breck und Danny über die Villa ausgefragt. Über die Einzelheiten können wir uns später unterhalten. Jetzt müssen wir unsere Ausrüstung rechtzeitig zur Party am Samstag nach D. C. verfrachten, damit wir alles gründlich ausspionieren können, während Ben Waters sich weiter beim Senator einschmeichelt. Vielleicht kann sich einer von uns früher reinschleichen.«

»Gute Idee«, stimmte Carson zu. »Ich strecke die Fühler aus, eventuell kann einer meiner Kontakte uns behilflich sein.«

»Ich versuche, herauszufinden, wer seinen Personenschutz übernimmt. Die Kerle hier waren nur ein paar ortsansässige Muskelprotze. Würde mich ja freuen, wenn sein Team in D. C. genauso schlecht ausgebildet wäre. Aktuell sieht es jedoch so aus, als hätte er ein paar Typen von G4S angeheuert, die ihn Tag und Nacht bewachen.«

»Erscheint mir ziemlich übertrieben«, meinte Leo. »Glaubst du wirklich, dass er so weit gehen würde?«

Ich zuckte mit den Schultern. Es gab viele Gründe, warum Männer sich mit Bodyguards umgaben. Einige taten es, weil sie oder ihre Familie einer echten Bedrohung ausgesetzt waren. Andere taten es für ihr Ego und wegen des Eindrucks, den es hinterließ. Letztere tendierten dazu, es zu übertreiben. G4S war das führende Unternehmen in der Sicherheitsbranche. Ich traute es Harlan durchaus zu, dass er scharenweise Wachen in logobestickten Windjacken ums Haus patrouillieren ließ.

Andererseits war Harlan so von seiner Unantastbarkeit überzeugt, dass er möglicherweise einen freundlichen Golden Retriever und ein Vorhängeschloss für ausreichenden Schutz hielt.

»Das finden wir heraus.«

»Ich will diesen Cisco auch drankriegen«, sagte Ridge. »Sogar wenn wir großzügig annehmen, dass er beim ersten Mal noch nicht wusste, was Snow White für ein Schweinehund ist, jetzt weiß er es auf jeden Fall. Und er hätte Breck und Danny trotzdem wieder in diese Folterkammer geschickt.«

Cisco. Einer von Harlans *Künstlervermittlern* und Brecks Zuhälter. »Keine Sorge«, versicherte ich ihm. »Den nehmen wir uns auch vor.«

Leos Blick traf meinen im Rückspiegel. Er wirkte, als ob er etwas sagen wollte, war dann jedoch so klug, seine Gedanken für sich zu behalten.

Zurück in der Bat-Höhle, verzog sich Ridge direkt in sein Zimmer. Ich hatte vermutet, er würde erst mit Breck reden wollen – irgendwann mussten die beiden sich ja aussprechen. Aber nun gut, dann würde ich eben zu Breck gehen.

Theoretisch wusste ich, dass Breck hier sicher war. Doch nachdem ich mich den ganzen Abend mit Harlan beschäftigt hatte und mich sogar von ihm hatte betatschen lassen müssen, wollte ich mich auch praktisch davon überzeugen. Ich würde mich besser fühlen, wenn ich nach ihm gesehen hatte.

Ich gestand mir ein, dass ich ihn gemieden hatte. Unter dem Vorwand, ich müsste mich auf den Auftrag konzentrieren, was zum Teil ja auch stimmte. Der Hauptgrund war jedoch, dass mir meine Gefühle für ihn Angst einjagten. Seinetwegen wollte ich Harlan den Kopf abreißen und jedem Kerl die Hand brechen, der Breck unrecht getan hatte. Schon lange war kein Auftrag mehr so persönlich für mich gewesen.

Sobald er erledigt war, konnten wir in Ruhe herausfinden, was wir miteinander haben könnten. Spaß auf jeden Fall.

* * *

»Wo ist Breck?«, erkundigte ich mich bei Wesley, als ich ihm meine Ausrüstung vorbeibrachte, damit er sie überprüfen konnte.

»Sehe ich aus wie sein Babysitter?«, fragte er gespielt beleidigt zurück.

Ich hob die Augenbrauen und schaute demonstrativ zu dem Bildschirm auf seinem Schreibtisch. Der zeigte die Aufnahmen der im Haus verteilten Sicherheitskameras.

»Na gut. Er ist mit Danny in seinem Zimmer.«

»Und was treiben sie da?« Ich trat näher an den Monitor heran, als könnte ich die Kameraeinstellungen durch Gedankenkraft kontrollieren.

Wesley zuckte mit den Schultern. »Keine Ahnung. In den Schlafzimmern gibt es keine Kameras. Ich habe jedenfalls bisher keine gefunden. Ansonsten würde ich den beiden zusehen, das kannst du mir glauben.«

»Ich wusste gar nicht, dass du so ein Spanner bist, Bond.«

»Ich bin ein gesunder junger Mann mit einem gesunden Appetit, Alvarez.«

Ich gab ihm einen so heftigen Klaps auf den Rücken, dass sein Stuhl ein Stückchen nach vorn rollte. »Von mir aus. Hauptsache, du lässt die Finger von Breck.«

»Und was ist mit Danny?«

Eigentlich hätte ich ihm gern gesagt, dass er sich auch von Danny fernhalten sollte, und sei es bloß, weil Danny noch so jung und offensichtlich schon vor seinem Zusammentreffen mit dem widerlichen Senator vom Leben traumatisiert worden war. Aber Danny war erwachsen und dem Gesetz nach volljährig. Außerdem hatte ich ja ein Auge auf die beiden. »Das kann Danny selbst entscheiden. Aber an deiner Stelle wäre ich vorsichtig, er hat eine Menge durchgemacht.«

Wesley lehnte sich in seinem Stuhl zurück. »Ja, das stimmt. Ich bin ziemlich neugierig auf seine Vorgeschichte.«

»Na, dann verabrede dich doch mal mit ihm, wenn dieser ganze Mist vorbei ist.«

Wesley schnaubte, und ich ließ ihn mit seinen Gedanken dazu allein.

Ich redete mir ein, dass zwischen Breck und Danny bestimmt nichts lief, aber ich hatte mit eigenen Augen die Beweise dafür gesehen, dass die beiden schon früher ein Bett geteilt hatten. Ich hatte Breck ignoriert, und es wäre nur logisch, wenn er sich daraufhin der einzigen anderen Person zugewandt hätte, die er hier außer seinem Bruder kannte. Er war, genau wie Wes, ein gesunder junger Mann mit einem gesunden Appetit.

Ich konnte es ihm nicht verübeln. Ich verstand das, und es war okay für mich. Wir waren immerhin nicht zusammen oder so.

Ja, genau, es ist okay für dich. Wem willst du diesen Schwachsinn weismachen?

Als ich den Flur zu Brecks Zimmer erreichte, war ich zwar noch nicht in Laufschritt verfallen, hätte bei einem Speed-Walking-Rennen aber ganz sicher einen Platz auf dem Siegertreppchen ergattert.

Anklopfen oder reinplatzen? Anklopfen oder reinplatzen? Mein Hirn lag mit meinem Körper im Streit, und überraschenderweise gewann mein Hirn. Ich klopfte an. Wie ein normaler Mensch.

»Herein!«, rief Breck.

Ich trat ein.

Zu meiner Erleichterung waren beide angezogen und schauten sich einen Film auf Brecks iPad an. Gut, Danny konnte man vielleicht nicht als angezogen bezeichnen, aber er zeigte weniger Haut, als ich es von ihm gewohnt war. Die Shorts bedeckten tatsächlich die Ansätze seiner Oberschenkel. Ein Shirt trug er jedoch nicht, und seine Bräune verriet, wie er seine Zeit genutzt hatte.

Meine Erleichterung musste mir vom Gesicht abzulesen sein, denn Breck lächelte mich an, als wäre er gleichzeitig amüsiert und angetörnt.

Danny rollte sich vom Bett. »Das ist wohl mein Stichwort.«

»Du musst nicht gehen«, log ich. »Ich wollte euch nicht unterbrechen.«

»Schon gut. So heiß ich einen Dreier mit euch Jungs auch finden würde, ich hab so ein Gefühl, dass ich dabei nur das fünfte Rad am Wagen wäre. Aber falls ihr später Lust drauf haben solltet, wisst ihr ja, wo ihr mich findet.« Er zwinkerte uns zu und stolzierte hinaus.

Breck legte das Tablet zur Seite und klopfte neben sich auf die Matratze. »Wie ist es gelaufen?«

»Ich bringe ihn um«, sagte ich. »Harlan, meine ich. Er ist so gut wie tot.« Ich blieb vor dem Bett stehen und betrachtete den wunderbaren Mann darauf.

»Für mich?« Breck schwang die Füße über die Bettkante, setzte sich auf und sah mir direkt in die Augen.

»Für dich.«

Er stand auf und schmiegte sich an mich. Ich schloss ihn in die Arme und erlitt prompt einen geistigen Kurzschluss.

Ridges Einwände und meine eigenen schwachsinnigen Gründe für meine Zurückhaltung konnten mir gestohlen bleiben. Ich musste Breck einfach umarmen, spüren, dass es ihm gut ging.

»Du denkst also, wir können ihn vernichten?« Breck verschmolz förmlich mit mir und legte mir einen Arm um die Hüfte.

»Ja. Anfangs hatte ich meine Zweifel, aber jetzt bin ich mir sicher, dass wir das schaffen. Charlie hat ein

Spitzenteam zusammengestellt, das muss man ihm lassen. Er hat gewusst, was er tat.«

»Ach ja?«

»Ich vertraue diesen Typen. Mein Leben würde ich zwar nicht unbedingt in ihre Hände legen, aber sie haben echt was drauf.«

»Sogar Ridge?«

»Dein Bruder kann einem ganz schön Angst einjagen, das kannst du mir glauben.«

»Ja, das mag ich so an ihm.«

»Ich auch.«

»Hast du Angst vor ihm?«, fragte mich Breck.

»Nein. Nur vor dir.«

KAPITEL 10

BRECK

Steele verspannte sich total, als hätte er mir gerade ein dunkles Geheimnis anvertraut. Für ihn mochte sich das ja vielleicht auch wirklich so anfühlen. Auf mich wirkten seine Worte jedoch eher wie ein Zauberspruch, eine Beschwörungsformel, die mich von all meinen Sorgen und Bedenken befreite.

Ich hatte von Anfang an gewusst, dass Steele scharf auf mich war – seine glühenden Blicke und dass er fast jedes Mal einen Ständer bekam, wenn wir uns berührten, ließen daran keinen Zweifel. Dabei hätte er bestimmt überall einen willigen Partner für eine heiße Nummer gefunden. Ja, er hätte dazu nicht einmal das Haus verlassen müssen, wenn ich Leos bewundernde Blicke richtig interpretierte. Rein, raus, zack, erledigt. Völlig unkompliziert.

Unser Verhältnis hingegen war der Inbegriff von kompliziert.

Ein psychopathischer Senator bedrohte Danny und mich, mein überfürsorglicher Bruder passte auf mich auf wie ein Aufsichtslehrer beim Abschlussball, und Steeles moralischer Kompass ließ nicht zu, dass er mir zu nahe kam. Steele wusste nicht einmal, was Danny und ich ausgeheckt hatten, bevor er uns unterbrochen hatte. Und das war auch gut so, denn es hätte ihm nur unnötige Kopfschmerzen verursacht.

Das, was er wusste, hätte ja bereits ausgereicht, um jeden anderen schreiend in die Flucht zu schlagen.

Nicht so Steele. Er war zu mir gekommen, um mir zu erzählen, dass die Operation nach Plan gelaufen war, weil er wusste, dass mich das beruhigen würde. Und obwohl Danny praktisch einen Dreier vorgeschlagen hatte – wofür andere Männer viel Geld bezahlen würden (und auch schon gezahlt hatten) –, hatte Steele die Tür nicht schnell genug hinter ihm zuschlagen können. Ihm ging es um mehr als Sex, und mir auch.

In meinem Kopf schrillten sämtliche Alarmsirenen. So zu fühlen, war beängstigend, besonders für jemanden wie mich. Bisher hatte ich selten mehr als Lust und höchstens eine oberflächliche Zuneigung für die Typen empfunden, mit denen ich ins Bett gegangen war. Doch mit Steele war es anders. Zwischen uns entwickelte sich etwas, das über Lust hinausging. Und diesem neuen, völlig unbekannten Gefühl traute ich noch nicht so recht.

Aber ich wollte auch nicht davor flüchten, und ich wollte auch, dass er sich dem stellte.

»Du jagst mir auch eine Heidenangst ein«, flüsterte ich.

Steele zuckte zusammen.

Nicht unbedingt die Reaktion, auf die ich gehofft hatte.

Ich zog mich aus seiner Umarmung zurück und sah ihm in die weit aufgerissenen dunklen Augen.

»Ich will dir nicht wehtun, Apfelbäckchen. Weder körperlich noch …« Er zögerte, bevor er weitersprach. »Ich will einfach nicht, dass irgendjemand dich ausnutzt oder dich zu irgendetwas zwingt. Und da schließe ich mich mit ein.«

Ich runzelte die Stirn. »In Ordnung, und?« Die Richtung, in die sich das Gespräch entwickelte, gefiel mir gar nicht.

»Na ja, ich finde, wir sollten warten. Bevor wir …« Er wedelte mit der Hand zwischen uns hin und her. »Wenigstens bis die Sache mit Harlan erledigt ist. Sobald du vor ihm sicher bist – und dafür werde ich sorgen, egal, was ich dafür tun muss – und alle Fakten kennst, kannst du entscheiden, ob du wirklich mit mir zusammen sein willst.« Er zuckte mit den Schultern. »Ganz ohne Druck. Ohne Erwartungen. Du sollst dich weder mir noch jemand anderem verpflichtet fühlen.«

Das war es also, womit er sich herumquälte? Er war einfach zum Dahinschmelzen.

»Steele?« Ich stellte mich auf die Zehenspitzen und gab ihm einen Kuss auf das stoppelige Kinn.

Er schluckte. »Ja?«

»Willst du mich?«, flüsterte ich ihm ins Ohr.

»Oh Gott, du hast ja keine Ahnung, wie sehr«, sprudelte es aus ihm heraus. Unwillkürlich umfasste er meine Hüften. Aber dann räusperte er sich und schob mich ein Stückchen von sich. »Aber das spielt keine Rolle. Die Umstände sind …«

Ich konnte mir ein Grinsen nicht verkneifen. »Die Umstände sind beschissen«, stimmte ich zu. »Damit ich das richtig verstehe: Es geht nicht darum, dass du dich auf den Job konzentrieren musst, oder? Und du willst mir auch nicht auf die nette Tour eine Abfuhr erteilen?«

Sein leises Lachen verwandelte sich in ein Stöhnen, als ich sein Ohrläppchen mit der Zunge kitzelte. Wie aus eigenem Antrieb stieß sein Becken gegen meins und verschaffte meinem schon halb steifen Schwanz willkommene Reibung. »Ich sollte mich wirklich darauf konzentrieren. Deshalb habe ich mir ja vorgenommen zu warten. Aber sobald es um dich geht, ist es mit meiner Selbstbeherrschung vorbei.«

In Anbetracht der Situation mit Harlan hätte ich mich nicht so über Steeles Worte freuen sollen.

»Machst du dir Sorgen wegen Harlan? Oder wegen Ridge?« Ich ließ eine Hand über seine Brust nach oben wandern und schmiegte mich wieder an ihn.

»Nicht wegen Harlan. Wie gesagt, da habe ich volles Vertrauen zu unserem Team. Und Ridge ist professionell genug, um Privates und den Job zu trennen. Aber er … Oh, fuck«, knurrte er, als ich mit den Fingernägeln über seine Brustwarzen fuhr. »Das ist echt nicht fair, was du da machst.«

»Sprich weiter«, forderte ich ihn auf.

Steele atmete gepresst aus. »Ridge … Aaah.« Er neigte den Kopf zur Seite, damit ich besser an seinen Hals herankam. Seine Haut war weich unter meinen Lippen und schmeckte nach Salz. »Du musst wirklich damit aufhören.«

Die Lust in Steeles Stimme erregte mich nur noch mehr.

»Im Gegenteil.« Ein Schauer überlief Steele, als mein Atem über seine feuchte Haut strich. »Ich sollte damit weitermachen. Unbedingt sogar.« Ich fuhr mit der Zungenspitze über seinen Adamsapfel, während ich vergeblich versuchte, die obersten Knöpfe seines Hemdes zu öffnen. Die blöden Dinger waren widerspenstig, als wären sie viel zu groß. »Dann eben so.« Ich packte mit beiden Händen zu und riss die Hemdteile auseinander. Knöpfe flogen in alle Richtungen davon.

»Moment«, murmelte Steele, während ich über seine Brust strich. »Wesley hat eine ...« Ich zwickte ihn in die Brustwarzen, und was immer er sagen wollte, ging in einem Stöhnen unter.

Die Hände an den Seiten zu Fäusten geballt, entfuhr ihm ein Seufzer. »Ich versuche doch nur, mich korrekt zu verhalten, Breck, und ausnahmsweise mal der Gentleman zu sein, zu dem ich erzogen wurde. Ridge will dich beschützen, und damit hat er vielleicht gar nicht so unrecht.«

»Der Himmel bewahre mich vor überfürsorglichen Alphatieren«, grummelte ich, umfasste sein Gesicht mit beiden Händen und zwang ihn, mir in die Augen zu sehen. »Jetzt hör mal zu, Castille Alvarez. Ich bin ein erwachsener Mann.«

»Das ist mir bewusst«, bestätigte er atemlos. Wieder legten sich seine Hände auf meine Hüften, obwohl er so stark an sich hielt, dass er vor unterdrückter Spannung förmlich vibrierte. »Glaub mir, das ist mir sehr bewusst.«

»Sehr gut. Dann verstehst du bestimmt auch, dass ich als Erwachsener meine eigenen Entscheidungen treffe.« Ich machte einen Schritt nach vorn und zwang ihn damit gleichzeitig, einen zurückzuweichen. »Wenn ich nicht zurück aufs College gehe, ist das meine Entscheidung. Wenn ich Sex mit jedem verdammten Senator und allen 435 Abgeordneten haben will, geht das außer mir niemanden etwas an.«

»Ja, ich weiß. Nur jetzt gerade ...«

»Und wenn ich diese Entscheidungen getroffen habe, muss ich mich nicht dafür rechtfertigen. Nicht vor dir, nicht vor Ridge. Ich sollte niemanden davon überzeugen müssen, dass ich bei geistiger Gesundheit war, als ich sie getroffen habe. Oder womöglich eine Bestätigung meiner Zurechnungsfähigkeit von meinem Hausarzt und einem Notar vorlegen müssen.« Ich ließ seinen Kopf los und stieß ihn mit beiden Händen vor die Brust, sodass er einen weiteren Schritt nach hinten machte.

»Ich sage doch gar nicht, dass du nicht in der Lage bist, eigene Entscheidungen zu treffen. Ich möchte nur …«

»Nur was? Mit Ridge reden und seinen Segen einholen? Und dann gibt er dir zwei Kühe und einen Esel, und du unterschreibst im Gegenzug den Heiratsvertrag? Oder wir warten einfach, bis *du* entschieden hast, dass ich mich gut genug von dem Trauma erholt habe, unter dem ich *deiner* Meinung nach leiden sollte?«

»Ich … Also, das ist nicht … Nein! Ich will doch nur …«

»Was? Mich beschützen?« Diesmal legte ich so viel Kraft in den Stoß, dass Steele rückwärts auf mein Bett fiel. »Ja, das hast du schon gesagt.« Ich drückte ihn an den Schultern auf die Matratze hinunter, bis er in seiner ganzen muskulösen Herrlichkeit von fast zwei Metern Länge ausgestreckt auf der weißen Tagesdecke lag. Er schien selbst überrascht, sich dort wiederzufinden.

»Ich finde es ja toll, dass du mich beschützen willst. Wirklich. Da wird mir ganz warm ums Herz. Aber jetzt?« Ich platzierte ein Knie auf dem Bett neben seinem. »In diesem Moment?« Nun schwang ich das andere Bein über ihn und setzte mich rittlings auf seine Oberschenkel. »Möchte ich alles andere, als beschützt zu werden.« Ich stützte mich auf seiner Brust ab. »Verstehst du?«

Ein Lächeln brachte sein Gesicht zum Leuchten. »So langsam.«

»Jetzt gerade«, sagte ich und öffnete ohne großes Federlesen die letzten verbliebenen Knöpfe an seinem Hemd, »habe ich weder Erwartungen noch sonst irgendwas, was du aufgezählt hast.«

»In Ordnung.« Steele verschränkte die Hände hinter dem Kopf und sah grinsend zu mir auf.

»In diesem Bett liegen nur wir beide. Für Schwierigkeiten mit alten Männern oder Erinnerungen an fragwürdige Entscheidungen gibt es hier keinen Platz.« Ich verdrehte die Augen. »Und ganz bestimmt nicht für Ridge.« Ich küsste ihn auf die Brust und suchte seinen Blick. »Zwillingsinzest ist nämlich allenfalls in Romanen heiß.«

Steele presste die Lippen zusammen und nickte. »Verstanden.«

Ich setzte mich auf und schob seine Hemdhälften zur Seite. Der Mann war ein verdammtes Kunstwerk, jeder Muskel unter der warmen, glatten Haut wie von einem Künstler liebevoll aus Marmor gemeißelt. Ich wollte jeden Millimeter seiner Haut mit der Zunge erkunden. Und das würde ich auch, sobald ich mir sicher war, dass wir beide dasselbe wollten.

Ich rutschte ein Stückchen zurück, wobei ich mit dem Hintern über seinen Schoß glitt. »Jetzt gerade bin ich auch nur ein Junge, der auf einem anderen Jungen sitzt und ihn bittet, ihn zu vögeln.«

Das entlockte ihm ein tiefes, polterndes Lachen. »Oh Mann.« Er vergrub die Finger in meinem Haar. »Du bist wunderschön, weißt du das eigentlich? Wunderschön und total verrückt.«

»Schon möglich«, gab ich zu. »Aber verrückt auf eine sehr zurechnungsfähige Weise. Was ist jetzt, Steele? Sagst du Ja?«

Er biss sich auf die Unterlippe und blickte mit seinen lebhaften schwarzen Augen zu mir auf. Dann spannte er die Bauchmuskeln an, setzte sich ohne sichtliche Anstrengung auf und hielt inne, als unsere Lippen sich fast berührten. »Wie könnte ich je Nein zu dir sagen?«

Ich schmeckte das Lachen auf seinen Lippen, als er mich küsste.

Dann rollte er uns beide herum, bis er auf mir lag, und nahm sich kurz Zeit, um alle Kissen aus dem Bett zu werfen.

»Was machst du denn da?«, fragte ich und sah zu, wie die unglaublich teuren Dinger aus Memory-Schaum erst gegen das Fenster prallten und dann zu Boden fielen.

»Die brauchen wir nicht«, erklärte Steele sachlich.

Ich lachte leise. »Ach nein? Kannst du etwa hellsehen? Oder gibt es vielleicht ein Drehbuch, von dem ich nichts weiß?«

»Das gibt es tatsächlich.« Er stützte sich mit den Ellbogen neben meinen Schultern ab und rieb sich an mir.

Wahnsinn.

Ich konnte mich kaum noch beherrschen. Das durfte doch nicht wahr sein! Ich hatte ein beneidenswertes Durchhaltevermögen, verdammt noch mal. Ich war der Profi in Sachen Verführung.

»Ich habe es mir gestern Morgen unter der Dusche ausgedacht«, erklärte Steele. »Letzte Nacht bin ich das Ganze im Bett noch zweimal durchgegangen, und heute früh hab ich dann zum letzten Mal Hand angelegt.« Er sah anzüglich auf mich herab. »Auch unter der Dusche.«

Ich wollte gar nicht darüber nachdenken, wie Steele es sich unter der Dusche oder im Bett besorgte. Bei der Vorstellung würde mein Hirn nämlich höchstwahrscheinlich explodieren. Ich verzichtete also darauf, ihn um eine detaillierte Schilderung anzubetteln, und zog stattdessen einen übertriebenen Flunsch.

»Oh, wie schade. Tut mir wirklich leid für dich. Jetzt warst du so kreativ und hast dir so viel Mühe gegeben, und es war alles umsonst.«

»Wieso das denn?«, erkundigte er sich.

»Weil ich auch ein Drehbuch habe.« Ich biss mir auf die Unterlippe und sah mit glühendem Blick zu ihm auf, während ich mit den Fingern über seinen nackten Bauch strich, soweit es meine eingeschränkte Reichweite erlaubte. »Ich habe auch unter der Dusche daran gearbeitet, aber ich habe es noch nicht zum Abschluss gebracht.«

Seine Augen funkelten. »Ach nein?«

Ich schüttelte den Kopf. »Nein. Ich hatte einfach noch nicht die richtige Idee für ein befriedigendes Ende, weißt du? An solchen Sachen muss man richtig hart arbeiten.«

Er schluckte und starrte auf meinen Mund.

»Gestern Nacht im Bett habe ich mich auch noch mal damit beschäftigt, leider immer noch ohne Happy End. Und heute Morgen hab ich mich gleich wieder darangemacht.« Ich seufzte theatralisch. »Ich war ganz oft kurz davor, es zu vollenden.«

»Und, hast du?« Seine Stimme war eine Oktave tiefer gerutscht und klang, als hätten sich seine Stimmbänder in Schleifpapier verwandelt.

»Nein«, flüsterte ich und schlug unschuldig die Augen auf. »Ich dachte, ich warte lieber auf dich, damit du mir hilfst.«

Ein weiterer Stoß seiner Hüften ließ uns beide gleichzeitig aufstöhnen. »Oh, fuck!«

Er schaute mir tief in die Augen, und obwohl Steele schwer atmete, grinste er breit. »Dann bleibt uns jetzt ja nur eines übrig«, sagte er schleppend. Wie süßer, zäher Sirup dehnten sich die Worte in dem stark ausgeprägten Südstaatendialekt, den ich bisher nur ein- oder zweimal von ihm gehört hatte.

»Wir gehen nach meinem Drehbuch vor?«, hakte ich nach.

»Oh nein, wir klären das auf die altmodische Art. Wir ringen.«

Ich blinzelte, ganz hingerissen von seinem Dialekt. Aber obwohl Steele mich mit diesem Grinsen dazu bringen könnte, einige wirklich unanständige Dinge zu tun … »Wir können nicht ringen, King Kong! Du bist ungefähr siebenundsiebzigmal schwerer als ich und würdest mich sofort plattmachen.«

Er schürzte nachdenklich die Lippen, und ich wollte ihn einfach nur küssen, bis ihm die Luft wegblieb. Er rieb sich immer noch an mir, aber träge, als ob er sich dessen kaum bewusst wäre. Kaum bewusst schien ihm auch zu sein, dass er mich langsam in den Wahnsinn trieb.

Er zuckte die Schultern, als hätte er jede andere mögliche Lösung für dieses Dilemma geprüft und für untauglich befunden. »Das heißt dann wohl, ich gewinne«, sagte er erfreut. Er vollführte eine weitere dieser irren Bauchmuskelübungen und zog die Knie hoch, die er dann rechts und links von mir platzierte. »Dann sage ich dir jetzt mal, was ich als Erstes mit dir machen werde.«

Oh Mann. Ich verengte die Augen zu Schlitzen und grub die Finger in seine Rippen. Er schrie auf, als hätte ich ihm einen elektrischen Schlag versetzt, und bog sich von mir weg.

»Was ist denn los, Castille? Ist ein bisschen Kitzeln schon zu viel für unseren großen, starken, stählernen Bodyguard hier?«

Steele ließ sich neben mir aufs Bett fallen, krümmte sich zusammen und verschränkte die Hände vor der Brust, aber ich kam blitzschnell hoch auf die Knie und kitzelte ihn weiter.

»Stopp!«, befahl er lachend. »Hör auf, verdammt! Über genau das hier gibt es einen ganzen Artikel in den Genfer Konventionen!«

»Welches Drehbuch nehmen wir also? Hmmm?« Ich konnte mich kaum erinnern, worum es eigentlich ging, aber ich wollte verdammt sein, wenn ich ihn gewinnen ließ. So viel Spaß hatte ich seit Jahren nicht gehabt. Vielleicht sogar noch nie.

»Meins«, beharrte er zwischen zwei Lachanfällen, »meins, meins, meins.« Seine Augen blitzten triumphierend auf, und das hätte mir eine Warnung sein sollen. Er griff nach meinen Händen und rollte sich auf mich, bis wir wieder in der gleichen Position dalagen wie vorher.

Dann, ganz der schadenfrohe Sieger, senkte er den Kopf und hinterließ mit der Zunge einen feuchten Streifen auf meiner Wange. Er lehnte sich zurück, lächelte und wartete auf meine Reaktion. Ehrlich, dieses Lächeln machte mich fertig.

»Igitt«, beschwerte ich mich, obwohl ich eindeutig etwas anderes als Abscheu empfand. »Und darüber steht in den Genfer Konventionen nichts?«

Steele schüttelte ernsthaft den Kopf. »Das solltest du aber wirklich besser wissen, Pfeiffer. Wenn dir dein Leben lieb ist, fang niemals einen Landkrieg in Asien an, und lass dich nie, aber auch wirklich nie, auf ein

Kitzelgefecht mit dem Charlton High School All-Scholastic Wrestling Champion ein.« Mit leuchtenden Augen drückte er meine Handgelenke tiefer in die Matratze. »Außer du möchtest dich seiner Gnade ausliefern.«

Dieser Dialekt! Grundgütiger, ein Traum.

Er wackelte mit den Augenbrauen und biss sich auf die Unterlippe, wobei er mir einen Blick wie glühende Lava zuwarf, der so voller sexy Versprechungen war, dass ich aufgab.

Das war's.

Steele hatte gewonnen.

Ich hatte im letzten halben Jahr mehr sexuelle Erfahrungen gesammelt als andere in einem ganzen Leben. Hatte ich jedenfalls gedacht. Ich kannte jeden Kink und hatte die meisten davon ausprobiert. Aber wenn mir jemand erzählt hätte, es gäbe einen schmalen Grat zwischen empörtem Lachen und zu frühem Kommen, hätte ich ihm nicht geglaubt. Egal, was ich in den letzten sechs Monaten gesehen oder getan hatte, humorvoll war es dabei nie zugegangen. Kein einziges Mal. Und nun lag ich hier, ganz kribbelig vor Glück und so erregt, dass ich es kaum aushielt – ein wunderbares Gefühl, von dem ich bisher gar nicht gewusst hatte, wie sehr ich mich danach sehnte.

»Na ja, vielleicht möchte ich ja deiner Gnade ausgeliefert sein«, erwiderte ich. Statt schelmisch und herausfordernd wie geplant klang es jedoch ernsthaft und ehrlich.

Gerade als ich anfing, mir Sorgen zu machen, ob ich den Moment ruiniert hatte, ließ Steele eines meiner Handgelenke los, legte mir eine Hand an die Wange und gab mir einen liebevollen, sanften Kuss.

Danach brauchten wir ungefähr 2,4 Sekunden, um die Klamotten loszuwerden. An Details kann ich mich nicht erinnern. In der einen Sekunde waren wir noch angezogen, in der nächsten nicht mehr. Nun gab es nichts mehr, was uns trennte, und darüber war ich verdammt froh.

Ich wollte mich zurücklehnen und ihn anschauen, meinen Namen mit der Zunge auf seine Brust malen und ihn endlich in den Mund nehmen. Aber jede ausgefeilte Technik, die ich kannte, hatte sich irgendwie in die warme Nachtluft Floridas verflüchtigt. Jeder geübte Handgriff und jeder bedeutungsvolle Blick, den ich perfektioniert hatte, war wie ausgelöscht. Jetzt, da wir endlich Haut an Haut dalagen, konnte ich nur noch fühlen.

Noch nie hatte mich eine Berührung so erregt wie die seiner Daumen auf meinen Hüften. Und zum ersten Mal in meinem Leben, in dem mir nichts lieber war als kühle Klimaanlagen-Luft, genoss ich es, wie die Hitze seiner Brust jede Faser meines Körpers durchströmte. Ich genoss es, wie er mit dem Mund an meinem Kinn entlangwanderte, eine Spur über meine Brust zog und an meinem Bauchnabel knabberte, als er sich an mir hinabschob.

Mit einer fließenden Bewegung nahm er mich ganz in den Mund, und meine Hüften bäumten sich auf.

»Oh, fuck!« Ich konnte den Aufschrei nicht unterdrücken. Schon die ganze Zeit hatte ich auf dem schmalen Grat zwischen Lust und Lachen balanciert, und jetzt stand ich sprungbereit am Abgrund. »Fuck, bei so was musst du mich vorwarnen!«

Seine einzige Reaktion waren ein leises Lachen, das ich an meinem Schwanz spürte, und der feste Druck seiner Hände, mit denen er mein Becken auf die Matratze presste.

Es war herrlich, und obwohl mir mein lautes Stöhnen wirklich peinlich war, konnte ich es nicht zurückhalten, genauso wenig wie die Tränen, die mir in die Augen stiegen. Alles an dieser Nacht war unglaublich intensiv und übertraf meine kühnsten Vorstellungen. Und zwar nicht nur körperlich. Steele beschwor all diese Gefühle in mir herauf, Freude und Angst, Beschützerinstinkt und Fürsorglichkeit, und ich hatte nicht die leiseste Ahnung, wie ich damit umgehen sollte.

Als er sich irgendwann losriss und sich wieder über mich schob, war ich mir ziemlich sicher, dass er mir den inneren Aufruhr ansehen konnte. Ich wünschte, ich wäre auch nur ein halb so begabter Lügner wie Ridge.

»Alles in Ordnung?«, fragte er und streichelte mir mit dem Daumen über die Wange.

Ich nickte und legte mir einen Arm über die Augen. »Es ist eine Weile her, dass ich mir jemanden fürs Bett ausgesucht habe. Dass ich mit jemandem ins Bett gehen *wollte.*« Es klang schrecklich kitschig. »Ignorier mich einfach. Oder gib mir ’ne Sekunde.«

Aber Steele ignorierte mich nicht. Und er nutzte die Gelegenheit auch nicht, um mich zu fragen, ob ich mir auch wirklich, wirklich, wirklich hundertprozentig sicher war, dass ich das hier wollte. Er legte mir nur eine Hand an die Wange, wie er es schon vorher getan hatte. »Nimm dir alle Zeit der Welt.«

Stöhnend nahm ich den Arm vom Gesicht. »Bäh. Hör bloß auf, so nett zu sein, damit kann ich überhaupt nicht umgehen.«

Er grinste. »Was ist los, Breckie? Magst du’s nicht, wenn man lieb zu dir ist?«

»Arschloch.«

Er griff nach unten, umfasste meinen Schwanz mit seiner großen Hand und bewegte sie sanft auf und ab.

Oh, wow!

»Wie bitte?«, hakte er nach.

»Nichts. Gar nichts«, antwortete ich eine Oktave zu hoch.

»Dachte ich mir.« Steele klang zufrieden. »Wie hättest du's denn gern, hmmm?« Er stützte sich auf einen Ellbogen und zupfte an einer meiner Locken. »Willst du's hart? Oder lieber zärtlich?«

»Wie steht es denn in deinem Drehbuch?«

»Genau so.« Er grinste. »Ich richte mich voll und ganz nach deinen Wünschen.«

Verdammt.

»Dann will ich's hart.« Hart und schnell und grob genug, um all den anderen Quatsch zu vergessen, der mich viel zu gefühlsduselig machte. Denn obwohl wir echt heiß aufeinander waren und der Kerl mich zum Lachen brachte wie kein anderer vor ihm, war es letztendlich doch nur Sex.

Steele zwinkerte mir verschwörerisch zu, stieg aus dem Bett und öffnete die Nachttischschublade. Eine Tube Gleitgel landete neben mir auf der Tagesdecke, was jedoch nicht alles zu sein schien, denn er kramte weiter in der Schublade herum.

»Äh, Breck?«, fragte er schließlich verwundert. »Hier sind mindestens drei Sexspielzeuge und vier verschiedene Sorten Gleitgel drin, aber keine Kondome.«

Oh. Oh, verdammt.

Ich setzte mich auf und starrte ihn an. »Shit, daran habe ich überhaupt nicht gedacht. Ich hab keine da.«

»Du hast keine?«

Verständlich, dass ihn das überraschte, wenn man bedachte, was ich beruflich machte.

»Nein.« Ich raufte mir die Haare. »Kein einziges. Ich meine, ich benutze immer eins, wenn ich Sex habe. Ich hab nur normalerweise keinen Sex, wenn ich nicht gebucht bin.« Ich schaute ihm in die Augen. »Ich hab nicht damit gerechnet, dass … Also, ich hab nicht mit dir gerechnet.«

Er bedachte mich mit einem schwer zu deutenden Blick. Überraschung, aber auch Lust. Staunen und etwas, das tiefer ging.

»Soll ich welche besorgen?« Innerlich war ich schon darauf vorbereitet, in den nächsten Laden zu sprinten.

Steele schüttelte den Kopf. »Nicht nötig.« Er holte seine Anzughose unter meinen Schwimmshorts hervor und fischte ein Kondom aus seiner Brieftasche. Grinsend hielt er es hoch. »Wie wolltest du's noch gleich?«

Oh Gott. »Hart und schnell«, befahl ich und zog die Knie an die Brust. »Kein Vorspiel. Hab mich schon drum gekümmert.« Früher am Tag hatte ich meine Sexspielzeuge einem umfangreichen Belastungstest unterzogen.

Natürlich musste Steele sich trotzdem selbst davon überzeugen. Er umkreiste spielerisch mit den Fingerspitzen meinen Eingang und trieb mich damit an den Rand des Wahnsinns, bevor er endlich einen mit Gleitgel benetzten Finger in mich schob.

»Siehst du?« Ich keuchte, als er sich über mich beugte. »Hab's doch gesagt.«

»Hast du.« Steele zog den Finger zurück. Als er gleich darauf mit zwei weiteren zurückkehrte, jagten heiße Stromschläge an meiner Wirbelsäule auf und ab. Der

Mistkerl grinste mich nur wissend an und wiederholte das Ganze genüsslich.

Davor hatte ich mich gefürchtet. Genau davor. Vor dieser absurden Verbindung zwischen uns, die ich mir wahrscheinlich ohnehin nur einbildete. Ich wusste nicht, ob ich ihr vertrauen konnte. Oder Steele. Oder mir selbst.

Steeles Atem ging in kurzen, abgehackten Zügen, und seine Augen glänzten unnatürlich wie im Rausch oder als hätte er hohes Fieber.

»Fuck, Breck. Ich hatte es fest vor, aber ich schaffe es einfach nicht.«

»Was denn?«, wollte ich wissen.

»Ich kann nicht warten.«

»Sollst du auch nicht. Das sage ich dir doch schon die ganze Zeit«, erwiderte ich, und er lachte, doch es klang mehr wie ein Seufzer der Erleichterung.

Ich schnappte mir das Kondom, das er aufs Bett geworfen hatte, und riss die Verpackung auf. Dann drehte ich mich auf die Seite und griff nach seinem unglaublich schönen Schwanz. »Ich will dich. Jetzt.«

Er nickte.

Ich streifte ihm das Kondom über und sparte nicht mit dem Gleitgel. Steeles Penis entsprach verhältnismäßig seiner Körpergröße. Egal, wie gut die Vorbereitung war, das würde ich auf jeden Fall spüren.

Im nächsten Moment fand ich mich flach auf dem Rücken liegend wieder, während Steele sich über mir in Position brachte. »Ich wollte mir Zeit lassen, es zu etwas ganz Besonderem machen.« Er schüttelte den Kopf und lachte. »Aber in deiner Nähe überschätze ich meine Selbstkontrolle ständig.«

Oh Mann, er hatte ja keine Ahnung. Wenn er sich noch mehr darum bemühte, es für mich besonders schön zu machen, würde ich explodieren. Dann würde nur eine Aschewolke von mir übrig bleiben.

Steele zitterte förmlich vor Verlangen, als er in mich eindrang, und es war unglaublich.

Gott, was sollte das werden? Ich war mir völlig im Klaren darüber, dass Sex nicht zwangsläufig zu einer Romanze mit Herzchen und Regenbogen führte, selbst wenn sich die Beteiligten sehr mochten. Aber es hatte einen speziellen Zauber, einen Mann zu begehren, der dieses Verlangen im gleichen Maß erwiderte. Das hatte ich so noch nie erlebt.

Ich war daran gewöhnt, dass Männer scharf auf mich waren, sei es wegen meines Gesichts, meines Körpers oder wegen der Dinge, die ich mit ihnen anstellte. Aber keiner hatte mich je so angeschaut, als wäre ich für ihn das Wertvollste auf der Welt. Nicht, als wäre ich schwach, sondern als ob er befürchtete, ich könnte von einem Augenblick zum nächsten verschwinden. Im Umgang mit meinen Kunden hatte ich mir immer eingeredet, ich hätte alles unter Kontrolle, weil ich nichts für sie empfand. Ich hatte irrigerweise geglaubt, Kontrolle bedeute Sicherheit. Nun sah ich ein, wie falsch ich damit gelegen hatte. Denn jetzt wusste ich, wie es war, wenn man sich wirklich sicher fühlte.

Steele war voll bei der Sache, und seine Hingabe, als er sich in mir bewegte, war mehr als erregend. Ich kam ziemlich schnell und musste dafür gar nicht mehr viel tun. Einen Moment später zog Steele sich aus mir zurück, riss sich das Kondom herunter und ergoss sich ebenfalls auf mich. Mein Schwanz zuckte träge bei diesem Anblick.

»Das war einfach …« *Magisch. Nicht von dieser Welt. Der helle Wahnsinn.* »Gut«, keuchte ich, als er halb auf mir zusammenbrach. »Richtig gut.«

Er rollte sich auf die Seite und lachte. »Ich würde das gern als Kompliment nehmen, Babe. Aber da du bisher nur jede Menge weiße Großväterchen beglückt hast, bin ich mir nicht ganz sicher.«

Ich rückte von ihm ab und starrte ihn ungläubig an. »War das … Sollte das ein Prostituierten-Witz sein? Im Ernst, Castille?«

»Hätte ich damit noch warten sollen?«, fragte er mit vorgetäuschter Besorgnis.

Ich verpasste ihm einen Schlag auf den Bauch und hielt mich dabei nicht zurück. »Und das, obwohl du gerade auf mir gekommen bist?«, fragte ich.

»Ja«, seufzte er schläfrig, offensichtlich höchst zufrieden mit sich selbst, »das war echt heiß.«

Ich verdrehte die Augen. »Von wegen Gentleman. Du hast überhaupt keine Manieren.«

Daraufhin lachte er wieder und legte sich mit seinem ganzen Gewicht auf mich, sodass ich kaum atmen konnte. Aber es gefiel mir. »Tja, wenn du dir einen Kerl mit feinen Manieren angeln wolltest, hast du leider Pech gehabt.« Er spreizte mir die Beine mit seinen Knien und legte den Kopf auf meine Brust. Ich hatte mich noch nicht abwischen können, aber das schien ihn nicht zu stören, und mir machte es auch nichts aus. »Stattdessen hast du dir eine Sumpfratte an Land gezogen.«

Er seufzte schwer, und sein ganzer Körper entspannte sich. *Unfassbar.* Steele Alvarez, der gern eine dicke Lippe riskierte und schon beim Militär bewiesen hatte, was für ein Teufelskerl er war, entpuppte sich als

Kuschelschläfer. Und er behandelte mich nicht, als wäre ich ein rohes Ei. Er wollte auf mir liegen und vertraute darauf, dass ich es ihm schon sagen würde, falls mir das nicht gefiel.

Und das machte ihn hundert Mal gefährlicher als jeden noch so geistesgestörten Senator.

Jeden anderen hätte ich mit einem Zwinkern und dem Versprechen einer baldigen Wiederholung aus dem Bett komplimentiert. Stattdessen lag ich so still wie möglich, damit ich Steeles Schlaf nicht störte, und fragte mich, wie lange meine Sumpfratte wohl bei mir bleiben würde.

KAPITEL 11

STEELE

Ich hätte darüber nachdenken sollen, wie ich Senator John Harlan so zu Staub zermahlen konnte, dass seine schleimigen Freunde ihn schnupfen konnten. Tatsächlich kreisten meine Gedanken jedoch nur um die Frage, wie lange Breck es wohl mit mir aushalten würde, bevor er mich in die Wüste schickte. Irgendwann würde er unweigerlich sein Studentenleben und ich meinen alten Job wieder aufnehmen. Mein Plan war simpel: Ich würde ihm an die George Washington University und auch sonst überallhin folgen, bis er mich wegschickte.

Die Morgensonne brannte mir auf die nackte Brust, als ich mich auf einer der Liegen aus Teakholz ausstreckte, die auf der Terrasse am Pool standen. Noch ein paar Tage unter Floridas Sonne, und ich wäre so braun gebrannt wie ein Bewerber um den Titel des Mister Universum. Wer auch immer entschieden hatte, dieses Meeting am Pool abzuhalten, würde von mir eine Medaille verliehen bekommen.

Leo saß auf einer anderen Liege, die im Schatten eines der oberen Balkone stand. Er trug ein weißes T-Shirt und eine Sonnenbrille und studierte angestrengt die Ausdrucke von Harlans Schwarzgeldkonten. »Folge der Spur des Geldes«, diese Redensart nahmen wir uns zu Herzen. Steuerprüfer hatten mehr böse Jungs zur Strecke gebracht als andere mit Waffengewalt.

Carson hatte die Liege neben Leo belegt und runzelte gereizt die Stirn, während er auf seinem Handy herumtippte.

Wesley hatte es sich in Star-Wars-Badeshorts am Rand des Pools gemütlich gemacht und ließ die Beine im Wasser baumeln. Sein Kopf drehte sich von links nach rechts, als Danny auf einem riesigen, pinkfarbenen aufblasbaren Flamingo vorbeitrieb, bekleidet mit nichts als seiner gebräunten Haut und einer äußerst knapp geschnittenen, leuchtend blauen Badehose, die kleiner war als der Großteil meiner Unterwäsche. Es war fast tragisch, dass ich trotz meiner Wertschätzung für Dannys gottgegebene Schönheit nicht aufhören konnte, die Terrasse nach dem Mann abzusuchen, der in letzter Zeit neunzig Prozent meiner Aufmerksamkeit für sich beanspruchte.

Ich schreckte hoch, als ein Schatten über mich fiel und kalte Wassertropfen auf mein Gesicht und meine Brust regneten.

»Genießt du die Aussicht?« Breck beugte sich über die Lehne meiner Liege und schüttelte den Kopf, sodass sich noch mehr Wassertropfen aus seinen Locken lösten und auf mir landeten. Er war nackt bis auf eine türkisfarbene Badehose, die minimal größer war als Dannys und immerhin seinen gesamten Hintern bedeckte, aber dennoch kaum bis hinauf zu seinem Schambein reichte.

»Und wie.« Ich streckte die Arme nach ihm aus. Er lachte und wich mir leichtfüßig aus.

Eine Windbö blies Dannys Flamingo gegen den Rand des Pools. »Er sieht so friedlich aus.« Breck beobachtete seinen Freund. »Da überkommt mich doch glatt das starke Bedürfnis, auf ihn zu springen.«

»Mich auch.« Ich wackelte neckisch mit den Augenbrauen, woraufhin Breck mir einen Schlag auf den Arm verpasste. Ich lachte ihn an. »He! Du bist natürlich eingeladen.«

»Als der Dritte im Bunde?«

Ich nickte. »Oder als Zuschauer, wenn dir das lieber ist.«

Breck prustete. »Das hättest du wohl gern, alter Mann. Du wärst mit uns beiden doch hoffnungslos überfordert.«

Lachend zog ich ihn auf meinen Schoß. Wahrscheinlich hatte er sogar recht. Ihn im Arm zu halten, war ein so wunderbares Gefühl, dass ich mich keinen Deut um den finsteren Blick scherte, mit dem Ridge uns bedachte. Meiner Meinung nach verlor sein Starren sowieso an Intensität. Er schien sich langsam mit dem Gedanken abzufinden, dass Breck und ich etwas miteinander hatten.

Beim Geräusch von Metallrädern, die über Beton rollten, hoben wir alle den Blick. Josie schob einen Servierwagen vor sich her, auf dem in hohen Gläsern eiskalte Drinks in unnatürlichen Farben schimmerten. Ihr heutiges Outfit bestand aus einem Badeanzug im Marine-Look mit hoch angesetzter Taille, der von einem Betty-Grable-Poster aus den 1940er-Jahren hätte stammen können. Dazu trug sie granatapfelrote Plateausandalen. Sie läutete mit einer kleinen Glocke, wie ein Eismann in der Alkoholversion, und wir versammelten uns brav um den Tisch mit der gläsernen Platte.

»Für euch, Jungs. Ich habe einen neuen Rum aus Barbados ausprobiert, den ich zu Charlies Lebzeiten nie anrühren durfte. Aber ich schätze, jetzt kann er mich nicht mehr davon abhalten.«

Leo nahm sich einen pinkfarbenen Drink, der mit Ananasstücken und Cocktailkirschen dekoriert war. »Erinnere mich daran, dass ich dich nie zum Feind haben will, Josie.«

Sie hüstelte. »Tu einfach, was Charlie dir aufgetragen hat, dann werden wir uns prächtig verstehen.«

Danny kam zu uns herüber, und Wesley folgte der Spur seiner nassen Fußabdrücke. Völlig auf Dannys Hintern fixiert, kriegte er nicht mit, wie Danny stehen blieb, und stieß mit ihm zusammen. Halt suchend fasste er nach Dannys Schultern. »Sorry!«

Danny sah ihn mit gerunzelter Stirn an, griff sich den blauen Drink mit den Orangenschnitzen und trat einen Schritt zur Seite. Oha, Wesley musste sich eindeutig mehr anstrengen.

»Der Auftrag ist so gut wie erfüllt. Da können Sie ganz unbesorgt sein, Miss Josie«, versicherte ich ihr. »Das wird ein Kinderspiel.«

Danach sah es jedenfalls aus. Bisher hatte Harlan sich genau so verhalten, wie es Männer seines Schlags eben taten. Am Morgen war eine E-Mail eingetroffen, in der er um eine weitere »Spende« zur Unterstützung seines Wahlkampfs bat. Ben-Schrägstrich-Carson hatte die Bitte abgelehnt und prompt eine zweite E-Mail von einem »anonymen Absender« erhalten. Im Anhang befanden sich eine hübsche kleine Bildmontage von Carson und dem Escort-Boy von der Party sowie ein Standard-Erpresserbrief wie aus dem Bösewichte-Lehrbuch, in dem Carson dazu aufgefordert wurde, eine »Wahlkampfspende« in Höhe einiger Tausend Dollar zu leisten.

»Du hast leicht reden«, grummelte Carson. »Es ist ja nicht dein Geld, das wir ausgeben.«

»Deins ist es aber auch nicht«, erinnerte ihn Leo. »Miranda zahlt es dir zurück, sobald das hier vorbei ist.«

Ich schnappte mir einen orangefarbenen Drink und zog mir einen Stuhl heran. »Und wie funktioniert das jetzt? Überweist du ihm das Geld einfach über PayPal?«

»Nein. Er hat eine ›Darkwallet‹-Transaktion eingerichtet«, erklärte Carson und wechselte einen Blick mit Leo. »Das ist eine Art anonyme Bitcoin-Überweisung.«

»Das ist doch keine große Sache«, warf Wesley verächtlich ein. »So etwas könnte ich auf dem Computer meiner Großmutter installieren, und die hat immer noch eine E-Mail-Adresse von AOL.«

»Deine Großmutter hat wahrscheinlich vor dreißig Jahren Systeme mithilfe einer Festnetzleitung und einer Trillerpfeife gehackt«, warf Carson ein.

Wesley hielt einen Finger hoch. »Angeblich. Und sie wurde nie überführt. Das hier ist nicht viel anspruchsvoller.«

»Trotzdem«, entgegnete Carson, »ist die Transaktion darüber schwer nachzuverfolgen.«

»Aber unmöglich ist es nicht«, ergänzte Leo.

»Was entgeht mir hier gerade?« Computer waren nicht meine Stärke.

»Nun, wir haben zwar noch keine Beweise dafür gefunden«, sagte Wesley, »aber es sieht so aus, als ob der Senator in mehr verwickelt ist als nur ordinäre Erpressung. Dafür ist er in Sachen Verschlüsselung und Spurenverwischen viel zu gut ausgerüstet. Da die meisten Leute, die erpresst werden, ebenfalls Kriminelle sind, ist es unwahrscheinlich, dass sie deswegen zur Polizei gehen.« Er machte eine bezeichnende Geste, die uns alle mit einschloss. »Wie wir hier ja auch sehr schön sehen. Jedenfalls wird Darkwallet von den ganz dicken Fischen benutzt.«

»Ich hasse diesen Kram. Deswegen will ich nichts mit Cyberverbrechen zu tun haben. Darkwallet? Wer gibt diesen Sachen denn ihre Namen? Vierzehnjährige?« Leo schaute mürrisch drein.

»Vielleicht dieselben Leute, die einen Wels nach Batman benannt haben«, schlug Breck vor.

»Die eigentliche Frage«, kam Ridge wieder aufs Thema zurück, »ist doch, wie wir ihn fertigmachen, jetzt, da er denkt, er hat Carson bei den Eiern.« Er grinste Carson kurz an. »Bildlich gesprochen wie auch im wahrsten Sinne des Wortes.«

»Ich lach mich tot.« Breck verdrehte die Augen. »Aber ganz im Ernst, wie machen wir jetzt weiter?« Er verschränkte die Finger und blickte uns erwartungsvoll an.

Ich seufzte auf, als ich Brecks eifrige Miene sah, und schaute fast so finster wie Ridge, als Breck und ich gemeinsam zum Frühstück heruntergekommen waren. Allerdings ging es bei dieser Besprechung nun einmal darum, unsere nächsten Schritte festzulegen. Denn kaum hatte sich Carson-Schrägstrich-Ben bereit erklärt, die zweite Geldforderung des Senators zu erfüllen, hatte der ihn zu einer Party eingeladen, die am Wochenende in seinem außerhalb von D. C. gelegenen Haus stattfinden sollte. Außerdem hatte er Carson angewiesen, einen reichen, gleichgesinnten Freund mitzubringen, denn erpresst zu werden machte in Gesellschaft guter Freunde doch noch viel mehr Spaß. Diesmal mussten wir Breck in die Planung miteinbeziehen, weil nur er und Danny das Haus des Senators von innen kannten. Deshalb musste es mir aber noch lange nicht gefallen.

»Die wirklich wichtige Frage«, korrigierte Carson, »lautet: Wo und wie reiche ich meine Spesenabrechnung ein?«

»Sie besitzen mehrere Multimillionen-Dollar-Unternehmen, Grieves. Das stecken Sie doch locker weg.« Mirandas hohe Absätze klackerten auf dem Steinboden, als sie aus dem Wohnzimmer zu uns herauskam und sich graziös auf einem der freien Stühle niederließ. Sie griff sich den nächstbesten eisgekühlten Cocktail, und Josie beobachtete sie ganz genau dabei, wie sie einen Schluck davon nahm.

Mit dem zu einem festen Knoten geschlungenen Haar und gekleidet in ein Ensemble aus weißer Bluse und dunkelblauem Bleistiftrock, wirkte Miranda wie die Art von Anwältin, die einem das eigene Unternehmen unter dem Hintern wegzog und einem dabei das Gefühl gab, man müsste sich dafür auch noch bei ihr bedanken. Ich war wirklich froh, dass sie auf unserer Seite war.

»Köstlich.« Miranda lächelte Josie an. »Ist das der Rum aus Barbados?«

Josie lachte. »Natürlich. Wie oft habe ich zu Charlie gesagt, dass es eine Schande ist, ihn in der Vitrine verkommen zu lassen?«

Miranda zog eine Augenbraue hoch. »Er hat auf niemanden gehört, nicht wahr?« Ihr Blick wurde weich, als sie Josie ansah.

Josie erwiderte ihn mit einem ebenso sanften Lächeln. »Nein, hat er nicht.« Sie erhob ihr Glas. »Auf Charlie und seine posthume Gastfreundschaft. Auf dass er sein Leben nach dem Tod an irgendeiner Bar verbringen kann, wo eine Band spielt und es gut aussehende Männer gibt, die sein Auge erfreuen.«

»Sind denn alle hier homosexuell?«, platzte Danny heraus.

Das hatte ich mich auch schon gefragt.

»Ich schon«, sagte Leo.

»Genau wie ich«, erwiderte Josie und streckte den Arm aus, um mit Leo anzustoßen.

»Ich auch.« Ich packte Breck um die Hüften. »Das kann er bestätigen.«

»Stimmt. Jedenfalls steht er drauf, wenn ...« Ich schlug ihm eine Hand vor den Mund, bevor Ridge völlig ausrastete.

»Ich glaube, ich bin bi«, gestand Danny schüchtern. »Aber ich hatte noch nie eine richtige Beziehung.«

»Bin ich auch«, schloss Wesley sich schnell an. »Wobei ich eigentlich pan bin, denke ich.«

»Und was ist mit dir, Carson?«, erkundigte sich Leo neugierig.

»Ich bin immer das, was ich gerade sein muss«, erwiderte Carson mit seinem vornehmsten Akzent und warf uns über den Rand seines Glases hinweg einen Blick zu, der wohl rätselhaft wirken sollte.

»Ach komm. Ganz Sarasota weiß, dass du auf Männer stehst, Grieves«, warf ich ein. »Du bist ganz schön laut beim Sex.«

»Musst du gerade sagen«, gab Carson zurück.

Ridge sah aus, als hätte er in eine Zitrone gebissen. »Können wir das Thema wechseln?«

Breck glitt von mir herunter und setzte sich auf einen eigenen Stuhl, dessen Metallfüße ein schreckliches

Geräusch verursachten, als ich ihn über den Beton zu mir heranzog. »Tut mir leid.«

»Hervorragende Idee.« Miranda rückte ihren Stuhl etwas weiter in den Schatten des Sonnenschirms. Bei einhundertfünfzig Prozent Luftfeuchtigkeit machte das keinen großen Unterschied, aber immerhin bekam man seinen Sonnenbrand so langsamer. »Nun, meine Herren, wie sieht es aus? Haben wir einen Plan?«

Carson und ich wechselten amüsiert einen Blick. Jetzt, da der Plan so gut wie fertig war, sprach sie plötzlich in der Wir-Form?

»Ja, soweit es uns möglich war. Letztendlich muss man ja doch immer improvisieren«, antwortete Leo.

Miranda lächelte ihn an, sie wusste anscheinend, wie zutreffend die Bemerkung war.

Egal, wie viel Mühe man sich mit der Planung einer noch so kleinen Operation gab, das Einzige, worauf man sich verlassen konnte, war, dass etwas schiefgehen würde. Wir hatten uns so gut vorbereitet, wie es uns von Florida aus möglich war.

Wir mussten unbedingt in das Haus des Senators gelangen, damit wir uns den Grundriss und die Sicherheitssysteme ansehen konnten. Allerdings war uns noch nicht eingefallen, wie wir das bewerkstelligen konnten. Danny und Breck erinnerten sich nur an wenige Zimmer und einen Zugang von der Garage aus. Das Internet half uns nur begrenzt weiter – ein gigantisches Tor versperrte den Zugang zu dem Gelände, das außerdem von großen Bäumen umgeben war, die es vor Aufnahmen von oben abschirmten. Unser Wissen beschränkte sich darauf, dass Harlans Anwesen von beachtlicher Größe war und an einem Fluss lag. Vermutlich gab es eine

Anlegestelle für ein großes Motorboot. Alles nicht besonders aufschlussreich.

Wesley war frustriert, weil es keine Sicherheitskameras gab, die er hacken konnte. Das wusste ich so genau, weil er sich pausenlos darüber beschwerte.

»Welcher Irre verbindet seine Kameras nicht mit seinem Netzwerk? Sogar meine sechsundsiebzigjährige Tante kann ihre Eingangs- und Hintertür über ihren Laptop beobachten.« Er warf sich verärgert gegen die Rückenlehne seines Stuhls. »Dieser Kerl … Es gibt überhaupt keine Mitschnitte. Nichts. Ich verstehe das nicht. Ich muss nahe genug herankommen, um sein WLAN zu manipulieren. Darüber kann ich mich in seine Geräte hacken und sie für mich spionieren lassen. Dann könnte ich ihn über seine Laptopkamera beobachten, seine Gespräche über den Smart-TV belauschen. Und wenn er einen Sprachassistenten benutzt, hat er verloren. Die Dinger sind extrem empfindlich, darüber könnte ich *alles* mithören.«

»Das ist möglich?«, fragte ich. Es erschien mir nicht richtig.

»Ja, das ist kein Problem.«

»Ist das denn legal?«, wollte Danny wissen, woraufhin Wesley ihm einen vielsagenden Blick zuwarf.

Ich hatte den Senator angerufen, um zu fragen, ob er mich einstellen wollte, aber er war nicht zu erreichen gewesen. Wir mussten also nahezu blind agieren, was uns allen nicht gefiel.

Wir zuckten zusammen, als mein Telefon klingelte und schnarrend auf der Glasplatte des Tisches vibrierte. Ich schnappte es mir. »Es ist Harlan.«

»Gehen Sie ran«, befahl Miranda.

Danny schob sich näher an Breck heran, der seine Hand nahm, und wurde so blass, als könnte Harlan seine Anwesenheit über das Telefon spüren.

»Gonzales«, bellte ich und stellte auf Lautsprecher um, damit die anderen mithören konnten.

»Senator John Harlan hier, Mr Gonzales. Wir haben uns bei einer Abendveranstaltung in meinem Haus in Florida kennengelernt.«

»Ich erinnere mich gut an Sie, Senator. Ich habe Ihnen einige Nachrichten unter der Nummer hinterlassen, die Sie mir gegeben hatten.«

»Nun ja, ich war sehr beschäftigt. Tatsächlich habe ich auch jetzt wenig Zeit.« Harlan klang genervt. »Ich befinde mich in einer etwas misslichen Lage.«

»Kann ich behilflich sein?« Ich sah fragend zu Wesley hinüber, der vielleicht wusste, wovon der Senator sprach. Doch er zuckte nur mit den Schultern. Leo hingegen konnte seine selbstzufriedene Miene nicht mal hinter der albernen Sonnenbrille verstecken, die anscheinend jeder FBI-Agent, ob Special oder nicht, zu jeder Gelegenheit trug.

Ich konnte praktisch *hören*, wie Harlan die Stirn runzelte. »Es sieht so aus, als wäre der Chef meines Sicherheitsteams verhaftet worden. Außerdem wurden mir Informationen zugespielt, die den Verdacht nahelegen, dass der Rest des Teams Bestechungsgelder angenommen hat oder sich anderweitig etwas hat zuschulden kommen lassen.«

»Tatsächlich?«, fragte ich, während Leo mich angrinste. Er lehnte sich entspannt zurück und trank seinen Cocktail aus. »Weswegen wurde er denn verhaftet?«

»Soweit ich weiß, hat er es versäumt, wegen einiger Strafzettel vor Gericht zu erscheinen. Genaueres weiß ich nicht, nur dass weder seine noch meine Anwälte ihn rausholen konnten. Da scheint mehr im Busch zu sein, als ich zuerst angenommen habe. Aber das spielt jetzt keine Rolle. Ich rufe an, weil am Wochenende eine wichtige Veranstaltung in meinem Haus in der Nähe von D. C. stattfindet.«

»Ja, Sir, ich weiß. Eigentlich sollte ich Mr Waters als Bodyguard begleiten.« Ich improvisierte und hoffte, Carson würde mitspielen. Miranda nickte zustimmend.

»Eigentlich?«

Ich ließ die Frage für einen Moment im Raum stehen. »Unsere Wege haben sich getrennt.«

»Sie sind also verfügbar?«

»Das bin ich.«

»Hervorragend.«

Nach einigem Hin und Her einigten wir uns auf ein Treffen am nächsten Tag – dem Tag vor der Party –, um alle Einzelheiten zu besprechen, damit ich Gelegenheit bekäme, zu sehen, worin meine Aufgabe konkret bestand.

Alle atmeten auf, als ich das Gespräch beendete.

»Wenn das kein Durchbruch ist!« Josie machte Anstalten, aufzustehen. »Ich finde, das ist ein Grund für eine weitere Runde.«

»Josie.« Miranda fasste nach Josies Hand und schüttelte leicht den Kopf. Mir fiel auf, dass sie ihre Hand nicht wegnahm, als Josie sich wieder setzte.

»Ja«, sagte Carson, »das war sehr hilfreich. Wie kommt es, dass du nicht erstaunt wirkst, Leo?«

Leo atmete hörbar aus. »Ich wollte nichts sagen, falls

es nicht funktioniert hätte. Freunde von mir haben ein paar Strippen gezogen und entsprechende Unterlagen manipuliert. Sie können ihn höchstens ein, zwei Tage festhalten, aber mehr brauchen wir ja auch nicht.«

Eine Sorge weniger. Ich wäre zwar so oder so ins Haus des Senators gekommen, aber als sein Angestellter würde ich freien Zugang zu allen Räumen und dem Sicherheitssystem haben.

Ehrlich gesagt kümmerten mich die anderen Leute, die von Harlan erpresst wurden, einen feuchten Dreck. Ich wollte nur Vergeltung für das, was er Breck angetan hatte.

»Welche Auswirkungen hat das auf den Plan?« Ich glaubte, eine Schweißperle auf Mirandas Stirn zu erkennen. Es wurde von Minute zu Minute stickiger; das Nachmittagsgewitter war heute früh dran. Sogar das Geräusch der trägen Brandung drang nur gedämpft zu uns herauf.

»Es macht die Sache bedeutend einfacher für uns«, antwortete ich. »Wir schnappen uns die Dateien, installieren den Virus, der alle Festplatten und die Kopien in der Cloud zerstört, und verdrücken uns. Kinderspiel.«

Leo schnaubte.

»Carson als Ben beschäftigt Harlan und versucht, so viele allgemeine Informationen wie möglich zu sammeln. Leo begleitet ihn als sein ›gleichgesinnter Freund‹. Da er ganz offensichtlich ein Bundesagent ist, bleiben wir am besten nah bei der Wahrheit. Es gab ein paar ›Missverständnisse‹, und jetzt steht er beim FBI unter Beobachtung, bla, bla, bla«, erklärte ich.

Keiner von uns wusste, warum Leo tatsächlich vom FBI beurlaubt worden war. Vielleicht kam meine

Version der Wahrheit ja sogar recht nahe. Wesley wusste bestimmt mehr, gab aber nichts preis. Wir hatten eine unausgesprochene Abmachung getroffen: Wir spionierten einander nicht mehr aus als unbedingt nötig. Mir war das nur recht so.

»Ich sammele morgen so viele Informationen wie möglich über das Haus und das Gelände, dann können wir den Plan noch einmal anpassen«, ergänzte ich.

»Wir gehen davon aus, dass Harlan all seine Dateien an einem Ort abgespeichert hat«, wandte Ridge ein. »Was, wenn nicht? Es gibt noch so viele Ungewissheiten, damit fühle ich mich überhaupt nicht wohl. Wir wissen nicht mal genau, wonach wir eigentlich suchen.«

Wesley nickte. »Schwer vorstellbar, aber vielleicht hat Harlan seine Dateien sogar auf einem Computer gespeichert, der keinen Zugang zum Internet hat. Oder sie sind auf einer Festplatte in seinem Safe. Das können wir erst vor Ort herausfinden.«

»Und das werden wir, jetzt, da er mich als seinen Bodyguard für die Party eingestellt hat.« Ich streckte einen Arm nach Breck aus. Ich konnte nicht anders. Wann immer er in Reichweite war, musste ich ihn einfach so oft wie möglich berühren.

Miranda schwenkte ihr Glas, dass die Reste des Cocktails darin herumwirbelten.

»Wes überwacht alles aus der Nähe, und Ridge fungiert für ihn als Späher im Haus.«

»Ach ja?« Wie Mirandas hochgezogene Augenbrauen verrieten, war sie sich – genau wie ich zuerst – nicht sicher, ob das eine gute Idee war. Ridge sah immerhin genauso aus wie der Kerl, den Harlan umbringen wollte, und das würde unseren Plan auffliegen lassen, falls Ridge geschnappt wurde.

»Kein Grund zur Sorge, Miranda«, beschwichtigte Ridge sie. »Ich bin sehr gut darin, mich verborgen zu halten und in der Menge unterzutauchen. Und jetzt kann Steele sogar ein sicheres Versteck für mich auskundschaften. Ich schleiche mich ein paar Stunden vor Partybeginn ins Haus, und wenn alles gut geht, weiß ich, noch bevor die ersten Gäste eintreffen, wo sich die Safes, Computer und Aktenschränke befinden. Schließlich bin ich hier, weil ich gut darin bin, Sachen zu klauen, ohne mich erwischen zu lassen.«

»Und sollte tatsächlich etwas schiefgehen, und er wird entdeckt«, fügte Wesley hinzu, »hält Harlan ihn bestimmt für Breck. Ihn hat er nämlich extra für die Party bei seinem Zuhälter angefordert.«

»Breck wird also zu der Party erwartet?«, hakte Miranda nach.

Ich konnte einfach nicht anders – ich verschränkte die Arme und sah finster drein. Neben mir stieß Breck einen Seufzer aus.

Allein der Gedanke daran, wie sich der Schweinehund an Breck und Danny vergangen hatte, weckte in mir den Wunsch, den Plan über den Haufen zu werfen und Harlan stattdessen mit einem wohlgezielten Fernschuss auszuschalten. Ich verstand, warum das nicht ging, aber es wäre eine äußerst befriedigende Lösung, die Breck zu keiner Zeit einer Gefahr aussetzen würde. Ich ignorierte Brecks Protest und hob ihn von seinem Stuhl und zurück auf meinen Schoß.

Möglicherweise könnte ich Harlan umbringen, wenn wir ihn erst einmal politisch und finanziell ruiniert hatten. Von Angesicht zu Angesicht wäre es auch deutlich befriedigender, als ihm eine Kugel in den Hinterkopf zu verpassen. Ich war mir sicher, dass Breck und Danny auch Rache wollten. Danny wirkte zwar wie ein hilfloses Lämmchen, ein kleiner Fisch im Haifischbecken, aber ich war überzeugt, dass der Eindruck täuschte. Man strandete nicht einfach so in D. C. und verkaufte dort ohne triftigen Grund seinen Hintern für Geld. Er musste vorher etwas Schlimmes erlebt haben, das ihn dazu getrieben hatte.

»Was kann denn schon groß passieren?«, wollte Breck wissen. »Du bist doch da, oder? Und Leo, Ridge und Carson auch. Ihr werdet mich schon beschützen. Ich will unbedingt Harlans Gesicht sehen, wenn ihm aufgeht, dass er sich gerade selbst an den Galgen geliefert hat. Er soll wissen, dass ich an seinem Untergang beteiligt war.«

»Und wie genau soll ihm das aufgehen?«, erkundigte sich Miranda.

»Wesley hat einen Plan.« Danny klang ein bisschen beeindruckt.

Wesley errötete. »Eigentlich hatte Carson die Idee«, gab er zu. »Ich habe mir nur überlegt, wie wir sie umsetzen können.«

Miranda wandte sich ihm zu.

»Männer wie Harlan muss man öffentlich demütigen. Ihnen ist nichts wichtiger als ihr Image in der Öffentlichkeit. Von Fotos, Videos und Audiomitschnitten kann man mittlerweile immer behaupten, sie wären gefälscht. Um ihn ein für alle Mal zu ruinieren, brauchen wir also Zeugen und unwiderlegbare Beweise für seine … Indiskretionen.«

»Sie werden einen Streit provozieren.« Miranda war erfreut.

»Genau. Wir werden einen Streit provozieren.« Carson lächelte mindestens so breit wie sie.

»Und ich bin dabei.« Breck klang fest entschlossen.

»Ich auch.« In Dannys Stimme lag Unsicherheit, als ob er das für keine so gute Idee hielte. Kluges Kerlchen.

»Er will euch umbringen.« Sooft ich mir die Sache auch durch den Kopf gehen ließ, mir fiel kein anderer Grund ein, aus dem der Mistkerl die beiden angefordert haben könnte. Für einen gemütlichen Schwatz? Damit sie versprachen, niemandem ein Sterbenswörtchen zu verraten, woraufhin er sie laufen lassen würde? Eher unwahrscheinlich.

»Wird er aber nicht«, entgegnete Breck verächtlich. »Es wird schon klappen.«

Wie naiv er war. In jedem Winkel der Welt wurden junge Kerle wie er von mächtigen Männern beseitigt, wann immer es diesen passte. Manchmal passierte es direkt vor der eigenen Nase. Ich schloss die Finger fester um seinen Arm. »Nein.«

»Nein?« Breck zog eine Augenbraue in die Höhe und sah herausfordernd zu mir auf. »Wie meinst du das?«

»Nein«, wiederholte ich. »So läuft das nicht.« Ich blickte in die Runde. »Wir müssen uns einen anderen Plan überlegen. Für den wir Breck und Danny nicht brauchen.«

»Aber der Senator erwartet mich auf der Party, hast du das vergessen? Ich habe Emilio gesagt, dass ich komme. Ich *will* da hingehen.«

»Da wird der Senator leider mächtig enttäuscht sein, genau wie du.«

Breck versuchte vergeblich, von meinem Schoß herunterzukommen. Ich hielt ihn nur noch fester. Ich würde ihn verdammt noch mal nicht zu der Party gehen lassen. Es war viel zu gefährlich. Schweiß rann mir die Stirn hinunter. Wieso wurde es jetzt auf einmal noch heißer?

»Ich muss dabei sein.« Breck wand sich aus meiner Umarmung.

»Nein!« Ich sprang auf. Mir war klar, dass ich überreagierte. Aber der Teil meines Verstandes, der gerade die Oberhand gewonnen hatte, war tausend Meilen weit weg, auf einer Mission mit einem anderen Jungen, der nicht überlebt hatte.

Breck wich mir aus.

»Das ist was Persönliches, Steele! Du hast mir nicht vorzuschreiben, was ich zu tun und zu lassen habe! Das ist ganz allein meine Entscheidung!«

Ich blinzelte, als hätte ich Sand in den Augen. In der Luft lag plötzlich der Geruch von heißem Metall und Blut. »Es ist zu gefährlich. Er will euch beide tot sehen.«

»Mein ganzes Leben war gefährlich. Genau wie deins. Ich will zu der Party gehen. Ich muss einfach. Ich bin kein Kind.«

Aber genau das war er. Ein Kind, das ein solches Leben nicht verdient hatte. Und ich würde ihn da herausholen. Das hatte ich ihm versprochen. Ich war schnell und viel wendiger, als die meisten Leute es bei einem Mann von meiner Statur vermuteten. Ich stürzte mich auf Breck und packte ihn mit beiden Händen.

»Steele!«, schrie mich jemand an, während jemand anders versuchte, Breck aus meinem Griff zu befreien.

»Nein! Du darfst nicht hingehen. Du darfst einfach nicht. Dann kann ich meinen Job nicht machen.«

»Schieb das bloß nicht auf mich. Ich kann auf mich selbst aufpassen. So wie sonst auch, bevor du aufgetaucht bist. Wir sind bestens zurechtgekommen, Ridge und ich.«

Ich schüttelte ihn heftig. »Ach ja? Wirklich? Wo war er denn, als du und Danny fast umgebracht wurdet? Auf gar keinen Fall lasse ich zu, dass du den Lockvogel spielst. Niemals. Nicht noch einmal. Das Risiko gehe ich kein zweites Mal ein.«

Und damit brach die Vergangenheit über mich herein. Sie verdrängte die Gegenwart und katapultierte mich zurück an einen Ort, an dem ich nie hatte sein wollen. Also tat ich, was ich immer getan hatte: Ich ergriff die Flucht.

KAPITEL 12

BRECK

Nachdem Steele davongestürmt war, starrte ich immer noch wie gebannt auf seinen Stuhl. Genau wie Ridge, der ihn vorher zurückgehalten hatte und dessen schockierter Gesichtsausdruck meinem garantiert in nichts nachstand.

»Was zum Teufel war denn das?«, wollte Leo wissen.

»Das war ein Mann, der seine Belastungsgrenze erreicht hat«, erklärte Wes. Er wandte sich mir zu und schüttelte den Kopf. »Glückwunsch, Blondie. Das ist dein Werk. Ich hätte nicht gedacht, dass das bei Steele überhaupt möglich ist.«

»Das ist nicht …«, setzte ich an, aber dann musste ich schlucken. Tränen stiegen mir in die Augen.

Was hätte ich denn auch sagen sollen? Dass ich die Situation nicht absichtlich herbeigeführt hatte? Dass ich ihn nicht so heftig hatte provozieren wollen, dass ihm nichts anderes mehr übrig blieb, als davonzulaufen? Natürlich hatte ich es nicht mit Absicht so weit kommen lassen, aber das war egal – ich hatte jemanden verletzt, der mir viel bedeutete. Ich hatte doch gewusst, wie stark Steeles Beschützerinstinkt mir gegenüber ausgeprägt war, und ich hatte trotzdem keine Ruhe gegeben.

Ich hatte darauf bestanden, dass ich mich in Gefahr begeben würde, und allein mein Stolz hatte mich dazu getrieben.

Wenn ich mit dem Rücken zur Wand stand, wenn es hart auf hart kam, ließ mein Stolz mir keine Wahl. Dann schlug ich um mich.

So war es auch gewesen, als Mom mich mit ihrer Drohung erpresst hatte, Ridge ans Messer zu liefern. Ich hatte ihr das Geld gegeben und mir eingeredet, ich würde Ridge beschützen, wenn ich ihm verschwieg, was damit passiert war. In Wahrheit hatte ich jedoch nur aus Stolz so gehandelt. Und als ich mir vornahm, die Summe so schnell wie möglich wieder zu verdienen, damit er es bloß nie herausfand, hatte ich auch diese Entscheidung nur aus Stolz getroffen. Damit war ich auf spektakuläre Weise gescheitert, und als Ridge mir zu Hilfe kam, hatte ich mit Trotz und Widerstand reagiert, immer noch zu stolz, um einzugestehen, dass er das Recht hatte, sich Sorgen um mich zu machen.

Was sollte ich jetzt nur tun?

»Ich sehe mal nach ihm«, sagte Josie in die Stille und erhob sich von ihrem Stuhl.

»Nein.« Danny stand auf und bedeutete ihr, sich wieder hinzusetzen. »Das überlassen wir lieber Breck.«

Wes schnaubte. »Breck ist wahrscheinlich die letzte Person, die Steele jetzt sehen möchte.«

»*Au contraire.* Breck ist der Einzige, den Steele jetzt vermutlich sehen will«, gab Danny zurück.

»Woher willst du das denn wissen? Breck ist schließlich schuld an diesem ganzen …«

»Nein«, fiel Danny ihm ins Wort. »Ist er nicht.« Er sah Wes böse an. »Ich weiß ja nicht, was dein Problem ist, du Geek. Vielleicht hast du so lange auf deine Bildschirme gestarrt, dass du vergessen hast, wie man sich normal verhält. Ich erkläre dir das mal. Wir sind Menschen. Wir reagieren nicht so vorhersehbar wie die Schaltkreise in deinen Computern, und manchmal treffen wir unlogische Entscheidungen. Aber trotzdem haben wir immer einen Grund für das, was wir tun, auch wenn wir uns dabei nicht immer an die oberste Direktive halten.« Er schwieg kurz. »Das war übrigens eine Anspielung auf ›Star Trek‹. Ich versuche, auf Augenhöhe mit dir zu sprechen.«

Wes blinzelte. »Hast du … Echt jetzt? Du weißt doch nicht das Geringste …«

»Über Steeles Vergangenheit? Oder deine Geheimnisse?«, antwortete Danny. »Nicht das kleinste bisschen. Interessiert mich auch nicht. Aber ich weiß, dass du welche hast, genau wie ich. Sie sind nämlich der Grund, warum wir so ausrasten, wenn uns etwas richtig Angst macht.« Er schaute zu mir herüber. »Und sowohl Breck als auch Steele sehen aus, als hätten sie eine Heidenangst. Eure … Die Mission, oder wie immer ihr es auch nennt, soll sich jetzt also brav auf ihren Platz setzen und verdammt noch mal den Mund halten.«

»Du … äh … bringst deine Metaphern etwas durcheinander, Schätzchen«, flüsterte Josie ihm hörbar zu. Entschlossen nickend hob sie die Stimme. »Aber ich bin ganz deiner Meinung. Wir legen die Mission kurz auf Eis, während Steele und Breck sich aussprechen.«

»Josie, kann das nicht warten, bis …«, setzte Miranda an, nur um gleich darauf unter Josies strengem Blick kapitulierend die Hände zu heben. »Schon gut, schon gut. Das ist ja wie bei ›Prince Charming‹ hier. Gehen

Sie, und kümmern Sie sich um Ihren Freund, Pfeiffer«, forderte sie mich auf.

Ich zögerte, unsicher, was ich zu Steele sagen sollte. Wie konnte ich wiedergutmachen, was ich angerichtet hatte? Sogar jetzt noch befahl mir mein Stolz, ich solle weiter auf ihn einreden, bis ich ihn überzeugt hätte, dass ich im Recht war und meine eigenen Entscheidungen treffen konnte.

Zu meiner Überraschung wandte sich mein Bruder an mich. »Danny hat recht, Breck. Steele braucht dich jetzt.« Er wies mit dem Kopf in die Richtung, in die Steele verschwunden war. »Sprich mit ihm.«

»Aber ich weiß nicht …« *Wie ich mich verhalten soll.* Wie konnte ich mit jemandem zusammen sein, der mir so viel bedeutete, ohne in allem nachgeben zu müssen? Oder ihn zu erpressen, bis ich meinen Willen bekam, wie meine Mutter?

Ridge schien meine Gedanken zu lesen. »Er bedeutet dir etwas, stimmt's?«

Ich schaute ihn nur an.

»Okay. Und jeder Idiot kann sehen, dass du ihm auch etwas bedeutest«, fuhr Ridge fort.

»So muss es wohl sein, wenn sogar du das endlich begriffen hast«, spöttelte Leo.

»Also findet ihr eine Lösung, Breckie.« Ridge untermauerte seine Worte mit einem kleinen Lächeln. »Glaub an dich. Du warst schon immer der Klügere von uns beiden. Zumindest, wenn es um so was ging wie das hier.«

»So was?«, wiederholte ich.

»Gefühle. Sich kümmern.« Er zuckte mit den Schultern.

Ich runzelte die Stirn. »Da bin ich mir nicht so sicher«, gestand ich ehrlich. Ich hatte zwar immer geglaubt, ich wäre mir meiner Gefühle mehr bewusst als Ridge, wäre offener und zugänglicher, aber das betraf nur oberflächliches Zeug. Sobald es um echte, tiefe Gefühle ging, wurde mir ganz anders. »Mittlerweile denke ich, du hast das besser drauf als ich. In gewisser Weise.«

Ridge verzog das Gesicht zu einer übertrieben schockierten Miene. »Moment mal. Hast du eben wirklich zugegeben, dass ich etwas besser kann als du?« Er drehte sich zu Wes um. »Du nimmst nicht zufällig auf, was wir hier gerade besprechen?«

Ich verdrehte die Augen und boxte ihn in den Bauch – seinen äußerst festen Bauch. »Und das kommt dabei raus, wenn man mal nett sein will.«

Er lächelte mich schief an. »Wir können auch später noch nett zueinander sein. Aber jetzt …«

»Ja, ja.« Seufzend ließ ich den Blick über den Strand schweifen. »Jetzt kümmere ich mich um Steele.«

Ich holte tief Luft und drückte den Rücken durch.

»Ich hab schon Männer gesehen, die es mit bewaffneten Attentätern aufgenommen haben, und denen hat niemand vorher so eine Motivationsrede gehalten«, meckerte Wes. »Nun geh schon zu ihm, und dann rammelt ihr wie die Karnickel, damit wir endlich weitermachen können.«

Ich lachte, und Ridge schüttelte den Kopf.

»Ein richtiger Charmeur«, kommentierte Danny. »Hat dich eigentlich in diesem Jahrtausend schon mal jemand flachgelegt?«

Wes' Kiefermuskeln spannten sich an. »Ich komme auf meine Kosten, vielen Dank.«

Danny verschränkte die Arme und sah auf Wesley hinunter. »Meinst du damit …« Er führte eine Faust auf und ab, woraufhin Wes rot anlief.

»Im Gegensatz zu anderen Leuten muss ich nicht jeden Tag Sex haben. Ist schließlich nicht mein verdammter *Beruf*«, zischte Wes und schob seinen Stuhl so heftig zurück, dass die Beine laut über den Beton scharrten. Im nächsten Moment ging ihm auf, was er gesagt hatte. »Was nicht heißen soll, dass …«

»Was nicht heißen soll, dass irgendwas daran falsch ist?«, konterte Danny. »Weißt du, es bedeutet mir wirklich viel, wenn Leute wie du, die mich überhaupt nicht kennen, mir Absolution für meine Lebensführung erteilen.« Er tätschelte mir den Arm. »Jetzt geh schon, und kümmere dich um Steele, Süßer.« Bei seinen nächsten Worten klang seine Stimme kalt wie Eis. »Ich knöpfe mir solange dieses Arschloch hier vor.«

Armer Wes. Trotz allem erwischte ich mich bei einem Lächeln. Danny war irgendwie wieder ganz der Alte, er wirkte längst nicht mehr so verängstigt und psychisch labil wie noch vor ein paar Tagen. Und das hatten wir diesen Leuten – Leo und Carson, Ridge und Steele, Josie und Miranda und sogar Wesley … vielleicht sogar hauptsächlich Wesley – zu verdanken.

Auf dem Weg zum Strand schnappte ich mir das Handtuch, das ich auf einem der Stühle abgelegt hatte, und wickelte es mir um die Taille. Ich würde das schon hinkriegen. Irgendwie. Was konnte schon Schlimmes passieren?

Steele könnte mich abservieren. Oder ich verlor jeden Selbstrespekt, weil ich nachgeben würde, selbst wenn ich ganz anderer Meinung war.

Beide Optionen waren schrecklich, das war also keineswegs tröstlich.

Es herrschte Flut, weshalb der weiße Sandstrand bis auf ein paar vereinzelte Badegäste, die auf einer Sandbank in der Nähe des öffentlichen Badebereichs herumtollten, fast menschenleer war. Steele ausfindig zu machen, war leicht – eine einsame Gestalt, die in knietiefem Wasser stand und auf den Horizont hinausblickte. Seine Haut schimmerte im Sonnenlicht wie Kupfer.

Ich näherte mich ihm schweigend, denn ich wusste immer noch nicht, was ich sagen oder wie ich überhaupt anfangen sollte. Ungefähr einen halben Meter neben ihm blieb ich stehen und fixierte denselben Punkt am Horizont, auf den er so angestrengt starrte.

»Es tut mir leid«, kam er sofort auf den Punkt. »Ich bin ausgeflippt. Hab ich dir … wehgetan? Körperlich, meine ich?«

Ich drehte den Kopf, damit ich ihm in die Augen sehen konnte, doch er hatte mir sein Profil zugewandt. »Was? Nein. Natürlich nicht.«

»Ich hatte dich so fest gepackt. Viel zu fest.« Er lachte humorlos. »Ich sollte es wirklich besser wissen.«

»Du hast mir nicht wehgetan«, wiederholte ich.

Er nickte, doch seine Miene blieb steinern, ließ keine Gefühlsregung erkennen. So hatte ich Steele noch nie gesehen. Schon seltsam. Ich kannte ihn erst seit Kurzem, und trotzdem konnte ich einschätzen, ob ein Gesichtsausdruck untypisch für ihn war. Steele war heißblütig und voller Lebenslust. Seit dem Moment, als wir uns zum ersten Mal begegnet waren, hatte er mein Herz erwärmt.

»Er hieß Asadi.« Steele hielt den Blick seiner dunklen Augen weiterhin aufs Wasser gerichtet. Seine Stimme klang beherrscht, als hätte er die Geschichte schon einmal erzählt, doch die wenigen Worte verrieten den Schmerz, der unter der Oberfläche lauerte. Es brach mir fast das Herz.

»Er war zwölf, als wir uns kennengelernt haben. Er wollte entweder Arzt oder Superheld werden.« Steele presste die Lippen zusammen. »Aber dazu ist es nicht gekommen.«

Ich überbrückte die Distanz zwischen uns mit wenigen Schritten und lehnte den Kopf an seinen Arm. Zuerst reagierte er nicht auf diese Berührung, aber dann durchlief ein Schauer seinen Körper, und er entspannte sich ein wenig.

»Wir waren in Sar-e Pol, das liegt im Nordwesten von Afghanistan. Unser Auftrag war es, Haji Khan auszuschalten. Khan war ein ortsansässiger Bandenchef, den wir schon seit Jahren als Drogenschmuggler auf dem Radar hatten. Als Tarnung betrieb er eine Art Heim für unterprivilegierte Kinder, wo sie alles lernen konnten, was sie brauchten, um einen Job zu finden. Aber dann wurde er gierig. Sein Drogenimperium war ihm nicht mehr genug, er erweiterte sein Portfolio um terroristische Aktivitäten. Damit war er von einer geringen Bedrohung zu jemandem geworden, mit dem wir uns auseinandersetzen mussten. Es war unklar, ob er sich dem IS oder den Taliban angeschlossen hatte … Verdammt, soweit wir wussten, hätte er für beide tätig sein können … Aber er war kein wahrer Anhänger, und das wussten die Ortsansässigen. Er war ein kranker Wichser, der Geschmack an Macht und an halbwüchsigen Jungs gefunden hatte.«

Oh nein. Ich schloss die Augen.

»Der Befehl kam von ganz oben. Wir sollten ihn ausschalten, aber unauffällig. Also kein Streubombenfeuer, das weithin sichtbar gewesen wäre. Und da kam mein Team ins Spiel.« Steele stieß den Atem aus.

»Wir wollten es so aussehen lassen, als hätte einer seiner Rivalen einen Anschlag auf ihn verübt. Niemand hätte Verdacht geschöpft. Das Problem an der Sache war, dass Khan einfach immer Kinder um sich hatte. Es war immer mindestens eins bei ihm im Haus oder saß neben ihm im Auto. Wenn er in der Stadt unterwegs war, lief eins vor ihm her wie ein menschlicher Schutzschild.«

Er schüttelte den Kopf. »Es war extrem frustrierend, aber der Befehl lautete nun einmal so. Kollateralschäden auf das nötige Minimum reduzieren, das war die Vorgabe. Nicht auf *keine*, sondern auf das nötige Minimum.« Er klang verbittert. »Die Männer aus meinem Team sind knallharte Profis, die ihre Mission durchziehen. Aber keiner von uns würde je ein Kind töten. Das ist für keinen von uns akzeptabel.«

»Selbstverständlich«, wisperte ich. Mir war klar, wie die Geschichte sich entwickeln würde, welch schrecklicher Ausgang mich erwartete, und mir stockte bereits jetzt der Atem. Wie schaffte Steele es bloß, mit den Dingen zu leben, die er gesehen und getan hatte? Wie kam er darüber hinweg? War das überhaupt möglich?

Wahrscheinlich nicht, und genau das war wohl das Problem.

»Wir waren seit ungefähr einer Woche dort stationiert und hatten ein Auge auf einige unserer Undercoveragenten. Asadi beobachteten wir natürlich auch. Er war einer von Khans Lieblingen. Der Mistkerl konnte die

Hände nicht von dem Jungen lassen. Und die Laute erst, die er dabei von sich gab.« Steeles Stimme brach, und er seufzte aus tiefstem Herzen. Dabei fuhr er sich mit den Händen über die Augen, als könnte er so die Bilder und Geräusche aus seiner Erinnerung löschen.

»Eines Abends, als wir uns bereits in unserem Versteck verkrochen hatten, kam Asadi mit ein paar Ziegen im Schlepptau in unser Camp spaziert.« Steele lächelte bei der Erinnerung. Wahrscheinlich durchlebte er die Situation gerade ein weiteres Mal.

»Wie aus dem dunklen Wüsten-Nichts ist er an unserem Lagerfeuer aufgetaucht. Wie ein winziger Dschinn. Wir sind eine Spezialeinheit, aufs Verstecken spezialisiert, und plötzlich steht da dieser Junge. Und dann hat er gesagt, er könne uns helfen. Khan wüsste, dass wir ihn beobachteten, aber er könnte uns die Informationen beschaffen, die wir brauchten, um Khan auszuschalten.«

Kopfschüttelnd erzählte Steele weiter. »Natürlich hab ich ihm anfangs nicht vertraut. Wie zum Teufel hatte er uns gefunden?« Er schwieg für einen Moment. »Er war so ein verdammt niedliches Kerlchen. Und furchtbar unterernährt. Ich hab ihn auf acht geschätzt. Höchstens zehn. Er hat mich an mich selbst in dem Alter erinnert.«

Ich nickte und stellte mir eine kleinere Version von Steele vor – seine energiegeladene Persönlichkeit, konzentriert und verdichtet in einem kleineren Körper. Der Junge musste eine Naturgewalt gewesen sein.

»Da unten … Dort kann man einfach nie wissen. Kinder werden benutzt wie Werkzeuge oder Waffen. Unsere Hemmung, Kindern etwas anzutun, ist eine Schwäche, die gegen uns verwendet wird. Und die Kinder haben keine Ahnung, was wirklich vor sich geht. Sie tun einfach, was von ihnen verlangt wird. Aber dann hat Asadi uns berichtet …« Steele hielt inne und schluckte. »Er hat uns erzählt, wie Khan ihn seiner Familie und seinem Zuhause entrissen hatte, als er gerade mal sieben gewesen war. Er hat gedroht, alle umzubringen, wenn Asadi versuchen sollte zu fliehen. Er hat dem Kind gesagt, es wäre viel zu schön für einen Jungen, und dass seine Schönheit Männer in Versuchung führe. Und ich konnte sehen, dass ein Teil von Asadi das für wahr hielt, obwohl er Khan hasste und wusste, dass er ein schlechter Mensch war. Ab da hab ich Asadi geglaubt«, flüsterte Steele. »Ich hab ihm geglaubt.«

Sanft legte ich ihm eine Hand auf den Rücken, damit er nicht erschrak – als wäre er ein Schlafwandler, den ich nicht aufwecken durfte. Steele war so in die Erinnerung versunken, dass der Vergleich ziemlich passend wirkte.

Er räusperte sich. »Einige der anderen waren sich da nicht so sicher. Besser immer alles doppelt prüfen, du verstehst? Aber dann hat Asadi uns seine Schulter gezeigt, wo Khan ihn wie ein Tier gebrandmarkt hatte.« Ihm versagte die Stimme. »Das war allen Beweis genug.«

»Schrecklich.« Ich presste mich ein wenig fester an ihn und hoffte, der leichte Druck würde mein Mitgefühl ausdrücken. Worte hätten seinen Schmerz sowieso nicht mildern können.

»Wir haben es ihm versprochen. Wir haben ihm versprochen, ihn zu beschützen und zurück zu seinen Eltern zu bringen.«

Steele verlor sich in der Erinnerung und starrte blicklos in die Ferne. Kleine Wellen spielten um unsere Beine und spülten den Sand unter unseren Füßen weg, sodass wir tiefer darin versanken. Über uns schrien die Möwen, und der Himmel war so blau, dass es fast schmerzte. Heiß brannte die Sonne auf uns herab und übersäte die Wasseroberfläche mit goldenen Splittern. Steele jedoch nahm nichts davon wahr. Er war weit weg, zurückgereist durch die Zeit in ein Land jenseits des Ozeans.

Eine größere Welle brach sich an unseren Beinen, spritzte hoch bis zu meinen Oberschenkeln, und als sie zurückwich, blieb ein dickes Bündel Seetang an Steeles Knie hängen.

Steele schüttelte den Kopf, als erwachte er aus einer Trance, bückte sich und schaufelte sich mit den Händen Salzwasser über Schultern und Brust, um sich abzukühlen.

»Wie auch immer. Asadi ist danach häufiger zu uns gekommen. Immer, wenn er es für sicher hielt, sich davonzuschleichen. Ich habe ihm Solitär beigebracht, und die anderen haben den Nachtisch aus ihren Tagesrationen für ihn aufgehoben. Er war unser Maskottchen, wie ein kleiner Bruder, der plötzlich zu uns gehörte.« Steele machte erneut eine kurze Pause. »Und er war verdammt nützlich. Entschlossen. Mutig. ›Asadi‹ ist Urdu und bedeutet ›Löwe‹, hatte er uns erzählt. Dem Namen wollte er gerecht werden.«

Wieder musste Steele schwer schlucken, und als er fortfuhr, ging seine Stimme beinahe in der warmen Brise unter. »Er hat uns mit Informationen versorgt, hatte jedes Mal etwas Neues zu berichten. Dank ihm konnten wir zwei Großtransporte abfangen. Beim ersten Mal waren es Drogen, beim zweiten Mal Waffen. Aber unsere eigentliche Aufgabe war es immer noch, den Schweinehund auszuschalten, und die Chefetage wurde langsam ungeduldig. Dann berichtete Asadi, dass Khan ein wichtiges Treffen plante. Wichtig genug, um die Jungs deswegen für vierundzwanzig Stunden auszuquartieren. Unsere eigenen Informationen besagten, dass ein mächtiger Mann aus den Reihen der Taliban auf dem Weg in das Gebiet war. Es schien alles zusammenzupassen, daher planten wir noch für dieselbe Nacht einen Angriff. Wenn Asadi nicht mehr in dem Haus sein würde und nicht die Gefahr von Kollateralschäden bestand.«

»Oh, fuck«, hauchte ich und wich ein wenig zurück, damit ich in sein Gesicht sehen konnte. Ich wünschte fast, ich hätte es nicht getan, so gequält wirkte er.

»Das trifft es ganz gut«, stimmte er mir zu. »Von Anfang an lief alles schief. Khan wusste Bescheid. Uns erwartete mehr Sicherheitspersonal, als wir während der ganzen Woche dort gesehen hatten, und sie eröffneten das Feuer, sobald wir über die Mauer kletterten. Es war unerklärlich, woher sie gekommen waren, denn wir hatten die Zugangsstraßen zu Khans Haus beobachtet. Und als wir ins Haus vorrückten …« Er brach ab und schüttelte den Kopf.

Ich umarmte ihn und hielt ihn ganz fest. Auf keinen Fall würde ich jetzt nachhaken. Obwohl mein Bauchgefühl mir sagte, dass er es aussprechen musste, es ausspülen musste wie Gift, das sich in seinem Körper angesammelt hatte. Ich hoffte inständig, er würde weiterreden. Steele legte mir einen Arm um die Schultern.

»Wir haben das Haus gestürmt, und da war Asadi«, fuhr er schließlich fort. »Khan benutzte ihn als menschlichen Schutzschild. Über das Headset brüllte der Einsatzleiter mir ständig ins Ohr: ›Schießen! Erschieß ihn! Los, Alvarez, erschieß ihn endlich!‹ Aber ich konnte es nicht. Ich wollte Asadi nicht gefährden. Einer meiner Männer schrie auf Dari: ›Duck dich, Asadi!‹ In diesem Moment begriff Khan, wer ihn verraten hatte.« Steele sah zu mir. »Ich hab es an seinem Blick erkannt. Er wusste es. Das Feuergefecht …«, fuhr er fort. »Warst du schon mal in einem Feuergefecht? Nein, natürlich nicht«, beantwortete er die Frage an meiner Stelle. »Die Schüsse sind furchtbar laut, Breckie. Jeder einzelne, so schrecklich laut. Und solche Shitshows sind die Hölle. Schüsse, schreiende Frauen und Explosionen. Deine Freunde gehen rechts und links von dir zu Boden. Putz splittert von den Wänden, die Luft ist voller Staub und Dreck. Du kannst nichts sehen und nichts hören.« Er presste sich einen Handballen auf ein Ohr und schüttelte den Kopf, als könnte er sich dadurch von der Erinnerung befreien. »Und du bist … Du bist so vollgepumpt mit Adrenalin, dass du deinen Herzschlag auf den Trommelfellen spürst.«

Den Kopf fest an Steeles Rippen gepresst, bildete ich mir ein, ich könnte *seinen* Herzschlag hören. Seine Brust hob und senkte sich, seine Lungen gierten nach Sauerstoff, als könnte jeder Atemzug der letzte sein, obwohl die Gefahr nur in seinem Kopf existierte. Diesmal zog sich sein Schweigen hin, und ich kämpfte mit mir. Sollte ich ihn drängen, mit mir zurück zum Haus zu kommen – und damit auch zurück in die Gegenwart? Oder sollte ich ihn fragen, was passiert war? Wollte ich das überhaupt wissen?

Nein. Wollte ich nicht. Aber Steele hatte das durchmachen müssen, und dieser tapfere afghanische Junge hatte ein schreckliches Schicksal erlitten. Da sollte ich wenigstens stark genug sein, um mir ihre Geschichte anzuhören.

Wie – oder ob – das Steele helfen würde, wusste ich nicht. Am Ausgang der Operation würde es nichts ändern. Doch wenn ich Steele durchs Zuhören ein wenig von der Last auf seiner Seele nehmen konnte, musste ich es tun. Für Asadi und für Steele. »Was ist dann passiert?«, fragte ich und wusste genau, dass ich die Antwort nie vergessen würde.

»Wir haben verloren.« Die Bitterkeit war zurück in Steeles Stimme. »Es war ein Gemetzel. Zwei meiner Männer waren gefallen. Von Khans Männern waren die meisten tot oder hatten sich ergeben. Er war erledigt, und das wusste er. Und dann? Hörte ich einen Helikopter näher kommen. Whup, whup, whup, der Rotorwirbel ließ das ganze Haus erzittern. Das war keiner von unseren, so viel war klar. Also musste es einer von Khans sein. Sein Ticket zur Flucht. Khan ging rückwärts zur Tür und hielt Asadi dabei fest an sich gedrückt. Er hielt ihn hoch, damit wir keinen Kopfschuss riskierten, und die ganze Zeit presste er dem Kind ein Messer an die Kehle. ›Ich bringe ihn um!‹, hat er geschrien. ›Das Miststück ist so gut wie tot!‹ Wir konnten nichts weiter tun, als die Waffen auf ihn gerichtet zu halten und ihm zu folgen. Und unmittelbar bevor er in den Heli sprang, hat das Schwein Asadi die Kehle aufgeschlitzt. Direkt vor unseren Augen, Breck. Er war nicht weiter von uns entfernt als die Sandbank da drüben. Es ist so schnell passiert, ich konnte es nicht verhindern. Er hat den Jungen umgebracht und uns seinen kleinen Körper vor die Füße geworfen.« Steele blähte die Nasenflügel wie ein wütender

Hengst die Nüstern. »Asadi lebte noch, als ich bei ihm ankam«, flüsterte er. »Doch er lag im Sterben, und sein Blick schien zu sagen: ›Du hast es doch versprochen.‹«

Es war so viel schlimmer, als ich es mir vorgestellt hatte.

Tränen strömten Steele über die Wangen, tropften in den Golf und erhöhten den Salzgehalt des Wassers.

Ich ließ meinen Tränen ebenfalls freien Lauf. Keine Ahnung, ob er sich seiner Tränen bewusst war, oder meiner Anwesenheit. Doch nach ein paar endlos erscheinenden Minuten schloss Steele seine starken Arme um mich und vergrub das Gesicht in meinen Haaren. Ein Zittern durchlief ihn.

Ich erstickte fast, so fest drückte er mich an seine Brust, während ich ihn mit aller Kraft umarmte, bis mir die Arme taub wurden. Steele klammerte sich an mich, als wäre ich sein Lebensretter, voller Vertrauen, dass ich ihn halten konnte.

Es war herzzerreißend, wunderschön und gleichzeitig auch irgendwie lächerlich, wie wir da so standen, und das beschrieb auch ziemlich genau uns. Was »uns« auch immer bedeuten mochte, wo man die Tage unserer Vielleicht-Beziehung doch an den Fingern beider Hände abzählen konnte und dazu nicht einmal alle benötigte.

Ich hatte mir so viele Gedanken darüber gemacht, was ich Steele sagen sollte und wie, dabei hatte Steele einfach nur meine Nähe gebraucht – dass ich zuhörte und für ihn da war.

Was perfekt war, denn genau das wollte ich.

Keine Ahnung, wie lange wir so dastanden. Aus dem Augenwinkel nahm ich ein paar ältere Damen wahr, die an uns vorbeispazierten, und Dutzende von Seevögeln erhoben sich in einem riesigen Schwarm vom Strand. Nichts davon drang wirklich zu uns durch.

Schließlich jedoch verdunkelten die heranziehenden Wolken des üblichen Nachmittagsgewitters den Himmel, und der Wind frischte auf. Der Regen brach wie eine Sintflut über uns herein und durchnässte uns bis auf die Haut.

»Shit!«, fluchte Steele. »Na komm, Apfelbäckchen.«

Er zog mich zum Haus zurück, aber ich kam nur widerstrebend mit. Ich wollte die anderen im Moment nicht sehen. Steeles Geschichte hatte mich aufgewühlt, ich fühlte mich nackt und verletzlich und wollte mir gar nicht erst vorstellen, wie es ihm erging. Ganz sicher würde ich nicht mitlachen können, wenn die anderen wieder ihre anzüglichen Witze über uns rissen.

Doch als wir am Pool ankamen, war niemand zu sehen. Vielleicht waren sie vor dem Regen ins Haus geflüchtet. Statt den Weg zur Terrasse einzuschlagen, steuerte Steele eins der Außengebäude an und zog mich mit hinein.

Es war ein Fitnessstudio. An einer Wand reihten sich ein Laufband, ein Crosstrainer und Freihanteln aneinander, an einer anderen mehrere Krafttrainingsgeräte. Schwarze, wie Puzzleteile miteinander verbundene Gummimatten bedeckten den Boden, und eine Wand war komplett verspiegelt, vermutlich, damit man seine Haltung darin überprüfen konnte.

Unglücklicherweise war meine Haltung gerade für die Tonne. Die Locken klebten mir platt am Kopf, und das Handtuch, das ich mir um die Taille gewickelt hatte, war völlig durchnässt. Ich riss es mir herunter und warf es in eine Ecke.

Sofort begann ich im kühlen Luftzug der Klimaanlage zu bibbern – anscheinend konnte man sie tatsächlich *zu kalt* einstellen. Wer hätte das gedacht? Doch Steele schloss mich wieder in die Arme, so, wie er es draußen am Strand getan hatte. Obwohl er genauso nass war wie ich, strahlte er wohlige Wärme aus. Ich kuschelte mich an ihn und vergrub die Nase in seiner Achsel.

»Rühr dich nicht vom Fleck«, murmelte er. Damit ließ er mich stehen und verschwand um eine Ecke im hinteren Teil des Raums. Ein paar Minuten später erschien er wieder und winkte mir triumphierend mit zwei großen weißen Badetüchern zu.

»Charlie hat wirklich an alles gedacht«, bemerkte ich, während Steele mir eins der Tücher um die Schultern legte und es verknotete, damit er mir die Arme durch den Stoff hindurch warm rubbeln konnte. Als ob ich Gefahr liefe, mir sonst eine Unterkühlung einzufangen.

»Da hinten gibt es sogar eine Sauna.« Steele runzelte die Stirn. »Wenn du dich aufwärmen möchtest, schalte ich sie ein. Es gibt auch eine Dusche.« Er griff nach dem zweiten Badetuch, von dem ich angenommen hatte, er hätte es für sich selbst mitgebracht, und schlang es mir um die Hüfte. Ich war eingewickelt wie ein Burrito.

Ein sehr warmer, innerlich aufgewühlter, wahnsinnig angetörnter und möglicherweise verliebter Burrito.

»Ich will weder in die Sauna noch unter die Dusche, Steele.« Was ich wollte, war eine weitere Runde Sex mit ihm. Ich brauchte ihn so sehr, dass ich mir die Details bereits in den wildesten Farben ausmalte. Noch bevor der Abend hereinbrach, würden meine Fingerabdrücke diesen Spiegel zieren.

Aber vorher hatten wir noch einiges zu klären. »Wir müssen reden. Wobei ich mir gut vorstellen kann, dass du für heute genug geredet hast«, sagte ich mitfühlend. Ich befreite eine Hand aus dem Tücherkokon und legte sie an seine Wange. »Dafür habe ich noch einiges zu sagen.«

Steele nickte mit hölzerner Miene und trat einen Schritt zurück. »Das hab ich mir schon gedacht. Hör zu, ich wollte wirklich nicht so auf dich losgehen. Mir ist völlig klar, dass ich es übertrieben habe. Dazu hatte ich kein Recht. Ich komme mir vor wie ein Idiot. Es tut mir leid. Und vielen Dank, dass du dir meine Jammergeschichte da draußen angehört hast.« Er deutet mit dem Daumen über die Schulter in Richtung Strand. »Das weiß ich sehr zu schätzen. Ich hätte dich damit aber nicht belasten sollen.«

Ich legte ihm die Hände um den Nacken. »Du bist wirklich ein Idiot.«

Als er dazu nickte, schüttelte ich ihn heftig – obwohl er mindestens sechs Tonnen auf die Waage brachte – und zwang ihn, mir in die Augen zu sehen.

»Sogar ein Vollidiot … Falls du denkst, ich wäre dem Universum nicht unglaublich dankbar dafür, dass es mir jemanden geschickt hat, der mich so unbedingt beschützen will, dass er deswegen völlig ausflippt. Vor allem jetzt, wo ich weiß, woher diese Angst kommt.«

Er runzelte die Stirn, als würde er nicht verstehen, was ich da sagte. Es war zu drollig … und grenzte ans Lächerliche. »Mann, Steele. Du bist fantastisch, weißt du das nicht? Aber du willst für jeden Verantwortung übernehmen, und das ist einfach zu viel für eine Person. Selbst du kannst nicht alles unter Kontrolle haben.« Ich presste die Lippen zusammen. »Ein Teil von mir würde sich gern zurückziehen und dir den Senator überlassen, während ich zu Hause bleibe und deinen Kameraknopf wieder annähe.« Mein Lächeln geriet etwas schief. »Aber das kann ich nicht.«

»Du hast jedes Recht auf Vergeltung. Das verstehe ich. Wirklich. Aber …«

»Darum geht es nicht«, erklärte ich. »Ich will unbedingt dabei sein. Das weißt du. Aber nach allem, was du mir erzählt hast, würde ich darauf verzichten oder dir wenigstens einen Kompromiss anbieten. Doch ich kann nicht.«

»Du *kannst* nicht?« Sein Griff um meine Taille war sanft, im Gegensatz zu dem Ausdruck in seinen dunklen Augen, mit denen er mich durchdringend ansah. Sein Blick war klar, als hätte irgendwas in meiner Stimme ihn endgültig aus dem Sumpf aus Schuldgefühlen und Erinnerungen befreit. »Warum nicht?«

Ich fuhr mir mit der Zunge über die Lippen. »Tjaaa.« Meine Kehle war trocken, und ich räusperte mich. »Danny war wohl nicht ganz ehrlich, als es darum ging, unsere Handys abzugeben.«

Steele riss die Augen auf. »Verdammt. Hat er jemanden angerufen? Jemanden, den du kennst? Kann Harlan ihn darüber hier aufspüren?«

»Nein«, beruhigte ich ihn. »Das glaube ich jedenfalls.« Ehrlich gesagt war mir der Gedanke, Snow White könnte Danny über das Handy ausfindig machen, noch gar nicht gekommen. Verdammt. »Muss er auch gar nicht. Danny hat ihm nämlich versprochen, dass wir zu der Party kommen. In sein Haus.«

Steele stand starr wie eine Statue, sogar den Atem schien er anzuhalten.

»Danny hat ihm einen Ring geklaut«, platzte es aus mir heraus. »In der Nacht, als er uns zusammengeschlagen hat. Danny kam für einen Moment zu sich, hat Harlan den Ring vom kleinen Finger gezogen, und dann hat er ihn geschluckt. Harlan hat entweder geschlafen oder war ohnmächtig.« Ich schüttelte den Kopf. »Danny konnte nicht klar denken. Er war völlig außer sich vor Angst und dachte, wir würden die Nacht nicht überleben. Der Ring sollte bei der Obduktion unserer Leichen als Hinweis auf Harlan dienen.«

»Er sieht eindeutig zu viel fern«, fauchte Steele.

»Definitiv! Aber wie gesagt, er war völlig aufgelöst, und … Na ja, Harlan muss klar gewesen sein, dass einer von uns den Ring gestohlen hat. Wahrscheinlich hat er die Nacht mit uns wie üblich auf Video aufgenommen und gesehen, dass es Danny war. So muss es jedenfalls gelaufen sein, denn er hat Danny Nachrichten geschickt und ihm mit dem Tod gedroht, falls er den Ring nicht zurückgibt.«

Ich merkte selbst, dass ich plapperte, und konnte nur hoffen, dass Steele mich nicht einfach stehen ließ. Erst jetzt ging mir auf, wie dumm, kurzsichtig und selbstsüchtig es gewesen war, ihm und auch den anderen diese Information vorzuenthalten. Das hatte ich meinem verdammten Stolz zu verdanken – wieder einmal.

»Er hat Danny Todesdrohungen geschickt?« Steeles Stimme rutschte eine Oktave in die Höhe. »Und keiner von euch hat es für nötig gehalten, mir das zu sagen? Oder überhaupt einem von uns?«

»Ich hab es erst gestern Abend herausgefunden«, entgegnete ich. »Aber … ja. Wir haben es für uns behalten. Ich hatte befürchtet, du und Ridge, oder wahrscheinlich ihr beide, würdet Danny und mich dann ganz aus der Sache raushalten. Außerdem war ich sauer auf dich, weil du mich im Medienraum so hast abblitzen lassen und wie ein Kind behandelt hast, das nicht weiß, was es will.«

»Hast du wirklich gedacht, es würde für deine innere Reife sprechen, wenn du uns so etwas verheimlichst?«

Ich zuckte zusammen. »Es tut mir leid. Ganz ehrlich. Das war total egoistisch. Und leider war das auch noch nicht alles. Bevor du von Harlans Party zurückgekommen bist, hat Danny in meinem Zimmer Harlan über das gesicherte Tablet, das Josie uns gegeben hat, eine Nachricht geschickt, dass wir am Samstag kommen. Und den Ring mitbringen.«

Steele blickte mich mit versteinerter Miene an. Schließlich nickte er. »Okay.«

»O… Okay?«, stotterte ich. »Einfach so? Okay, wie in: Du findest dich damit ab, hasst mich aber dafür? Oder: Okay, du akzeptierst meine Entschuldigung? Oder …«

»Oder: Okay, ich hab endlich kapiert, dass du nicht zu Hause bleiben und Knöpfe für mich annähen willst.« Danach, wie er den Kopf schüttelte, war er eher von uns beiden genervt als nur von mir allein. »Das würde auch gar nicht zu dir passen. Also gut, dann gehen wir so vor wie ursprünglich geplant und nehmen nur ein paar kleine Anpassungen vor. Und ich muss wohl an meiner Überfürsorglichkeit arbeiten. Denn ich verstehe, dass du das Gefühl brauchst, selbst die Kontrolle über dein Leben zu haben.«

»Ich kann ziemlich penetrant sein«, stellte ich fest. »Und stolz bin ich auch.«

»Einfallsreich, würde ich sagen«, konterte er und zog mich an sich, sodass sein harter Bauch gegen meinen drückte. »Und du bist beharrlich und knickst nicht leicht ein. Das gefällt mir, Apfelbäckchen. Das sind Eigenschaften, die ich sehr schätze. Wir müssen einfach daran arbeiten, denn am liebsten möchte ich dich zukünftig in Watte packen, und sobald ich das versuche, wirst du wieder sauer. Sosehr ich auch drauf stehe, wenn du die Stacheln aufstellst, absichtlich wütend machen möchte ich dich nicht.«

Zukünftig.

Dann war das hier also nicht das Ende. Und höchstwahrscheinlich spürte er genau wie ich – auch wenn ich es bisher geleugnet hatte, weil es dafür noch viel zu früh war –, dass wir die Chance auf etwas Langfristiges hatten.

Gefühle, die ich nicht benennen konnte, schnürten mir die Kehle zu. Ich öffnete den Mund und klappte ihn wieder zu. »Ich könnte versprechen, dir einen Tritt in den Hintern zu verpassen, wenn du es wieder versuchst«, brachte ich schließlich heraus.

»Daran zweifle ich keine Sekunde.« Er zögerte, bevor er weitersprach. »Ich werde versuchen, mich zurückzunehmen. Aber du solltest auch wissen, dass ich nicht immer der Gute bin. Wie zum Beispiel auf der Party bei Harlan. Dann kann ich keine Kompromisse eingehen. Wenn wir dort sind, machst du, was ich dir sage, und zwar ohne zu zögern. Wenn ich sage: ›Duck dich‹, duckst du dich. Wenn ich sage: ›Lauf‹, dann verwandelst du dich in den besten Usain-Bolt-Imitator, den die Welt je gesehen hat. In Ordnung?«

»Ja. Na klar.«

Er nickte besänftigt, und ich gab ihm einen Kuss mitten auf die Brust. Was für ein Kerl. Fürsorglich und vernünftig, konsequent und sensibel und heißer als Höllenfeuer. Er war perfekt. Jedenfalls in meinen Augen.

Doch als ich mich auf die Zehenspitzen stellte und ihn küssen wollte, verstärkte er seinen Griff um meine Taille und hielt mich zurück. »Da ist noch etwas, das du wissen solltest, Breck.«

In seiner Stimme klang eine Spur von Unbehagen mit. »Und das wäre?«

»Nach Asadis Tod hielten die Befehlshaber uns für befangen und zogen uns ab. Sie wollten abwarten, bis Haji Khan erneut irgendwo auftauchte, und dann einen anderen Weg finden, ihn unauffällig auszuschalten. Aber ich konnte nicht einfach abwarten. Meine Männer genauso wenig. Eine Woche später hatten wir den Bastard in Masar-e Scharif ausfindig gemacht und …«

»Habt ihn und alle ausgeschaltet, die für ihn gearbeitet haben?«, führte ich den Satz zu Ende.

Er kniff die Augen zusammen. »Hat Wes dir das erzählt? Oder hast du das Material gesehen, das Charlie gegen mich verwendet?«

Damit erpresste Charlie ihn also. Doch da Charlie offensichtlich kein totaler Mistkerl gewesen war, hätte ich darauf gewettet, dass diese Informationen nie ans Tageslicht gekommen wären, selbst wenn Steele den »Auftrag« abgelehnt hätte.

»Nein.« Ich erwiderte seinen Blick, ohne mit der Wimper zu zucken. »Wes hat mir kein Sterbenswörtchen verraten. Musste er gar nicht. Ich hab es mir gedacht, weil ich genau dasselbe getan hätte. Und ich würde es keine Sekunde lang bereuen.«

Seine dunklen, ernsten Augen leuchteten auf. »Ich weiß ja nicht, wo du so plötzlich hergekommen bist,

Breck Pfeiffer, aber so langsam gelange ich zu der Überzeugung, dass ich Charlie einen großen Gefallen schuldig bin.«

Ich grinste ihn an. Das sah ich ganz genauso. Irgendwie hatte ich den einzigen Kerl auf dem ganzen Planeten gefunden, der meine Schwächen für Stärken hielt und mich ansah – hitziges Temperament und Ballast aus der Vergangenheit inklusive –, als wäre ich das Kostbarste auf der Welt für ihn.

»Und vielleicht«, flüsterte ich, »schuldest du mir auch einen Gefallen.« Ich stellte mich wieder auf die Zehenspitzen, und diesmal hielt er mich nicht zurück. Ich schlang die Arme um seinen Nacken und wisperte: »Vielleicht solltest du lieber sichergehen, dass ich weiß, wie man gehorcht.«

Ein Schauer durchlief ihn, der sich auch auf mich übertrug. Seine Arme schlossen sich um mich wie Eisenbänder. »Ich wärme dich auf«, versprach er, und ich protestierte nicht, obwohl mir alles andere als kalt war.

Ich hatte nicht das Bedürfnis, dagegenzuhalten oder zu widersprechen, denn ich vertraute darauf, dass Steele genau das tun würde, was wir beide brauchten.

KAPITEL 13

STEELE

Ich musste Breck einfach küssen, wie hätte ich auch widerstehen können? Er hatte mich von meiner schlimmsten Seite erlebt und sich trotzdem nicht von mir abgewandt. Nie hätte ich mir vorstellen können, dass mich einmal jemand so bedingungslos akzeptieren würde.

Nachdem ich ausgeflippt und davongelaufen war, hatte er sich auf die Suche nach mir gemacht, sich meine Geschichte angehört und mich verstanden. Er hatte mir nicht gesagt, ich solle mich beruhigen oder dass alles wieder in Ordnung käme – denn das war unmöglich, und das wusste er. Asadis Tod würde ich niemals ganz überwinden und für den Rest meines Lebens mit mir herumtragen.

Aber mit sehr viel Glück würde ich diesen Rest auch mit Breck verbringen.

Ich packte mit jeder Hand eine seiner Pobacken und hob ihn hoch, woraufhin er mir die Beine um die Taille legte und die Arme in meinem Nacken kreuzte.

Mit einer Hand streichelte er meinen Kopf und küsste mich mit festen, warmen Lippen. Schlank, wie er war, hatte ich kein Problem damit, ihn mit einem Arm zu halten. Bei meinem täglichen Krafttraining stemmte ich weit größere Gewichte. Ich schob einen Arm unter seinen Hintern und drückte ihn mit dem anderen sanft an mich, bis kein Blatt Papier mehr zwischen uns gepasst hätte. Am liebsten wäre ich mit ihm verschmolzen.

Seine Küsse hatten etwas Drängendes, Verzweifeltes. Ein Zittern überlief ihn, und das Badetuch rutschte von seinen Schultern und fiel zu Boden. Warm und weich presste er sich an mich, was mich daran erinnerte, dass ich im Gegensatz zu ihm noch feucht und kalt war. Er würde sich noch eine Lungenentzündung holen, wenn ich jetzt nicht aufhörte, ihn zu küssen – zumindest so lange, bis ich mich abgetrocknet hatte. Vielleicht sollten wir irgendwo hingehen, wo es wärmer war. Und es ein Bett gab.

All das hätte ich tun können, doch dazu kam es nicht.

Er löste seine Lippen von meinen, küsste stattdessen meinen Hals und leckte mir das Regenwasser von der Haut. »Du bist nass. Und kalt und köstlich.« Er streckte die Beine und wollte sich an mir hinabgleiten lassen, doch ich hielt ihn fest. Mit einer Hand packte ich den Bund seiner winzigen Badehose und zog ruckartig daran. Das Ergebnis war, dass er mit den Füßen in der Luft in meinen Armen hing. Das verbliebene Badetuch hatte sich um seine Hüften hochgeschoben und gewährte mir einen freien Blick auf seinen Hintern.

Den ich auch genießen wollte. Ich drehte mich um, sodass ich uns im Spiegel sehen konnte. »Wenn das nicht verdammt sexy ist.«

»Lass mich runter, du Neandertaler«, forderte er mich lachend auf.

»Gleich.« Seine Pobacken hatten die perfekte Größe für meine Hände, und ich genoss das Gefühl, wie sie sich in meine Handflächen schmiegten. Zu gern wollte ich mit der Zunge seinen glatten, gebräunten Rücken erforschen und die Finger in seinen blonden Locken vergraben.

»Jetzt reicht's aber!« Er gab mir einen Klaps auf die Schulter, war aber nicht wirklich sauer. »Du bist kalt. Lass mich runter.«

Widerstrebend setzte ich ihn ab. Das Badetuch, das ihm von den Hüften rutschte, und der Anblick seines nackten Körpers trösteten mich allerdings ein bisschen. Dank des Spiegels konnte ich ihn von allen Seiten bewundern – ein herrlicher Anblick.

Bevor ich dem Drang nachgeben und ihn mit dem Rücken gegen den Spiegel drücken konnte, beugte er sich vor und schob mir ebenfalls die Badehose herunter. Ich schaffte es, sie mir von den Füßen zu streifen, während ich mir gleichzeitig das nasse Shirt über den Kopf zog.

»Du bist echt multitaskingfähig.« Mit einem der Handtücher, das er vom Boden auflas, rubbelte er mich flüchtig von den Schultern bis zu den Füßen trocken. Wie er da so vor mir hockte, befand sich sein Gesicht auf gleicher Höhe mit meinem Schwanz, den er gierig beäugte.

»Hmmm.« Er grinste, dann nahm er mich in den Mund.

Oh, fuck. Die Hitze seines Mundes auf meiner kalten Haut ließ mir die Knie weich werden. Ich kippte nach vorn und konnte mich gerade noch mit den Handflächen am Spiegel abfangen.

Breck lachte und ließ meinen Schwanz dann mit einem Ploppen aus seinem Mund gleiten, damit er mit der Zunge die Unterseite liebkosen konnte. Oben angekommen, schloss er die Lippen um die Spitze, grub mir die Finger in den Hintern und schob mich tief in seinen Mund hinein.

»Oh Gott. Fuck!« Wie ferngesteuert griff ich mit einer Hand nach seinem Hinterkopf und hielt ihn so an Ort und Stelle, mit der anderen packte ich ihn an der Schulter. Ich versuchte, mich zurückzuhalten. Diesmal würde ich mir Zeit nehmen, wofür ich beim ersten Mal keine Geduld gehabt hatte. Alle Zeit der Welt wollte ich mir lassen. Wie viel blieb uns wohl, bevor uns jemand vermissen würde?

Breck ließ die Zunge um meine Eichel kreisen und saugte kräftig daran. Unwillkürlich schloss ich die Augen, griff blind nach seiner Wange und streichelte sie. Dieser Junge – nein, dieser Mann – trieb mich in den Wahnsinn. War es falsch, sich während eines Blowjobs zu verlieben? War es denn Liebe, was ich empfand? Würde ich es überhaupt merken, wenn es Liebe wäre?

Brecks Hand schloss sich fester um meine Hoden. Keuchend riss ich die Augen auf. Er hockte sich auf die Fersen und massierte seinen harten Schaft. »Komm schon, Babe. Komm in meinem Mund. Bitte.« Es war schon fast ein Flehen. Er bog den Rücken durch und lehnte den Kopf gegen den Spiegel. Genüsslich schloss er die Augen und stieß rhythmisch in seine eigene Faust. Die Erregung trieb ihm die Röte in die Wangen, von wo sie sich über seinen Hals bis hinunter zu der Kuhle zwischen seinen Schlüsselbeinen ausbreitete.

Mein Gehirn erlitt einen Kurzschluss. Ich gewährte ihm noch einen tiefen Atemzug, dann griff ich nach seinem Lockenschopf und zog ihn zu mir heran. Ich schob ihm meinen Schwanz zwischen die Lippen und bewegte mich mit harten, schnellen Stößen in seinem Mund. Er hustete erstickt, packte mich mit einer Hand an der Hüfte und umklammerte dann meinen Hintern. Seine Nägel bohrten sich mir in die Haut, als er mich tiefer aufnahm. Ich vergaß, wie man atmete.

Unfassbar heiß.

Im Rhythmus meiner Stöße fuhr er dabei an seinem eigenen Schaft auf und ab. »Oh verdammt. Sieh mich an, Breck. Sieh mich an.« Ich zog ihn an den Haaren, bis er zu mir aufblickte. In seinen blauen Augen brannte die Leidenschaft, seine roten Lippen schlossen sich fest um meinen Penis. Sein Adamsapfel bewegte sich, als er schluckte. Von seinem Mundwinkel erstreckte sich ein glitzerndes Rinnsal bis hinunter zu seiner Brust, die sich heftig hob und senkte, als er versuchte, gleichzeitig zu atmen und mich zum Höhepunkt zu bringen.

Mir entfuhr ein Aufschrei, den man bestimmt noch im Haupthaus hören konnte. Ich schlug mit der Faust gegen den Spiegel und zog mich aus Brecks himmlischem Mund zurück. Auf die Knie sinkend, umfasste ich sein Gesicht mit beiden Händen und holte ihn für einen Kuss zu mir heran.

Ich liebe dich, ich liebe dich, das war alles, was ich denken konnte, als ich mich selbst auf seinen Lippen schmeckte. Doch ich sagte es nicht laut. Die Erinnerung an Asadis Tod lauerte noch zu dicht unter der Oberfläche meines Bewusstseins und gab mir das Gefühl, kein Recht darauf zu haben.

Breck wich zurück, eine Hand an meiner Wange. Ich schmiegte mein Gesicht in seine Handfläche, musste die Verbindung zwischen uns spüren, mich vergewissern, dass er mich auch wirklich wollte. Seine Pupillen waren so geweitet, dass vom Blau seiner Augen fast nichts mehr zu sehen war. »Steele«, wisperte er, »Baby, ich …«

»Steh auf«, unterbrach ich ihn. Ich wollte es zuerst sagen, aber ich konnte es nicht. Noch nicht.

Er stand auf, und ich zog ihn wieder an mich, küsste ihn leidenschaftlich und hoffte, dass er mich dennoch verstand. »Dreh dich um, und schau dich im Spiegel an.«

Als er der Aufforderung folgte, nahm ich seine Hände und legte mir seine Arme um den Hals. »Bleib so.«

Ein Schauer durchlief ihn, doch er blickte mir im Spiegel weiterhin fest in die Augen.

Wir sahen fantastisch aus. Breck war so viel schmaler als ich, seine Haut deutlich heller, trotz seiner Sonnenbräune. Sein steifer Schwanz bewegte sich im Rhythmus seiner Atemzüge auf und ab. Mir fielen tausend Dinge ein, die ich mit ihm tun wollte. Unaussprechliche, schmutzige und doch so wundervolle Dinge, an denen wir beide unseren Spaß hätten. Ich wünschte mir verzweifelt, in sein wunderschönes Gesicht zu schauen, wenn ich ihn zum Höhepunkt brachte, ihm zeigte, wie gut ich für ihn war.

Ich streichelte ihn am ganzen Körper, liebkoste seine Hoden, führte eine Hand an seinem Schaft auf und ab und reizte seine Brustwarzen, bis er sich in meinen Armen wand.

Sein Rücken presste sich an meinen Schwanz, und ich konnte nicht aufhören, mich an ihm zu reiben.

»Mach schon, Steele.« Er entzog sich meiner Umarmung, beugte sich vor und stützte sich mit den Händen an der Wand ab. Der Blick, den er mir über die Schulter zuwarf, war eine unmissverständliche Einladung. »Komm schon, Baby, jetzt mach endlich. Bitte.«

Ich schwöre, dass ich mich nur deshalb nicht sofort ohne einen Gedanken an ein Kondom, Gleitgel oder Vorspiel in ihm versenkte, weil der Winkel einfach unmöglich war.

Mit einem weiteren gequälten Seufzer ließ ich mich erneut auf die Knie sinken. Ich spreizte seine Pobacken und fand mit der Zunge seinen Eingang.

Seine Knie gaben ein wenig nach, als er aufstöhnte, doch ich hielt ihn an der Hüfte gepackt aufrecht. Er schmeckte nach Regen und Meer, und ich bereitete ihn mit Zunge und Fingern vor, bis er mich um mehr anbettelte und ich ihn nicht mehr halten konnte. »Bitte«, japste er auf Händen und Knien. »Gott, fuck, mach endlich.« Die Erregung hatte ihm erneut die Röte ins Gesicht getrieben, und sie erstreckte sich von seinen Ohren bis zu den Brustwarzen. Ungezügelte Lust lag in seinem Blick.

»Kondom«, stieß ich hervor.

»Sind keine da!«

»Doch. Warte kurz.« Ich küsste ihn aufs Steißbein und rannte ins Badezimmer. Alle Schubladen riss ich auf, bis ich endlich die Kondome und die Tube mit Gleitgel fand, die ich einige Tage zuvor nach einer Trainingseinheit dort entdeckt hatte. Kurz darauf war ich zurück bei Breck.

»Setz dich auf mich.« Ich riss die Kondompackung auf, dann legte ich mich rasch mit dem Kopf in Richtung Spiegel vor ihm auf den Rücken. »Und schau dir dabei im Spiegel zu.«

»Ja. Fuck, ja.« Breck schnappte sich das Kondom, streifte es mir über und hatte Gleitgel darauf verteilt, bevor ich auch nur blinzeln konnte. Die Augen fest auf unser Spiegelbild gerichtet, setzte er sich auf mich und brachte meinen Schwanz in Position. Wir stöhnten beide auf, als er mich mit einer einzigen geschmeidigen Bewegung in sich aufnahm.

»Verdammt, du fühlst dich so gut an.« Ich hob Kopf und Schultern vom Boden, damit ich verfolgen konnte, wie mein Schwanz in ihm verschwand und wieder aus ihm herausglitt.

»Du bist so tief in mir drin.« Er stöhnte. »Du bist so groß, so perfekt. Perfekt für mich. Und wir sehen verdammt gut zusammen aus.«

Das stimmte. Seine helle Haut bildete einen reizvollen Kontrast zu meinem dunkleren Ton, genau wie sein schlanker, starker Körper zu meiner deutlich muskulöseren Statur. Hell und dunkel, kräftig und schmal gebaut, hätten wir gegensätzlicher nicht sein können.

Immer wenn ich das Tempo ändern wollte, ignorierte Breck mich. Er schüttelte den Kopf, gab mir einen Klaps und ritt mich so schnell oder langsam, sanft oder hart, wie er es wollte. Es war keine Frage, wer hier den Ton angab. Er strich abwechselnd über seinen eigenen Penis, meinen Oberkörper und meine Schultern. Manchmal beugte er sich für einen Kuss zu mir herunter. Dabei schlang ich die Arme um ihn, und er umklammerte mich mit den Schenkeln. Gefangen zwischen unseren Körpern, rieb sich sein Schwanz bei jedem Stoß an meinem Bauch.

Ich seufzte enttäuscht, als er den Kuss abrupt unterbrach. »Verdammt, du fühlst dich so gut an.« Breck lehnte sich zurück und stützte sich auf meinen Oberschenkeln ab, während er mich so tief wie möglich in sich hineintrieb. Der veränderte Winkel bewirkte, dass ich dabei seine Prostata streifte, was ihm bei jedem Stoß ein Stöhnen entlockte.

Ihm zitterten bereits die Beine, und von seiner Eichel fiel ein erster klarer Lusttropfen auf mich herab. »Breck«, wisperte ich, bettelte um etwas, für das ich keine Worte fand. »Bitte, Breck.«

»Ich bin hier, Baby. Hier bei dir.« Er beugte sich über mich und sah mir tief in die Augen. »Ich bin am Leben und du auch.« Er richtete sich auf und senkte sich wieder auf mich nieder. »Zusammen legen wir einem sehr bösen Mann das Handwerk, und du wirst mich beschützen und für meine Sicherheit sorgen.«

In diesem Moment gehörte ich ganz ihm, meinem aufregend verruchten Engel, der sich auf mir bewegte und dabei mein Herz und meine Seele in den Händen hielt. »Ich würde für dich sterben«, schwor ich. Dabei hatte ich das gar nicht sagen wollen, es war mir einfach so herausgerutscht.

Breck ließ sich hart in meinen Schoß fallen, in seinen Augen loderte die Lust. »Tu das nicht. Das ist das Letzte, was ich will.«

»Was willst du dann?« Ich erbebte unter ihm, und jede Faser meines Körpers wartete gespannt auf seine Antwort, während die Woge der Ekstase mich so sehr mitriss, dass ich glaubte, darin unterzugehen. Alles. Ich würde alles für ihn tun.

»Ich will, dass du lebst«, flüsterte er und schob sich mit unendlicher Langsamkeit an meinem Schaft empor. »Ich will, dass du glücklich bist.« Er hielt gerade noch rechtzeitig inne, bevor ich aus ihm herausglitt. Ich konnte nichts anderes tun, als abzuwarten. Er wölbte sich mir entgegen und rieb seinen harten, glänzenden

Schwanz, stöhnte bei jeder Bewegung genüsslich auf. Plötzlich ließ er sich nach vorn fallen und landete mit den Händen auf meiner Brust. »Und ich will, dass du mich so fickst, als würdest du das auch wollen«, verlangte er.

Also tat ich ihm den Gefallen.

Ich packte ihn an den Hüften. Er hielt sich jetzt über mir und zwang mich dadurch, zu ihm zu kommen und mir zu holen, was ich wollte. Ich stieß bis zum Anschlag in ihn hinein. Das Geräusch unserer aufeinandertreffenden Körper übertönte fast mein Stöhnen und die Rufe, mit denen Breck mich anfeuerte. »Ja, Baby, härter!«

Nichts konnte meinen Orgasmus noch aufhalten. Meine Hoden waren schmerzhaft prall und hatten sich bereits zusammengezogen. Breck würde am nächsten Morgen ganz sicher mit meinen Fingerabdrücken auf seinen Hüften aufwachen. Mein Herz raste, die Spannung in mir hatte längst die Grenze zwischen Lust und Schmerz erreicht und baute sich trotzdem immer noch weiter auf.

»Ich kann nicht … fuck … Babe« – mehr brachte ich nicht heraus, bevor ich zum letzten Mal mit aller Kraft in ihn hineinstieß. Ich schrie viel zu laut auf, und jeder Muskel in meinem Körper spannte sich an, als ich länger und heftiger kam als je zuvor. Mir stockte der Atem, meine Lunge brannte, es flimmerte mir vor den Augen.

Nur am Rande bekam ich mit, dass Breck ebenfalls aufschrie und sich sein warmes Sperma vom Kinn bis zur Brust auf mir verteilte.

Mit zitternden Beinen senkte ich die Hüften, bis ich wieder Bodenkontakt hatte. Breck brach auf mir zusammen, sein Kopf landete auf meiner Brust. Ich umarmte ihn so fest, wie ich konnte. Immer noch in ihm, bewegte ich mich ganz träge weiter. Ich wollte unser leises Stöhnen und die kleinen Schauer so lange wie möglich auskosten.

So blieben wir ein Weilchen schweigend liegen, küssten uns zärtlich und streichelten einander, bis wir wieder zu Atem kamen und bemerkten, wie verschwitzt und gleichzeitig ausgekühlt wir waren.

Breck zuckte zusammen, als er sich aufsetzte und sein Körper sich mit einem schmatzenden Geräusch von meinem löste. »Wir haben dringend eine Dusche nötig, Baby.«

Ich folgte mit den Daumen der Kontur seiner Hüften. »Weißt du was, ich glaube, außer meiner Mutter hat mich noch nie jemand ›Baby‹ genannt.«

»Soll ich damit aufhören?«

Darüber musste ich nicht einmal eine halbe Sekunde lang nachdenken. »Nein. Mir gefällt das aus deinem Mund.«

»Schön.« Er beugte sich zu mir herunter, vorsichtig darauf bedacht, mich nicht zu berühren, und küsste mich. »Baby?«

»Ja?«

»Wir sind eklig verschwitzt und sollten duschen.«

»Ja, gleich. Erst noch ein Kuss?«

Er lächelte mich an. »Einer ist noch drin.«

KAPITEL 14

BRECK

Bekleidet mit nichts weiter als einer mit Elefanten bedruckten Pyjamahose und einem T-Shirt, die ich mir ein paar Tage zuvor aus Ridges Zimmer geklaut hatte, stahl ich mich mitten in der Nacht aus meinem Zimmer und den Flur hinunter. Ich versuchte, so leise wie möglich zu sein, aber mein Magen knurrte so laut, dass ich wahrscheinlich das ganze Haus aufwecken würde.

Das Abendessen war bereits in vollem Gang gewesen, als Steele und ich, frisch geduscht und nackt unter unseren Badetüchern, endlich zurück ins Haus gekommen waren. Die anderen hatten sich mit Josie – und vielleicht Miranda – in der Küche versammelt, von wo das Klirren von Gläsern und das Klappern von Besteck durch den Flur zu uns herüberschallten. Auf Zehenspitzen, wie die Diebe, die wir gelegentlich waren, hatten wir uns barfuß und mit noch feuchten Haaren durch die Terrassentür hineingeschlichen und einen Blick gewechselt. *Sollen wir wirklich zu den anderen gehen? Wie hungrig bist du?* Dann hatten wir uns angegrinst, weil wir beide zu der Erkenntnis gekommen waren, dass wir großen Appetit hatten. Wenn auch nicht aufs Abendessen.

Unfassbar, dass ich mir noch vor einer Woche nicht hatte vorstellen können, je wieder Sex zu haben. Steele hatte die wiederbelebende Wirkung eines Defibrillators auf meine tot geglaubte Libido. Ich war wieder ganz der Alte, und offenbar unersättlich.

Verschwommen erinnerte ich mich daran, dass Steele mich irgendwann nach unserer dritten Runde geweckt und gefragt hatte, ob ich einen Snack wollte. Ich war jedoch wunderbar erschöpft gewesen und viel zu erledigt für irgendetwas anderes als Schlafen. Wahrscheinlich hatte ich nicht einmal die Augen richtig aufgekriegt, geschweige denn ein verständliches Wort herausgebracht. Jetzt war es allerdings drei Uhr morgens, und mein Magen war kurz davor, sich selbst zu verdauen. Da blieb mir nichts anderes übrig, als mein weiches Bett und den Mann zu verlassen, der es anscheinend genoss, meine Matratze zu spielen, und mich auf die Suche nach etwas Essbarem zu machen. Ich hegte die begründete Hoffnung, dass Josies Küche besser ausgestattet war als die in meinen letzten Unterkünften.

Auf dem Weg durch das dunkle Wohnzimmer blickte ich durch die riesigen Fenster aufs Meer hinaus. Mondlicht brach sich glitzernd auf den Wellen, und der weiße Strand schimmerte silberhell, so weit das Auge reichte. Es war ein herrlicher Anblick, bei Tag ebenso wie bei Nacht. *Du hast es ganz schön weit gebracht, Breck Pfeiffer aus Alamosa, Colorado.* Alles in allem konnte ich mich ziemlich glücklich schätzen.

Die Innenbeleuchtung der mit Glastüren versehenen Küchenschränke tauchte den Raum in einen goldenen Schein. An einer Wand hatte Josie Müslispender aufgestellt, die mich an die in der Cafeteria unserer

Highschool erinnerten. Ermuntert vom Knurren meines Magens nahm ich eine Schale und wollte sie gerade mit Cornflakes füllen, als mich jemand von hinten ansprach.

»Es ist noch *carne asada* übrig«, bot Ridge an. »Das ist doch dein Lieblingsessen. Hübsche Hose übrigens.«

Ich fuhr herum. Ridge saß auf der Eckbank vor einer Auswahl mit Alufolie bedeckter Teller und Plastikschüsseln. Seine Haare waren genauso zerzaust wie meine, und zu einer Pyjamahose mit aufgedruckten Affen trug er ein knallpinkes Tanktop.

Mit der Gabel schob er einen der Teller in meine Richtung. »Reis und Bohnen gibt es auch. Nimm dir einen Teller, ich wärme sie für dich auf.«

»Das kann ich auch selbst machen.« Ich tauschte die Schale gegen einen Teller und ging vorsichtig zum Tisch. Unser Verhältnis war angespannt, und in letzter Zeit war es zwischen uns so schlecht gelaufen, dass ich befürchtete, er könnte mich wieder anschreien.

Ich beschloss, dass es mir egal war. Es machte mich wahnsinnig, wenn wir nicht miteinander sprachen. Besonders, seit mir klar geworden war, welch große Rolle mein Stolz dabei gespielt hatte. Ich wollte das unbedingt ins Reine bringen. »Wieso liegst du um diese Zeit nicht im Bett und schläfst?« Ich versuchte, lässig zu klingen, und füllte gleichzeitig meinen Teller mit Steak, Reis und Gemüse. »Hast du beim Abendessen nicht genug abbekommen?«

Ridge zuckte mit den Schultern und sah nachdenklich auf die Tortilla hinunter, die er üppig mit Fleisch, Salsa und Bohnenmus beladen hatte. »Mir geht so viel im Kopf herum. Und du weißt ja, mit vollem Magen kann ich besser denken.«

Ich nickte. In unserer Jugend waren leere Mägen unsere Hauptsorge gewesen. »Machst du dir Sorgen wegen der Sache mit Harlan?«

Er legte die Tortilla auf den Teller und leckte sich nachdenklich die Soße vom Daumen. »Ach, eigentlich nicht. Wir sind ein gutes Team, und ich glaube, dass wir das schon hinkriegen.«

Ich runzelte die Stirn. »Was ist es dann?«

»Na ja.« Ridge wandte den Blick ab, fixierte die Glastüren, die zur Terrasse führten, und trommelte mit den Fingern auf die Tischplatte. »Es hat mich wirklich gestört«, setzte er an und sah abrupt wieder zu mir her, »wie Wes gestern mit Danny umgesprungen ist. Er hat totalen Bullshit von sich gegeben. Es kam so rüber, als würde er Danny dafür verurteilen, dass er als Escort arbeitet.«

Ich zog eine Augenbraue hoch. »Stimmt. Weil er das ziemlich sicher auch so gemeint hat.« Ich zuckte mit den Schultern. »Oder er hat sich einfach nur wie ein Arsch benommen. Könnte auch sein. Allerdings ist es doch so: Die meisten Leute halten es für völlig akzeptabel, Sex zu haben, weil einem langweilig ist, man betrunken oder neugierig ist, ein schlechtes Gewissen oder einfach Lust darauf hat, einen die Gier überkommt oder man zu einer Heirat gezwungen wird, weil das dem Vater die Herrschaft über Europa einbringt.« Bei jedem Punkt tippte ich mit der Gabel gegen einen meiner ausgestreckten Finger. »Aber wehe, man tut es für Geld. Dann wird man plötzlich mit Verachtung gestraft.«

Ich steigerte mich in die Sache hinein, was das Letzte war, was ich gerade gebrauchen konnte. Daher zwang ich mich zu einem tiefen Atemzug und einem Schulterzucken. »Ich verstehe ja, dass Sex in den Augen der

Gesellschaft immer nur in tiefstem Einverständnis zwischen Leuten stattfinden sollte, die sich wirklich etwas bedeuten. Ist ja auch toll, wenn es so ist.« Ich lächelte und dachte an den Mann oben in meinem Bett. Für mich war Sex auf dieser Basis *unendlich* viel besser. »Aber so ist es nun mal nicht immer oder für jeden, und dafür sollte sich keiner schämen müssen.«

Zu meiner größten Überraschung nickte Ridge. »Seh ich genauso. Solange es einvernehmlich ist, finde ich es in Ordnung.«

Mir fiel die Kinnlade runter. Ich wäre nicht weniger erstaunt gewesen, wenn er verkündet hätte, die Erde wäre eine Scheibe. »Aber du … In D. C. hast du gesagt … Das klang auch sehr …«

Ridge zog eine Grimasse. »Ja, ich weiß. Nach der Unterhaltung heute ist mir das auch aufgegangen. Anfangs habe ich gar nicht verstanden, warum du so sauer auf mich warst. Aber nachdem Wes ganz ähnliche Sachen zu Danny gesagt hat wie ich zu dir, ist es mir klar geworden. Ich schwöre dir, ich wollte dich nicht verurteilen, Breckie. Wie viel Sex du hast oder mit wem, geht mich nichts an.« Er hielt kurz inne. »Na gut, das stimmt nicht ganz. Es ist mir wichtig, dass es jemand ist, der dich anständig behandelt und nicht windelweich prügelt oder dich zu irgendwas erpresst.«

Ich neigte den Kopf von links nach rechts, als würde ich darüber nachdenken. »Ja, okay. Kann ich nachvollziehen.«

»Aber abgesehen davon, dass ich mir Sorgen um deine Sicherheit mache, bin ich der Letzte, der hier den Moralapostel spielen sollte. Ich verdiene meinen Lebensunterhalt schließlich mit Diebstahl.«

Ich zog einen Stuhl unter dem Tisch hervor und ließ mich darauffallen. »Aber warum hast du dann überhaupt all diese Sachen gesagt?«

»Weil ich wütend auf mich selbst bin.« Er biss sich auf die Lippe und schüttelte den Kopf, den Blick auf irgendetwas hinter mir gerichtet. »Ich habe dich nur in D. C. gelassen, weil ich wollte, dass du eine Chance auf einen Neuanfang bekommst. An einem Ort, wo unsere Vergangenheit keine Rolle spielt und du dich neu erfinden kannst, als … Keine Ahnung, wer auch immer du sein wolltest. Ich wollte nicht, dass die Leute dich mit einem Dieb in Verbindung bringen.«

Mir zog sich der Magen zusammen, und ich erkannte, dass ich bisher nicht wirklich verstanden hatte, warum er nicht bei mir geblieben war.

»Ich dachte, du bist gegangen, weil ich dir ein Klotz am Bein war«, flüsterte ich.

»Was?«

»Mir ist schon klar, dass du nur das Beste für mich willst. Sicherheit, ein glückliches Leben …« Mit einer Geste wischte ich alle seine Bedenken, ich hätte etwas anderes annehmen können, vom Tisch. Keine Sekunde lang hatte ich an Ridges guten Absichten gezweifelt. »Aber ich hab auch angenommen, dass du mich aus dem Weg haben wolltest, damit du dir selber was Größeres und Besseres aufbauen konntest. Zuletzt hast du gar nicht mehr mit mir über deine Jobs gesprochen, obwohl du das vorher immer gemacht hast. Das hat sich angefühlt, als wärst du aus dem Leben mit mir herausgewachsen und hättest beschlossen, deinen naiven kleinen Bruder zum Spielen aufs College zu schicken, damit du in Ruhe die Unabhängigkeitserklärung stehlen und einen Schatz finden konntest.«

Er sah mich aus zusammengekniffenen Augen ungläubig an. »Erstens würde ich nie die Unabhängigkeitserklärung stehlen. Das passiert nur in Filmen mit Nicolas Cage. Du kennst doch noch die wichtigste Regel für Diebe, oder?«

Ich lachte. »Lass die Finger von allem, was du nicht verkaufen kannst.« Ich fuhr mir mit der Hand über die Augen. »Richtig. Wie konnte ich das vergessen?«

»Mhm. Zweitens, wie kommst du darauf, dass ich dich irgendwie überholt haben könnte? Du bist das Beste an mir, Breckie. Du und ich, wir sind ein Team.« Er deutete erst auf mich, dann auf sich, und ich spürte einen Kloß im Hals. »Du bist der schlaue Kopf von uns beiden. Ich bin fürs Grobe zuständig.«

»Wie bitte?«, protestierte ich. »Das stimmt ja wohl vorne und hinten nicht.«

Er zuckte mit den Schultern. »Doch, wenn du es aus meiner Sicht betrachtest. Meine Aufgabe war es, dich zu beschützen, und was habe ich gemacht? Dich allein und völlig schutzlos zurückgelassen.«

Ich ließ hörbar den Atem entweichen, es klang wie eine Mischung aus Stöhnen und Seufzen. »Was ist das nur mit mir und den überfürsorglichen Kerlen?«, fragte ich die Decke. »Ist das mein Päckchen, das ich zu tragen habe?«

Ich hätte es allerdings schlimmer treffen können. Nachdem ich mich monatelang richtig einsam und verlassen gefühlt hatte, war mir das sehr bewusst.

»Letztendlich hab ich es nicht so gut hingekriegt, auf mich selbst aufzupassen. Sonst wäre ich nicht hier gelandet«, räumte ich ein. »Aber immerhin bin ich hier. Und lebe noch. Und ich will nicht, dass jemand die

Verantwortung für mein Leben übernimmt.« Ich schob das Essen auf dem Teller hin und her, bis ich mit allem herausplatzte, was mir seit Tagen im Kopf herumging. »Es tut mir leid, dass ich mich wie ein Vollidiot benommen habe. Ich weiß, dass du dir Sorgen um mich gemacht hast. Aber genau das wollte ich nicht. Diesmal wollte ich dich beschützen.«

»Mich beschützen?« Ridge schob den Teller von sich und konzentrierte sich voll auf mich. »Wie meinst du das?«

Ich seufzte. Jetzt kam der Teil, bei dem Ridge sicher völlig ausrasten würde. Hoffentlich befanden sich keine scharfen Messer in seiner Reichweite.

»Ich meine, dass ich Mom das Geld nicht gegeben habe, weil sie mir was vorgeheult hat. Ehrlich gesagt bin ich ziemlich enttäuscht von dir, weil du das überhaupt geglaubt hast. Für so blöd kannst du mich doch nicht halten.« Ich lehnte mich zurück und versuchte, die Situation mit Humor zu entschärfen. »Ich habe der Frau schon dabei zugesehen, wie sie sich einen Finger in den Hals gesteckt und einem Cop vor die Füße gekotzt hat, damit er sie nicht wegen Ladendiebstahls verhaftet. Da falle ich doch nicht auf ihr Gejammer rein, von wegen, sie hätte sich geändert und wäre jetzt ein ganz anderer Mensch.« Ich schnaubte verächtlich. »Sie wird sich nie ändern. Kann sie gar nicht. Sie ist und bleibt eine falsche Schlange.«

Ridges Nasenflügel blähten sich, und er schob das Kinn vor. »Stimmt. Was hast du also mit dem Geld gemacht?« Seine Stimme war leise und klang bedrohlich.

Ich schluckte schwer. »Ich hab es ihr gegeben. Das war nicht gelogen. Unsere Erzeugerin hatte mich angerufen und erzählt, die Cops wären bei ihr im Wohnwagen gewesen und hätten sie zu einem Diebstahl im Denver Art Museum befragt, der in der Nacht passiert ist, bevor wir abgehauen sind.« Ich rieb mir das Kinn. »Und dass sie der Polizei verraten würde, wie du in der Nacht nur kurz nach Hause gekommen und gleich wieder abgezischt bist. Und dass du uns mit kleinen Diebstählen über Wasser gehalten hast, seit du zehn warst. Außerdem wusste sie, dass du meine Studiengebühren mit Diebstählen finanziert hattest, und meinte, wenn ich ihr das Geld gebe, hält sie den Mund.«

»Dieses Miststück«, entfuhr es ihm.

Ich verschränkte die Finger auf der Tischplatte. »Das ist sie. Es tut mir echt leid, Ridge. Wenn ich nur wüsste, warum sie das tut.«

»Vielleicht hat es was damit zu tun, dass sie drogensüchtig und Alkoholikerin ist …«

»Ja, aber ich frage mich wirklich, ob sie schon immer so war oder ob sie durch die Sucht so geworden ist.« Ich schaute auf meine Hände hinunter. »Und ich wollte nicht, dass du herausfindest, was für ein … Du weißt schon.«

»Miststück sie ist?«, wiederholte er. »Das ist doch kein Geheimnis.«

»Ein solches Miststück ist, dass sie dich verpfiffen hätte, wenn ich ihr das Geld nicht gegeben hätte«, korrigierte ich. »Dass sie so weit gehen würde, hat mich schon überrascht.«

Ridge seufzte. »Mhm. Dabei hätte sie es den Cops ruhig erzählen können.«

Ich runzelte die Stirn. »Sie kann zwar nichts beweisen, aber den Cops hätte der Hinweis vielleicht genügt, um …«

Ridge schüttelte den Kopf. »Nein. Das war alles Bullshit. Ich hab nie was aus dem Museum gestohlen.« Er legte den Kopf schief. »Außer damals, als wir mit der Schule dort waren. Da hab ich uns was zu essen aus dem Souvenirladen geklaut, weißt du noch?«

»Was? Aber du bist in der Nacht doch wirklich völlig abgehetzt nach Hause gekommen und hast darauf bestanden, dass wir sofort abhauen. Du hattest richtig fette Beute gemacht.«

»Stimmt«, bestätigte er. »Aber nicht im Museum.« Nach einer kurzen Pause fuhr er fort: »Ich hab aufgehört, dir von meinen Jobs zu erzählen, weil ich nicht will, dass du je für mich lügen musst, Breck. Du solltest mit diesem Mist nichts zu tun haben. Das will ich immer noch.«

Röte schoss mir in die Wangen, bis mein Gesicht regelrecht glühte, und mir wurde ganz flau. »Oh nein«, flüsterte ich. »Oh nein, ich bin so ein verdammter Idiot.«

Ridge schüttelte den Kopf. »Bist du nicht.«

»Entschuldige, aber da bin ich anderer Meinung. Verdammter Scheiß!« Ich stand auf und lief in der Küche auf und ab. Dabei hielt ich mir den Kopf, weil mir vor Wut fast der Schädel platzte. Ich konnte mich nicht erinnern, jemals so sauer gewesen zu sein. Nur gut, dass unsere Mutter sich nicht in der Nähe befand, denn in meiner Verfassung hätte ich der Polizei liebend gern detailliert ihre eigenen Straftaten der letzten zwanzig Jahre geschildert. Selbst wenn es bis zum nächsten Abend gedauert hätte.

Was ungefähr hingekommen wäre.

»Komm runter, Breckie.« Ridge zog den Teller zu sich heran, faltete in aller Seelenruhe die Tortilla zusammen und biss herzhaft hinein.

Ich starrte ihn an, als hätte ein Alien seinen Körper übernommen.

»Ist doch irgendwie süß«, nuschelte er mit vollem Mund, »dass du mich beschützen wolltest.«

»Süß? Abgesehen davon, dass ich ihr das Geld gegeben habe, obwohl sie dir gar nicht hätte schaden können. Das sind Tausende von Dollar, die wir für immer abschreiben können.«

Er nickte bestätigend. »Ja. Abgesehen davon.« Er biss erneut von seiner Tortilla ab. »Aber es geht nicht um das Geld.« Er hielt kurz inne. »Okay, doch, aber nur, weil es wirklich viel Geld war. Aber ich hab jetzt eine AmEx-Centurion-Kreditkarte.« Kauend grinste er mich an. »Wenn du zurück ans College willst, kann Charlie dir das Studium aus dem Jenseits finanzieren.« Er wackelte mit den Augenbrauen.

Mit zittrigen Beinen setzte ich mich hin. Noch vor einer Woche hatte ich keinen Ausweg mehr gewusst, und jetzt standen mir plötzlich alle Möglichkeiten offen. Ganz ehrlich, ich war direkt ein bisschen überfordert.

»Ich weiß nicht, ob ich das will. Kann sein, dass ich für eine Weile genug vom College habe.« Ich wollte erst einmal sehen, wo es Steele hinzog, und mit ihm zusammen überlegen, wie es weitergehen sollte.

Ridge grinste mich wissend an. »Ja, so was hab ich mir schon gedacht.«

»Es waren mehr als fünfzigtausend Dollar«, stellte ich verbittert fest. Irgendwie schien das wichtig zu sein, als müsste ich das ganze Ausmaß meiner Dummheit beichten, damit ich mit der Angelegenheit abschließen konnte. »Deshalb gab es so viele Abhebungen. Deshalb ist das Konto jetzt auch immer noch leer, obwohl ich schon monatelang für Cisco gearbeitet habe. Sie kam immer wieder und hat noch mehr verlangt.« Ich wand mich unter seinem Blick. »Du musst ja gedacht haben, ich wäre der schlechteste Escort-Boy der Welt, so pleite, wie ich war.«

Ridge schob meinen Teller zu mir hin, als Aufforderung, etwas zu essen.

Darum musste er mich nicht zweimal bitten. Nun, da die Stimmung zwischen uns nicht länger so angespannt war, war mein Hunger mit schwindelerregender Heftigkeit zurückgekehrt. Ich griff nach der Gabel und ließ es mir schmecken.

»Ich will ehrlich zu dir sein.« Ridge fuhr sich mit den Fingern durch die Locken. »Auch wenn ich vom moralischen Standpunkt her nichts gegen deine Arbeit als Escort einzuwenden habe, möchte ich lieber nicht darüber nachdenken, wie erfolgreich du damit warst.«

Ich hatte den Mund voller Reis und verkniff mir daher ein Schnauben. »Verständlich.«

»Und ich wäre nicht unbedingt begeistert, wenn du wieder in diesen Beruf einsteigst«, sagte er leise. »Deine Entscheidung, schon klar. Aber es ist verdammt gefährlich, Breck. Und jetzt mal unter uns: Du hast es doch nicht gemacht, weil du Spaß daran hattest, sondern aus demselben Grund wie die meisten anderen. Du hast dringend Geld gebraucht, und als du mal damit angefangen hattest, konntest du nicht mehr aussteigen.«

Ich nickte langsam. Damit hatte er nicht ganz unrecht. »Ich wollte nicht, dass du mal wieder alles für mich in Ordnung bringen musst.«

»Breck«, sagte er und klang dabei so ernst, dass ich von meinem Teller aufsah und ihn anblickte. »Ist dir noch nie der Gedanke gekommen, dass ich mich um dich kümmere, weil ich das möchte? Und nicht, weil ich denke, du wärst dazu nicht selbst in der Lage? Dafür zu sorgen, dass es dir gut geht, ist das einzig Anständige, was ich in meinem Leben erreicht habe, Bruderherz.« Er grinste reumütig. »Und zu guter Letzt hab ich sogar das vermasselt. Sonst hättest du dich doch bei mir gemeldet, als es brenzlig wurde und du Hilfe gebraucht hast.«

Oh Mann. So hatte ich das noch nie betrachtet. Während ich mich immer wie ein Schmarotzer oder Schnorrer gefühlt hatte, war Ridges Sichtweise eine ganz andere gewesen.

»Wie wäre es, wenn wir uns von jetzt an umeinander kümmern?«, schlug ich vor, nur um gleich darauf die Nase zu rümpfen. »Verdammt, Kitschalarm. Das kam jetzt viel zu schmalzig rüber, sogar für meine Verhältnisse.«

Ridge schnaubte. »Allerdings.« Er spähte über meine Schulter und lächelte. »Und ich glaube, dafür hab ich auch ein wenig Konkurrenz.« Er wies mit dem Kinn Richtung Tür, und als ich mich umdrehte, entdeckte ich Steele. Er lehnte mit verschränkten Armen an der Wand und beobachtete uns. Auf dem Weg hinunter musste er einen Abstecher in sein Zimmer gemacht haben, denn er trug ein enges schwarzes T-Shirt und Cargoshorts, die ihm gefährlich tief auf den Hüften saßen.

Ich leckte mir die Lippen. Er sah verdammt heiß aus.

»Keine Konkurrenz«, korrigierte Steele sanft. »Unterstützung.« Er kam zu mir herüber und nickte zu meinem Teller hin. »Kann ich was abhaben?«

Ich grinste ihn an. »Vielleicht. Wenn du was Passendes zum Tausch anzubieten hast.«

Er beugte sich zu mir, drückte ein Bein gegen meins und küsste mich. »Mmm. Lecker.«

Ja, genau wie er.

Als er sich wieder aufrichtete, schaute ich zu Ridge hinüber, um seine Reaktion einzuschätzen, aber er verdrehte nur die Augen.

»Wenn du dich zu uns setzen willst, bring den Limettenkuchen aus dem Kühlschrank mit«, wies er Steele an. Ich verkniff mir ein Lächeln – das war Ridges Art, uns zu zeigen, dass er unsere Beziehung akzeptierte, und das genügte mir.

Steele holte den Kuchen und brachte noch eine große Schüssel Salat und eine Sechserpackung Bier mit. Währenddessen zog ich einen Stuhl für ihn hervor und besorgte ihm einen Teller.

»Und, habt ihr weiter an unserem Plan für die Party bei Harlan herumgetüftelt, während wir, äh, beschäftigt waren?« Steele räusperte sich, während er Platz nahm.

»›Beschäftigt‹ damit, es wie die Karnickel zu treiben, meinst du wohl«, sagte Leo, als er die Küche betrat und gähnte. Unrasiert, mit zerzaustem Haar und in Jeans und T-Shirt hätte man ihn glatt für einen normalen Menschen halten können.

»Hey.« Ein warnender Unterton lag in Steeles Stimme, doch Leo reagierte darauf nur mit einem Schnauben.

»Als ob das irgendjemanden interessiert.« Er nahm sich einen Teller aus dem Schrank und pflanzte sich auf den Stuhl neben Ridge. »Gibst du mal den Reis rüber, Breck?«

Wortlos reichte ich ihm den Plastikbehälter.

»Wir sind mit der Planung nicht ganz fertig geworden.« Er schaufelte sich Reis auf den Teller. »Zum einen, weil wir deinen Input brauchen, und zum anderen, weil wir nicht wussten, ob Breck und Danny eingeplant werden sollen.« Er blickte von mir zu Steele. »Ist zwischen euch alles geklärt? Machen wir weiter wie geplant?«

Steele nickte. »Ja, mit ein paar Anpassungen. Breck will dabei sein, also kommt er mit. Und Danny auch, falls er möchte.«

»Er möchte.« Danny kam schlaftrunken in die Küche geschlurft, mit nichts weiter als seinen Boxershorts am Leib, und kratzte sich träge den nackten Bauch. »Hey, sind noch welche von diesen süßen Pfannkuchendingern übrig?«, wollte er von Leo wissen. »Die gute Florida-Luft macht hungrig.«

»Von den *molletes*? Woher soll ich das wissen? Schau im Kühlschrank nach.« Unausgeschlafen, wie er war, klang Leo ziemlich ruppig. »Sehe ich etwa aus, als wäre ich hier für die Desserts zuständig?«

»Du siehst aus wie der Kerl, der vier davon zum Abendessen verdrückt hat«, gab Danny gelassen zurück. Er öffnete den Kühlschrank und spähte hinein, als hoffte er, die Pfannkuchen würden ihm in die Arme springen. »Alle übrigen gehören mir.«

»Oh, wie kommst du denn darauf, Junior?« Leo schaute von dem Gemüse auf, das er auf seinen Teller häufte. »Wenn du sie findest, bringst du sie her, und ich teile sie zwischen uns auf.«

»Oh, jetzt bist du also doch fürs Dessert zuständig?« Danny verdrehte die Augen und grinste herausfordernd. »Vergiss es. Kampflos gebe ich sie nicht her.«

Ich wechselte einen Blick mit Ridge, und wir brachen beide in leises Lachen aus. Selbst wenn man den Berg an Essen nicht mitzählte, den Leo gerade in sich hineinstopfte, brachte er locker zwanzig Kilo mehr auf die Waage als Danny.

»Ich setze zwanzig Dollar auf Leo«, sagte Ridge. »Sorry, Danny.«

Danny schnaubte beleidigt.

»Wenn du schlau bist, setzt du auf Danny«, warf Steele ein. »Er ist ein wendiges Kerlchen. Und Leo hat schon viel zu viel gegessen.«

Danny grinste ihn an und nickte ihm mit erhobenem Kinn zu.

»Das ist ein Alles-oder-nichts-Dessert-Match«, verkündete Ridge mit seiner besten Ansagerstimme. »In diesem schonungslosen Kampf kann es nur einen Gewinner geben.«

»Hey! In meiner Küche wird nicht um Essen gekämpft! Wenn etwas alle ist, mache ich einfach mehr davon.« Josie kam durch eine Seitentür neben der Terrasse herein, die mir bisher nicht aufgefallen war, weil sie unauffällig in die Schrankwand integriert war. Mit einem leichten Klaps auf Dannys Schulter scheuchte sie ihn vom offenen Kühlschrank weg.

»Was sucht ihr denn?«

»Molletes.« Danny sah sie bittend an und klimperte mit den Wimpern.

Josie griff nach einem großen Glasbehälter und hielt ihn triumphierend in die Höhe. »Ha. Glücklicherweise bin ich auf alle Eventualitäten vorbereitet.« Sie stellte den Teller auf die Arbeitsplatte. »Soll ich sie dir aufwärmen, Schätzchen?«

»Ja, bitte!«, rief Leo, was ihm einen Ellbogenstoß von Ridge einbrachte. »Was denn?«, nuschelte er mit vollem Mund. »Die Dinger schmecken verdammt lecker.«

Darüber musste Josie lachen. »Es sind genug für alle da.«

Danny setzte sich auf den freien Platz zwischen Ridge und mir. Steele zog meinen Stuhl näher an seinen heran und legte mir einen Arm um die Schultern, während ich mir eine zweite Portion Steak schmecken ließ. Es war wirklich köstlich.

»So, bitte sehr, Jungs.« Mit diesen Worten stellte Josie ein paar Minuten später eine riesige Servierplatte mit in Sirup getränkten Pfannkuchen mitten auf den Tisch. Der süße Duft von Zimt stieg mir in die Nase. »Möchtest du mal versuchen, Breck?«

Ich nickte, schaute zu ihr auf und erstarrte mitten in der Bewegung. Es war mir bisher nicht aufgefallen, doch sie war von Kopf bis Fuß gekleidet, als würde sie gleich an einem Achtzigerjahre-Aerobic-Kurs teilnehmen. Vom geflochtenen violetten Stirnband über den Gymnastikanzug bis hin zu den pinkfarbenen Stulpen und knöchelhohen Sportschuhen wirkte sie ganz so, als hätte Jane Fondas Geist von ihr Besitz ergriffen.

»Heirate mich, Josie«, forderte ich sie auf.

Sie lächelte auf mich herunter. »Würde ich ja, Schätzchen, aber ich hab mir geschworen, nur dann noch einmal zu heiraten, wenn ich die Hübschere in der Beziehung bin.« Sie zwinkerte mir zu. Dann schmunzelte sie bei dem Anblick, wie wir alle zulangten, als gäbe es kein Morgen. »Ihr seid früh auf heute.«

»Ich bin eigentlich auf der Suche nach einem Mitternachtssnack.« Wes kam hereingeschlendert und trug noch dieselben Klamotten und denselben säuerlichen Gesichtsausdruck zur Schau wie am Vortag. Stirnrunzelnd musterte er Josie. »Hab ich verpasst, dass du heute eine Jazzdance-Fitnessstunde für uns abhältst?«

Josie ignorierte das. »Setz dich da drüben hin, ich bringe dir eine Tasse Kaffee.«

Wes sah zu Danny, der es geflissentlich vermied, den Blick zu erwidern. »Nein, danke. Wenn überhaupt, hätte ich lieber ein paar Chips und einen Energydrink. Die ganze Nachtarbeit ist ziemlich anstrengend.«

»Energydrink? Zu viel von dem Zeug, und du warst die längste Zeit ein Mann«, informierte ihn Josie. »Hab ich im Internet gelesen.« Ihr Lächeln war arglos, aber etwas in ihrer Miene verriet mir, dass, egal wie gut diese Typen in ihren jeweiligen Spezialgebieten auch sein mochten, sie jedem von ihnen haushoch überlegen war. »Setz dich«, wiederholte sie. »Du kriegst einen extrastarken Espresso. Wenn du den getrunken hast, machst du bis nächste Woche kein Auge mehr zu. Aber im Gegenzug isst du etwas dazu. Vielleicht vergesse ich dann, dass du in meiner Küche das Wort ›Energydrink‹ ausgesprochen hast.«

Wes überlegte anscheinend kurz, ob er Widerspruch einlegen wollte, hob letztendlich jedoch kapitulierend die Hände und setzte sich möglichst weit entfernt von Danny an den Tisch. Offensichtlich wollte er eine Auseinandersetzung vermeiden.

Pech für ihn, dass Danny das nicht so sah.

»Du musst ja ganz erschöpft sein. Ist bestimmt anstrengend, die ganze Nacht lang Fantasy-Spiele mit deinen pickelgesichtigen Onlinefreunden zu spielen, was? ›Hilf mir, PussyDestroyerXXX!‹«, ahmte er mit schriller Stimme nach. »›Der Troll hat schon fast meine Burg gestürmt! Ohne deine magische Unterstützung hält mein Fallgitter nicht mehr lange stand!‹« Er warf Wes einen herausfordernden Blick zu. »Klingt nach echt hartem Ausdauertraining.«

Wes hob eine Augenbraue und erwiderte Dannys Blick. »Erstens«, begann er völlig ausdruckslos, »woher kennst du meinen Usernamen? ›PussyDestroyer‹ nennen mich nur meine engsten Freunde.«

Ich brach in Gelächter aus, genau wie alle anderen. Sogar Danny prustete widerwillig und schüttelte den Kopf.

»Und zweitens, weil du dir so große Sorgen um mein, äh … Fallgitter machst – meine Burg wurde seit Jahren nicht mehr eingenommen. Du kannst also ganz beruhigt sein, Danny.« Er lächelte lässig. »Wie du das interpretieren möchtest, bleibt dir überlassen.«

Ridge ließ einen Pfiff ertönen.

»Oh, du liebe Güte, führt ihr beiden immer noch diesen Balztanz auf?« Carson erschien in einem burgunderroten gesteppten Bademantel, schnappte sich im Vorbeigehen ein Stück Fleisch und ließ sich auf den Stuhl neben Wes fallen. »Fallt endlich übereinander her, und bringt es hinter euch.«

Wes kniff die Augen zusammen und musterte ihn scharf. »Äh, Kumpel, du hast da was …« Er strich mit den Fingern über seine eigene Brust und zeigte dann auf Carsons.

Der senkte den Blick auf den v-förmigen Ausschnitt seines Bademantels, wo ein blaues, an eine Rune erinnerndes Symbol zu sehen war. Hektisch zog er die Mantelhälften zusammen und hielt sie mit einer Hand geschlossen. Die Fingernägel hatte er sich schwarz lackiert.

»Sorry«, meinte er leichthin und streckte die andere Hand nach einem weiteren Stück Steak aus. »Ich hatte eine Videokonferenz.«

Ridge und ich wechselten einen Blick über den Tisch hinweg, während Leo zu Wes hinüberschaute und lautlos die Lippen bewegte. »Videokonferenz?« Wes zuckte nur mit den Schultern.

Ich hätte zu gern gewusst, in welche Persönlichkeit Carson diesmal geschlüpft war. Es musste ziemlich cool sein, sich mental aus dem eigenen Leben auszuklinken und für eine Weile jemand anders zu sein. Allerdings erschien mir ein solches Leben mittlerweile, da ich geborgen in Steeles warmer Umarmung saß, deutlich weniger verlockend als noch vor ein paar Tagen.

Leo räusperte sich. »Schön, da wir jetzt alle anwesend sind«, er sah nacheinander jedem von uns in die Augen, »können wir auch gleich festlegen, wie wir auf Harlans Party vorgehen wollen.«

Steele kniff mich sanft in den Arm, und als ich ihn anblickte, nickte er mir ermutigend zu.

»Äh, gutes Stichwort«, meldete ich mich zu Wort. »Danny und ich müssen Harlan einen Ring zurückgeben.«

»Einen Ring?« Wes' Blick schoss zwischen Danny und mir hin und her. »Erklärung, bitte.«

Also berichtete ich, anfangs zögernd, was Danny getan hatte und was wir beide uns diesbezüglich überlegt hatten.

Nach meiner Zusammenfassung lehnte ich mich an Steele und wappnete mich innerlich für den Ärger der anderen. Doch alle blieben ganz gelassen.

»Ihr habt also gar keine andere Wahl, als am Samstagabend dort aufzutauchen.« Leo nickte. »Das können wir zu unserem Vorteil nutzen.«

»Hast du den Ring?«, wandte sich Wes an Danny. »Also, hier bei dir? In Florida?«

Danny bestätigte das mit einem Nicken. »Oben in meinem Zimmer.«

»Dann kann ich ihn vielleicht verwenden. Je nachdem, wie er aussieht, kann ich eventuell einen Peilsender anbringen. Damit wüssten wir immer, wo das Arschloch sich gerade aufhält«, überlegte Wes laut. »Kannst du ihn mir schnell holen?«

»Klar.« Danny blickte Wes stirnrunzelnd an. »Aber willst du mir nicht vorher noch an den Kopf werfen, wie dumm es war, den Ring zu klauen? Und hinter eurem Rücken dem Senator eine Mail zu schreiben?« Er schien auf das Schlimmste gefasst zu sein.

Wes zuckte mit den Schultern. »Ich kann nicht für die anderen sprechen, aber ich werde ganz sicher nichts dergleichen sagen. Warum solltest du dich Leuten anvertrauen, die du kaum kennst? Ich vertraue manchen nicht, die ich schon seit Jahren kenne, geschweige denn diesen Schwachköpfen hier.« Seine Geste schloss uns alle mit ein.

Carson nickte zustimmend.

Ridge schnaubte. »Hach, Wes, irgendwann werde ich schon dafür sorgen, dass du mich liebst und mir dein Vertrauen schenkst.« Er stützte das Kinn auf die übereinandergelegten Hände und himmelte Wes augenzwinkernd an.

»Wenn du mir so kommst«, erklärte Wes, »wird das garantiert nie passieren.«

Ridge warf eine Tortilla nach ihm.

»Wes hat recht.« Leo hatte endlich aufgehört zu essen und rieb sich, das Kinn in die Hände gestützt und tief in Gedanken versunken, mit dem Zeigefinger über die Unterlippe. »Hauptsache, du vertraust uns jetzt. Wenn wir zusammenarbeiten, kriegen wir das hin.«

Die gemütliche Kameraderie am Tisch hatte plötzlich etwas Elektrisierendes. Wir setzten uns auf, und Ridge sammelte die Teller ein. Aus dem Essbereich wurde das Zentrum unserer Planungsaktivitäten, die Küche verwandelte sich in die Einsatzzentrale.

»Wes, holst du bitte deinen Laptop?«, bat Leo. »Und Josie? Wir brauchen jede Menge Kaffee. Ich habe nämlich eine Idee.«

KAPITEL 15

STEELE

»Ich bin drin.«

Erleichtert atmete ich auf, als ich Ridges Stimme in meinem Ohr vernahm. Der Junge war gut, richtig gut. Floristen, Reinigungskräfte wie auch das Catering- und Servicepersonal waren den ganzen Tag über in Harlans Landhaus ein und aus gegangen. Obwohl ich Ausschau nach Ridge gehalten hatte, war er von mir unbemerkt ins Haus geschlüpft. Ich hatte erst mitgekriegt, dass er bereits dort war, als er sich über Funk meldete.

Bei unserer letzten Besprechung hatte ich ihm eine Liste mit geeigneten Verstecken und Computerstandorten im Haus überreicht, die mir während des ausführlichen Rundgangs als neuer Chef von Harlans Securityteam aufgefallen waren. Es gab einen PC im Büro, der wenig benutzt wirkte, und den Laptop des Senators, den er im Schlafzimmer aufbewahrte, wenn er nicht daran arbeitete.

Die gute Neuigkeit war, dass zu den Sicherheitskräften außer mir nur noch der Muskelprotz zählte, der die VIP-Räume bewachte, wo die Escorts arbeiten würden, und einen weiteren Securitymitarbeiter an der Eingangstür, der zusammen mit einer Frau die

Zugangsberechtigungen der Hilfskräfte für die Party kontrollierte. Wir mussten uns keine Gedanken um patrouillierende Sicherheitsleute auf dem Gelände machen, und es gab auch keinen bewaffneten Wachmann, der an einem Schreibtisch die Monitore der Sicherheitskameras im Auge behielt. Es wäre fast zu einfach gewesen, hätte es nicht auch ein paar überaus schlechte Neuigkeiten gegeben.

Ich hatte einige von Harlans versteckten Kameras ausfindig gemacht, mit denen er das Material für seine Erpressungen filmte, und festgestellt, dass die Aufnahmen auf Band gespeichert wurden. Digital natürlich, aber das änderte nichts daran, dass wir diese Bänder finden mussten, wenn wir Harlan wirklich endgültig jedes Druckmittel gegen die Mächtigen in D. C. nehmen wollten. Darüber hinaus mussten wir noch sämtliche Onlinekopien erwischen, die Harlan vielleicht irgendwo gespeichert hatte – die sprichwörtliche Nadel im Heuhaufen.

Berücksichtigte man, dass Harlans Haus fast genauso groß war wie Charlies und über ungefähr eine Million Schlafzimmer, Badezimmer, Schränke und Spielzimmer verfügte, in denen sein Safe versteckt sein konnte – ganz abgesehen von der riesigen Jacht, die am Flussufer lag –, glich unser Vorhaben einer Besteigung des Mount Everest in einer Badehose bei Nacht. Ich konnte nur hoffen, dass Harlan einer dieser altmodischen reichen Kerle war, die ihre Wertsachen in einem Safe hinter dem Gemälde eines lang verstorbenen Vorfahren oder einem gefälschten Van Gogh aufbewahrten.

An dieser Stelle kam Ridge ins Spiel. Er hatte auf der Party gleich zwei Aufgaben zu erledigen. Zuerst sollte er mit einem von Wesley präparierten USB-Stick einen Virus installieren, der nicht nur alle Daten auf Harlans Rechnern zerstören würde, sondern offenbar auch alle in der Cloud abgelegten Dateikopien. Und in der Bonusrunde musste er den Safe aufspüren, knacken und – sofern sie sich dort befanden – die Originalbänder daraus mitnehmen.

Wobei ich zugeben musste, dass mir die Idee von Leo, Carson und Wesley, wie sie den Senator dazu bringen wollten, sich öffentlich selbst zu belasten, auch schon gereicht hätte. Falls es funktionierte, würde Harlan sich nie wieder in Brecks Nähe wagen, selbst wenn er nicht im Gefängnis landete oder all seine Macht verspielte.

Der Plan stand fest, jetzt mussten wir ihn nur noch ausführen.

Nachdem ich mir einen möglichst genauen Überblick über das Haus verschafft hatte, hatten wir, ausgehend von den wahrscheinlichsten Szenarien, unterschiedliche Vorgehensweisen geplant. Flexibilität war der Schlüssel zum Erfolg unserer Mission.

Der Senator mochte ein Irrer sein, doch er war ein verlogener, gefährlicher Irrer, der bereits einmal versucht hatte, Breck und Danny umzubringen, und es heute Nacht ganz sicher darauf anlegte, die beiden endgültig zu beseitigen. Es beunruhigte mich allerdings ziemlich, dass ich nicht wusste, wie er es anstellen wollte. Ich tippte auf eine heimliche Hinrichtung in dem sehr dunklen, sehr abgelegenen und schalldichten Weinkeller. Da Harlan nicht der Typ war, der sich selbst die Hände schmutzig machte, nahmen wir an, dass er mich damit beauftragen würde. Gab es eine bessere Methode, seinen brandneuen Sicherheitschef zu testen, als ihn am ersten Arbeitstag einen Doppelmord verüben zu lassen?

Harlan hatte mich intensiv dazu befragt, wie es um meine Loyalität bestellt und wie weit ich für meinen Arbeitgeber zu gehen bereit war. Ich hatte eine Schwester erfunden, für die ich dringend Geld benötigte, aber er hatte sich ein wenig zu schnell überzeugen lassen und sich mir ein wenig zu offen anvertraut. Aller Wahrscheinlichkeit nach würde ich wohl auf der Aufgabenliste meines Nachfolgers landen, sobald ich meine Arbeit an diesem Abend erledigt hatte.

Ich seufzte innerlich auf. Jobsicherheit war heutzutage ein Fremdwort.

Ein weiteres großes Problem, wenn auch nur eins von vielen, bestand darin, dass Breck und Danny fest davon ausgingen, dass sich der Senator noch mit ihnen würde »vergnügen« wollen, bevor er mir den Auftrag gab, sie zu erschießen. Als Danny diese Vermutung geäußert hatte, war ich bereits im Haus gewesen und hatte mir nichts anmerken lassen dürfen. Dafür hatte ich so heftig mit den Zähnen geknirscht, dass Wesley sich über die Rückkopplung meines Mikrofons beschwert hatte.

»Ist mir egal, ob die Informationen, die Charlie über mich hat, an die Öffentlichkeit geraten«, hatte ich zu Breck gesagt, als wir vor dem Aufbruch noch ein paar Minuten für uns gehabt hatten. »Hauptsache, Harlan lässt dich in Ruhe. Nur du zählst für mich.«

Ich hatte das für eine romantische Äußerung gehalten. Anscheinend war das aber eine Fehleinschätzung gewesen.

Breck war förmlich aus dem Bett gesprungen. »Was?«

Sehr zu meinem Kummer kam er nicht zurück zu mir

ins Bett, sondern lief im Zimmer auf und ab, wobei er sich mit beiden Händen an den Kopf griff. Dabei hatte ich auf eine Runde herrlichen Last-Minute-Sex gehofft. Nackt, wie er war, machte er es mir schwer, ernst zu bleiben.

»Es wäre also in Ordnung für dich, dass er weiterhin Escort-Boys halb totprügelt? Und sich dann im Fernsehen darüber auslässt, wie verdorben und abartig ›die Schwulen‹ sind? Dass er immer noch einer von denen ist, die Gesetze machen und ändern können?« Er war richtig laut geworden.

»Nein, so hab ich das doch gar nicht gemeint.«

»Kerle wie er kriegen nie genug, Steele. Die machen immer weiter, wenn sie keiner aufhält. Das weißt du doch.«

»Ja, sicher.« Wenn ein Mann wie Harlan mächtig genug wurde, um sogar mit Mord davonzukommen, wäre er nicht mehr aufzuhalten.

»Aber solange es mir gut geht, hast du damit kein Problem?« Er stützte die Hände in die Hüften und starrte mich aufgebracht an.

Ich hätte gern Ja gesagt, aber es wäre nicht die Wahrheit gewesen.

Wenn Blicke töten könnten, hätte ich zu diesem Zeitpunkt schon nicht mehr geatmet. »Was hätte Asadi wohl davon gehalten, dass du einen Mann nicht daran hinderst, sich an Jungs zu vergreifen, obwohl du die Gelegenheit dazu hättest?«

Ich zuckte zusammen, und alles Blut wich mir aus dem Gesicht. »Das reicht!«, fauchte ich und sprang ebenfalls aus dem Bett. »Du hast kein Recht, mir so was an den Kopf zu schleudern!«

Er riss die Augen auf. »Ich … Entschuldige. Das hätte ich nicht sagen dürfen.«

»Stimmt. Hättest du nicht.« Ich zog mir die Shorts an.

Die Stimme der Vernunft beharrte darauf, dass er nur aus Angst und Wut so ausgeteilt hatte, aber zum Teufel, ich war auch nur ein Mensch. Ich war gekränkt und wütend und wusste, dass ich besser den Raum verließ, bevor ich etwas sagte oder tat, das sich nicht mehr rückgängig machen ließ.

Verdammt noch mal. Das Letzte, was ich vor Beginn dieser Mission brauchte, war die Erinnerung an Asadis vorwurfsvollen Blick, während er sterbend in meinen Armen gelegen hatte.

»Steele …« Breck klang, als wäre er am Boden zerstört. Gut. Geschah ihm recht.

»Ich muss mich fertig machen.« Ich schnappte mir mein T-Shirt und ließ ihn stehen.

»Was? Du haust einfach ab? Schön!«, schrie er mir hinterher. »Dann geh doch.«

Und das hatte ich auch getan. Es war nicht unbedingt einer meiner glorreichsten Momente gewesen.

Ridges Stimme durchdrang meine Selbstmitleidsorgie. »Ich bin jetzt im zweiten Schlafzimmer, Steele. Sag mir Bescheid, wenn jemand die Treppe hochkommt.«

»Mach ich.«

Ridge hatte schon das Büro und eins der anderen Schlafzimmer durchsucht, und solange er nicht mit dem Reinigungspersonal oder dem Senator selbst zusammenstieß, sollte es keine Probleme geben. Nachdem Harlan sich vergewissert hatte, dass alle Kameras liefen, war es relativ einfach für mich gewesen, etwas Vaseline auf den Linsen zu verteilen. Keiner von uns wollte auch nur als Hintergrunddekoration in den Videos des Senators erscheinen.

Inzwischen war es Abend, und die ersten Gäste trafen ein. Auf Harlans Anweisung hin baute ich mich hinter ihm auf, während er sie begrüßte – ein wahres »Who's who« zwielichtiger Geschäftsmänner, korrupter Politiker und Fernsehprediger.

Ich gab vor, nervös zu werden, als Carson eintraf und Leo dem Senator vorstellte. Bei dem Gedanken, einen waschechten FBI-Agenten in der Tasche zu haben, bekam Harlans Grinsen etwas Raubtierhaftes. Für ihn war die Tatsache, dass Leo unter Beobachtung stand, das Sahnehäubchen auf dem Kuchen. Noch etwas, das er gegen ihn verwenden konnte. Das wusste ich, weil ich ihm den ganzen Vormittag über dabei hatte zuhören müssen, wie er über seine Gästeliste sprach.

»Vielen Dank für die Einladung in Ihr Heim, Senator«, begrüßte ihn Carson. Er hatte sich in einen seiner maßgeschneiderten Anzüge geworfen, während Leo einen Designeranzug trug, den Miranda über Nacht für ihn hatte anfertigen lassen. Mit genügend Geld war eben alles möglich.

»Ich danke Ihnen für Ihren Beitrag zu unserer Sache«, erwiderte Harlan. »Ich denke, wir stimmen alle darin überein, dass wir Männer im Kongress brauchen, die sich für die hart arbeitende, grundanständige amerikanische Bevölkerung einsetzen, die das Salz der Erde ist und die sich völlig zu Recht über die Pervertiertheit und den völligen Mangel an Moral in unserer heutigen Gesellschaft aufregt.«

Mit diesen oder ganz ähnlichen Worten hatte er bisher jeden begrüßt. Je nach Grad der Religiosität des jeweiligen Gastes sprach er entweder von den »gottesfürchtigen« oder den »grundanständigen Menschen, die das Salz der Erde sind«. Meiner Einschätzung nach glaubte die Hälfte der Anwesenden tatsächlich, eine Spendenveranstaltung zu besuchen. Diese Leute würden keinen Abstecher zu den speziellen Partyräumen machen, wo die Escorts warteten.

Carson tat, als entdeckte er mich erst jetzt, und täuschte Überraschung und Verärgerung vor. »Was macht der denn hier?«, fragte er Harlan. »Ich habe ihm fristlos gekündigt, müssen Sie wissen.«

»Ja, das weiß ich und war darüber sogar hocherfreut«, entgegnete Harlan. »Er hat gewisse Qualitäten, die mich schon bei unserer ersten Begegnung sehr beeindruckt haben. Da traf es sich gut, dass ich gerade eine passende Stelle zu besetzen hatte.«

Carson trat nahe an ihn heran. »Nun, wenn ich Ihnen einen Rat geben darf? Lassen Sie die Finger von seinen ›Qualitäten‹. Darauf reagiert er äußerst ungehalten.« Er bedachte mich mit einem vernichtenden Blick.

Ich musste an mich halten, damit ich nicht mit einem Lachen herausplatzte. Carson wich deutlich vom Drehbuch ab.

Er senkte die Stimme zu einem Flüstern. »Große Klappe und nichts dahinter, wenn Sie verstehen, was ich meine.«

»Vielleicht ist er nur sehr wählerisch«, konterte Harlan. »Ich bin mir sicher, dass unser Verhältnis sich sehr herzlich gestalten wird.«

»Er hat meine Qualitäten schon gründlich betatscht«, gab ich über Funk zu verstehen. »Ich brauche dringend eine Desinfektionsdusche, wenn das hier vorbei ist.«

»Das Gefühl kenne ich«, sagte Breck harsch. Wir hatten nicht mehr miteinander gesprochen, seit ich ihn am Morgen stehen gelassen hatte.

Das Lachen verging mir auf der Stelle.

Carson schniefte ungläubig. »Nun, es ist Ihr Geld«, bemerkte er, als wäre es ihm egal. Sie machten noch ein wenig Small Talk, während Leo schweigend an Carsons Seite blieb und sich gebührend beeindruckt von dem zur Schau gestellten Luxus zeigte, um den er Harlan scheinbar schwer beneidete. Schließlich gingen sie weiter und mischten sich unter die Anwesenden.

Der Senator wandte sich dem nächsten Gast zu.

Verdammt, diese Nacht konnte gar nicht schnell genug vorbeigehen. Selbst wenn ich nicht gewusst hätte, was sich auf dieser Party abspielte, was für widerliche, schleimige Typen einige dieser Kerle waren, hätte ich am liebsten die Hälfte von ihnen erschossen. Sie erinnerten mich viel zu sehr an die finsteren Gestalten, für die ich früher gearbeitet hatte.

Es gab nur wenige ethisch vertretbare und legale Wege, um reich zu werden. Und manchmal bestand der Unterschied zwischen den Guten und den Bösen nur darin, wer das Sagen hatte. Soweit ich das beurteilen konnte, war diese Spendenveranstaltung nichts weiter als ein fadenscheiniger Vorwand für die Reichen, sich gegenseitig zu ihrer weisen Voraussicht zu gratulieren, in wohlhabende Familien hineingeboren worden zu sein.

Mir fiel auf, dass die Frau des Senators nicht anwesend war, genau wie auch der Großteil der Gäste ohne Ehepartner erschienen war. Ich hatte zum Zeitvertreib mitgezählt, wie viele der mitgebrachten Frauen Affären und bezahlte Begleitungen waren. *Ihnen* machte ich keinen Vorwurf. Wir alle hatten Rechnungen zu begleichen und meist nur begrenzte Möglichkeiten, das dafür notwendige Geld zu beschaffen. Breck war das beste Beispiel dafür. Nein, das machte es nur umso verlockender, Harlan als den heuchlerischen Mistkerl bloßzustellen, der er war.

Die Begleitungen einzuordnen, war in neun von zehn Fällen ein Leichtes. Eine schöne Frau, die über zwanzig Jahre jünger war als ihr Partner, war entweder seine Affäre, ein Escort-Girl oder die zweite – oder sogar dritte – Ehefrau. Im Fall junger Männer wurden sie entweder als »Neffen« oder »Freunde der Familie« vorgestellt. Warum jemand sein eigenes Sexspielzeug mitbrachte, wo der Senator doch ein reichhaltiges Buffet verschiedenster Angebote bereithielt, wollte sich mir nicht erschließen.

»John«, sagte ein besonders schmieriges Exemplar von Mann, als er dem Senator die Hand reichte. Sogar Harlan schien von dem Kerl wenig begeistert zu sein. »Darf ich Ihnen meine Nichte Clara vorstellen? Sie studiert ab Herbst an der George Washington, und ich habe ihr versprochen, sie in meinen Bekanntenkreis einzuführen. Um ihr den Start zu erleichtern.«

»Nichte«, schnaubte Wesley, was recht unangenehm war, wenn man es durch ein Mikrofon hörte, das den Schall durch die Schädelknochen übertrug.

Wesley hatte im Haus nebenan ein Hauptquartier eingerichtet, das jeder Einsatzzentrale Konkurrenz machen konnte.

»Wie in aller Welt bist du an dieses Haus gekommen?«, hatte Leo ihn beim ersten Rundgang durch die

Räume gefragt, die Augenbrauen fast bis zum Haaransatz hochgezogen.

»Du wirkst geschockt, Shook«, hatte Ridge grinsend gesagt. Engelchen so fröhlich zu sehen, hatte gutgetan. Seit er sich mit Breck versöhnt hatte, war er um einiges lockerer geworden.

»Der wird nie alt«, meinte Danny und klatschte Ridge ab.

»Der hatte schon zu meiner Schulzeit einen Bart«, informierte ihn Leo.

»Ich kenne da jemanden«, antwortete Wes ausweichend auf Leos Frage.

Leo schüttelte betrübt den Kopf. »Darauf hätte ich wetten können, Zero. Und wie viele deiner Bekannten stehen auf irgendeiner internationalen Fahndungsliste?«

»Über so etwas sprechen wir nicht. Eigenlob stinkt.«

Wes' Bekannter hatte auf jeden Fall ganze Arbeit geleistet. Von seinem Stützpunkt nebenan aus überwachte Wes unsere Kommunikationskanäle und hatte sich in das WLAN des Senators gehackt. »Echt jetzt? Sein Passwort ist 1234!@#$?«, hatte er gemurmelt. »Der Typ verdient es ja nicht anders.«

Danach war Wes sogar noch einen Schritt weiter gegangen. Er hatte sich in jedes Gerät des Senators gehackt, das mit dem WLAN verbunden war – Geräte, von denen Harlan sicherlich nie gedacht hätte, dass sie überhaupt gehackt werden konnten. Nachdem ich gesehen hatte, mit welcher Leichtigkeit sich Wes Zugriff auf die Kameras und Mikrofone in den diversen Fernsehern, E-Readern und Handys verschafft hatte, stand ich kurz davor, mich den Amish anzuschließen. Ich hatte einen Kumpel, der die Kamera seines Laptops abgeklebt hatte.

Damals hatte ich ihn ausgelacht, aber jetzt wollte ich ihn anrufen und mich dafür entschuldigen.

Offensichtlich konnte man gar nicht paranoid genug sein.

»Wie viele Escorts mögen das insgesamt sein?« Leos Frage holte mich in die Gegenwart zurück. Er zählte ebenfalls mit, während er seine Runden durch die Menge drehte. Sollte die Aktion komplett den Bach runtergehen, wollte er dafür sorgen, dass die Escorts das Haus verließen, bevor die Polizei eintraf.

So langsam hätte ich wirklich gern mehr über Leos Geschichte gewusst.

»Äh, sechs«, klärte Wesley uns auf.

»Und der Typ mit dem Schlips«, erinnerte ihn Danny. »Der gehört auch dazu. Ich hab ihn wiedererkannt.«

Danny und Breck warteten bei Wesley, bis es Zeit für ihren Auftritt war. Trotz meiner vehementen, aber letztendlich erfolglosen Einwände hatten sie mit ihrem Zuhälter Kontakt aufgenommen – ihrem Ex-Zuhälter, falls ich in der Sache ein Mitspracherecht hatte, wobei ich mir da nach Brecks Ausbruch am Morgen nicht mehr so sicher war. Sie hatten dem Schmierlappen erzählt, dass sie zu der Party gehen würden, und es zum Glück standhaft abgelehnt, sich vorher mit ihm zu treffen, obwohl er sehr darauf erpicht gewesen war.

Ich widmete meine Aufmerksamkeit wieder Mr Schleimbeutel und seiner »Nichte«. Da es mein ganzes Leben lang nur mich und meine Mutter gegeben hatte, maßte ich mir nicht an, mir über verwandtschaftlichen Umgang ein Urteil zu erlauben. Doch die Art, wie er die fragliche junge Dame anfasste, erschien mir wenig onkelhaft.

»Bezaubernd«, kommentierte Harlan lächelnd und umschloss ihre Finger mit beiden Händen, wie es Männer seines Schlags gern taten.

Ich musste ein Geräusch von mir gegeben haben, denn Clara schaute kurz zu mir herüber.

Eine Möglichkeit, die bezahlten Begleiterinnen von den Affären-Schrägstrich-Trophäenfrauen zu unterscheiden, war die Art, wie sie mich ansahen. Diejenigen, die für ihre Anwesenheit und gutes Benehmen bezahlt wurden, musterten mich ganz direkt und schätzten ab, ob ich im Zweifelsfall eher eine Hilfe oder nur eine weitere Gefahr darstellte. Die Goldgräberinnen würdigten mich keines Blickes, sondern checkten lieber die Konkurrenz ab und hielten Ausschau nach potenziellen künftigen Sugardaddys.

Ich erwiderte ihren Blick für eine Sekunde, schaute dann kurz hinüber zu ihrem »Onkel« und nickte unmerklich, um sie wissen zu lassen, dass ich ihr notfalls beistehen würde. Sofort entspannten sich ihre Schultern, und ihr Lächeln wirkte weniger gezwungen.

Ich folgte Harlan, der sich durch die Menge arbeitete, hier ein Versprechen gab und dort eine versteckte Drohung fallen ließ, je nachdem, wonach die Situation verlangte. Es erforderte meine gesamte Professionalität, mir meine Abscheu nicht anmerken zu lassen. Die homophoben, rassistischen und sexistischen Bemerkungen in den Gesprächen waren allein schon Grund genug, dass ich diesen Menschen am liebsten eine verpasst hätte. Das und der unverhohlene Handel mit gegenseitigen »Gefallen« brachten mich beinahe so weit, Special Agent Shook anzubetteln, sie alle zu verhaften.

Hin und wieder machten sich vereinzelt Herren auf

den Weg zum Hinterzimmer, sprachen dort kurz mit den Schwachköpfen, die als Türsteher fungierten, und mischten sich zwanzig oder dreißig Minuten später erfrischt aussehend unter die Menge. Ich hatte zwar keine Ahnung, wer diese Typen waren, aber ich hoffte, jemand führte eine Liste über sie. Man konnte nie wissen, wann solche Informationen sich als nützlich erweisen würden.

»Ich hab schon genügend Informationen, um mindestens zehn Ermittlungen einzuleiten«, murmelte Leo fast unhörbar und tarnte die Bewegung seiner Lippen, indem er einen Schluck von seinem Drink nahm. »Diese Typen sind ja noch schlimmer als ihr, Leute.«

»Besten Dank«, erwiderte Carson. »Du kannst dir die Aufnahmen später in Ruhe ansehen. Gib dir Mühe, damit du sie von ihrer Schokoladenseite erwischst.«

Neben den Zahnmikrofonen trugen wir alle versteckte Aufnahmegeräte bei uns, die sowohl Bild als auch Ton an Wesley übertrugen.

»Schau lieber nach, ob du sie ausgeschaltet hast, bevor dir dein Freund das nächste Mal die Klamotten vom Leib reißt«, hatte Wesley gewitzelt, als ich meine Knopfkamera auf Funktionsfähigkeit hin überprüft hatte. Ich mochte das kleine retromäßige Ding und fühlte mich wie James Bond, wenn ich es benutzte. »Das Video ist leider nicht so gut geworden, aber die Tonqualität von euch beiden neulich Abend war ausgezeichnet. Oder lass sie gern an, wenn ihr drauf steht. Aber versuch es mit einem besseren Winkel. Aufnahmen vom Boden sind stinklangweilig.«

»Wesley!«, hatte Breck ihn angefahren. »Du Spanner!«

Ridge war mir zuvorgekommen und hatte sich

drohend vor Wes aufgebaut. »Du hast besser keine Videos von meinem Bruder oder sonst einem von uns, Bond.«

Wes hatte gelacht. »Ich lösche es, Ehrenwort. Ich nehme nichts Persönliches von euch auf, und ich schwöre, dass in den Zimmern keine Kameras sind. Das war ein Zufallsfund, als ich Steeles Aufnahmen von der Party in Florida durchgesehen habe.«

Hoch konzentriert beobachtete ich, wer kam und ging, ob Gäste, Personal oder Mitglieder meines Teams. Ich spielte die Details unseres Plans im Kopf mehrfach durch und malte mir das gewünschte Ergebnis aus. Normalerweise agierte ich direkter, trat Türen ein und ließ die Fäuste fliegen. Der Hokuspokus, den Wesley, Carson und Leo sich ausgedacht hatten, war neu für mich.

Die Party im Hauptraum schien sich dem Ende zuzuneigen, doch in den Hinterzimmern ging es gerade erst richtig los, als der Moment kam, den ich gefürchtet hatte.

»Steele«, flüsterte Wesley, als Harlan gerade eine Nachricht auf seinem Handy las. »Danny und Breck sind auf dem Weg zu dir.«

Verdammt. Ich war noch nicht so weit. Der Adrenalinstoß sorgte dafür, dass mir das Blut in den Ohren rauschte.

»Steele?«

Ich brummte bestätigend, damit Wes wusste, dass ich ihn gehört hatte, ohne dass der Senator aufmerksam wurde.

»Mr Gonzales«, sprach Harlan mich an. »Unsere Ehrengäste treffen jeden Moment ein.«

Fast hätte ich nicht auf meinen Decknamen reagiert, so konzentriert starrte ich auf die Eingangstür.

Sie öffnete sich, und Danny und Breck spazierten herein, als wären sie hier zu Hause. Lächelnd flirteten sie mit jedem, an dem sie vorbeikamen. Sie waren ein verdammt hübsches Paar und die mit Abstand heißesten Männer im Raum. Beide trugen graue Anzüge, wobei Brecks etwas heller war als Dannys, dazu hellblaue, am Kragen offene Seidenhemden mit Kameraknöpfen.

Ich wollte mich auf Breck stürzen, nicht nur, weil er der personifizierte Sex-Appeal war, sondern weil ich ihn mit meinem Körper vor dem schützen wollte, was gleich passieren würde.

Aber ich wusste, dass er davon überhaupt nichts halten würde. Es war sehr mutig von ihm und Danny, hier aufzutauchen, vor allem, weil die beiden genau wussten, was sie erwartete. Darüber hinaus hatten sie darauf beharrt, durch die Eingangstür hereinzukommen wie geladene Gäste, statt sich wie der Rest von Ciscos Escorts durch die Hintertür hereinschleichen zu müssen. Dass Harlan ihnen das gewährt hatte, bewies nur einmal mehr, dass er sich für unantastbar hielt.

»Sei vorsichtig, Breck«, flüsterte ich, doch er ließ nicht erkennen, ob er mich gehört hatte. Die Gäste drehten sich nach ihm und Danny um, als sie den Raum durchquerten, und das war nur zu verständlich. Die beiden sahen blendend aus, jeder auf seine Art, und zusammen zogen sie alle Blicke auf sich. Keine Ahnung, warum ich geglaubt hatte, sie würden von der Menge verängstigt und eingeschüchtert sein. Ich hatte vergessen, dass sie Erfahrung mit solchen Situationen hatten und sogar schon in diesem Haus gewesen waren.

Sie waren Escort-Boys, rief ich mir in Erinnerung. Zwei Straßenkinder, die ihren Körper für Geld verkauft hatten. Niemand würde sie als vermisst melden, niemanden würde es kümmern, wenn ihnen etwas zustieß. Hätte Charlie uns nicht auf den Fall angesetzt, hätte Breck schon wochenlang tot sein können, bevor Ridge überhaupt davon erfahren hätte.

Ich wünschte, ich hätte an meine Sonnenbrille gedacht. Dahinter hätte ich die Angst verbergen können, die sich bestimmt in meinen Augen spiegelte.

Harlan begrüßte die beiden, indem er jedem einen Arm um die Schultern legte. Mit einem Ruck seines Kinns bedeutete er mir, ihnen zu folgen, als er mit den beiden im Arm nicht aufs Hinterzimmer zusteuerte, sondern auf die Tür, die zum Weinkeller führte.

Bingo. Allerdings beruhigte es mich kein bisschen, dass ich den Plan des Senators vorhergesehen hatte.

Ich rückte meine Krawatte zurecht und ging mit ausdruckslosem Gesicht hinter den dreien den Flur hinunter.

»Es geht los«, verkündete Wesley.

»Ich hab die Tür im Auge«, bestätigte Leo. »Wir halten euch den Rücken frei, falls nötig, Jungs.«

»Ridge? Wie kommst du voran?«, fragte Wes. »Final Countdown, Mann. Zwing mich nicht, zu singen.«

»Ich war schon an Harlans Rechner und hab dein Virusdings hochgeladen.«

»Virusdings. Genau so heißt das«, antwortete Wes. »Was ist mit den Bändern?«

»Negativ. Ich kann den verdammten Safe nicht finden. Dabei hab ich schon überall gesucht. Harlan will ihn doch sicher in seiner Nähe haben, er nimmt ihn bestimmt mit, wenn er verreist. Er muss hier also irgendwo sein.« Ridge klang mehr als frustriert. »Aber er ist weder im Schlafzimmer noch im Büro … Ein Grundriss wäre jetzt echt nützlich, Mann. So im Blindflug wird das nichts!«

»Hör auf zu jammern, und finde das verdammte Ding, Pfeiffer. Ich muss mich gerade schwer zusammenreißen, damit ich hier niemanden verhafte, verprügle oder gleich erschieße. Und Mr Waters ist kurz davor, der Versuchung zu erliegen, glaube ich. Sein ›spezieller Freund‹ von der letzten Party ist hier.«

»Bloß kein Neid, Shook«, gab Carson leichthin zurück, »nur weil du nicht mal auf einer Party voller bezahlter Kräfte zum Zug kommst.«

Grundgütiger! »Konzentration, verdammt«, fauchte ich so laut, dass Harlan sich nach mir umdrehte. Ich starrte zurück, bis er mir wieder den Rücken zuwandte.

»Steele«, sagte Breck, als der Senator die Tür aufschloss. Wir alle hatten das Subvokalisieren geübt – das lautlose Sprechen. Es klang merkwürdig, zusammen mit der Satzmelodie verschwand auch jede Emotion aus dem Gesagten. Und es war schwierig, daran zu denken, dass wir nicht laut sprechen mussten, um uns gegenseitig zu hören. Aber in diesem Moment war ich den merkwürdigen kleinen Windungen in Wesleys Hirn einfach nur dankbar dafür, dass er uns diese Möglichkeit gegeben hatte.

»Ich bin direkt hinter dir, Babe«, versicherte ich ihm. Unsere Schritte hallten von der polierten Holztreppe wider, und die Partygeräusche verstummten, als sich die Tür hinter uns schloss.

»Es tut mir leid«, entschuldigte er sich. »Das heute Morgen.«

»Schon vergessen. Wir reden, wenn wir wieder zu Hause sind.« Mein Puls beschleunigte sich mit jedem meiner Schritte.

»Wo gehen wir eigentlich hin?«, fragte Danny laut. »Findet die VIP-Party da unten statt?«

Am Fuß der Treppe angekommen, zögerten Danny und Breck, die vor uns liegende Dunkelheit zu betreten.

»Ja, genau«, sagte Harlan und schnaubte. »Mickey, bitte bieten Sie unseren Gästen doch einen kleinen Anreiz, sich zu der Party zu begeben.«

Jetzt war es an mir. Ich atmete tief durch, zog meine Waffe – meine eigene, trotz Harlans Einwänden – und wedelte damit in Richtung des gewölbeartigen Weinkellers. »Hier entlang, Jungs.«

»Nein.« Breck blieb stehen. Ich nutzte die Situation zu meinem Vorteil, rückte ganz nah an ihn heran und packte ihn am Arm.

Danny wirkte viel verängstigter, als es unser Drehbuch vorschrieb. Er war erstarrt wie eine Salzsäule. Nach allem, was der Senator ihm angetan hatte, konnte man es ihm kaum verdenken.

»Danny«, hörten wir Wesley deutlich in unseren Ohren. »Reiß dich zusammen. Verdirb jetzt nicht alles.«

»Halt die Klappe«, entgegnete Danny, wobei er kaum die Lippen bewegte. Die Mikros filterten die Angst aus seiner Stimme, aber in seiner Miene war sie deutlich zu sehen. »Du musst ja nicht den Lockvogel spielen.«

»Du wolltest unbedingt dabei sein«, hielt Wes ihm gnadenlos vor. »Willst du jetzt etwa kneifen?«

Danny richtete sich auf. In seinen Augen blitzte trotzige Wut. »Ganz sicher nicht.«

»Gut.« Ich hätte schwören können, dass Wes ein bisschen stolz auf ihn klang. »Du schaffst das, Dan.«

»Na, sprichst du dein letztes Gebet, Dannyboy?«, erkundigte sich Harlan. »Ich wage allerdings zu bezweifeln, dass Gott die Gebete von so verkommenen Strichern und Dieben wie dir erhört.« Blitzartig wie eine Schlange schnellte sein Arm vor, und er schlug Danny ins Gesicht. Zornestränen stiegen Danny in die Augen, aber er erwiderte weiterhin trotzig seinen Blick. »Ich will meinen verdammten Ring zurück.«

»Nein!«, schrie Breck, aber danach, wie er meinen Arm umklammerte, war es eher als Warnung für mich gemeint als für Harlan.

»Ich bringe ihn um«, sagte ich lautlos, und in dem Moment wäre es mir fast egal gewesen, wenn Harlan mir die Worte von den Lippen abgelesen hätte.

Harlan zog einen lächerlich großen Schlüssel hervor und öffnete damit das schmiedeeiserne Gitter, das den Rest des großzügig geschnittenen Untergeschosses vom Weinkeller trennte. *Pompöses Arschloch.*

Er packte Danny und schleuderte ihn förmlich auf den Steinboden. Ich bugsierte Breck durch die Gittertür, die mit einem Knall hinter uns zufiel.

»Mein Ring.« Harlan streckte gierig die Hand aus. »Her damit.«

Danny schob eine Hand in eine Tasche seines Anzugs und holte den goldenen Ring mit dem riesigen, erhaben gefassten blauen Stein hervor. Wes hatte sich letzte Nacht an dem »verdammt protzigen Scheiß«, wie er es treffend genannt hatte, zu schaffen gemacht. Darauf bedacht, den Senator dabei nicht zu berühren, ließ Danny den Ring in dessen Hand fallen.

»Na also.« Harlan benutzte sein seidenes Einstecktuch, um den Ring von seinem Handteller zu nehmen und einzustecken. »Leider weiß ich, wo der zwischendurch gewesen ist«, sagte er angewidert.

An mich gewandt, befahl er: »Bringen Sie die beiden um.« In seinen Augen stand ein Funkeln, wie ich es von Mördern und Psychopathen kannte.

Danny und Breck wechselten einen angsterfüllten Blick, der wahrscheinlich nur halb gespielt war. »N… Nein!«, rief Danny. »Sie haben gesagt, Sie lassen uns gehen, wenn wir den Ring zurückgeben. Weil wir dann quitt wären.«

»Und das hast du mir geglaubt?« Harlan lachte laut, als fände er das urkomisch. »Manche Menschen sind wirklich zu dumm für dieses Leben.«

»Umbringen? Ist das wirklich nötig?« Stirnrunzelnd sah ich ihn an und hoffte, er würde nicht bemerken, dass meine Stimme etwas höher klang als normal. So hatte Wesley mich instruiert. *So ist es gut, Harlan, schau schön in meine kleine Knopfkamera, und sag es einfach noch mal.*

»Der kleine Stricher hat meinen Ring gestohlen, während er mir den Schwanz gelutscht hat. Er verdient den Tod.« Harlans Lächeln verwandelte sich in ein boshaftes Grinsen. »Und vergessen Sie nicht, dass Ihr Schicksal nun mit meinem verknüpft ist, Gonzales. Sie tun also besser, was ich Ihnen sage. Bringen Sie die beiden um, und lassen Sie die Leichen verschwinden. Hintenraus geht es zum Fluss, und bis zu den Wanderwegen sind es nur ein paar Minuten. Wofür Sie sich entscheiden, ist mir völlig egal. Je weniger ich weiß, desto besser. Werden Sie kreativ. Hauptsache, die beiden tauchen nie wieder auf.«

Ich nickte bedächtig. »Dafür brauche ich Hilfe. Vor allem, wenn es schnell gehen soll.«

»Heuern Sie an, wen immer Sie brauchen. Aber sorgen Sie dafür, dass die Leute diskret sind. Schließlich fällt es auf Sie zurück, wenn etwas schiefgeht.«

Ich nickte erneut, als hätte ich nichts anderes erwartet. »Hätten Sie mich vorgewarnt, hätte ich ein paar Männer auf Abruf organisieren können.«

»Die Dinge ändern sich hier eben schnell, mein Hübscher. Da müssen Sie anpassungsfähig sein.« Er trat auf mich zu, und beim Anblick seines eindeutigen Lächelns drehte sich mir der Magen um. Dann hatte er tatsächlich den Nerv, mir in den Schritt zu greifen. »Aber die Eier dafür haben Sie ja offensichtlich.«

Ich presste Breck immer noch grob an mich, scheinbar um ihn festzuhalten, und er schnappte wütend nach Luft, als Harlan mich begrapschte. Jetzt musste ich ihn davon abhalten, dem Senator etwas anzutun.

»Kommen Sie später zu mir«, flüsterte Harlan.

Ich schenkte ihm ein ehrliches, von Herzen kommendes Lächeln. »Auf jeden Fall«, versprach ich. »Darauf können Sie sich verlassen.«

Harlan zwinkerte mir zu. »Na los, erledigen Sie das«, wies er mich an und stellte sich neben die Gittertür. Blut ging aus seinem maßgeschneiderten Smoking wahrscheinlich nur schlecht wieder raus.

Ich stieß Breck von mir, sodass er auf dem Boden neben Danny landete.

»Bereit?«, fragte ich über Funk und sah Breck in die blauen Augen.

»Bereit«, antwortete er.

Danny blinzelte, was für mich einem Nicken gleichkam.

»Auf drei«, kommandierte Wesley. »Eins.«

Ich kann das nicht. Mir zitterten die Hände.

»Zwei.«

»Jetzt machen Sie schon!«, rief Harlan.

»Schon gut, Baby«, sagte Breck lautlos. »Ich liebe dich. Tu's.«

»Drei.«

Ich krümmte den Finger um den Abzug und erschoss den Mann, den ich liebte.

KAPITEL 16

BRECK

Es tat verdammt weh, als die Blutbeutel platzten.

Wes hatte sie online bei einem Shop für Spezialeffekte bestellt, und die Wirkung war sehr überzeugend. Die schicken Anzüge, die Miranda uns besorgt hatte, waren auf jeden Fall ruiniert.

Unter Harlans triumphierendem Blick blieb ich ausgestreckt auf dem Boden liegen und versuchte, nicht zu zucken, als das künstliche Blut über meine Brust und auf den Boden floss. In Kinofilmen kriegte man nie mit, wie verdammt kalt sich der Boden anfühlte. Oder dass sich unwillkürlich ein Niesreiz einstellte, sobald man »tot« war, als wollte die Nase einen davon überzeugen, dass man noch lebte.

Nervig, aber dem Tod auf alle Fälle vorzuziehen.

Der Senator ließ ein leises Lachen hören. »Gut gemacht, Mickey.« Ich beobachtete unter fast geschlossenen Lidern, wie er Steele seine widerliche faltige Altmännerpfote auf den harten Bauch legte. Das war zwar geringfügig besser, als ihm in den Schritt zu fassen, aber nur um einen Hauch. Schlimm genug, dass der Wichser sich an mir vergriffen hatte. Ich wollte jeden Körperteil, mit dem Harlan Steele berührt hatte, in Säure tauchen und jegliche Erinnerung an Steele aus dem Gehirn des Mistkerls löschen.

Eifersucht war ein völlig neues Gefühl für mich. Ich war mir nicht sicher, ob es mir gefiel, aber eins stand fest: Ich war verdammt gut darin.

»Damit haben Sie sich eine Belohnung verdient«, meinte Harlan.

Wes schnaubte ins Mikro. »Und die Belohnung hat er in seiner Hose versteckt.«

Oh Mann. Der Gedanke war einfach nur ekelerregend. Aber ich konnte nichts sagen, nicht einmal über die Zahnmikros, weil ich nicht riskieren wollte, dass Harlan mitbekam, wie ich die Lippen bewegte. Wenn Blicke töten könnten, würde Snow White jedoch explodieren. Fünf, vier, drei …

Nein, so viel Glück hatte ich nicht.

»Mach hin, Steele. Rocky dreht gleich durch.« Danny hatte sich in weiser Voraussicht auf den Bauch fallen lassen, als er »erschossen« wurde, und hatte das Subvokalisieren sowieso besser drauf als ich.

Dass er meinen alten Decknamen benutzte, brachte mich wieder zur Besinnung. Harlan zur Strecke zu bringen und sicherzustellen, dass er nie wieder einem anderen Menschen etwas antat, war viel wichtiger als mein Drang, einen Kreis um Steele zu pinkeln, um meinen Besitzanspruch zu markieren.

»Danke, Senator«, sagte Steele. »Allerdings, äh … Es wäre besser, wenn wir das mit der Belohnung auf später verschieben. Jetzt muss ich meine Leute anrufen, damit sie das Chaos hier beseitigen.« Er deutete auf Danny und mich.

Harlan nickte. »Einverstanden. Wir sehen uns später.«

»Oh, auf jeden Fall«, wiederholte Steele seine Worte von vorhin, und ich wunderte mich, dass Harlan die Drohung darin nicht wahrnahm. »Wir zwei haben ein Date.«

Die Gittertür knallte gegen die Wand, als der Senator den Weinkeller verließ, und Steele machte viel Aufhebens darum, sein Handy zu zücken und eine Nummer anzurufen, die wahrscheinlich zu einem Prepaidhandy gehörte, das Wes eingerichtet hatte. »Ich brauche hier eine Putzkolonne«, sagte Steele laut genug, dass Harlan es hören konnte.

Die Schritte des Senators hallten von der Treppe wider, und als er die Tür zum Erdgeschoss öffnete, klangen gedämpftes Gelächter und das Klirren von Besteck zu uns herunter.

»Ist die Luft rein?«, erkundigte sich Steele.

»Wir haben ihn im Blick«, bestätigte Leo von oben, und erst jetzt traute ich mich, mich zu bewegen. »Der Alte steuert direkt auf seine Sekretärin am Eingang zu.«

Danny stand auf und nahm den Schaden an seinem Anzug in Augenschein, während ich mich endlich an der Nase kratzte.

»Haben wir die Sekretärin überprüft?«, fragte Wes.

»Ja. Jenny Guinn. Sie gehört zu seinem engeren Kreis, wenn auch vermutlich nicht aus freien Stücken«, gab Leo Auskunft. »Alleinerziehende Mutter, keine Vorstrafen, hat im Wahlkampfteam von Harlans Gegner gearbeitet, bevor sie zu Harlan wechselte.«

»Womit er sie wohl dazu gezwungen hat?« Ich setzte mich auf und starrte auf die Blutspritzer auf dem Holzboden. Ein vorgetäuschter Tod war eine schmutzige Angelegenheit.

»Hören wir sie ab?« Steele reichte mir eine Hand und zog mich hoch.

»Negativ. In der Nähe der Eingangstür haben wir keine Wanzen angebracht, weil du dort gestanden hast«, erklärte Wes.

Steele brummte etwas. Seine dunklen Augen suchten meinen Blick, und ich spürte, wie dringend er mich in den Arm nehmen wollte. Oder vielleicht war ich es, der gehalten werden wollte. Ich wollte mich in seiner Umarmung verlieren und unseren Streit vom Morgen und alles, was wir seither durchgemacht hatten, vergessen.

Doch das ging nicht. Mein Anzug war getränkt von Carsons patentierter Bühnenblutmischung aus Speisestärke und Lebensmittelfarbe, und Steele musste in ein paar Minuten in präsentablem Zustand oben erscheinen.

»Besonders wichtig sind die Metallspäne«, hatte Carson uns wissen lassen, während er im Nebenhaus wie eine Hexe in dem riesigen Topf blubbernden Bluts gerührt hatte. »Dadurch riecht es echt.«

Er hatte nicht gelogen. Das Zeug roch verdammt übel, ich konnte es fast auf der Zunge schmecken.

»Jetzt holt er etwas aus seiner Tasche und gibt es Guinn. Sieht aus wie ein zusammengeknülltes Taschentuch«, berichtete Carson.

»Darin hat er den Ring eingewickelt.« Steele schaute mich immer noch an. »So viel also dazu, Harlan über den Ring zu verfolgen. Ridge, hast du mittlerweile den Safe gefunden?«

»Ja sicher, schon vor einer halben Stunde«, fauchte Ridge. »Ich hab nur nichts gesagt, weil ich so viel Spaß daran habe, unter den Betten herumzukriechen. Bisher habe ich nur herausgefunden, dass der Senator ein ernstes Hausschwammproblem unter dem Waschbecken im Badezimmer hat. Soll ich die Behörden einschalten?«

»Wow. Wer hat dir denn ins Essen gespuckt?« Danny zog sich die Anzugjacke und das Hemd aus. »Manche von uns mussten sich heute Nacht erschießen lassen und haben bessere Laune als du.«

»Wenn du die äußerst verstörende Pornosammlung gesehen hättest, die ich in Harlans Nachttisch entdeckt habe …«, setzte Ridge an.

»Das hab ich, Süßer. Hab für einen Teil davon sogar Modell gestanden«, unterbrach ihn Danny munter und wischte sich mit einem sauberen Teil seines Hemdes das Kunstblut von der Brust. »Hab den ausgerenkten Kiefer als Beweis.«

Ridge seufzte so laut, dass es in meinem Kopf widerhallte. »Verstanden.«

»Ms Guinn ist auf dem Weg nach oben, Ridge«, warnte ihn Leo. »Pass auf.«

»Ich aktiviere jetzt den Sender im Ring«, verkündete Wes. »Vielleicht soll sie ihn zu den anderen Wertsachen packen.«

»Kommt sie etwa ins Schlafzimmer?«, flüsterte Ridge. »Wo ich gerade bin? Mist.«

»Ruhe bewahren«, wies Wes ihn an. »Bleib einfach außerhalb ihrer Sichtweite.«

»Das sagt sich so leicht, wenn ich nicht weiß, wo sie den Ring hinlegen soll!«

Mein Herz klopfte schneller als je zuvor in dieser Nacht, abgesehen von dem kurzen Moment, in dem ich hatte zuschauen müssen, wie Harlan Steele begrapschte.

Steele legte mir eine Hand an die Wange. »Ganz ruhig bleiben, Baby. Ridge weiß, was er tut. Er ist gut in so was.«

Ich nickte. Das wusste ich ja. Aber ich war überfordert und alles andere als in meinem Element. Wir waren noch nicht einmal zum zweiten Teil des Plans übergegangen, und was, wenn … Wenn …

Steele beugte sich vor und drückte mir einen Kuss auf die Lippen. Meine Gedanken kamen zum Stillstand, als ich seine Zunge an meiner spürte, und ich überließ mich ganz dem Gefühl. Steeles Kuss wirkte beruhigend wie Valium und gleichzeitig anregend wie Koffein.

»Alvarez«, ertönte Leos Stimme, und Steele löste sich von mir. »Du hast noch fünf Minuten. Der Senator hat jetzt Carson im Visier und macht mir einen viel zu selbstzufriedenen Eindruck. Wir müssen Phase zwei einleiten, bevor ich den Scheißkerl umbringe.«

»Verstanden.« Steele musterte mich mit zusammengekniffenen Augen, und was er sah, schien ihn zu beruhigen. »Alles in Ordnung?«, fragte er lautlos.

»Ja.« Ich nickte. »Wir können loslegen.«

»Ich bin bereit für den Kostümwechsel.« Danny lehnte mit nacktem Oberkörper an einem der Weinregale in der Nähe der Tür und grinste uns an, als Steele die Hand von meinem Gesicht nahm. »Jetzt bekommt dieser Wichser Besuch aus dem Jenseits.«

Steele nickte. »Ich habe den Rucksack mit euren Ersatzklamotten im Badezimmer versteckt, das ist die erste Tür rechts.« Er wandte sich an mich. »Brauchst du vielleicht Hilfe beim Umziehen?«

Danny prustete und hakte sich bei mir unter. »Nein, er braucht keine Hilfe von dir. Es sei denn, wir wollen ein weiteres schmutziges Sexvideo zu Harlans Sammlung beisteuern.«

»Wollen wir nicht«, warf Ridge tonlos ein, wo auch immer er sich versteckt halten mochte.

»Eben. Du kannst jetzt hochgehen«, sagte Danny zu Steele. »Wir kommen planmäßig in einer Minute nach.«

Er zog mich mit sich in den mit Teppich ausgelegten Teil des Untergeschosses und weiter in ein kleines Badezimmer, wo ich mich so schnell wie möglich aus meinem Hemd schälte. Danny rieb mich mit einem Waschlappen sauber.

»Wie sieht es bei dir aus, Ridge?«, erkundigte sich Steele. »Alles in Ordnung bei dir?«

»Wohl kaum. Ich verstecke mich auf dem Dach vor dem Schlafzimmerfenster.«

»Du machst wohl Witze«, meinte Leo.

»Stimmt, ich mach nur Spaß.« Ridge atmete zischend aus, als wäre er von etwas heruntergesprungen und hart gelandet. »Jetzt bin ich wieder drin. Die Sekretärin ist gerade rausgegangen.«

»Der Ring bewegt sich nicht mehr«, berichtete Wes. »Sie hat ihn irgendwo da drin verstaut.«

»Super. Und wo?«

»Äh … Laut Grundriss befindet er sich im Badezimmer.«

»Da hab ich aber schon nachgeschaut!«

»Na, dann schau eben noch mal nach«, sagte Wes. »Und diesmal richtig.«

Danny schnaubte, und ich sah ihn mit hochgezogenen Augenbrauen an. Daraufhin zuckte er mit den Schultern und holte den schwarzen Nylonrucksack unter dem Waschtisch hervor, wo Steele ihn versteckt hatte.

»Was?«, formulierte er lautlos. »Wes ist ein Idiot, aber ein witziger Idiot.«

»Vielen Dank für die Unterstützung, Wes«, brummte Ridge. »Ganz im Ernst, du bist das MVA dieser Mission, mein Freund. Das steht für ›Most Valuable Arschloch‹, falls du so langsam von Begriff sein solltest, wie du tust.«

Wes seufzte zischend, als hätte jemand die Luft aus einem Ballon gelassen. »Also gut. Ich lokalisiere dich anhand deines Chips, und wir spielen ›Heiß und kalt‹.«

»Oh jaaa«, sagte Ridge gedehnt, »ich liebe Spielchen.«

»Schwing mal langsam deinen Hintern nach unten«, bemerkte Carson. »Es wird allmählich spät, und die eine oder andere ältere Dame spielt bereits gelangweilt mit ihrer Perlenkette, um ein Gähnen zu verbergen. Wenn die einzigen Zeugen für Phase zwei nicht nur Politiker und Prostituierte sein sollen, müsst ihr euch jetzt verdammt beeilen.« Im nächsten Atemzug sagte er lauter: »Senator! Sie müssen mir unbedingt verraten, wo Sie das Personal herhaben. Der Barkeeper hat mir einen fantastischen Cocktail gemixt. Brown Derby heißt er.«

»Leo, hast du die Ampulle?«, wollte Steele wissen.

Leo würdigte das keiner Antwort, entweder, weil er gerade nicht subvokalisieren konnte, oder weil er Steeles Frage für überflüssig hielt. Ich tippte auf Letzteres.

Danny gab mir einen Klaps auf die Schulter, um mich daran zu erinnern, dass ich nicht den ganzen Abend hier herumstehen konnte. Schließlich hatte ich eine Rolle zu spielen. Der Anzug, den ich aus dem Rucksack holte, war identisch mit dem, den ich vorher getragen hatte. Ich zog ihn an.

»Die Grapefruitnote ist einfach köstlich«, kommentierte Leo und klang dabei so leutselig, dass Danny und ich im Spiegel einen Blick wechselten. »Der perfekte Cocktail für den Senator von Florida! Sie müssen unbedingt einen mit mir trinken. Ich hatte schon ungefähr vier«, gestand er.

Harlan lachte. »Gut, bevor ich mich schlagen lasse.«

Leo stimmte erfreut in sein Lachen ein. »Hast du das gehört, Ben? Wie ich immer sage, einem Mann, der was verträgt, kann man vertrauen. Echte Männer sind selten geworden heutzutage.«

Carson alias Ben gab einen zustimmenden Laut von sich. »Du hast immer recht, Leo.«

»Immer, genau«, wiederholte Leo. »Darauf trinken wir! Ich bin gleich zurück.«

»Ihr Freund scheint die Party zu genießen«, bemerkte der Senator.

»Oh ja«, bestätigte Carson. »Er amüsiert sich prächtig.«

»Hat er schon einen Abstecher zu den VIP-Räumen gemacht?«

»Noch nicht. Aber vielleicht nach dem nächsten Drink … oder den nächsten drei. Er ist bekannt für seine Trinkfestigkeit, wissen Sie?« Dem letzten Satz verlieh Carson eine besondere Betonung.

»Ah, so etwas dachte ich mir schon«, erwiderte Harlan. »Das FBI würde einen Mann wie Agent Shook nicht wegen einer Lappalie beurlauben.«

»Wohl kaum«, stimmte Carson ihm zu.

»So, da bin ich wieder!«, rief Leo, der mit den Drinks zurückkam. »Einer für dich, Bennyboy. Und der hier ist für unseren lieben Freund Senator Harlan. Der Große ist natürlich für mich. Hoch die Tassen!«

Das laute Schlürfen in meinem Ohr sandte mir einen Schauer den Rücken hinunter. Einen sehr unangenehmen.

»Oh, der ist aber stark.« Harlan musste husten. »Was ist da noch mal drin?«

»Whiskey! Wie es sich für einen Männerdrink gehört«, informierte ihn Leo. »Mein Vater war auch Whiskeytrinker.«

Ich warf Danny einen Blick zu, während ich mir das hellblaue Hemd zuknöpfte. Hoffentlich trug Leo mit dieser Machonummer nicht zu dick auf. Seinen Vater hatte er bisher noch nie erwähnt.

Doch es funktionierte.

»Runter mit dem Rest!«, forderte Leo den Senator heraus. Kurz darauf hörten wir ein Gluckern, und dann lachte er triumphierend auf. »Sehr gut! Wusste ich es doch, Senator. Sie sind ein richtiger Mann, genau wie mein Vater.«

Harlan hustete erneut. »Nun ja.« Er klang erstickt und räusperte sich. »Mir soll keiner nachsagen, ich würde nichts vertragen.«

Ein klatschendes Geräusch beschwor vor meinem inneren Auge das Bild von Leo herauf, wie er dem Senator auf den Rücken klopfte. Ich wünschte, er würde richtig zuschlagen.

»Recht so. Und jetzt stellen Sie mich doch Ihren Freunden vor, Senator. Echte Männer nach meinem Geschmack, nehme ich an.«

Ich steckte mir das Hemd in die Hose und schlüpfte in das Jackett. Zu gern hätte ich gewusst, wie Harlan es fand, dass Leo so selbstverständlich die Führung übernommen hatte.

Wobei es eigentlich keine Rolle spielte. Oder zumindest nicht mehr lange.

Leo hatte offenbar seine Aufgabe erfüllt und Harlans Drink mit einer üppigen Dosis Burundanga-Pulver versehen, einer Droge, die in der Szene unter dem Namen »Teufelsatem« oder als Scopolamin gehandelt wurde. Ein paar Schlucke hätten ausgereicht, um Snow White in einen willenlosen Zombie zu verwandeln, der sich nicht daran erinnern würde, was ihn in diesen Zustand versetzt hatte. Leo hatte dafür gesorgt, dass Harlan sich den ganzen Drink auf einmal hinter die Binde gekippt hatte.

»Showtime!«, verkündete Danny. »Breck und ich sind so weit. Wie sieht es bei dir aus, Ridge?«

»Ja, alles klar.« Ridge klang leicht außer Atem. »Wes hat mich zu dem Ring geführt. Der Safe war hinter der Attrappe eines Durchlauferhitzers im Badezimmerschrank versteckt. Ich hätte einen Umzugswagen gebrauchen können, so viel Zeug war drin. Jede Menge Papiere, Fotos und DNS-Testergebnisse. Genug Stoff, um jahrelang diese TV-Gerichtsshows zu füllen.« Ridge machte eine Pause. »Gibt's die überhaupt noch?«

»Das interessiert kein Schwein, Pfeiffer«, erwiderte Steele.

»Okay«, meinte Ridge. »Wie erwartet, hab ich auch Videobänder gefunden, massenhaft Videobänder. Wes wird wochenlang vor seinem Monitor sitzen, bis er die alle durchgesehen hat. Das werden *harte* Zeiten für ihn. Falls ihr versteht, was ich meine.«

»Tsss, auf keinen Fall!« Wes klang angewidert. »Ich spiele die Bänder gern ins System ein, damit ihr euch abwechseln könnt.«

»Ich hab sie in Carsons Auto verstaut, ihr könnt euch später darum streiten. Umgezogen bin ich übrigens auch«, meinte Ridge.

»Gut. Wo bist du jetzt?«, wollte Steele wissen. »Ich brauch dich im Esszimmer, um …« Er brach ab, und ein gequältes Aufjaulen drang über die Mikros an unsere Ohren.

»Bin schon daa-haa«, trällerte Ridge. Wes konnte sich ein leises Lachen nicht verkneifen.

»Himmel, Arsch und Zwirn!«, rief Steele. »Wenn du dich noch mal so an mich heranschleichst, mach ich dich einen Kopf kürzer!«

»Autsch. Das tut weh, Alvarez. Wenn mein kleiner Bruder das macht, stellst du dich nicht so an«, zog Ridge ihn auf.

»Nicht kleiner, nur um dreizehn Minuten jünger«, korrigierte ich ihn, weil Ridge das von mir erwartete, wenn er mich seinen kleinen Bruder nannte. »Und lass die Finger von meinem Freund.«

»Oho, von deinem *Freund*?«, wiederholte er. »Ist das jetzt offiziell?«

Na ja, nicht direkt, aber …

»Ja«, antwortete Steele. »Ganz offiziell.«

Na dann. Ich grinste Danny an, der leise zurücklachte.

»Wir sind in Position«, informierte ich die anderen, als wir die Treppe zum Erdgeschoss hochgingen.

»Bereit«, bestätigte Steele. »Auf geht's, Ridge.«

»Oh. Mein. Gott!« Ridges Stimme drang mühelos durch die dicke Holztür, obwohl sich zwischen uns mehrere Zimmer und Dutzende Personen befanden, während wir ihn gleichzeitig über die Mikros hörten. »Lucretia Baumgartner, Ihr Kleid ist hinreißend!«

Ridge besaß die Geschicklichkeit einer Katze und die Fähigkeit, sich unsichtbar zu machen wie ein Geist. Doch auch wenn man einen Elefanten im Porzellanladen brauchte, war er der richtige Mann.

Auf welche Frau er sich gestürzt hatte oder ob Lucretia ihr richtiger Name war, spielte keine Rolle. Seine Aufgabe war es, auf die Schnelle eine Szene zu machen, die die Aufmerksamkeit aller – auch die des Senators – auf sich zog. Für einen Moment herrschte Stille, dann brachen die ersten Gäste in Gelächter aus. Ridge hatte seinen Teil erfolgreich erledigt.

»Stimmt was nicht, Senator?«, erkundigte sich Carson besorgt. »Sie wirken, als hätten Sie einen Geist gesehen.«

»Nein. Nein, ich … sehe nur ein Problem«, korrigierte Harlan, wobei er schon leicht nuschelte. »Ein Problem, das längst gelöst sein sollte. Ich brauche Mickey. Wo ist Mickey?«

Danny und ich wechselten einen Blick. Snow White klang bereits ziemlich benommen. Die Droge wirkte schneller, als ich angenommen hatte.

»Mickey?«, hakte Carson nach und hörte sich ganz aufrichtig an, als ob er wirklich nicht wüsste, von wem Harlan sprach. »Welcher Mickey?«

»Na, Mickey«, wiederholte der Senator, lauter jetzt. »Sie wissen schon. Ihr Mickey.«

Carson zögerte. »Ich … Ich kenne niemanden namens Mickey, Sir.«

»Aber sicher tun Sie das, Waters!«, fauchte Harlan. »Mickey hat für Sie gearbeitet. Sie haben ihn doch gefeuert!«

Alle Gespräche waren verstummt. Sicher ruhten aller Augen auf Harlan.

»Ich bitte Sie, Senator. Lassen Sie mein Hemd los!«, rief Carson empört. »Das ist eine Maßanfertigung aus der Savile Row in London!«

Ich hätte zu gern Mäuschen gespielt, aber ich durfte mich nicht zu früh blicken lassen, wenn ich unseren Plan nicht gefährden wollte. Ich begnügte mich damit, mir Harlans Gesicht vorzustellen – wie sich Speicheltröpfchen von seinen Lippen lösten, während sich sein Gesicht vor Wut verzerrte und eine unschöne puterrote Färbung annahm, genau wie in der Nacht, als er Danny und mich verprügelt hatte. Mit dem Unterschied, dass er es diesmal war, der einstecken musste.

»Als ob mich interessiert, wo Sie … Wo …« Der Senator schnappte hörbar nach Luft. »Sie können mich mal!«, schrie er, und Carson stieß einen leisen Ruf aus, als ob Harlan ihn gestoßen hätte. Wahrscheinlicher war allerdings, dass Carson es so aussehen ließ, als wäre er gestoßen worden. In solchen Dingen war er gut.

»Dieser Junge!«, rief Harlan. »Der eben für Wirbel gesorgt hat. Wo ist er abgeblieben?«

»Welcher Junge?«, fragte Leo. »Vielleicht sollten Sie sich lieber setzen, Senator.« Dann hob er die Stimme und wandte sich an die Gäste. »Hat jemand seine Sekretärin gesehen? Oder seine Frau?«

»Mary Lou ist nicht da«, erklärte eine der wenigen Frauen unter den Gästen mit einem Unterton von Missbilligung in der Stimme. »Was äußerst unüblich ist.«

»So unüblich nun auch wieder nicht«, bemerkte jemand anders trocken. »Nicht auf einer von Harlans Partys. Das Unterhaltungsprogramm ist schließlich nicht immer … für Damen geeignet.«

Schockiert rangen einige der Gäste nach Luft, und

nicht für alles Geld der Welt hätte ich mir mein Lächeln verkniffen.

»Da ist er ja!«, rief Harlan aus – vermutlich hatte Ridge sich ein weiteres Mal kurz blicken lassen. »Da … Verdammte Scheiße, wohin ist er denn jetzt wieder verschwunden?«

»Für einen Senator drückt er sich nicht sehr gewählt aus.« Ich lachte in mich hinein. »Hoffentlich fällt jemand vor Schreck in Ohnmacht.«

Wes lachte leise ins Mikro. »Wirklich schade, dass ich die Funkverbindung im näheren Umkreis unterbrechen musste, damit keiner das hier live streamen kann. Keiner außer mir, wohlbemerkt.«

»Wie hast du das denn hingekriegt?«, wollte ich wissen. »Hast du nicht gesagt, Harlan hätte keine Sicherheitskameras im Haus? Gibt es jetzt doch welche?«

»Ja, er hat sie sogar selbst installiert. Er weiß es nur nicht«, erklärte Wes fröhlich. »Er hat sich vor ein paar Jahren einen Smart-TV mit allen möglichen Extras angeschafft. Nur das Beste für unseren Lieblingssenator. Aber er hat nicht daran gedacht, die Privatsphäre-Einstellungen zu aktualisieren. Sobald ich also sein WLAN gehackt hatte, habe ich mir über das Root-Konto Zugriff auf den Fernseher verschafft und ihn komplett übernommen. Kamera, Mikrofon, alles. Aaalles meiiins! Muhahaha.« Er gackerte wie ein größenwahnsinniger Comic-Bösewicht.

»Keine Ahnung, was ein Root-Konto ist, aber ich lasse mir eins auf den Hintern tätowieren, wenn das hier vorbei ist«, versprach Ridge. »Tolle Arbeit, Wes.«

Steele lachte. »Stimmt der Aufnahmewinkel, Wes? Bist du sicher, dass Ridge nicht zu sehen ist?«

»Absolut, er weiß genau, was er tut«, lobte Wes. »Scheint so, als hätte Harlan mittlerweile Angst vor seinem eigenen Schatten.«

»Schanke dön«, meinte Ridge. »Ich gebe mein Bestes.«

»Sehr gut. Danny, jetzt bist du dran«, sagte Steele.

Danny wackelte mit den Augenbrauen und ging hinaus, ließ die Tür jedoch einen Spaltbreit offen.

Er stolzierte ins Wohnzimmer, wo das Spektakel stattfand. Dort hatte sich eine Menschentraube gebildet, und alle drängten nach vorn für einen besseren Blick auf den Senator, der offensichtlich gerade einen Nervenzusammenbruch erlitt. Niemand nahm auch nur die geringste Notiz von Danny, der sich auf die Zehenspitzen stellte und winkte.

Harlan verlor bei seinem Anblick völlig den Verstand.

»Da ist der andere! Der andere Schwanzlutscher! Direkt hinter Ihnen!«

Alle drehten sich in die Richtung, in die er zeigte. Auch Danny, der anschließend still und leise in der Menge untertauchte.

»Eben war er noch da!«, rief Harlan. Er ging zu der Stelle hin, wo Danny ein paar Sekunden zuvor gestanden hatte, und drehte sich im Kreis, als erwartete er, dass Danny jeden Moment aus dem Nichts erscheinen würde. »Er hätte voller Blut sein müssen …« Er rieb sich die Stirn.

Seine Sekretärin tauchte neben ihm auf, die Augen weit aufgerissen vor Schreck.

»Sie sollten sich wirklich hinlegen, Senator«, schlug sie vor. »Sie hatten sicher nur einen Drink zu viel. Eine kalte Kompresse täte Ihnen gut.«

Der Senator wollte sich jedoch nicht hinlegen. Nein,

er wollte sich mit Vollgas kopfüber ins Verderben stürzen.

»Ich kann was vertragen. Ich bin ein richtiger Mann, verdammt.«

»Oje.« Carson seufzte hörbar. »Sie hat recht. Bitte …«

»Sie … Ich habe Sie völlig in der Hand, Ben Waters!« Harlan zeigte anklagend mit dem Finger auf Carson. »Ich habe Aufnahmen von Ihnen … Mit einem von diesen Jungs! Vergessen Sie das lieber nicht.«

Carson starrte ihn mit offenem Mund an. »Wie bitte? Wovon zum Teufel sprechen Sie?«

»Tunse nichso … als obse von nichs wüssten«, nuschelte Harlan und stützte sich schwer auf seine Sekretärin. Dass sie unter seinem Gewicht nicht zusammenbrach, grenzte an ein Wunder. »Sie sinn doch nur desswegn hier. Weil ich Sie in der Hand habe.«

Wow. Nun kamen alle Geheimnisse ans Licht.

»Ich bin hier, weil ich Sie eventuell mit einer Wahlkampfspende unterstützen wollte. Was ich nach Ihrem Auftritt hier selbstverständlich nicht tun werde, lassen Sie sich das gesagt sein!« Carson sah sich unter den Gästen nach Unterstützung um.

Die meisten Frauen und einige der Männer nickten entrüstet. Andere wirkten, als würden sie sich jeden Moment übergeben müssen.

Es war leicht zu erkennen, wen der Senator erpresste. Das Einzige, was noch schlimmer war, als von einem Mistkerl wie Harlan erpresst zu werden, war, von einem verrückt gewordenen Mistkerl erpresst zu werden.

»Sollen wir einen Rettungswagen rufen? Vielleicht hat er einen Schlaganfall.« Steele erschien plötzlich an Harlans Seite. »Können Sie die Arme heben, Sir?«

»Ob ich die … Ich kann meine verdammten Arme heben, Mickey! Sie haben die Jungs umgebracht. Ich war dabei. Aber sie sind nicht tot geblieben!«

Steeles Gesichtszüge verhärteten sich. »Ich weiß ja nicht, für wen Sie mich halten, Sir, aber ich bin Master Sergeant Alvarez, U.S. Army. Ich bin zwar mittlerweile nicht mehr im aktiven Dienst, wurde jedoch mehrfach ausgezeichnet für meine Verdienste bei zwei Einsätzen im Irak und in Afghanistan. Sie haben mich als Sicherheitschef für Ihre Veranstaltung heute Abend angeheuert. Klingelt da etwas bei Ihnen?«

Ich hätte fast laut herausgelacht. Es war meine Idee gewesen, Steeles Dienstzeit bei der Army zu erwähnen. Er hasste es zwar, sich selbst als mehrfach ausgezeichneten Veteranen zu bezeichnen, aber Carson hatte meine Idee unterstützt. Dann hatte Leo ihn dabei unterstützt, mich zu unterstützen, und am Ende hatte Steele einsehen müssen, dass wir recht hatten. Die Menschen schauten zu Helden auf, und Steele war nun mal einer.

»Sie können mich mal! Sie sind … Sie sind Mickey Gonzalez!«, beharrte der Senator.

Steele schüttelte den Kopf wie ein trauriger Welpe. »Sind Sie etwa einer von denen, für die jeder Mann mit lateinamerikanischen Wurzeln gleich aussieht, Sir?«

»Bitte, Senator«, flehte die bemitleidenswerte Ms Guinn und geriet unter Harlans Gewicht fast ins Stolpern. »Sie müssen sich setzen. Es geht Ihnen nicht gut!«

»Ich rufe jetzt einen Rettungswagen«, verkündete eine Stimme, die eine verdächtige Ähnlichkeit mit Dannys hatte. »Lieber auf Nummer sicher gehen.«

»Wissen Sie, ob er irgendwelche Drogen genommen hat?«, wandte Steele sich besorgt an Ms Guinn und tat so, als ob er die Stimme senkte, obwohl er genauso laut sprach wie vorher. »Die Sanitäter müssen es erfahren, wenn er irgendwelche Betäubungsmittel intus hat.«

Ms Guinn rang verzweifelt die Hände. »Na ja, ab und zu nimmt er etwas. Ich … Ich weiß aber wirklich nicht, ob er gerade unter Drogen steht oder nicht!«

»Aber möglich ist es?«, hakte Steele nach und wirkte dabei sehr ernst und souverän.

Ms Guinn nickte, was eine neue Welle geflüsterter Bemerkungen unter den Gästen auslöste.

»Ich bin nicht high. Ich bin nur verdammt angepisst. Niemand ruft hier irgendwo an, haben Sie das verstanden?« Der Senator stolperte in seine Sekretärin hinein, die glücklicherweise von Steele aufgefangen wurde. »Sie sind ein Verräter, Mickey. Sie und Ben Waters! Aber einen John Harlan verrät keiner!«

»Wovon reden Sie nur, Sir?«, fragte Steele betrübt.

»Wüsste ich auch gern.« Carson zeigte, wie immer, genau das richtige Maß an Empörung.

»Das werden wir ja sehen«, drohte Harlan. »Warten Sie's ab.« Er wischte sich mit der Hand über den Mund und deutete auf einen Mann in der Menge. »Sie da! Jenny! Holen Sie mir die Aufnahmen von letzter Woche.«

»Ach du lieber Himmel.« Jenny Guinn stand immer noch in Steeles Armbeuge geschmiegt da, als fühle sie sich dort wirklich wohl.

Ich konnte es ihr nicht verübeln. Nicht sehr jedenfalls.

»Das wollen Sie doch nicht wirklich tun, Sir«, sagte sie zu Harlan. »Ganz bestimmt nicht.«

»Du hast wohl vergessen, was ich deiner Schwester antun kann, du kleine Schlampe. Los jetzt!«, brüllte Harlan.

»Jetzt ist es aber genug, Senator. Ich habe mir das lange genug angesehen«, schritt Leo ein. »Und ich stehe nicht weiter tatenlos hier herum, während Sie Ihre Sekretärin beleidigen und alle möglichen haarsträubenden Behauptungen aufstellen.«

»Sie sind doch nur ein in Ungnade gefallener FBI-Agent. Ein Säufer, der sich durch den Alkohol aufs berufliche Abstellgleis manövriert hat.«

Ein Mann drängte sich nach vorn. »Harlan«, sagte er eindringlich. »Wissen Sie denn nicht, mit wem Sie da sprechen?«

Harlan kniff die Augen zusammen. »Was?«

»Das ist Special Agent Leonard Shook«, erklärte der Mann nachdrücklich. »Wir haben vor ein paar Wochen eine Mitteilung über seine Belobigung erhalten. Er war es, der …« Er ging näher an Harlan heran und flüsterte ihm etwas ins Ohr.

Der Senator starrte Leo an und riss die Augen auf. »Unmöglich.«

Echt jetzt? Es war, als hätte jemand in dem Moment den Sender gewechselt, als der Mörder entlarvt werden sollte. Leider ohne die Möglichkeit, zurückzuspulen.

»Wovon spricht der Kerl, Leo?«, verlangte ich zu wissen. Leo ignorierte mich jedoch.

»Warum stehen wir hier überhaupt noch herum und hören uns das alles an?« Steele nahm die Situation wieder in die Hand. »Der Senator ist offensichtlich verstört, entweder aufgrund illegalen Drogenkonsums oder wegen eines kürzlich erlebten Traumas, das einen Nervenzusammenbruch ausgelöst hat.«

Wes kicherte. »Bei ›Grey's Anatomy‹ nehmen sie dich mit Kusshand, Dr. Alvarez. Was du dir da ausdenkst, klingt wahnsinnig kompetent.«

Wes hatte recht. Mehr als ein paar kompliziert klingende Wörter und ein selbstbewusstes Auftreten brauchte es nicht, um die Leute glauben zu machen, man wüsste, wovon man redete. Die Partygäste waren überzeugt davon, dass Harlan gerade vor ihren Augen einen Nervenzusammenbruch erlitt.

»So, liebe Familie. Jetzt bin ich dran.« Wes schnalzte Unheil verkündend mit der Zunge. Im ganzen Haus flackerte kurz das Licht, dann schaltete sich der gigantische Fernseher ein.

Eine zartbesaitete Seele schrie vor Schreck laut auf, was mich zum Lachen brachte. Zuerst füllte statisches Rauschen den Raum, und außer grobkörnigem Griesel war auf dem Bildschirm nichts zu sehen. Doch dann erschien ein klares Bild des Senators, und auch seine Stimme war laut und deutlich zu vernehmen.

»Bringen Sie die beiden um«, befahl Bildschirm-Harlan und sah dabei direkt in die Kamera. Es war kaum zu glauben, aber auf dem Video wirkte er noch viel furchteinflößender als im echten Leben. In seinen Augen glitzerte der Wahnsinn.

»Umbringen? Ist das wirklich nötig?«, fragte jemand, der in dem Video nicht zu sehen war. Es war Steeles Stimme, das wusste ich, doch irgendwie war sie es auch nicht. Sie klang höher, und sein Georgia-Akzent war viel ausgeprägter. Ich bezweifelte, dass die Anwesenden sie erkannten.

»Der kleine Stricher hat meinen Ring gestohlen, während er mir den Schwanz gelutscht hat«, erklärte Harlan und schaute dabei immer noch mit diesem irren Blick in die Kamera. »Er verdient den Tod.«

»Oh mein Gott!«, entfuhr es einem der Partygäste, was eine Kettenreaktion auslöste. Auch die anderen Gäste schnappten nun fassungslos nach Luft und klammerten sich aneinander.

»Das ist furchtbar!«, rief eine Frau. »Schalten Sie das aus! Kann jemand das ausschalten?«

Doch Wesley hatte die Kontrolle über den Fernseher, und er würde ihr den Gefallen ganz sicher nicht tun.

Bildschirm-Harlans Lächeln verwandelte sich in ein boshaftes Grinsen. »Und vergessen Sie nicht, dass Ihr Schicksal nun mit meinem verknüpft ist, Gonzales. Sie tun also besser, was ich Ihnen sage. Bringen Sie die beiden um, und lassen Sie die Leichen verschwinden. Hintenraus geht es zum Fluss, und bis zu den Wanderwegen sind es nur ein paar Minuten. Wofür Sie sich entscheiden, ist mir völlig egal. Je weniger ich weiß, desto besser. Werden Sie kreativ. Hauptsache, die beiden tauchen nie wieder auf.«

Ab hier hatte Wesley großartige Editierarbeit geleistet. Er hatte den folgenden Teil des Gesprächs herausgeschnitten, das große Finale aber dringelassen. Die nächste Einstellung zeigte Harlans Gesicht in Großaufnahme, als er sagte: »Die Dinge ändern sich hier eben schnell, mein Hübscher. Da müssen Sie anpassungsfähig sein.« Sein Lächeln nahm etwas unangenehm Animalisches an, dann trat er auf die Kamera zu – auf Steele, und der beugte sich vor, sodass die Knopfkamera aufzeichnete, wie Harlan ihm in den Schritt griff. »Aber die Eier dafür haben Sie ja offensichtlich.«

Ich würde jetzt gern berichten, dass in Harlans Wohnzimmer die Hölle losbrach, doch dem war nicht so. Überhaupt nicht. Es war eher Verwirrung, die sich breitmachte. Eine Frau wandte sich an eine andere, die neben ihr stand. »Was hat das … Ist John etwa *schwul*?«

Eine andere rief: »Ich bete für dich, John. Tu Buße, und du wirst errettet werden!«

Harlan hatte die ganze Zeit leise schwankend mitten im Zimmer gestanden und wie ein Schlafwandler auf den Fernseher gestarrt. Doch als Wes das Video erneut abspielte, verlor der Senator völlig die Nerven.

»Ausschalten!«, kreischte er. »Schaltet den Scheiß aus!«

Er griff wahllos nach einem der Dekostücke auf dem Beistelltisch, der ihm am nächsten stand, und warf es nach dem Fernseher. Ein Riss zog sich quer über den Bildschirm, und er wurde dunkel, doch Harlans Stimme war weiterhin zu hören. »Bringen Sie die beiden um, bringen Sie die beiden um, bringen Sie die beiden um«, befahl er wieder und wieder, als Wes die Endlosschleife einspielte.

»Nein!«, schrie Harlan. »Neiiin!«

»Ach Mensch«, sagte Wesley und ließ ein fröhliches Kichern hören. »Regt er sich etwa auf, weil ihm jemand die Party vermiest? Dabei fängt der Spaß jetzt doch erst richtig an.«

Eins nach dem anderen erwachte jedes dazu fähige Gerät im Haus zum Leben und spielte die Tonspur ebenfalls ab. Der kleine digitale Bilderrahmen auf dem Kaminsims, die Stereoanlage in der Ecke, der Fernseher im Esszimmer. Es hätte gereicht, um eine stabilere Persönlichkeit als Harlan in den Wahnsinn zu treiben. Und Harlan war alles andere als mental stabil.

»Es reicht, habe ich gesagt!«, kreischte er.

Steele atmete tief durch und subvokalisierte: »Wenn

du deinen Auftritt noch durchziehen willst, wäre jetzt der richtige Zeitpunkt, Breck.«

Oh, und wie ich das wollte!

Die Lichter gingen wieder an, und die Gäste schirmten die Augen mit den Händen gegen die Helligkeit ab. Harlan drehte sich um und erhaschte einen Blick auf Ridge, der an der offenen Tür zum Wohnzimmer vorbeiging. »Da!«, rief Harlan, an Leo gewandt. »Schnappen Sie sich den Kerl!«

Bis Leo sich jedoch umgedreht hatte, war Ridge schon wieder verschwunden. Leo blickte Harlan mitleidig an. »So leid es mir tut, Senator. Aber nach dem, was ich heute Abend hier mit ansehen musste, und so, wie Sie sich aufgeführt haben, muss ich Sie zu Ihrem eigenen Schutz in Gewahrsam nehmen.« Er machte einen Schritt auf Harlan zu, der vor ihm zurückwich.

Nun ging ich am Durchgang zur Küche vorbei, wo Harlan mich erspähte. »Der da, da drüben!«

»Jetzt ist er also auf einmal da drüben«, bemerkte Steele skeptisch. »Senator … Weiß irgendjemand, wann der Rettungswagen endlich eintrifft?«

Ridge sprang aus seinem Versteck, und Danny tat es ihm nach.

»Die beiden da! Den auch!«, rief Harlan.

Jetzt ging ich auf ihn zu. Harlans Gesicht war vor Wut violett angelaufen, und er schwitzte stark. Es würde nicht mehr lange dauern, bis er das Bewusstsein verlor, aber bevor das geschah, wollte ich dafür sorgen, dass er ganz genau wusste, mit wem er es zu tun hatte. Später würde er sich an nichts mehr erinnern können. Aber jetzt konnte er noch begreifen, wer ihn fertiggemacht hatte, und ich wollte die Erkenntnis in seinen Augen sehen.

»Meinen Sie etwa mich, Senator?« Ich lächelte ihn zuckersüß an. »Kann ich Ihnen etwas bringen? Ein Glas Wasser vielleicht?«

Ich trat noch näher an Harlan heran und spürte Steeles Anspannung, als ich an ihm vorbeiging. Wahrscheinlich musste er sich gerade wahnsinnig zusammenreißen, damit er mich nicht packte und sich wie eine Wand zwischen den Senator und mich schob.

»Du!« Harlan zeigte mit zitterndem Finger auf mich. »Ich habe dich sterben sehen! Ich habe gesehen, wie du verblutet bist, und das ist noch keine Stunde her!«

»Mich?« Ich blickte an meinem makellos sauberen Anzug hinab. »Das war nicht ich, Sir! Wen haben Sie denn umgebracht?«

»Du bist ein … Nur ein verdammter Stricher«, bekam er gerade noch so heraus.

Ich lächelte so engelsgleich und mitfühlend, wie ich nur konnte, und näherte mich ihm so weit, dass ich ihn hätte anspucken können, den Mann, der mich verletzt und Danny fast totgeprügelt hatte, der mich gezwungen hatte, in Angst zu leben.

»Stimmt, ich bin der verdammte Stricher, der gerade dabei geholfen hat, Sie zu ruinieren«, zischte ich ihm bedrohlich ins Ohr. »Auf Wiedersehen, Senator Harlan.«

Wes stieß einen Pfiff aus, der mir fast das Trommelfell zerriss. »Und der Oscar für den furchteinflößendsten Auftritt des Jahres geht an Brock Pfeiffer!«

Triumphierend lächelnd drehte ich mich zu Steele um und wollte ihm sagen, dass die Mission erledigt und der Drache besiegt war und ich eine wunderbare Idee hatte, wie es jetzt mit unserem Leben weitergehen konnte.

Doch Harlan hatte noch nicht verstanden, dass er erledigt war.

Das Nächste, woran ich mich erinnerte, war seine knochige – und erschreckend kräftige – Hand, die sich in meine Haare krallte und mich zurückriss.

»Bleibt, wo ihr seid«, befahl Harlan. »Keiner rührt sich.«

Etwas Scharfes bohrte sich mir in den Rücken. »Messer!«, stieß ich keuchend hervor.

»Senator, bitte«, sagte Leo sanft. »Das bringt doch nichts.«

Harlan lachte irre. »Ihr seid doch alle Idioten. Jeder Einzelne von euch.« Er stolperte einen Schritt zurück und schaffte es irgendwie, mich weiterhin mit dem Messer in Schach zu halten, ohne seinen Griff zu lockern. »Macht den Weg frei!«, schrie er. »Wehe, einer spielt den Helden. Das gilt besonders für Sie, Mickey!« Er trat nach dem Mann, an dem er mich gerade vorbeischleifte.

»Ich bin aber nicht Mickey«, empörte sich der, als wäre das gerade das Schlimmste an der Situation.

»Helft mir!«, rief ich, was der Senator mit einem heftigen Ruck an meinen Haaren quittierte.

Verdammt. Falls ich das überlebte, würde ich mir den Kopf rasieren.

Ich versuchte, mich loszureißen, rammte ihm die Ellbogen in den Leib und ließ mich zu Boden fallen, doch der Schweinehund war unglaublich stark. Es war, als hätte ihm die Droge Superkräfte verliehen, statt ihn umzuhauen und schwerfällig wie einen Sack Kartoffeln zu machen. Zumindest vorübergehend. Mein Bruder, Danny, Leo und die Liebe meines Lebens standen da wie vor Schreck erstarrt und überlegten fieberhaft, wie sie mir helfen konnten. Es würde Harlans Wut sicher nur noch mehr anheizen, wenn sie sich als Freunde von mir zu erkennen gaben.

Harlan zerrte mich zur Kellertreppe – zu der Tür, die ich dummerweise offen gelassen hatte, als ich für meine Rache aus dem sicheren Versteck gekommen war. Kaum waren wir hindurch, zog Harlan sie hinter uns ins Schloss.

»Das wird sie eine Weile aufhalten«, murmelte er. Und damit hatte er recht. Verdammt recht.

Fuck.

Mit einer Kraft, die ich bisher nur ein einziges Mal bei ihm erlebt hatte – in der Nacht, als er Danny und mich zusammengeschlagen hatte –, schleifte er mich die Treppe hinab.

»Ridge! Knack endlich das verdammte Schloss!«, bellte Steele. Der Schmerz und die Qual in seiner Stimme fuhren mir tief unter die Haut.

»Lassen Sie mich gehen!«, flehte ich Harlan an. »Bitte.«

Ich hatte nie verstehen können, warum die Leute in den Filmen immer um ihr Leben bettelten. Der Mörder würde sie wohl kaum gehen lassen, nur weil sie ihn nett darum baten. Warum also nicht gleich Haltung bewahren und sich lieber tapfer und trotzig zeigen?

Doch da oben gab es Menschen, die mich liebten, und ein paar, die mich zumindest mochten. Falls Steele nicht jetzt schon einen Anfall von posttraumatischer Belastungsstörung erlebte, weil Harlan auch mich als Geisel genommen hatte, würde es bald so weit sein. Mein Bruder würde es sich nie verzeihen, wenn mir etwas zustieße. Und Danny würde sich wieder in die schreckhafte Maus verwandeln, die vor ihrem eigenen

Schatten Angst hatte. Es ging hier um viel mehr als nur mein Leben, und deswegen lohnte es sich, zu betteln.

»Du bist meine Fahrkarte hier raus.« Harlan schleppte mich zu einer Tür, die nach draußen führte. Kein Lüftchen regte sich in der feuchten Sommerhitze. Wir überquerten eine kleine Rasenfläche und verschwanden dann in einer größeren Baumgruppe.

»Geht es hier zum Fluss hinunter?«, fragte ich und betete, dass Wes mich noch hören konnte.

»Das geht dich einen Scheiß an«, antwortete Harlan, nur um meinen Verdacht gleich darauf zu bestätigen. »Ich entsorge deine Leiche im Fluss, genau wie ich es Mickey aufgetragen hatte.«

»Noch haben Sie niemanden umgebracht!«, erinnerte ich ihn und hoffte, dass es auch stimmte. »Fangen Sie jetzt doch nicht damit an! Vergessen Sie nicht: Mord ist eine Sünde!«

Er ignorierte mich.

Da er mich rückwärts hinter sich herzog, bekam ich erst mit, dass wir uns auf dem Steg befanden, als meine Fersen über die Holzplanken schleiften. Jetzt oder nie.

»Sie sind … Sie sind doch Senator!«, rief ich. »Soll man sich wirklich so an Sie erinnern?«

Wundersamerweise drang das irgendwie zu ihm durch. Vielleicht hatte er auch einfach nur genug davon, mich hinter sich herzuzerren, wer weiß? Was auch immer seine Gründe sein mochten, er stieß mich noch in Ufernähe in das schlammige Wasser und sprang auf seine Jacht.

Ich kämpfte mich zurück ans Ufer, setzte mich ins Gras und musste zusehen, wie der Senator übers Deck zum Steuer lief und versuchte, den Motor zu starten.

Einen Sekundenbruchteil lang überlegte ich, den Superhelden zu spielen und ebenfalls auf die Jacht zu springen, entschied mich aber dagegen. Ich brachte es einfach nicht über mich.

»Leute?« Ich war ganz außer Atem und konnte nur hoffen, dass mein Mikro noch funktionierte. »Ich, äh, ich bin okay. Er hat mich gehen lassen.«

Der Bootsmotor sprang an. Die Halteleinen landeten mit einem dumpfen Klatschen auf dem Steg, als Steele, Ridge und Leo über den Rasen gerannt kamen.

Zu spät. Harlan lenkte das Boot bereits in die Strömung und hatte sich außer Reichweite gebracht.

»Breck? Oh, verdammt, Breck.« Steele riss mich in seine Arme und zerquetschte mich fast an seiner Brust. Es war extrem unbequem, aber das war mir völlig egal. Er bebte förmlich, oder vielleicht war ich es, der zitterte, was wiederum ihn zum Zittern brachte. Wie auch immer, es wurde nur besser, wenn wir uns so fest wie möglich aneinanderschmiegten.

»Es tut mir so leid«, entschuldigte ich mich. »Ich hab ihn davonkommen lassen.«

»Er kommt nicht davon.« Leo bellte bereits Befehle in sein Handy.

»Es sollte dir auch leidtun, Breckie.« Ridge legte mir eine Hand auf die Schulter. »Deinetwegen hab ich jetzt die ersten grauen Haare. Und Gott steh dir bei, wenn ich wegen dir schneller altere als du.«

Kawumm!

Der nachtschwarze Himmel flammte orangerot auf. Steele lockerte seine Umarmung gerade weit genug, dass ich zum Fluss hinunterschauen konnte.

Nur ein paar Hundert Meter von uns entfernt trieb

John Harlans brennende Jacht. Noch während wir fassungslos hinstarrten, sprang der Senator ins Wasser.

* * *

»Wieso wussten wir nichts von dem Boot?«, fragte Wes später am Abend. Wir hatten es gerade noch rechtzeitig geschafft, mit unseren blutbefleckten Klamotten und der Beute aus Harlans Haus zu verschwinden, bevor die Polizei auftauchte und das ganze Grundstück zum Tatort erklärte. Nun saßen wir auf der Terrasse des Nachbarhauses.

»Wir wussten davon.« Leo nahm einen Schluck von seinem Bier und streckte die nackten Füße von sich. »Das haben wir sogar ganz leicht über Google herausgefunden. Ich hätte nur nie damit gerechnet, dass er versuchen würde, sich damit aus dem Staub zu machen. Dafür stand für ihn doch zu viel auf dem Spiel.«

Ridge seufzte und legte die Füße aufs Geländer. Durch die Bäume war das Blaulicht des Polizeiboots draußen auf dem Fluss kaum wahrzunehmen. »Das ist ein guter Punkt für die Nachbesprechung. Nächstes Mal berücksichtigen wir alle Transportmittel. Wir entfernen die Zündkerzen und stechen die Reifen auf.«

Leo schnaubte. »Dein Wissen über Autos ist ja phänomenal.«

Ridge warf ihm eine Brezel an den Kopf.

»Ich frage mich, wohin er wollte«, meinte Carson nachdenklich. Die Ellbogen aufs Geländer gestützt und den Blick in die Ferne gerichtet, hätte er einer Anzeige für Versace entsprungen sein können. Er trug als Einziger von uns noch seinen eleganten Abendanzug und hielt ein Martiniglas zwischen den Fingern. Vielleicht brauchte er noch etwas Zeit, um sich von Ben Waters zurück in Carson Grieves zu verwandeln. »Internationale Gewässer?«

»Mit einem Boot dieser Größe?« Leo schüttelte den Kopf. »Niemals.«

»Wäre doch möglich! Ich wette, er wollte nach Mexiko«, warf Wes ein. »Dahin würde ich jedenfalls flüchten. Hübsche Señoritas, kalte Margaritas, im Prinzip alle wichtigen -itas …«

»Wow. Wie ist es nur möglich, dass du so genial bist, wenn es um Computer geht, aber ein totaler Vollpfosten in allen anderen Bereichen des Lebens?« Danny schlug nach einem Moskito auf seinem Arm. Außer einer abgeschnittenen Jogginghose trug er – wie üblich – nichts.

»Das macht eben meinen Charme aus, Daniel.«

»Wenigstens haben sie ihn geschnappt«, bemerkte ich leise. »Und hoffentlich finden sie genug belastendes Material, um ihn wegzusperren.«

Steele, der mir als Kissen diente und selbst auf einer dieser typischen Adirondack-Holzliegen saß, schlang die Arme fester um mich. Er hatte kaum ein Wort gesprochen, seit er mich auf dem Steg gefunden hatte, und mich keine Sekunde losgelassen.

»Sobald ich mit dem Videoschnitt fertig bin, haben sie auf jeden Fall genug«, erklärte Wes überzeugt. »Das wird ein hübscher Trailer mit allen Highlights, die ich auf den Bändern finde, die Ridge gestohlen hat.«

»Noch viel besser gefällt mir, dass er seine Macht verloren hat.« Carson sah uns an. »Ihr schreibt doch allen, die er mit den Aufnahmen erpresst hat, eine E-Mail, dass er nichts mehr gegen sie in der Hand hat, oder?«

»Das haben wir vor«, bestätigte Wes.

Carson nickte. »Dann wird ihm auch niemand helfen. Keiner wird auch nur einen Finger für ihn krumm machen. Er wird zurücktreten müssen. Und ich werde das durchsetzen.«

Leo runzelte die Stirn. »Ben Waters sollte sich für längere Zeit aus der Öffentlichkeit zurückziehen«, warnte er. »Statt sich noch tiefer in diese Angelegenheit zu verstricken.«

»Ach Leo«, sagte Carson und grinste ihn an. »Du bist echt niedlich. Ben Waters wird gar nichts unternehmen. Aber ich bin ja nicht Ben Waters.«

Steele lachte halb und ließ den Kopf an die Rückenlehne sinken. »Ich würde zu gerne wissen, warum die Jacht plötzlich in Flammen aufgegangen ist. Ich war mir sicher, dass er uns entwischt.«

»Es gibt eben Dinge zwischen Himmel und Erde, die kann man nicht erklären, Jungs.«

Ich richtete mich auf, und als ich mich umdrehte, kam Josie aus dem Haus heraus auf die Terrasse. Zu Jeans trug sie ein eng anliegendes schwarzes Tanktop, und die nassen Haare hatte sie zu einem Knoten gebunden.

»Josie? Was machst du denn hier?« Leo sprang auf und starrte sie an. Wie wir alle.

»Manchmal darf ich Florida verlassen«, witzelte sie.

»Ja, aber woher wusstest du überhaupt, wo du uns findest? Wir haben doch …«

»Ich bin eigentlich nur hier im Norden, weil ich eine Freundin besuche«, wich Josie seiner Frage aus. Sie machte einen Schritt zur Seite, und eine blonde Bikinischönheit trat neben sie. »Jungs, das ist Greta. Greta, das sind meine Jungs.«

»Oh, hallo, Greta.« Wes schenkte ihr ein unwiderstehliches Megawattlächeln, was ihm einen Klaps von Danny auf den Hinterkopf einbrachte.

»Hey! Wofür zum Teufel war denn das?«

Danny verschränkte die Arme und funkelte ihn an. »Sieh es als vorgezogene Strafe. Ich bin mir sicher, dass du in den nächsten zehn Minuten garantiert irgendwas Dummes machst.«

»Schön, euch kennenzulernen«, begrüßte Greta uns in holprigem Englisch und wandte sich dann in einer anderen Sprache, die sich wie Russisch anhörte, an Josie.

Josie lachte hell auf, als hätte Greta einen Scherz gemacht. »Darum kümmern wir uns gleich, Süße«, antwortete sie auf Englisch, wobei sie Greta eine Hand auf den Arm legte.

»Jungs, ich denke, ihr solltet besser nicht die ganze Nacht hier herumhängen«, wandte sie sich wieder an uns. »Jedenfalls nicht, solange sie nach den Typen suchen, die Harlans Party und sein Boot gesprengt haben. Ein Coup ist nur gut, wenn die Flucht gelingt.«

»Wir haben nichts zu befürchten. Keiner von uns hatte was mit der Explosion auf dem Boot zu tun.« Ridge lehnte sich entspannt in seinem Sessel zurück. »Nicht das Geringste.«

»Oh, wie schön für euch«, gab Josie ärgerlich zurück. Sie stützte die Hände in die Hüften und schüttelte den Kopf, als könnte sie nicht fassen, was Ridge da von sich gab. »Aber *irgendjemand* hat was damit zu tun, Ridge Pfeiffer. Jemand, der sehr anständig und freundlich und … womöglich auch wunderschön ist und nur die besten Absichten hatte, als sie euch den Gefallen getan hat. Auch wenn wir nie erfahren werden, wer diese Person ist, und auch überhaupt nicht wissen können, wo sie sich gerade aufhält, bin ich mir ziemlich sicher, dass sie es zu schätzen wüsste, wenn ihr nicht hier herumhängen würdet, wo ihr den Verdacht auf sie lenken könntet. Vielleicht solltet ihr das fairerweise berücksichtigen, Ridge.«

Ridge runzelte verwirrt die Stirn. »Aber das ergibt doch gar keinen Sinn, Josie. Diese Person würde doch …«

»Entschuldigung angenommen.« Josie hob die Hand und schnitt Ridge damit das Wort ab. »Und jetzt will ich nichts mehr davon hören.«

»Aber …«

»Betrachte es als erledigt. Ich verzeihe dir deinen Anfall von Selbstsüchtigkeit.« Sie klatschte in die Hände. »So! Wie das Leben so spielt, war mir noch jemand einen Gefallen schuldig. Vor der Tür warten zwei zivile Polizeiwagen auf uns, die uns zum Flughafen bringen. Außerdem habe ich den Piloten bereits angewiesen, Charlies Flugzeug startklar zu machen. Wer möchte bei Sonnenaufgang zurück in Siesta Key sein? Zu Mimosas und Bellinis am Strand?«

Die Idee hatte einen gewissen Reiz, das konnte ich nicht leugnen. Ich wollte an Steele gekuschelt einschlafen und in seinen Armen aufwachen. Und ich wollte den Sonnenaufgang mit ihm zusammen bewundern. Morgen und an jedem weiteren Tag meines restlichen Lebens.

»Ich bin dabei.«

»Dann bin ich es auch«, stimmte Steele zu.

»Klingt wunderbar«, kommentierte Carson.

»Wie ihr wollt.« Leo kippte den Rest seines Biers hinunter. »Mir ist alles recht.«

»Aber Josie, ich verstehe immer noch nicht …« Ridge schüttelte den Kopf.

Josie klatschte erneut in die Hände und lächelte breit. »Hervorragend! Wie schön, dass wir alle einer Meinung sind. Dann schwingt die Hufe, Jungs!« Sie lief zurück ins Haus, hielt jedoch auf der Türschwelle inne und drehte sich noch einmal zu uns um. »Ich bin wirklich stolz auf euch. Auf euch alle. Und Charlie wäre es auch.« Mit diesen Worten verschwand sie im Haus, mit Greta im Schlepptau.

»Was zum Teufel ist hier los?«, erkundigte sich Ridge, als wir uns erhoben und ihr folgten.

»Ich bin mir nicht ganz sicher«, erwiderte Carson langsam. »Mein Slowenisch ist etwas eingerostet. Aber wenn ich sie richtig verstanden habe, wollte Greta von Josie wissen, was sie mit den restlichen Feuerwerkskörpern anfangen soll.«

KAPITEL 17

STEELE

Ich überprüfte jeden Zentimeter von Brecks Haut auf Unversehrtheit, und dabei ließ ich mir alle Zeit der Welt. So kam es, dass wir mit Applaus, Gejohle und anzüglichen Bemerkungen begrüßt wurden, als wir achtzehn Stunden nach unserer Rückkehr zum ersten Mal wieder das Haus verließen und uns zu der zusammengewürfelten Gruppe professioneller Betrüger gesellten, die es sich auf den Loungesesseln rund um die Feuerstelle gemütlich gemacht hatten.

Die orange glühenden Flammen ließen flackernde Schatten über ihre Gesichter tanzen, und der Rauch vermischte sich mit dem salzigen Meeresduft der Nacht.

Breck verbeugte sich, wobei er von den Knutschflecken an seinem Hals bis hinunter zu denen auf den Rippen errötete. Ich hatte die Untersuchung hauptsächlich mit dem Mund durchgeführt.

Leo warf mir eine Wasserflasche zu. »Du musst völlig ausgetrocknet sein.«

Das Wasser war wunderbar kalt, und ich trank es gierig mit großen Schlucken, sonst hätte ich mit einer scharfen Bemerkung auf seinen Kommentar reagiert.

Breck ließ sich auf Dannys Schoß fallen und winkte

Leo, damit er ihm ebenfalls eine Flasche zuwarf. »Der Arzt hat mir Bettruhe verordnet«, erklärte er und legte Danny einen Arm um die Schultern. Der Junge saß wie immer mit nacktem Oberkörper da, und ich fragte mich allmählich, ob Danny überhaupt ein T-Shirt besaß.

»Welcher Arzt?« Wesley schnippte einen Kronkorken über die lodernden Flammen zu Breck hinüber.

Doch Danny schnappte ihn sich aus der Luft und imitierte dabei den legendären »Wapow«-Schrei aus Grand Theft Auto V. »Ich hab echt superkrasse Ninja-Moves drauf, was?«

»Breck meint wahrscheinlich Dr. Love.« Josie schwenkte ihr gigantisches Weinglas in Brecks Richtung.

»Vintage-Hollywood steht Ihnen gut, Miss Josie.« Das meinte ich ernst. Ihr cremeweißes Satingewand und die mit Federn verzierten hochhackigen Sandalen hätten direkt aus einem der alten Filme stammen können, die meine Mutter so gerne anschaute. Jede Wette, dass sie und Josie sich prächtig verstehen würden. Vielleicht brachte ich ja eines Tages den Mut auf, sie zu besuchen. *Vielleicht.*

»Gib mir meinen Freund zurück«, forderte ich Danny auf.

»Aber er riecht so gut.« Danny schnupperte an Brecks Hals und brachte Breck damit zum Lachen. Beide wirkten, als hätte man ihnen eine schwere Last von den Schultern genommen, und es tat gut, sie so fröhlich zu sehen.

Ich pflückte Breck von Dannys Schoß und trug ihn zu einem freien Sessel. In dem daneben saß zu meiner Überraschung eine sehr leger gekleidete Miranda Bosley. »Sie hab ich hier nicht erwartet, Ms Bosley.«

»Ich lasse es mir doch nicht entgehen, Ihre erste erfolgreiche Mission mit Ihnen zu feiern!« Vorsichtig drehte sie eine Champagnerflöte zwischen den Fingern hin und her. »Möchten Sie sich setzen oder lieber für den Rest des Abends mit Mr Pfeiffer auf dem Arm hier stehen bleiben?«

Die Frau schaffte es jedes Mal, mich aus dem Konzept zu bringen. Mein Gesicht brannte, als ich Breck absetzte. Hoffentlich war sie erst nach unserem Sexmarathon hier aufgetaucht. Ich war angeblich ziemlich laut, und Breck war auch nicht gerade schüchtern, wenn es darum ging, mir genau zu sagen, was er wollte und wie.

Eine vergebliche Hoffnung, wie mir das Funkeln in ihren Augen verriet.

Ich brauchte einen Drink. »Gib mir ein Bier, Bond.«

Wes schüttelte den Kopf. »Der Barkeeper sagt, es ist ein Whisky-Abend.« Er wies mit seinem Tumbler auf Josie. Ihr getreuer Barwagen stand neben einer der Backsteinsäulen, die die Dachterrasse stützten.

»Setz dich«, sagte sie. »Ich bringe dir einen.«

Es war eine herrliche Nacht, und die Wärme, die wir verspürten, ging nicht allein auf die Hitze des Feuers zurück. Mit Freunden am Lagerfeuer zu sitzen, erfüllte ein tiefes, irgendwie steinzeitliches Bedürfnis in mir. Uns als Freunde zu bezeichnen, war vielleicht etwas übertrieben, aber wir hatten Respekt voreinander und ein gewisses Vertrauen zueinander entwickelt. Jeder dieser Männer würde mir zu Hilfe eilen, sollte ein Säbelzahntiger angreifen. Allerdings wären es wohl Josie und Miranda, die ihn erledigen würden. Und das, ohne dabei einen Tropfen von ihren Drinks zu verschütten.

»So, was haben wir denn heute verpasst?« Ich setzte mich neben Breck und griff blindlings nach seiner Hand. Er verschränkte die Finger mit meinen.

»Tja.« Wes schlug die Beine übereinander. »Entgegen meiner Empfehlung haben wir Harlans Schatztruhe geplündert und das Erpressungsmaterial an die Betroffenen zurückgegeben.«

»Und? Genau das hatten wir doch vor, oder nicht?«, fragte Danny und bewies damit, dass er sich unter der dünnen Schutzschicht aus Straßendreck seine Unschuld und Liebenswürdigkeit bewahrt hatte. Nur über meine Leiche würde ich zulassen, dass er wieder auf der Straße landete.

Aus den verwirrten Blicken, die Wesley ihm ständig zuwarf, schloss ich, dass ich nicht der Einzige war, der so dachte.

»Doch, aber diese Leute hätten auch einen ordentlichen Batzen Geld für die Aufnahmen bezahlt.« Ridge tätschelte Danny den Arm. »Und wir haben sie ihnen einfach mit einem freundlichen Lächeln überreicht.«

»Was uns zu guten Jungs macht«, verkündete Wesley lächelnd und prostete uns zu.

»Ich war schon immer einer von den Guten, da bin ich mir ziemlich sicher«, kommentierte Leo trocken.

»Oh, ich auch«, versicherte Wes ihm ernsthaft.

Dann lauschten wir in einvernehmlichem Schweigen dem Knistern des Feuers und dem Flüstern der Wellen, das vom Strand zu uns heraufklang, untermalt vom Zirpen der Zikaden. Der rauchige Whisky verströmte eine wohlige Wärme in meinem Innern, der Alkohol und der orgasmenreiche Tag forderten ihren Tribut. Ich starrte gedankenverloren vor mich hin, die Unterhaltung verblasste zu einem gedämpften Hintergrundgeräusch. Erinnerungen an andere Lagerfeuer, vergangene Nächte und andere Freunde erfüllten mich mit einer Mischung aus Glück und Trauer.

Eine leichte Berührung an meinem Arm brachte mich zurück in die Gegenwart.

»Kommen Sie, Mr Alvarez. Gehen wir ein Stück.« Miranda lächelte mich an und nickte in Richtung des Pools. Als wir hinter Josie vorbeikamen, strich sie ihr leicht mit den Fingern über die Schultern.

Breck beobachtete unseren Aufbruch.

Barfüßig stieg Miranda die erste Stufe des Whirlpools hinunter, der in den Hauptpool überging, und setzte sich auf den Rand. Die Schatten der kleinen Wellen, die sie auslöste, tanzten über den Boden des Beckens.

»Was haben Sie jetzt vor, Mr Alvarez?« Sie nippte an ihrem Champagner.

Ich setzte mich neben sie auf die Umrandung und seufzte auf, als das warme Wasser meine Füße umspielte. »Bitte, sagen Sie doch Steele zu mir.«

»Nennen Sie mich dann auch Miranda?«

»Werde ich denn Gelegenheit dazu haben?«

»Das liegt ganz bei Ihnen.« Sie streckte langsam die Beine und stützte sich mit einer Hand nach hinten ab. »Charlie hat diesen Whirlpool geliebt«, bemerkte sie leise lächelnd. »Ich wusste immer, wo ich ihn finden würde, wenn ich vorbeigeschaut habe. Manchmal kommt es mir so vor, als wäre er immer noch hier. Dass ihr Jungs seine Angelegenheiten übernehmt, hilft auch. Vielen Dank dafür.«

Ich fixierte sie aus zusammengekniffenen Augen. »Aber ich hab meine Aufgabe erledigt?« Ich wusste nicht, welche der möglichen Antworten ich lieber hören wollte.

»Sie haben getan, wofür Charlie Sie brauchte. Die Berichte, über die Sie sich Sorgen gemacht haben, existieren nicht mehr. Soweit es die U.S. Army betrifft, hat der Zwischenfall in Afghanistan niemals stattgefunden.«

»Ich wünschte, es wäre tatsächlich so«, gab ich zu.

Irgendwie hatte ich erwartet, dass diese Nachricht ein Hochgefühl bei mir auslösen würde, nachdem ich so lange mit diesem Damoklesschwert über meinem Kopf gelebt hatte. Ich wusste Dinge, die besser nicht an die Öffentlichkeit geraten sollten, und hatte ständig damit gerechnet, dafür entweder angeklagt oder sogar ausgeschaltet zu werden. Nun konnte das nicht mehr passieren.

Miranda legte mir tröstend eine Hand aufs Knie. »Charlie hat Sie besser verstanden, als Sie glauben.«

Im sanften Mondlicht wirkte sie zehn Jahre jünger als bei unserer ersten Begegnung.

»Hat er das alles deshalb in die Wege geleitet?« Ich vollführte eine Geste mit der Hand, die unsere ganze Gruppe mit einschloss.

Sie lachte und trank den letzten Schluck Champagner aus ihrem Glas. »Ich wünschte, ich wüsste, warum er in seinem Leben getan hat, was er tat. Wahrscheinlich wusste er das meistens selbst nicht so genau. Aber Sie mochte er.«

»Was?« Eine Fledermaus zog über uns ihre Kreise und ließ sich die vom Licht des Pools angezogenen Insekten schmecken. »Wir haben uns doch kaum gekannt.«

»Ein Hochstapler muss andere Menschen schnell und gut einschätzen können. Ich kenne niemanden, der das so hervorragend konnte wie Charlie. Darin war er sogar besser als ich.« Sie schüttelte den Kopf, als wäre das eigentlich ein Ding der Unmöglichkeit. »Er hat Sie mit großer Sorgfalt ausgewählt, weil er in jedem von Ihnen etwas Besonderes gesehen hat, nämlich Herzensgüte.«

Darüber musste ich ein paar Minuten nachdenken. »Dann ist das hier also eine Art Geschenk von ihm?«

Miranda ließ den Blick vielsagend von der großartigen Villa hinter uns über die luxuriöse Poollandschaft vor uns schweifen. Vom Lagerfeuer drang Gelächter zu uns herüber, Josies Stimme erhob sich fröhlich über die der Männer.

»Kann ich die Kreditkarte behalten, falls ich jetzt aussteige?«, erkundigte ich mich grinsend.

»Leider nicht. Aber Sie werden mehr als angemessen für Ihre Zeit entschädigt, falls Sie sich dafür entscheiden, zu gehen.« Sie stand auf und schüttelte sich das Wasser von den Füßen. »Sie bekommen ›einen Haufen Kohle‹, so steht es in Charlies Testament. Ich hoffe trotzdem, dass Sie es sich überlegen und bleiben. Es gibt noch mehr Jobs zu erledigen. Und das Team braucht Sie.«

Ich sah zu ihr hoch. »Sind denn alle Aufträge so wie dieser? Wir bösen Jungs sollen andere böse Jungs drankriegen?«

»Darüber weiß ich nicht mehr als Sie. Ich bin nur Charlies Testamentsvollstreckerin und sorge dafür, dass seine Anweisungen korrekt ausgeführt werden. Aber wenn ich raten müsste, würde ich definitiv annehmen, dass es immer darum geht, Verbrechern das Handwerk zu legen. Und womöglich darum, dass Sie selbst darauf kommen, dass *Sie* keine bösen Jungs sind.« Sie legte mir eine Hand auf die Schulter und drückte fest zu. »Breck ist selbstverständlich auch eingeladen zu bleiben. Es wird uns sicher eine Menge einfallen, womit wir ihn beschäftigen können. Denken Sie drüber nach, und sagen Sie mir morgen früh Bescheid, wie Sie sich entschieden haben.« Ihre Füße hinterließen nasse Abdrücke auf dem Boden, als sie ging.

Ich starrte hinauf zum Mond, der Verstecken mit ein paar dünnen Schleierwolken spielte. Nach einer Weile setzte Breck sich zu mir. Er lehnte sich an mich, und ich schloss ihn fest in die Arme.

»Hey.« Er hob mir sein Gesicht für einen Kuss entgegen, die Lippen immer noch leicht geschwollen von all den Küssen, die ich ihm in den vergangenen Stunden bereits gegeben hatte. Sie schmeckten nach Whisky.

»Und, ist jetzt alles in Ordnung?« Er ließ die Füße im Wasser baumeln, genau wie Miranda es getan hatte.

Ich nickte. »Ja, über den Zwischenfall in Afghanistan gibt es keine Unterlagen mehr.«

»Wie geht es dir damit?«

Wieder schaute ich hinauf in den Nachthimmel und versuchte, mir darüber klar zu werden. »Kann ich nicht sagen.«

»Das verstehe ich.« Er schmiegte sich enger an mich, und ich wäre gern für immer so sitzen geblieben, statt mich den schwierigen Entscheidungen zu stellen, die ich treffen musste. Wer konnte schon ahnen, was die Zukunft für uns bereithielt – Gefahr, Verlust, vielleicht weit Schlimmeres. Doch die Zeit und das Leben warten auf niemanden, und ich konnte bereits spüren, wie mir beides durch die Finger rann.

»Was hast du jetzt vor?«, fragte Breck leise.

»Das wollte Miranda auch von mir wissen.«

»Hmm. Und was hast du ihr gesagt?«

»Was hast du denn vor?«, flüchtete ich mich feige in eine Gegenfrage.

Er lehnte sich von mir weg und bedachte mich mit einem Blick, den ich nicht deuten konnte. »Na ja, das hängt teilweise von dir ab.«

Mein Herz setzte für einen Schlag aus. Das war eins der beängstigendsten Dinge, die jemals jemand zu mir gesagt hatte, und gleichzeitig eins der besten. »Ich will mit dir zusammenbleiben.« Nichts, was ich bisher in meinem Leben getan hatte, hatte mehr Mut erfordert als dieses Geständnis.

Sein Lächeln war strahlend. »Ich will auch mit dir zusammenbleiben. Allerdings musst du dich da auf einiges gefasst machen, Baby. Ich kann ein ganz schöner Sturkopf sein. Ridge und ich haben mehr gemeinsam als nur unser unglaublich gutes Aussehen.«

»Wenn man den Gerüchten Glauben schenkt, bin ich auch kein einfacher Mensch.« Ich zog ihn an mich und küsste ihn. Der Whiskygeschmack war verschwunden, und ich vermisste ihn, also bat ich Breck, noch einen Schluck zu trinken.

»Willst du mich betrunken machen und dann über mich herfallen?«

»Heute Nacht könnte ich beim besten Willen nicht noch mal über dich herfallen, Apfelbäckchen, selbst wenn du mich auf Knien darum anflehen würdest.«

Herausfordernd lächelnd zog er die Augenbrauen in die Höhe und glitt mit einer Hand in die Beinöffnung meiner Shorts. »Wirklich nicht? Nicht mal, wenn ich dich anflehe?« Seine Finger waren kühl auf meiner

Haut, und ein Schauer überlief mich, als er über die Haare auf meinem Bein strich. »Ich dachte, du stehst drauf, wenn ich bettle.«

Ich stöhnte auf. »Du bringst mich noch um.«

»Und du wirst es genießen.«

»Damit hast du verdammt recht«, raunte ich.

Er zog die Hand aus meiner Hose und stützte die Ellbogen auf die Knie. »Vorher möchte ich mich aber noch für den Streit vor der Mission entschuldigen.«

»Vergeben und vergessen«, erklärte ich. »Das müssen wir nicht noch mal durchgehen. Außerdem hast du dich doch schon entschuldigt.«

»Ja, über Funk, als du dabei warst, mich zu erschießen. Das kann man wohl kaum als Entschuldigung werten. Und sie kam auch nicht von Herzen.«

Ich schnaubte. »Ach nein?«

»Natürlich hat es mir leidgetan, dass wir uns gestritten hatten. Ich fand es furchtbar, den Job erledigen zu müssen, ohne das vorher mit dir klären zu können. Aber ich hatte nicht verstanden, worum es dir ging. Nicht einmal in dem Moment.«

Ich runzelte die Stirn. »Das musst du mir erklären.«

»Du hast gesagt, dass meine Sicherheit bei dir absolute Priorität hat. Ich wollte dich aber unbedingt davon überzeugen, dass es viel wichtiger war, Harlan zu erledigen, weil dadurch viele andere für immer vor ihm sicher wären. Ich hab überhaupt nicht bedacht, wie schlimm das mit Asadi für dich war oder was du durchmachen müsstest, wenn mir etwas zustoßen würde.« Er atmete tief durch, und seine großen blauen Augen glänzten im Mondlicht, als er meinen Blick suchte. »Trotzdem würde ich mich nicht anders verhalten, wenn ich die Zeit zurückdrehen könnte. Es war mir wichtig, dabei zu sein. Dem Scheißkerl in die Augen zu sehen und ihm zu sagen, dass er am Ende ist, war alles andere absolut wert. Aber ich hätte mir mehr Mühe geben sollen, deinen Standpunkt zu verstehen. Du hast ja auch versucht, meinen nachzuvollziehen.«

»Es ist ein Geben und ein Nehmen«, meinte ich. »Das wird nicht einfach mit uns beiden.«

»Aber es ist den Versuch wert. Und da wir jetzt beide nichts mehr zu befürchten haben, können wir neu anfangen.«

»Das klingt schön. Bedeutet ›neu anfangen‹ für dich, dass du nicht mehr als Escort-Boy arbeiten willst?« Ich hätte sagen sollen, dass es mir egal war, ob er damit weitermachte oder nicht. Bisher war ich noch nie besonders eifersüchtig gewesen, und ich kannte den Unterschied zwischen dem, was Breck und ich hatten, und bedeutungslosem Sex. Doch – Überraschung! – jetzt war ich eifersüchtig, und ich wollte nichts dergleichen sagen.

Breck seufzte auf. »Es ist nicht mein Traumjob, aber ich hab richtig viel Geld damit verdient. Ich weiß, dass du gern hättest, dass ich damit aufhöre.«

»Aber nicht, weil ich es für unmoralisch halte. Es ist einfach viel zu gefährlich. Ich müsste schon im selben Zimmer sein, um dich beschützen zu können. Und selbst dann könnte ich nicht immer verhindern, dass dich jemand verletzt. Ich könnte höchstens Vergeltung üben. Denen wehtun, die dir wehtun.«

»Typen wie Harlan.«

»Genau, Typen wie Harlan.«

Er seufzte wieder. »Ich will nicht zurück ans College, und ich möchte bei dir bleiben. Das ist alles, was ich gerade mit Sicherheit sagen kann. Aber ich werde auf keinen Fall dein Knopf-Annäher, Steele. Was hab ich denn sonst für Möglichkeiten?«

»Miranda sagt, sie möchte dich im Team haben, wenn du das auch willst.«

Ihm fiel die Kinnlade herunter. »Im Ernst? Sie will mich als Unterstützung? Damit wir noch mehr Typen wie Harlan hochgehen lassen?«

Ich zuckte mit den Schultern. »Wer weiß? Sie könnte uns mit allem Möglichen beauftragen, von Müllaufsammeln am Strand bis hin zu einem Staatsstreich. Aber ja, sie hat angedeutet, dass noch weitere Verbrecher ausgeschaltet werden sollen.«

»Die Rache wird unser sein?« Er grinste mich an, woraufhin sich mir ein schwerer Seufzer entrang.

»Ich schätze schon.«

»Was hast du denn gegen ein paar kleine Rachefeldzüge? Unseretwegen kann Harlan keinem mehr was antun. Das ist doch eine gute Sache!« Breck sprang auf, stützte die Hände in die Hüften und blickte auf mich herunter. Schlank und durchtrainiert stand er vor mir, das Gesicht umrahmt von seinen blonden Locken. Er war wunderschön, selbst wenn er mich böse anfunkelte. Als ich die Hand nach seiner ausstreckte, nahm er sie nur zögernd, erlaubte mir aber, ihn wieder zu mir herunterzuziehen.

»Ich finde es toll, dass wir ihn erledigt haben. Es ist ein gutes Gefühl, das streite ich ja gar nicht ab. Vergeltung hingegen …« Ich schüttelte den Kopf. »Rache ist selten befriedigend. Sie nimmt einem weder den Schmerz, noch löscht sie die Erinnerungen aus. Mir wäre es lieber, du würdest dich gar nicht erst in Gefahr begeben.«

»Ich könnte auch sterben, wenn ich die Straße überquere.«

Natürlich hatte er seine Gegenargumente parat. Daran musste ich mich wohl gewöhnen. »Ich weiß. Aber bevor du über die Straße läufst, schaust du doch nach links und rechts, oder? Du beobachtest den Verkehr, gehst verschiedene Szenarien durch und entscheidest darauf aufbauend, wann der günstigste Zeitpunkt für die Überquerung ist. Du wartest, bis die Fußgängerampel Grün zeigt.«

Darauf reagierte Breck mit hochgezogenen Augenbrauen und einem nachsichtigen Lächeln.

Ich schaute ihn gespielt böse an. »Du wartest doch, bis sie grün ist, oder? Du bist keiner von denen, die einfach gehen, wenn es gerade passt?«

Er zog ein Kreuz über seinem Herzen. »Ab jetzt nicht mehr, großes Ehrenwort. Keine verkehrswidrigen Straßenüberquerungen mehr für mich.«

Ich zog ihn auf meinen Schoß. Rittlings saß er auf mir, die Arme auf meinen Schultern, und küsste mich lange und genüsslich. Meine Hände legten sich wie von selbst auf seine Hüften, mit den Daumen streichelte ich die zarte Haut seines Bauchs. Möglicherweise konnte ich doch noch einmal über ihn herfallen. Dafür musste ich aber vorher etwas essen.

Er knabberte kurz an meiner Unterlippe, bevor er sich zurücklehnte. »Du machst dir einfach zu viele Sorgen.«

»Das stimmt nicht«, entgegnete ich. »Weißt du eigentlich, wie leicht es ist, jemanden umzubringen? Wenn dir die Konsequenzen egal sind, kannst du auf so ziemlich jeden zugehen und ihn erschießen. Oder ihm ein Messer in den Rücken jagen. Ihn von der anderen Straßenseite aus erschießen, wenn du dafür gut genug zielen kannst. Solange du deine Opfer zufällig wählst und nicht mit ihnen in Verbindung gebracht werden kannst, stehen die Chancen gar nicht so schlecht, dass du damit davonkommst.«

Breck kämmte mir mit den Fingern das Haar aus der Stirn und sah mir tief in die Augen. »Aber wie kann man sich vor so etwas schützen? Du kannst doch nicht ständig davon ausgehen, dass jemand dich umbringen will.«

Ich ließ eine Hand unter sein T-Shirt schlüpfen, brauchte den Hautkontakt, um mich zu vergewissern, dass er tatsächlich noch hier bei mir war. Dieses Bedürfnis würde mich sicher noch eine Weile begleiten. »Doch, genau das. Ich bin paranoid genug, das anzunehmen. Und ich hab die beste Ausbildung durchlaufen, die die Army zu bieten hat.«

Das quittierte er mit einem Grinsen. »Klingt, als müsstest du immer bei mir sein, um mich zu beschützen.«

»Das wäre die sicherste Lösung.«

»Na ja, damit kann ich leben. Also bleiben wir in Florida und ertragen dieses erzwungene Luxusleben noch etwas länger?« Er tauchte die Finger ins Wasser und spritzte mich nass.

»Sieht so aus«, stimmte ich ihm zu. »Für eine Weile jedenfalls.«

»Gut. Außerdem, bist du nicht auch neugierig, ob Wes und Danny im Boxring oder im Bett landen?«

Das brachte mich zum Lachen. »Nein, denn beides wird passieren.«

»Ja, aber was tun sie zuerst? Sich prügeln, darauf wette ich. Wobei das davon abhängt, wie beschissen Wes sich vorher benimmt.«

»Wette angenommen. Sie landen im Bett, bevor sie sich prügeln. Wes macht den Eindruck, als würde er Danny am liebsten bei der nächstbesten Gelegenheit beweisen, wie gut ein Gamer mit seinem Joystick umgehen kann.«

Breck lachte.

»Sollen wir die anderen mitwetten lassen?« Nun, da Breck und ich offiziell zusammen waren, brauchten die anderen ein neues Thema, über das sie tratschen konnten.

»Ja, nur Josie nicht. Sonst dreht sie es so hin, dass sie am Ende gewinnt.«

Das war nur allzu wahr.

Mein Magen knurrte laut, woraufhin Breck auflachte und von meinem Schoß rutschte. Ich griff nach ihm, doch er schlug meine Hand beiseite. »Das hab ich glatt vergessen. Eigentlich hat Josie mich geschickt, damit ich dir sage, dass es was zu essen gibt. Falls du hungrig sein solltest.«

»Oh, das bin ich.« Ich stand auf und griff wieder nach ihm, wobei ich diesmal seinen Händen auswich, mit denen er mich abwehren wollte. »Ich will so einiges, Mr Pfeiffer. Erst mal was zu essen, und dann ein größeres Zimmer. Wir brauchen schließlich unsere Privatsphäre.«

Breck kreuzte die Handgelenke in meinem Nacken und grinste mich an. »Ganz schön gierig, Mr Alvarez.«

»Ich bin Profi-Verbrecher«, rief ich ihm in Erinnerung. »Immer mehr zu wollen, steht in meiner Jobbeschreibung.« Ich streichelte die glatte Haut seines Rückens, was einen Schauer bei ihm auslöste. Lebendig, munter und gesund schaute er mit diesem verschmitzten

Lächeln auf seinem Engelsgesicht zu mir auf. »Charlies Machenschaften haben mir allerdings gezeigt, dass ich nur eins wirklich brauche, Breckie. Solange ich dich habe, bin ich rundum zufrieden.«

Brecks Augen wurden feucht. »Ich werde diese widerliche Gefühlsduselei nur dieses eine Mal zulassen, weil wir gerade einen besonderen Moment haben.« Sein ergriffenes Schniefen nahm den Worten jedoch den Stachel. »Jetzt halt die Klappe, und küss mich endlich.«

Das tat ich und hoffte, dass Charlie Bingham, wo auch immer er sich gerade herumtreiben mochte, genauso glücklich war wie ich.

EPILOG

LEO

Die Innenbeleuchtung der Küchenschränke war gerade hell genug, dass ich die Etiketten der Flaschen auf Josies heiß geliebtem Barwagen entziffern konnte. Eine Auswahl an Bourbon, Whisky, Rye, Whiskey mit einem e, aus Japan, Kentucky und Schottland … Charlie hatte ein hübsches Sortiment vorzuweisen. Ich war in Versuchung, einen Jack Daniel's zu trinken, einfach nur, weil ich wusste, dass Charlie sich bei dem Anblick im Grab umdrehen würde. Fast konnte ich hören, wie er deswegen über mich lästerte.

Mann, Shook, warum tust du dir das an? Wer hat dich als Kind so verletzt? Gönn dir doch mal was.

Ich griff nach dem Johnnie Walker Blue. Hochwertig, dabei jedoch erschwinglich, erschien er mir als der perfekte Drink, um auf die Erinnerung an den schwer zu fassenden Dieb anzustoßen. Wer behauptete, Verbrechen zahle sich nicht aus, hatte garantiert nie mit dem spärlichen Gehalt eines Staatsbediensteten auskommen müssen. Klar, es war ein sicherer Job, und er hatte seine Vorzüge. Aber so langsam fragte ich mich ernsthaft, ob ich die Plackerei und die ewige Bürokratie dafür weiterhin in Kauf nehmen wollte.

Ich zog mir einen Stuhl heran, stemmte die Füße gegen das Geländer und kippte den Stuhl auf die Hinterbeine. Gedankenverloren beobachtete ich, wie das Mondlicht sich glitzernd auf den Wellen brach. Nach zwölf Jahren in Außenstellen in Texas und Arizona konnte ich mich nur schwer an die Luftfeuchtigkeit in Florida gewöhnen. Was hatte mich überhaupt hierher verschlagen? In dieses Haus?

Die Jagd nach Charlie, lautete die Antwort auf beide Fragen.

Vor drei Jahren hatte sich die Schlinge um Charlie allmählich zugezogen, und ich hatte mich nach Miami versetzen lassen. Zehn Jahre waren wir schon hinter dem Kerl her gewesen, und endlich, als wir kurz davor gewesen waren, ihn zu schnappen, hatte der Blödmann sich umbringen lassen.

Es stand mir frei, zu gehen. Anders als bei den anderen hatte Charlie gegen mich nichts in der Hand. Er erpresste mich nicht, über meinem Kopf schwebte kein Damoklesschwert. Zumindest keins, das ich nicht selbst geschmiedet hatte. Der Grund für meine Anwesenheit war noch viel erbärmlicher – ich war freiwillig hier. Ich hatte all das wegen eines lausigen Briefes auf mich genommen. Dieser verdammte Brief, geschrieben in Charlies ordentlicher Handschrift auf dickem Briefpapier, hatte mich an dem Tag erreicht, an dem ich von seinem Tod erfahren hatte. Ich hatte ihn zweimal durchgelesen und dann eine Beurlaubung beantragt.

Mein lieber Leo, hatte Charlie geschrieben. Sogar jetzt musste ich darüber noch lachen.

Es sieht so aus, als hätte das Schicksal für uns kein weiteres Treffen vorgesehen. Ein zweites Date wird es für uns nicht geben. Vielleicht hätte ich zulassen sollen, dass Du mich schnappst, aber mir gefiel der Gedanke, dass Du irgendwo da draußen bist und mich beobachtest. Auf mich aufpasst. Du warst mein Sicherheitsnetz, denn ich wusste immer: Sollten die Dinge jemals zu sehr außer Kontrolle geraten, könnte ich Dich anrufen, und Du würdest kommen. Damals erschien mir der Preis zu hoch, doch jetzt sieht es so aus, als müsste ich den allerhöchsten zahlen.

Beinahe genauso sehr bedaure ich, dass ich einige Angelegenheiten nicht mehr regeln konnte. Zu Lebzeiten war mir das leider nicht möglich. Ich weiß, dass es Dich genauso frustriert wie mich, Dich an Regeln halten zu müssen, wenn auch vielleicht aus anderen Gründen. Mach einen toten Mann glücklich, Leo. Komm zu meiner Beerdigung. Ich bin mir sicher, dass Du angenehm überrascht sein wirst. Falls ich Dich jedoch gänzlich falsch eingeschätzt habe und Du hoffst, dass ich in der Hölle schmore, dann sieh es als ein Abschiedsgeschenk. Ich serviere Dir drei der vom FBI meistgesuchten Männer auf dem Silbertablett, und obendrein einen vierten, den ich seit einiger Zeit beobachte. Meine einzige Bitte an Dich ist, dass Du ein paar Tage wartest, bevor Du sie verhaftest. Wie lange genau Du warten sollst? Das wirst Du schon merken.

Der Rest des Briefes war etwas persönlicher gehalten. Ich bewahrte ihn zusammengefaltet in meiner Brieftasche auf wie ein verliebter Teenager. Aber ein besseres Versteck wollte mir nicht einfallen.

Während ich an meinem Whisky nippte, beobachtete ich, wie eine Fledermaus auf der Jagd nach Moskitos die unmöglichsten Flugmanöver absolvierte. Seufzend kratzte ich mich mit dem nackten Fuß an einem Stich am Bein.

Ich vermisste meine Cowboystiefel. Wie mein Leben wohl verlaufen wäre, wenn ich dem Rodeo treu geblieben wäre, statt Schadensbegrenzung zu betreiben und zum FBI zu gehen? Es war ewig her, dass ich auf einem Pferd gesessen hatte. Und noch länger, dass ich versucht hatte, mich acht Sekunden auf einem Bullen zu halten.

Als hätte jemand meine Gedanken gelesen, dröhnte »Should've Been a Cowboy« von Toby Keith aus dem Lautsprecher meines Handys. Nicht mein altes, sondern das neue, auf dessen Benutzung Miranda bestanden hatte und dessen Nummer nur eine Handvoll Leute kannte, die sich alle in diesem Haus befanden.

Ich starrte es an, bereit, den Anruf auf die Mailbox gehen zu lassen, sobald ich wusste, wer dran war. Auf dem Display erschien eine Nachricht. *Geh endlich ran, Shook.* Es musste sich also um eine eingespeicherte Nummer handeln. Wesley?

»Ich schwöre bei Gott, Wesley, wenn du mich nur anrufst, weil dir die Doritos und die Limo ausgegangen sind, dann verpasse ich dir einen Tritt, der dich bis nach Mexiko befördert.«

»Was für eine entzückend machohafte Drohung, Agent Shook. Ist die vom FBI genehmigt?« Die männliche Stimme am anderen Ende der Leitung klang amüsiert.

»Wer zum Teufel sind Sie?«

»Ein Freund von Charlie. Ein Freund mit einem ausgeprägten Interesse daran, dass seinem Letzten Willen auch wirklich entsprochen wird.«

Ernsthaft? Wer drückte sich denn so aus? Er hörte sich an wie Carson, wenn er versuchte, den Briten zu geben. »Hören Sie mal zu, Shakespeare. Charlie hatte keine Freunde. Also verkneifen Sie sich den lächerlichen Akzent, und nennen Sie mir einen guten Grund, warum ich nicht sofort auflegen sollte.« Wesley hatte die Handys so programmiert, dass sie alle eingehenden Telefonate nachverfolgten und aufzeichneten. Ich sollte also herausfinden können, woher dieser Idiot mich anrief.

»Du liebe Zeit, Leo«, fuhr er mit normaler Stimme fort. Seinen Akzent ordnete ich den Mittelatlantikstaaten zu. Für Boston oder Brooklyn war er nicht charakteristisch genug, aber der Anrufer kam definitiv aus der Gegend nördlich der Mason-Dixon-Linie und östlich des Mississippi. »Er ist tot. Zeigen Sie doch bitte etwas Respekt.«

Ich nahm einen großen Schluck von meinem Whisky. »Also gut«, willigte ich ein. »Charlie, möge er in Frieden ruhen, hatte keine Freunde. Wer also sind Sie?«

»Nennen Sie mich Mr X.«

Daraufhin hätte ich mir fast den zweihundert Dollar pro Flasche teuren Whisky durch die Nase geprustet. »Auf keinen Fall. Wie wäre es mit ›Buddy‹?«

»Sie können mich auch Al nennen, ist mir völlig egal. Mich interessiert nur Ihre Einschätzung der Ereignisse von letzter Nacht.«

Al klang genervt. Daraus schloss ich, dass sein Interesse größer war, als er zugab. Der Arme. Für so einen Schwachsinn war ich zu müde. Ich hatte nur noch etwas trinken wollen, bevor ich zu Bett ging und versuchte, die Geräusche zu ignorieren, die Steele und Breck von sich gaben, wenn sie taten, womit sie anscheinend überhaupt nicht mehr aufhören konnten, während ich mich beim Einschlafen fragte, was ich hier eigentlich noch machte. »Es ist alles bestens gelaufen.«

»Jetzt mal ehrlich, Shook. Es muss Ihnen doch eine Freude gewesen sein, wie dieser korrupte Senator sich selbst ans Messer geliefert hat.«

Ich schnaubte. Das war noch untertrieben. Harlan war genau die Art von Abschaum, die ich am liebsten ausschaltete. Doch Typen wie er schienen sich mithilfe ihrer Beziehungen, ihres Vermögens und ihres Einflusses aus allem herauswinden zu können.

Genau wie Charlie. Wahrscheinlich brauchte man einen Dieb, um einen Dieb zu fassen.

Ich ließ meine Füße schwer auf den Boden fallen. »Hören Sie, Buddy. Ich werde nicht lügen. Ich habe es tatsächlich genossen. Alle haben reibungslos zusammengearbeitet. Ich hätte es nicht für möglich gehalten, doch eins muss man Charlie lassen – er hat das perfekte Team für diesen Job zusammengestellt. Ich verstehe nur nicht, warum.«

»Warum was?«

»Warum er uns auf den Senator angesetzt hat. Warum ihn dessen Machenschaften überhaupt kümmern. Warum möchte er eine Art posthumer Robin Hood sein?«

»Wissen Sie, was Charlie so reich gemacht hat?«

»Ich lehne mich mal ganz weit aus dem Fenster und sage, seine Verbrechen.«

»Informationen. In der heutigen Welt wird man nur reich und mächtig, wenn man über die richtigen Informationen verfügt, und Charlie hat damit gehandelt. Er hat Wissen, Gerüchte und Pläne gekauft und weiterverkauft. Während er hinter einer Information her war, hat er oft auch andere Dinge herausgefunden. Schlimme Dinge von schlimmen Menschen. Er hat getan, was er konnte, um für Gerechtigkeit zu sorgen, aber in den meisten Fällen konnte er trotz seines Wissens nichts tun, jedenfalls nicht alleine. Wahrscheinlich hat er gehofft, dass er im nächsten Leben den Frieden findet, der ihm in diesem verwehrt geblieben ist, wenn er dafür sorgt, dass so viele dieser Ungerechtigkeiten korrigiert werden wie nur möglich.«

»Charlie hat auf mich nicht so gewirkt, als wäre er besonders religiös. Und ich bilde mir gern ein, dass ich ihn besser kannte als die meisten.«

»Das haben Sie, das kann ich Ihnen versichern. Sie haben ihn besser gekannt als seine eigene Mutter.«

»Das war auch nicht schwierig.« Charlies Mutter hatte ihn in einem Supermarkt ausgesetzt, als er sieben Jahre alt gewesen war. Ich wusste das. Ich war ein Experte für alles, was Charlie betraf.

»Man muss nicht religiös sein, um ein guter Mensch zu sein, Leo. Charlie hatte ein großes Herz. Er mag nicht so gewirkt haben, aber es stimmt.«

Das wusste ich nur zu gut, behielt diese Tatsache jedoch lieber für mich.

»Vielleicht hat Charlie aber auch nur Glück gehabt«, meinte Al.

»Charlie hatte nie einfach nur Glück. Der Mann war genial.«

Es blieb lange still in der Leitung. »Charlie wäre hocherfreut, das aus Ihrem Mund zu hören.«

»Wissen Sie, er wird durch Miranda und Josie bestens vertreten. Miranda ist furchterregend kompetent, und Josie ist eine Frau mit vielen Talenten. Einige davon sind sogar legal.«

Al lachte. »Ist sie nicht einfach fantastisch? Wenn ich Ihnen einen guten Rat geben darf, verscherzen Sie es sich nicht mit ihr. Sie möchten sie garantiert nicht wütend erleben.«

Wieder kam mir der Whisky fast durch die Nase hoch, als ich losprustete. »Ich stelle sie mir gerade ganz in Grün vor, wie den Hulk.«

»Hat sie Ihnen erzählt, wie sie und Charlie sich kennengelernt haben?«

»So ungefähr. Sie erzählte, dass sie beide zur gleichen Zeit ihr eigenes Ding im selben Hotel durchziehen wollten.«

»Theoretisch gesehen stimmt das. Füllen Sie Ihr Glas nach, dann erzähle ich Ihnen die ganze Geschichte.«

»Woher wissen Sie, dass ich hier mit einem Drink sitze?«

»Ich bitte Sie, Agent Shook.«

Ich konnte praktisch hören, wie er die Augen verdrehte. Er hatte eine sanfte, sympathische Stimme, sie war so angenehm im Ohr wie der Whisky in meiner Kehle. »Na schön. Wenn ich so leicht zu durchschauen bin, wissen Sie sicher auch, was ich trinke.«

»Hmm. Lassen Sie mich kurz nachdenken.« Der Klang von Eiswürfeln, die auf dem Boden eines Glases landeten, drang an mein Ohr, dann wurde etwas darübergegossen. »Ich tippe auf Johnnie Walker Blue.«

»Verdammt, Sie sind gut.« Ich rollte das Glas zwischen den Handflächen hin und her, ging zurück in die Küche und schloss die Schiebetür hinter mir.

»Charlie meinte, diese spezielle Flasche hätte ihn immer an Sie erinnert.«

»Wieso denn das?« Ich goss mir einen großzügig bemessenen zweiten Whisky ein.

»Das hat er nicht gesagt.« Dann stürzte sich Al in eine

lange und detailreiche Erzählung darüber, wie Charlie und Josie sich zum ersten Mal begegnet waren, und brachte mich stellenweise dazu, so laut zu lachen, dass ich befürchtete, das halbe Haus aufzuwecken.

Ich hatte keine Ahnung, wer dieser interessierte Freund sein könnte, aber mir gefiel, wie er über Charlie sprach. Den Antrag auf Beurlaubung hatte ich auch gestellt, weil mir bewusst gewesen war, dass ich viel zu sehr auf Charlie fixiert war. Er faszinierte mich. Wie bei den Superschurken in den Comicheften zeichnete sich jeder seiner Coups durch eine ganz eigene, für ihn typische Note aus, die seine überlegenen Fähigkeiten demonstrierte – er hatte seine kriminelle Genialität nicht unter den Scheffel gestellt. Doch waren dabei niemals Unschuldige zu Schaden gekommen. Ich hatte alle Informationen gesichtet, die von Strafverfolgungsbehörden weltweit über Charlie gesammelt worden waren, und überall zeichnete sich das gleiche Muster ab: Genau wie Al es so prägnant formuliert hatte, richteten sich Charlies Verbrechen meistens gegen wirklich böse Menschen, gewissenlose Kriminelle, die vor nichts zurückschreckten. Natürlich machte ihn das nicht zu einem Heiligen. Doch obwohl er sie nicht daran gehindert hatte, weitere Untaten zu begehen, indem er von bereits begangenen profitierte, hätte ich ihn jederzeit einem Soziopathen vorgezogen, der seine Familie ermordet oder gar eine ganze Schule ausgelöscht hatte.

Mein Interesse an Charlie war nicht unbemerkt geblieben. Schnell hatte das Gerücht die Runde gemacht, dass ich womöglich nicht alles gab, um ihn zu fassen, weil ich eine Schwäche für ihn entwickelt hatte.

Was durchaus im Rahmen des Möglichen lag.

Als Geschichten wurden mir zu viel. »Wow«, unterbrach ich ihn mitten in der nächsten Anekdote, während ich in der Küche auf und ab ging. »Anscheinend habe ich Charlie doch nicht so gut gekannt. Er hatte also tatsächlich Freunde.«

»Charlie hat Sie als Anführer dieses Teams ausgesucht, weil Sie ihn besser kannten als jeder andere. Mich hat er damit beauftragt, auf Sie aufzupassen, weil Sie ihm am Herzen lagen.«

Alles schön und gut, doch es brachte mich nicht weiter. »Und wo verstecken Sie sich nun?«

»Ach, mal hier, mal da. Miranda hält mich auf dem Laufenden. Es war meine Idee, dass Josie und eine ihrer speziellen Freundinnen Ihnen in D. C. einen Besuch abstatten sollten.«

»Vielen Dank dafür. Aber wieso sind Sie nicht hier bei uns und machen sich ebenfalls die Hände schmutzig?«

Al beantwortete die Frage mit einem Lachen. »Ich möchte Ihre Aufmerksamkeit nicht stärker auf mich lenken als unbedingt nötig. Dafür habe ich viel zu viel Respekt vor Ihren Fähigkeiten, Agent Shook.«

»Dann sind Sie ein Krimineller?«

»So könnte man es bezeichnen.« Sein Lachen klang wie leises Donnergrollen. »Andererseits sind Sie das jetzt auch, Shook.«

Das ließ sich nicht bestreiten.

»Es ist spät geworden, Leo. Gehen Sie schlafen. Sie erhalten bald Ihren nächsten Auftrag, und dafür braucht das Team Ihre professionelle Unterstützung.«

»Na großartig. Können Sie mir ein paar Hinweise geben?«

»Sie sollten sich von Josie zeigen lassen, wie man Cocktails mixt. Und besorgen Sie sich eine neue Badehose. Eine, in der Sie sexy aussehen.«

Ich lachte schallend. »Ich kann es kaum erwarten.«

»Gute Nacht, Leo.«

»Gute Nacht, Al.«

Ich legte auf und sah noch lange hinaus auf die Wellen, die sich im stetigen Rhythmus der Brandung am Strand brachen.

Du möchtest weiterlesen?

Ob Wesley und Danny nun im Boxring oder im Bett landen, erfährst du in »Pros & Cons: Wesley«.

Die Bücher von A.E. Wasp und die Merchandise-Produkte zur Serie findest du bei uns im Shop unter second-chances-verlag.shop/serien/serie-pros-cons/

Wenn du keine Veröffentlichung mehr verpassen möchtest, kannst du dich auch hier für unseren Newsletter eintragen: second-chances-verlag.de/newsletter-anmeldung/

Über die Autorin

Amy Wasp ist eine geborene Träumerin und Idealistin. Nachdem sie ihre Kinder großgezogen, verschiedene College-Abschlüsse erworben und die Welt im Dienst des US-amerikanischen Außenministeriums bereist hat, widmet sie sich jetzt wieder ihrer ersten großen Liebe, dem Schreiben.

Am liebsten schreibt sie über Menschen, die in einer einsam erscheinenden Welt Liebe und Zuversicht finden. Dabei zeigt sie ihre Figuren gern von ihrer verletzlichsten Seite, mit all den Hoffnungen und Ängsten, die auch ihre Leserinnen und Leser kennen.

Amy hat in Großstädten und kleinen Dörfern auf vier Kontinenten gelebt und dabei festgestellt, dass Zeit und Entfernung keine Hindernisse für die Liebe sein müssen.

AJ Sherwood
„Ein Schuss kommt selten allein“

ISBN: 978-3-96698-381-5

Auch als E-Book erhältlich!

Ich bin Jonathan Bane, lizenziertes Medium, und arbeite als Berater für die Polizei. Regelmäßig helfe ich den Ordnungshütern dabei, böse Jungs hinter Gitter zu bringen, daher mögen mich Kriminelle nicht besonders. Ob mit dem Messer, den Fäusten oder einer Waffe – immer wieder werde ich angegriffen. Das Blöde dabei: Meine übernatürlichen Fähigkeiten machen aus allen elektronischen Geräten im Nu Schrott, daher ist Hilfeholen für mich nicht immer einfach.

Ich brauche einen Anker, so heißen die Partner für Leute wie mich, aber ich habe die Hoffnung längst aufgegeben – bis Donovan Havili durch die Tür tritt.

Donovan sieht aus wie ein Gangster und hat die Seele eines Superhelden. Womöglich ergreift er aber auch gleich wieder die Flucht, denn wir müssen den Fall mit dem chinesischen Austauschstudenten aufklären, der zu Unrecht eines Verbrechens beschuldigt wird, und dann wird – mal wieder – auf mich geschossen.

Doch in Donovan Havili hat die kriminelle Welt ihren Meister gefunden. Und ich vielleicht, aber nur vielleicht, einen Partner - beruflich wie privat.